本书获

2017 年贵州省出版传媒事业发展专项资金资助

貴州学者文丛

［第二辑］

『贵州学者文丛』编辑出版委员会

朱正琳　文选

初学者言

朱正琳／著

贵州出版集团
贵州人民出版社

图书在版编目（CIP）数据

初学者言：朱正琳文选 / 朱正琳著 .-- 贵阳：贵州人民出版社，2024.12
（贵州学者文丛）
ISBN978-7-221-16334-9

Ⅰ．①初… Ⅱ．①朱… Ⅲ．①中国文学－当代文学－作品综合集Ⅳ．①I217.2

中国版本图书馆 CIP 数据核字 (2020) 第 205997 号

贵州学者文丛　第二辑
初学者言　朱正琳文选
CHUXUEZHE YAN　ZHUZHENGLIN WENXUAN
朱正琳 / 著

出 版 人：朱文迅
策划编辑：戴　俊
责任编辑：唐　博
装帧设计：刘　津　陈　电
文丛名题写：戴明贤
文丛名治印：喻民康
出版发行：贵州出版集团　贵州人民出版社
地址：贵阳市观山湖区会展东路 SOHO 办公区 A 座
邮编：550081
印刷：深圳市新联美术印刷有限公司
开本：889 毫米 ×1194 毫米 1/32
印张：13.5
字数：310 千字
版次：2024 年 12 月第 1 版
印次：2024 年 12 月第 1 次印刷
书号：ISBN978-7-221-16334-9
定价：60.00 元

朱正琳

男，出生于1947年。1980年考入北大，在外国哲学所攻读现代外国哲学专业研究生。1983年毕业，获硕士学位。2019年10月21日因病与世长辞，享年72岁。

生前为湖北大学退休教师。曾出任《东方》杂志副总编（1994—1996），中央电视台《读书时间》栏目专职策划（1996—2005），并曾与山东画报出版社合作编辑丛刊《成长文摘》，任主编（2000—2002）。

著有《布拉德雷评传》（哲学论文）、《弗洛伊德评传》（哲学论文）、《“砍大山”余响》（哲学随感录）、《哲学就是爱智慧》（少儿读物）、《文事·世事·心事》（散文集）、《还有精神》（散文集）、《读书是私事》（书评与随笔集）、《里面的故事》（回忆录）、《外面的世界》（回忆录）、《读点》（书评与随笔集）、《痕迹》（三十年自选集）等。

总　序

习近平总书记在党的十九大报告中指出："没有高度的文化自信，没有文化的繁荣兴盛，就没有中华民族伟大复兴。"文化自信是一个国家、一个民族发展中基本的、深沉的和持久的力量。贵州地处祖国西南腹地，历史悠久，文化多彩。当中国进入进一步深入推进改革开放，尤其是进入实现中华民族伟大复兴的崭新历史阶段，人们从对贵州的"传统"识读转变为对贵州的"现代"惊喜。在创造新时代美好生活的火热实践中，贵州经济社会发展日新月异，百姓富、生态美的景象犹如灿烂的画卷徐徐展开。而这一变化，很大程度缘于贵州人对脚下这片土地的热爱，缘于贵州人在发展的过程中获得巨大的文化力量支撑，缘于对文脉的持续夯实和丰富延展。

在浩荡的历史长河中，智慧扮演着引领社会进步的角色，而作为智慧的载体——人，或以细微力量奉献于故土，或以毕生所有倾力于建设，或以所拥学识聚焦于文明。贵州大地曾经出现的“六千举人、七百进士”的人文景象，一直激励着后人励精图治，奋发赶超。在各个历史阶段，贵州涌现出一批批执着于家园建设的热血男儿、巾帼英豪。特别是改革开放四十年来，贵州学术繁荣发展，人才辈出，新作迭现，在省内外乃至海外成长起一批成果丰硕、有学术影响力的专家、学者。山川风物的每一点变化，人文气韵的每一点累积，无不昭示“贵州精神”“贵州智慧”的现实呈现，折射出时代潮涌背景之下贵州人的专注与努力。

以此为情感触发点，中共贵州省委宣传部精心策划指导“贵州学者文丛”（以下简称“文丛”）编辑出版，旨在树立和刻画让人敬仰的人文景象。“文丛”邀请了在当代学术界有影响力的贵州籍或者非贵州籍但对贵州有研究的学者，整理他们的学术成果，承前启后，激励后人，放眼贵州，观照世界，让贵州的形象闪亮，让贵州的声音响亮，让贵州的智慧铮亮。“文丛”的作者既包括如乐黛云、陈祖武、刘纲纪、涂纪亮、曹顺庆、刘扬忠、刘扬烈、何光沪、张朋园等贵州籍的著名学者，又包括非贵州籍但在贵州生活过的专家学者，如钱理群、吴雁南、彭兆荣等，博采众家之长，集中展示贵州文化之风貌。“文丛”在内容上，以文史哲为主，同时又兼采风物；形式上，在保证萃选诸学者的学术精华内容外，兼顾通俗性，以扩大“文丛”的读者覆盖面。

感谢“文丛”的全体作者及其后人，他们客观严谨的学术创新精神、浓烈的乡梓情怀、无私的奉献精神，激励着我们用真心、细心、诚心来编辑出版好这套丛书。

“道之所在，虽千万人吾往矣。”这个“道”就是我们的文化，就是我们的精神支点，值得我们用心、用力去寻觅和追求。希望本“文丛”的出版，能弥贵州文化之气韵，能彰贵州精神之亮点，为建设多彩贵州民族特色文化强省添砖加瓦、推波助力。

“贵州学者文丛”编委会

2018 年 4 月

代 序

我写的东西数量很少，此前又已编选出版了一本“三十年集”《痕迹》（复旦大学出版社，2011 年），所以，这个集子的编选就难免常有捉襟见肘之感。避免重复似乎成了一条主导原则：一是在文章的选用上尽量（也只能是尽量！）少选《痕迹》已经用过的；二是在编排上也有意放弃《痕迹》所用的按年代顺序编排的形式。结果是搜罗了一堆文字而后却茫然面对，感觉中就只剩下“散乱”二字。

回过头自己慢慢去读这些散乱的文字，从中理出了某种“内在联系”，这才勉强有了一个编排的框架。如我在《痕迹》一书的自序中所言：“三十年来，治学不成系统，作文不成篇章。零敲碎打，东一榔头西一棒子。唯关心的问题没有变，不能与时俱进。”文字的散乱本是源于我自己的散乱！不过，或可自辩的是，散乱的文字因“没有变”的问题而集结，虽“不成篇章”，却也算得一种自成一格的见证。至于我关心的问题究竟是什么，我觉得还是把它们留在“散乱的文字”中让读者自己去“解读”为好。但有一点却是不言自明的：“没有变”的问题一定是老问题，就我而言，至少是三十年前就已提出来的老问题。

以“初学者言”作为书名，当然是想表明：对于这些老问题，我的谈论都是初学者的谈论。这话听上去像是在装？那我就换一种表达：我的谈论都是发自像乔布斯所说的那种“初学者心态”（Beginner's mind）。

目　录

上篇

审视生活：散论与杂谈

一

关于我们自己

从现在起，我要给你讲第二组问题，这一组问题都与人有关。前面讲过，哲学家们把世界放在自己对面时，总是惊奇不已，提了好多你也想过的问题。但当他们想起自己也活在世界之中时，就不仅是感到惊奇了，有时候还会觉得苦恼。这种苦恼，许多大人都会有，因为大人们烦心的事情比较多，时常会闹不明白："人活着到底为了什么？"只不过一般情况下大人来不及细想，总是想办法自我排遣，比如打打牌、喝喝酒、看看电视什么的，然后便继续忙自己的去了。烦心的事情过去了，开心了，也就更不会去想了。哲学家们却不同，他们逮住了这个问题就不放手，又开始"打破砂锅问到底"。所以，有哲学家说："哲学是苦闷意识的产物。”这话你现在听上去有些深奥，因为你还不明白人活着干吗会觉着苦闷。但是，哲学家们（还有其他一些大人）并不是在自寻烦恼。相反，有许多哲学家是非常达观的，他们像你一样热爱生活，觉得活着真好。但他们也是爱智慧的，往往认为有智慧地活着比糊里糊涂地活着更好。因此，他们不仅想弄清楚世界的真实面目，而且想弄清楚自己活在这个世界上的真实意义。许多哲学家认为，弄清后一个问题比弄清前一个问题更困难也更重要，而且更需要智慧。于是，“认识你自己”这条古训就成了许多哲学家终生努力的目标。

在这一点上，你与哲学家的距离就要大一些了。你的眼睛此刻还是向外看的，看世界（世界真奇妙！）还来不及呢，哪有时间琢磨自己？而且，你有一个长长的未来，自己在未来会是什么样儿，现在的你哪能知道？再有就是，你的吃穿住行有爸爸妈妈操心，你很少有烦恼，也就用不着多想自己。不过，要让你懂得哲学家们在这件事情上都想了哪些问题也并不是太难，因为有些问题在你心里至少是闪现过的。让我们来试一试，但这回我不准备再请老 K 帮忙，而是改由我来问你。

一、人是什么：这一回从星空说起

我有个朋友告诉过我，在他 9 岁那年，一个夏天的晚上，他在翠湖公园（他是昆明人）玩累了，躺在湖边的草地上仰望星空，心里忽然一动。他说：“我清清楚楚地记得自己心里的那一动，觉得就是从那个时候起，我开始有了思想。”我也是从小就喜欢仰望星空，而且也有过“心里忽然一动”的体会。你呢？“心里忽然一动”的时刻，你就不再想闹、不再想跳，甚至不再想讲话了。用大人们的话说，你的心情就变得严肃起来。要是你从来没有过这种体会，不妨找一个夜晚试试，当然最好是独自一人，在一个安静一点的地方。没有机会试关系也不大，现在我们可以开始想象。假想你现在正站在月球上，看见了一个比我们在地球上看见的月亮要大好几倍的蓝色星球，那就是我们的地球。

我要问你的是：你觉得你会有什么样的感觉？

你不假思索地说：那肯定是太漂亮了！

我提醒你注意：月球上现在只有你一个人。

你笑了：那我可能会害怕。

那好，我继续说下去。现在让我们再假想你坐着宇宙飞船在太空中航行。你这才发觉，整个宇宙其实安静得可怕。“天上的星星眨着眼睛？”那只是我们站在地球上而且是站在人群中的一种错觉。太空中那些巨大的星球其实荒凉无比，而且一直毫无声息地运行着。（想想看，要是星星转动能发出声响，会比火车发出的声响大多少倍？）只有我们这个小小的地球上有点儿热闹。实际上，地球上热闹的地方也只是星星点点地分布在陆地上，几公里才有一个村庄，几十公里才有一个城市，何况还有大片大片的森林、荒山和沙漠。海洋就不用说了，它们占了地球表面积的三分之二以上！当你坐在飞船上这样看、这样想的时候，会不会觉得人其实十分渺小？还有，到目前为止，我们还没有发现其他星球上有生命迹象，你不觉得人类在这个宇宙中显得十分孤单吗？

你说：我可能会有这样的感觉。可是，我不明白你对我说这些是什么意思。

让我慢慢讲。现在我们来想想那些曾经在地球上威风一时的恐龙，它们的绝迹至今还是一个谜。有科学家猜测，极有可能是因为有什么天体撞击了地球，造成了恐龙的灭顶之灾。且不管造成恐龙灭绝的原因到底是什么吧，恐龙不再存在了总是个事实。如果恐龙会思考，它们就有可能想不通：既然要让我们灭亡，当初又何必让我们如此称雄地球？用人们爱发的感叹来表达恐龙的想法，那就是：早知今日，何必当初？你也许会插话说：可是，这不是谁让谁不让的问题，碰巧有个彗星撞上了地球，又不是谁故意安排的！我要告诉你的却是：恰恰是这个"碰巧"让恐龙想不通。它们会说：你的意思是说，在这个宇宙中"碰巧"就有了我们，"碰巧"就又没有了我们，我们的存在与否对这个宇宙来说是完全无所谓的？假定你自己就是一只恐龙，这样想时你会不会觉得伤心，觉得活着真没什么劲！对会思考的动物来说，追问"为什么"是一种最为顽固的冲动。这种追问，很多时候并不是想知道事情发生的直接原因，而是想知道事情发生的意义。所谓意义，就是对某种目标所具有"我的作用与价值"。比如说，你要是告诉恐龙，让你们灭亡是为了给一种更高级、更有发展前途的动物（哺乳动物）腾出地盘来，它们也许就会觉得自己的牺牲是值得的，于是也就想通了。可是你现在却告诉它们：你们灭亡的原因只是有一颗彗星偶然与地球相撞，根本不是为了什么。你想它们会有什么感觉？它们会突然意识到：原来它们的存在也纯属偶然，毫无意义和价值。

你终于忍不住了：可是恐龙其实并不会思考呀！

说得对！我只是在打个比方。如果有一天突然又有一颗彗星什么的撞击了地球，人类也因此灭绝了（这不是绝对不可能的吧？），你会怎么想？你总不能说，因为人类有思想，所以就变得比恐龙金贵，而各种天体就都会小心翼翼地绕开地球，不去碰它撞它吧？想象这样的事情如果真的发生了，你会不会觉得人类的存在其实跟恐龙没什么两样？偶然在地球上出现了，又偶然消失了，太空中的星球却依旧在沉默中运行，好像什么事情都没发生过一样……

你突然大喊一声：我不相信！

你这一声喊，引起了我的强烈共鸣，因为我也不愿意相信。可是我却不能马上附和你，因为信念不能完全等同于思想。人类曾经一度相信，地球是宇宙的中心，星辰都环绕着它旋转。直到哥白尼提出了“日心说”之后，人们才开始相信，事实上是地球环绕着太阳在旋转，太阳系又远远不是银河系的中心，而银河系之外还有许多其他的星系。如此看来，地球只是宇宙中一个并不起眼的小星球。原先人们以为地球是宇宙中心，无非是因为人们自己生存在地球上。

你开始有点儿“苦恼”了：那就是说，人类出现在地球上恐怕真的只是一个很偶然的事件，我们相信自己的生存有价值、有意义只是自己的一种错觉，或者说只是自己在骗自己？

我没有这样下结论。我们对世界和宇宙的了解其实还十分有限，要下任何结论也许都太早。从另一个角度看，我们的“信念”也并非完全没有根据。试想，当你坐着宇宙飞船在茫茫太空中穿行时，除了感觉到人类和自己的渺小、孤单以外，你也许还会惊叹：竟然会有那么一个蓝色的星球，有空气，有水，而且产生了生命与人类！的确，宇宙中产生了生命简直就是一个奇迹，产生了精神现象就更是一个奇迹。对科学家来说，这是一个比恐龙灭绝更大的谜。对哲学家来说，其神秘之处则在于，世界的一部分（虽然是极小的部分）居然能感觉到、意识到，并且认识到其他部分的存在与性质，实际上还感觉到、意识到，并且认识到它们自己的存在与性质。我们为什么不可以据此认为：这是宇宙自己在认识自己？再想想人类历史，人类由于拥有认识世界的能力而似乎有了某种方向，也就是说，人类似乎正朝着某个方向进步与发展。最早，生活在不同地区的人群互相之间并没有什么来往，但每一群人都学会了用火、制陶、制造和使用各种石器、炼铁、养鸡养狗、种庄稼……而且每一群人都有自己的语言（都会说话），所有这一切都会使人想起，好像有一只看不见的手在巧做安排。你不觉得是这样吗？从这种观点看，人类的出现就不像是盲目、偶然的，倒很可能是出于某种我们现在还不明白的“设计”。当然，这只是一种猜测。

你又不能相信我了：你是说，当真有神仙存在？

我也没给出这样的结论。我只是说，人类以及人类意识和精神的产生是一个很神秘的事件，其中必然有一些我们还弄不清楚的道理。神秘的事件不一定就与神仙有关，比如“天外来客”就很神秘。我们不妨大胆地猜想一下，人类的产生会不会是由于某种外星人在地球上做了一次生物遗传工程的实验呢？

你更“苦恼”了：要真是这样，那人类的命运就更悲惨了，成了实验品，成了工具，还谈什么价值和意义？！

这一回我真该安慰你了。我说的只是猜想。我的意思是，当我们对一件事没有取得确切认知时，我们没有理由限制自己的想象，并根据想象发问。哲学家大都是想象力很强的人，面对着对人类处境和命运的种种猜想，他们问：人是什么？进一步的追问是多种多样的，其中有一种就是：人究竟是偶然生存于茫茫宇宙的一个角落中的渺小生物，还是我们通常相信的那样，人是万物之灵长？

二、人生的意义：生命只有一次

我年轻的时候常常在山间小路上独自行走。前无村，后无店，那些山路上往往一个人也没有。偶尔遇见一个人，彼此对看一眼，然后便擦肩而过，各走各的路，从此再也不会见面。走在路上遇见陌生人，这当然没有什么好奇怪的。可是，有一次我竟然停了下来，望着对方远去的背影想了好半天，想出一连串“傻”问题来：他是谁？从哪里来？要到哪里去？过去我不认识他，今后也可能永远不会认识他，那为什么他会与我相遇？为什么是在这里（而不是在别处）相遇？又为什么是在今天（而不是别的时间）相遇？为什么他遇见的偏偏是我（而不是别人）？为什么我遇见的又偏偏是他（而不是别人）？

你扑哧一声笑了：这些问题谁能答得上来呀？

这些问题确实是谁也答不上来，可是并不好笑。生活不同于电视、电影，最主要的一点就在于生活不那么富有戏剧性。比如说，如果你在电视或电影里看见了两个人在山路上相遇，就会相信，这两个人在接下来的情节中必定会再次相遇，或者成为敌人，或者成为朋友。也就是说，你相信他们的相遇绝不是无缘无故的，否则这个镜头就会成了毫无必要的镜头，导演一定会删去。在我们的实际生活中，情况往往不是这样的。你与许许多多的人相遇后又分开了，全都是无缘无故的。以后你活你的，他过他的，彼此毫不相干，并且谁也不会惦记谁。但生活中却不存在一个导演来把这种毫无必要的情节删除。它竟然发生了，却又跟从来没发生过一样。德国有句谚语“只有一次等于一次也没有”，说的大致就是这个意思。你当然不能相信这一次相遇实际上从没发生过，但你的确弄不明白它发生了和它没发生对于你或他的生活有什么不同的影响。也就是说，你弄不明白你们的相遇究竟有什么意义。

你说了：干吗要弄明白这些事的意义？

这样说也无大错。但是，你不觉得在我们的生活中像这样无缘无故（也就是无意义）的事太多了吗？如果我们生活中的大部分遭遇和经历都无意义，生活本身是不是还有意义？更重要的是，人人都在说，我们的生命只有一次，那么，我们的一生是不是也和那次偶然的相遇一样，有过与从没有过并无不同？当问题被提出来时，谁还会觉得好笑？哲学家们在追问“人为什么活着”或者“生活的意义是什么”时，心中牢牢记着的一件事就是：生命只有一次。他们当中的大多数人都想向你证明，只有一次的人生自有它的价值和意义。

三、我们是谁：丧失了记忆

你做过这样的梦吗？在梦中你到了一个地方，那地方你好像到过，醒来后却想不起那地方到底是哪儿。我小时候就经常做这样的梦。还有一种相反的情况是，我到了一个地方，觉得好像在梦中到过。总而言之，梦境有时候跟真的一样，真事有时候倒恍若梦境。我因此曾产生过一个奇想：真正的我其实正在别的地方（比如在另一个星球上）做梦，梦见了我在这里的言行和思想。

这一回你没有笑我，而只是若有所思地点了点头。

你不认为这种奇想过于荒唐？那太好了。我想告诉你“人生如梦”是从古至今常有的一种感叹。中国古代的哲学家庄周就有过和我类似的想法。有一次他梦见一只蝴蝶，醒来后觉得有些恍惚，于是他问到底是庄周梦蝶，还是蝶梦庄周？现在让我们再来想象一下，假如有一个人突然失去了记忆（在电视剧、电影里你见过这样的人），他肯定会不断寻思：我是谁？我从哪儿来？又要到哪儿去？

你说：这没错，可是跟我们有什么关系？

怎么没关系？一个丧失记忆的人对过去丧失了记忆，但眼前发生的事他多半还是能记住的。他的时间好像分成了两段：丧失记忆之前和丧失记忆之后。他记不住前一段时间的事（完全记不得），却记得往后一段时间的事。再大胆地想一下，我们也有可能全都是些丧失了记忆的人，记不住自己来到这个世界之前的任何事。换句话说，我们忘了自己原来是谁，从哪儿来，又要到哪儿去。你觉得没有这种可能吗？哲学家们却忍不住爱问：我们是谁？有时候他们觉得这个问题比“人是什么”的问题还要重要。希腊德尔菲神庙门前的铭文“认识你自己”就包含了这一问题，古希腊哲学家柏拉图的名言“知识即是回忆”大概也是与这一问题很有关系的。

四、什么是善：重要的是“应该”二字

有一则寓言说，一头熊与一个猎人成了好朋友。有一天，猎人在林中的草地上睡着了，睡得很香，一只苍蝇却老在他脸上叮来叮去。熊生气了，为了不让苍蝇打扰好朋友睡觉，它搬了块大石头朝苍蝇砸去。结果可想而知，猎人被砸死了。

你哈哈大笑，却没有忘记问我：你想用这个故事说明什么呢？

我没想用它说明什么，只是想问你：熊的这个行为是好还是坏?

你一下愣住了：我还真有点答不上来哩。你说它好吧，后果太坏了；你说它坏吧，熊的本意又是很好的。

答不上来没有关系，大人们也答不上来的。我想告诉你的是：好与坏是一个可以讨论的问题。什么是好？什么是坏？一般情况下我们会觉得很容易做出判断。做了好事你会对自己感到满意，做了坏事你会感到不安；见到好人你会喜欢、钦佩，见到坏人你会反感、愤恨。这种种反应几乎是不用想就自然产生的，所以有人认为人天生就具有关于善与恶的知识。不过，这种知识却有一个奇怪的特点。如果只是一般地说说，大家的看法会非常一致：杀人不好，欺骗不好，打架不好，骂人不好……救人好，诚实好，友爱好，有礼貌好……谁都不会反对。但只要一涉及对具体事情做判断，好像大家的一致看法就都不作数了，你说这好，他说这不好，你说那不好，他说那就好……争论不休，而且一争论就容易动火，变成吵架。你看见过吵架吗？吵架的人虽然有时会骂得很难听，但骨子里总还是想让别人说他是对的、好的，说对方是不对的、不好的。还是举例子说吧，你要是跟人说打人不好，不会有人跟你争。可是，你要是对一个正在打人的人说这话，他也许就会对你说：我打的是坏人，有什么不好？或者说：是他先动的手，莫非我还坐着让他打不成？你要是再说，他就有可能和你吵起来，说你偏心，说你不了解情况，说你多管闲事，等等。说实在话，要说清楚一件事情的好坏是非的确不是太容易的事，因此，我们的生活中才有那么多争吵，而且常常吵也吵不明白，得请别的人来断个公道，有时候还要上法庭。如果你试着给别人断一回公道，就会发觉“公说公有理，婆说婆有理”，你常常被吵糊涂了，这时候你才明白，我们以为自己天生就具有的关于善与恶的知识其实是大有疑问的。因此，哲学家们一直在讨论这个问题，他们当然不能一件事一件事地讨论，而是从根本上对我们关于善恶的认知进行思考。他们的问题是：什么是善？什么是善的行为？动机好但效果不好的行为是善的行为吗？效果好但动机不好的行为是恶的行为吗？如此等等。更重要的是，他们讨论这些问题，归根结底是想知道：人应该怎样活着？人应该做些什么以及应该怎样做？或者说，人应该怎样做人？事实上，当他们追问“人是什么”“我们是谁”“人生有什么意义”等问题时，已经不只是出于好奇而发问了（这一点我在前面已说过），而同时是出于内心的一种迫切需要，即需要知道“人应该怎样活着”和“我应该怎样活着”。与这些问题相关的一个问题是：什么是幸福？或者说：什么样的生活才是幸福的生活？

五、什么是美：你是否被打动过

20 多年前，我们一群知青住在一座大山上的农舍里。有一天夜里我睡不着，轻手轻脚地爬起来，打算到屋外走走。不想一推开房门就哎呀一声惊呆在门旁。我看见了什么呢？我看见一轮明晃晃的月亮悬在群山顶上，半山腰云雾缭绕，被月光照得银灿灿的一片。我那一声喊惊动了同屋的其他人，他们纷纷起床来到门边，而每个人的反应都和我一样，呆住了。最后起来的一位也许是睡得最香的一位，他来到我们身旁往外一看，恍然大悟地说了一声："原来是雾！"说完便毫无留恋地回去继续睡他的觉去了。大家当时都觉得他很扫兴，谁不知道那是雾呢？可是，那些雾，那些山，还有那轮月亮，形成了一种景象，却不是用一个"雾"字就可以说完的呀！关键还在于那景象在当时引发的一种感觉，用通常的话说就是：我们被那景象打动了。我不知道你有没有过类似的体验，比如被一朵小花、一块青青的草地、一片朝霞或晚霞打动过？还有大海上的日出、高山上的落日、莽莽苍苍的草原、滚滚滔滔的江水……

你急了：你一下子说这么多，好些地方我还从来没去过呢。

对不起，我有点激动了。那我再来问你：你读过或听过安徒生写的童话故事吗？你被那些故事打动过吗？举例说，当你读到《海的女儿》结尾处，那位小人鱼化作泡沫飘散在大海上时，你是不是觉得眼睛有些潮湿了呢？我相信，你一定有过被打动的经验。可是，你想过没有，是什么东西打动了你？哲学家们认为：打动了你的东西是美。他们当然也被美打动过，但在冷静下来之后，他们就开始追问：美是什么？他们还注意到，我们被打动的感觉多种多样，这说明美有许多不同的性质。比如说，大海上观日出和花园里看花所引起的被打动的感觉就明显不同，读安徒生的童话更是另一个样子。还有，我们在听相声时常常会忍不住开口大笑，甚至破涕为笑，这是不是也可以看作被打动了呢？所以，他们不单单问“美是什么”，还问“什么是艺术美”“什么是自然美”“什么是崇高”“什么是滑稽”等。

说到这里，我当然还远没有把哲学家们关心的所有问题一一给你罗列出来，但你不难发现，不管还有多少问题，都可以归于三个大问题中的一个。这三个大问题是：什么是真？什么是善？什么是美？求真、求善、求美之心都出于人的天性，你也不会例外。从这个意义上说，“人人都是哲学家”或者“人人都会想哲学问题”的说法便没有错。当然，并不是人人都能成为哲学家，这与“会做菜的人并不一定能被称为厨师”是一个道理。

（原载《哲学就是爱智慧》，中国人民大学出版社，2013）

二

弗洛伊德关于人的理论初探

在西方，西格蒙德·弗洛伊德（Sigmund Freud，1856—1939）是20世纪的思想家之一。他所创建的精神分析学，不仅为心理性神经病（psychoneurosis）的治疗提供了一整套独特的技术及其基础理论，并且奠定了一个别具一格的心理学流派。从目的、对象和方法上说，精神分析学自一开始便离开了19世纪以来的心理学思想之主流：它的初衷是治病，因而它所关心的是其他学派比较忽视的变态行为；它的方法是临床观察，而不是有控制的实验室实验（自冯特始，这种实验成为心理学普遍采用的研究方法）。更重要的是，精神分析学一反近代实验心理学的传统，它的研究对象不再是人的局部的心理机制或心理功能，诸如知觉、感觉、学习、记忆一类问题，而是作为心理实体的整体的人。潜意识学说的提出，打破了变态与正常的界限，因此，精神分析学从来就不是一种病态心理学，而是一种广义的普通心理学。不只如此，弗洛伊德还将其理论运用到社会政治、文学艺术、宗教、神话，以及原始部落的图腾观等各种文化现象的解释上。其涉猎之广，影响之大，几乎波及人文科学的所有领域。

马尔库塞说："弗洛伊德发展了一种人的理论，一种严格意义上的心理学（psychology）。由于这种理论，弗洛伊德使自己进入了伟大的哲学传统之中，并置身于哲学的标准之下。"[1]弗洛伊德不是一个哲学家，但他的学说及思想的确在很大程度上影响了当代西方哲学。而且，也许正是因为他的思想进入了西方哲学的传统之中，才使他的影响超出了医学与心理学领域。因此，本文试图从哲学的角度对弗洛伊德关于人的理论进行一些初步的探讨。

一、

弗洛伊德的研究对象，首先是个体的人或人类个体。这里的个体概念，与哲学上的个体概念无关，弗洛伊德是以生物学意义上的个体为其出发点的。人作为生物个体，与外界及他人的界限不难明确。但弗洛伊德不从生物学层次上展开研究，他假定了一个生物个体相应的是一个心理实体，并创立了一套范畴和概念来描述这个实体的结构与种种活动。按他的想法，没有必要（也尚无可能）在解剖学和生理学上找到这些范畴与概念的对应位置。但是，他似乎暗自相信，科学的发展很可能会揭示其间存在的惊人对应。当然，这已非他之力所能及，从而也不是他的研究范围。所以，虽然他不时引证生物学上的事实作为自己学说的辅助说明，但一般来说，他总是小心地避免与生物学纠缠在一起。

视人为心理实体，这不是弗洛伊德的发明，由来已久的灵魂说就具有这种含义。弗洛伊德的创见是，人作为心理实体，不仅是意识的，而且（在更大程度上和更大范围内）是潜意识的。严格地说，这样谈论弗洛伊德的创见并不确切，因为潜意识一说实际上在 19 世纪甚为流行，绝非弗洛伊德所首倡。例如对弗洛伊德具有直接影响的心理学家费希纳（G.T.Fechner，1801—1887）就曾指出，心理类似于冰山，相当大的一部分藏在水面以下，那里有一些观察不到的力量在发生作用。那么，弗洛伊德的“潜意识学说”与前人有何不同呢？笼统地讲，弗洛伊德不是仅仅将意识和潜意识视为心理实体的两个部分（水面以上和水面以下），而是认为两者处于一个动力学结构之中。他描述了这个动力学结构的种种机制，并且提供了一个发生学上的解释。这一点，确实是前所未有的。

什么是潜意识（unconsciousness）？顾名思义，潜意识就是潜藏于意识背后或底下的心智过程，它不为意识所觉察，但却对心理活动起作用。弗洛伊德认为，潜意识不是静止的和被动的，恰恰相反，潜意识是原动的，是意识活动的能源之所在。我们可以打个比方说，在岩石累累的地表下面，在地球的最深处，不是死寂的沉积物，而是质量更大但却沸腾不已的岩浆。而整个地貌的形成，总是直接或间接地与这岩浆的活动有关。这就是说，处于心理实体表层的意识活动，在某种意义上不过是底层潜意识活动所造成的“地貌”而已。弗洛伊德常将自己的描述方法称为“地形学式的”（topographical），大概就有这层含义。

地底的活动既然不能直接得知，就只有通过对地貌的分析来加以推测。弗洛伊德虽然一再谈到潜意识的最深处也许永远不会向我们展示，但他还是相信运用特殊的技巧（精神分析法）能够对之进行相当程度的了解，并且宣称自己已有许多重大发现。总之，在弗洛伊德看来，潜意识的活动虽然对于日常理智来说显得荒谬难解，但却绝不是神秘莫测、不可分析和认识的事物。弗洛伊德认为一切现象都有其原因，他是理性主义者，相信只要方法得当，就能透过结果而认识原因。抱定这种信念，他自比哥伦布，冒险在人类心理的“新大陆”（潜意识）上探索，并向我们叙说了那里的种种奇闻逸事。

他首先说，潜意识中充满了人的原始欲望。唯其如此，潜意识是原动的，因为（在他看来）在所有心理要素中，只有欲望才是真正自身能动的。潜意识的欲望只知道要求直接的和即时的满足，用弗洛伊德的话说：“根本没有潜意识的‘不’这种东西。”[2] 但是，现实的满足经验必须借助于对象通过外界才能获得，而纯粹的潜意识活动却没有建立起这条途径（不能达于外界）。因此，潜意识欲望的满足往往走了一条最短的路径——通过唤起满足经验的感觉记忆而建立“知觉同一”（perceptual identity）。即是说：“我们也许可以假定一个原始精神装置所确实遵循的途径，即愿望终于幻觉。因此第一种精神活动的目标在于对感觉同一，即重复着和满足需求有关的感觉。”[3] 这种“知觉同一”的最好例子是梦。据弗洛伊德说，“知觉同一”之所以得以建立，是依靠精神装置操作时所出现的一种后退现象（regression）——欲望不是正向地通过精神装置的运动端与外界发生现实关系后得到满足，而是倒回到感觉端，以重现过去获得满足时的感觉来求得一种虚假满足。这种以建立“知觉同一”为目标的精神活动，被弗洛伊德称为精神活动的原发步骤（primary instance）或原发系统（primary system）。

一般说来，欲望的刺激造成精神装置内部的紧张，导致精神装置运转操作，而此种运转操作的全部目的就是满足欲望以消除紧张。这就是弗洛伊德的快乐原则（principle of pleasure）或恒定原则（principle of constance）。这一原则是整个精神装置的运转都必定遵从的调节原则，而原发精神步骤则更是只知道遵从这一原则。通俗一点说，人的初衷（原发的精神活动）只在于追求快乐。但是，原发步骤的缺陷是明显的，它所造成的幻觉满足至多只能暂时缓解紧张，而无法得到真正的快乐。于是，照弗洛伊德的说法，一种续发步骤（secondary instance）产生了。它截断了后退现象的通路，寻求经由外在世界而获得现实满足经验的途径，建立起真正的“知觉同一”（即获得真正满足的感觉）。这样达到的“知觉同一”，显然走了一条迂回的道路。为实现这个目标，续发步骤首先以建立“思想同一”（thinking identity）取代了原发步骤的“知觉同一”。所谓思想同一，即以概念来“同一”满足经验。也就是说，对满足经验赖以得到的对象、手段、过程等有一种理智上的认识，从而使附着在欲望上的心理能量循着一条迂回的道路，“直到最后借着一种自主的行动操纵外在世界，使个体能够真正感觉那引起满足的真正‘对象’”[4]（即达到真正的“知觉同一”）。弗洛伊德说：“毕竟思想也没有什么，它不过是幻觉式愿望的一种替代品而已。”[5]这个结论是耸人听闻的，因为这无异于说思想的客观性或真理性根本就不可能有。《近代心理学历史导引》一书的作者说：“弗洛伊德似乎正在发现，思想首先是愿望的体现。在其原始的形式中，思想诉说的是我们所直接愿望的。但思想在时间的进程中部分地被一种延迟满足的倾向所代替，因为要注意到现实——‘现实考验’的过程。这就是续发过程（即续发步骤——引者）。”[6] 这一段评述触及了一个要害问题，那就是：为什么会产生续发步骤？或者说，为什么原发的精神活动不可能直接通过外界而获得欲望的现实满足？弗洛伊德的回答是，“因为要注意到现实”。他说：“精神装置的力量起先是使自己尽量地避免遭受刺激（恒定原则——引者），因此，最早期的构造是根据反射装置的蓝图而制造的，接受的感觉刺激可以很快地经过运动途径而产生反应。不过它所面对的生命危机却干扰着这简单的机能。另一方面，精神装置之所以会进一步地发展

（续发步骤的产生——引者）也是基于此种原因。”[7] 生命危机从何而来？弗洛伊德说来自三个方面：“来自我们的肉体——它注定要腐朽和消亡，甚至以不可能没有痛苦与焦虑作为警告；来自外部世界——它以其优势的和冷酷无情的毁灭性力量暴虐地对待我们；最后，来自我们与他人的关系。”[8] 简言之，弗洛伊德明确地承认有一个外在于心理实体或精神装置的现实世界（包括我们的肉体和他人），而思想作为续发的精神活动，一方面，固然是“愿望的体现”；另一方面，却又恰恰必须是对这个现实世界的客观认识。如其不然，续发步骤就不能成为取得现实满足的有效步骤，“思想同一”之取代“知觉同一”就毫无意义和必要了。但是，主观的“愿望”与客观的认识不可能刚好一致，按弗洛伊德的观点，快乐原则的“纲领却与整个世界不相和合，无论是在宏观方面还是微观方面。它被贯彻到底是不可能的，宇宙运行的全部规则都与之相对立”[9]。因此，愿望和现实是互相冲突的，客观的认识（思想）不可能源自愿望。总之，弗洛伊德在思想（认识）的产生问题上陷入了矛盾中，这一点我们在后文中还将讨论。

整个现实世界与快乐原则不和，因此，出于一种心理上的防卫机制，精神的活动产生了续发步骤。“事实上，在外部世界的影响下，快乐原则自身也改变成较为谦虚的现实原则（reality principle）。”[10] 这就是续发步骤所遵从的调节原则。现实原则与快乐原则并不截然对立，它只是快乐原则的一种修正，意在迂回地实现快乐原则的指令。通俗地讲，人面对着强大的外界现实，不得不筹划计算（牺牲某些欲望和有节制地满足某些欲望）。这种筹划计算当然是在意识层中进行。不过，潜意识与意识的分野，并不简单地是永远冲动着的欲望和筹划计算着的理智之间的分野。意识中也存在某些欲望和冲动，只是它们已经被理智驯化（tame）了。同样，潜意识中似也存在某种特殊的筹划计算，比如潜意识欲望巧妙地伪装自身以求得在意识中的宣泄（通过梦、症状等）。因此，原发步骤与续发步骤之对应于潜意识与意识，只能说是大体上如此。还有一点更为重要。从严格意义上说，所谓意识永远是当下的、直接的，那不为我们此时此刻所注意的心理过程，似乎都可以说成是潜意识的。但是，这里必须做出一个区分，对于弗洛伊德的潜意识学说来说绝非可有可无。在弗洛伊德看来存在这样一个心理区域，其间的任何一种活动都可以毫无阻拦地进入意识，所需要的只是注意力的移转。这显然有别于那永远不可能进入意识或者因受阻力而很难进入意识的潜意识活动，而弗洛伊德所说的潜意识恰恰是指这后二者。所以，弗洛伊德在意识和潜意识之间划分出前意识（preconscious），专用以指当下不为我们所觉察却随时有可能进入意识的心理活动区域。于是，与续发步骤大体对应的就应该说是意识和前意识二者的活动，弗洛伊德将它们统称为前意识系统。

在前意识和潜意识之间仿佛有一道很严厉的关卡，使得潜意识欲望不可轻易得其门而入。弗洛伊德有时把这叫作“审查制度”（censorship）。在梦里，在歇斯底里或神经质病的症状里，潜意识欲望乔装打扮，逃避审查而表达自己。为什么会有这道关卡？弗洛伊德说，这是因为潜意识的欲望每每为意识所不能苟同和认可，续发的精神活动一旦产生，就不得不在很大程度上和很大范围内压抑原发的精神活动。原发步骤所追求的快乐往往在续发步骤中成为痛苦。于是，我们的人格就仿佛发生了分裂，快乐与痛苦、爱与恨总是彼此纠缠，失去了单纯、鲜明的界限。我们的爱中潜藏着敌意，我们的恨中却暗含着依恋。也就是说，我们所怀有的情感通常是“矛盾情感”（ambivalence）。但我们常常意识不到这种矛盾，因为矛盾的一方被压抑而存在于潜意识中。总之，那遭到压抑的并没有消失而且永久不会消失的，它们存在着，只不过不为我们所觉察（潜意识）而已。这里，我们触及了弗洛伊德的一个重要概念：潜抑作用（repression）。

潜抑作用是一种防卫性的心理机制。弗洛伊德在其自传中对潜抑作用做了如下描述：“让我们来看一个简单的例子，某人心里产生了一种特别的冲动，但却被他种有力的趋势所反对，我们可以猜想这时所产生的心理矛盾不外走下述的一条路线，即两个具有活力的量——为了方便起见，我们且分别称之为‘本能’（instinct）和‘阻力’（resistance）——会在完全意识的状态下相持一段时间，直到本能的冲动被驳倒，而使其力量（原文为besetgung，英译charge of energy，弗洛伊德之意，是指他所假定附着于意识或下意识的心理冲动之能量总和，犹之乎电器之带电也。——原中译者）消失为止，此一过程为正常的解决途径。反之，在患有神经质病的病人身上，由于一种至今尚未明白的理由，那种冲突的宣泄方式就大为不同，在受到某一反对冲动的矛盾冲突之后，‘自我’（ego）受到震惊而退缩回去，从而阻止该冲动跑到意识界，也不让它的力宣泄出去，结果该冲动所带的‘力量’还是原封不动，我称此一过程为‘抑制作用’（即潜抑作用——引者）。……显然，那是一种防卫机序（mechanism of defence），有点类似逃走等念头……”需要说明的有两点：第一，心理能量是弗洛伊德提出的一个所谓经济学的（economic）概念。依此概念，要防止一个被“潜抑”的冲动再现，就不得不消耗某种“对抗能量”（counter charge）。另外，负荷有一定能量的被潜抑冲动，总是寻求着迂回的宣泄途径，例如转换为歇斯底里症的症状。第二，潜抑作用并不只是病人特有的心理现象，而是人所共有的一种心理机制。事实上，从动力学的观点看，潜意识可说是产生于潜抑作用。弗洛伊德说，潜意识在动力学意义上（dynamically）即是被潜抑的潜意识（unconscious repressed）。换言之，每个人的潜意识中都存在着许多被潜抑的冲动，在这一点上正常人与病人并无不同。

至此，我们已经看到，弗洛伊德把意识（包括前意识）与潜意识视为精神活动的两个步骤或心理存在的两个系统，但它们并非互不相干和彼此分离的。两者之间存在着：第一，继发和原发的关系（地形学的）；第二，对抗与转换的关系（动力学的）；第三，对抗与转换所需心理能量的等量关系（经济学的）。在弗洛伊德看来，这三重关系是心理存在系统间的本质关系，所以他有时把它们称为心理学的三个坐标。三者之中，“动力学的”关系尤为重要，因为它从个体发生史的角度标明了潜意识的形成过程。

弗洛伊德接受了进化论的结论，认为个体的发生史重演着种族进化史。他指出，个体的心理发展过程中也存在一个“史前时期”（1~3 岁），相当于人类种族进化过程中的文明史前期。在这一时期，人的心理活动完全为本能的欲望所支配，根本不知文明为何物。不止于此，人在初生之际甚至不能区分天地物我，婴儿的感觉浑然而包罗万象。这种原初的感觉很难说是意识的还是潜意识的，如果我们将意识理解为被自我觉察者，而潜意识为自我所未觉察者的话。可以这样说，婴儿的自我尚未建立，意识与潜意识在这一阶段也并无分野，愉快与痛苦的经验使婴儿逐步做出自我与外界的区分。最初，婴儿把凡使自己痛苦的就视为属于外界，凡使自己愉快的就视为属于自我，错误地建立了一个“愉快的自我”。其后，经验的积累做出了矫正：愉快也有来自外界对象者，痛苦也有来自内部刺激者。感觉及身体的活动审慎地指导着这一矫正过程——现实原则走出其第一步。“于是，依此途径，自我将自身与外界拆开了。或者应更正确地说，自我初始囊括一切，后来它让一个外部世界与己分离。因此，我们现在的自我感觉只是某个包罗更广（事实上是无所不包）的感觉收缩之后的剩余物。那包罗更广的感觉则符合于自我与周围世界之间更为内在的联系（more intimate bond）。”这就是说，在现实原则指导下建立起来的自我并不是我们整个的心理存在。弗洛伊德强调，“那包罗更广的感觉”并不曾因为“自我将自身与外界拆开”就消失了，它只是因妨碍现实原则的贯彻而成为潜意识的。

我们可以认为，自我与外界的区分过程同时也就是意识与潜意识出现分野的过程。不过，必须牢记一点：弗洛伊德从来就不把这一过程归结为单纯的认识过程。在他看来，婴儿的感觉并不是一种静止的知觉，而是包含着无数本能冲动的情感（feeling）。如前所言，妨碍现实原则得以贯彻的正是这些冲动，因为它们一味地要求满足而全然不顾及现实条件。因此，受现实原则指导的自我不得不把它们放逐到潜意识中去（潜抑作用）。按弗洛伊德早期的看法，这些冲动皆源自性本能，而与它们相对抗的自我则出自自保本能。在人的“史前时期”，性本能的活动占有统治地位，自保本能相对比较沉默。但是，性本能的活动必然会遭遇阻碍而造成痛苦，自保本能于是开始建立各种防卫机制，其中，最重要的一种就是潜抑作用。从个体发生史的角度看，潜抑作用的建立过程在俄狄浦斯情结（Oedipus complex）形成时期已基本完成（发生在3~5岁）。即是说，潜意识与意识的分野就在这一时期出现。所谓俄狄浦斯情结是指一种仇父恋母的冲动，由于潜抑作用而被固置于潜意识中。弗洛伊德借用古希腊的悲剧人物——无意中（潜意识地？）杀父娶母的俄狄浦斯为这一情结命名，并且将之视为解开斯芬克斯之谜（人生之谜）的一把钥匙。这也许是弗洛伊德学说中最难使人接受的概念，而又恰恰是他最为重要的概念。所以有必要对这一概念做进一步的说明。

前面已经提到，弗洛伊德认为人在“史前时期”的心理生活中，性本能的活动居统治地位。他说，人的性机能并非自青春期才出现，“性机能与生俱来，且在孩提时代就能找到重要的症候”。这就是弗洛伊德著名的“幼儿性欲说”。不过，性的含义在这里已有所引申，弗洛伊德自己指出：“我对性观念的引申是两方面的。第一，性一直被认为与生殖器有密切的关系，我则把性从中分离出来，而视其为一个包罗更广的生理机能，它以快乐为其终极的目标，而生殖器只不过是它次要的目的；第二，我认为性冲动包括所有够得上用那个最笼统的字眼——‘爱’（love）来形容的念头，哪怕只是亲昵或友善的冲动。”第一个方面的引申，可用性变态的活动为例，其所追求的显然是一种与性有关的快感，但却无意于生殖。此外，正常人的接吻在文明世界里已被公认为一种性活动，但也与生殖活动无直接关系。至于第二个方面的引申，弗洛伊德实际上是说，所谓“爱”这样一种情感原本都根源于性本能，只不过其中的一些（如友爱、亲情等）通过一系列复杂的心理机制而禁绝了初始的性目的，他称之为“禁绝目的”（inhibition）的爱。所以，这两方面的引申，并不是在给性重新下定义，而意在指出性本能活动的表现范围原非局限于生殖活动或狭义的性爱。弗洛伊德说：“我不以为这些引申有何革新之处，这只不过是一种修复的工作而已；这些引申所代表的，是撤除过去我们常被导入的不合宜的错误观念和限制。”又说：“精神分析学扩充了的‘性欲’

一词的含义，和神圣非凡的柏拉图所说的‘爱欲’（eros），是多么地相近！”

从此种引申了的性含义来看，幼儿的性活动（据弗洛伊德说）就是任何一个照顾者都熟知的现象。在最早阶段，它的性质主要是自体享乐的，幼儿通过自己身体的局部快感区求得快乐（如吸吮指头等）。其后，他来到了对象选择的阶段。由于他所接触和依赖的第一个异性通常是父母当中的一方，所以他总是势在必行地选择了双亲中的异性作为自己的第一个性对象。这种选择是乱伦的，可是“史前时期”的人并不知乱伦为何物，他的冲动完全顺从本能，不受羞耻观念的辖制。但是，幼儿的性活动所遭遇的第一个阻力恰恰又来自他的父母，他们禁止他的某些自体享乐的行为，尤其禁止他的性对象选择。于是，自保本能开始做出反应，它最初的沉默是因为幼儿受到父母的保护（不直接接触现实），而它最早的活动则是因为幼儿害怕失去父母的保护（父母成为与幼儿直接对立的现实）。性对象的选择因此而遭受潜抑，成为俄狄浦斯情结。从此，一个人就脱离了他的“史前时期”而进入文明时期，他的心理存在中明确出现了意识与潜意识的界面，并且以潜抑作用为枢纽形成了一个动力学的结构。

以上对潜意识发生过程所做出的描述仍有其片面性。因为它出自单纯的动力学观点和个体史的角度。弗洛伊德指出：“‘被潜抑的’和‘潜意识的’并不完全重合。”一方面，潜意识中也存在直接的种族遗传的部分；另一方面，自我的活动（未受潜抑者）也并不完全是意识的。而且，从地形学的观点看，更为本源和能动的存在不可能只是因为遭受压抑就被动地潜入底层。因此，如果真有所谓意识与潜意识的分野过程，也不能仅仅归因于潜抑作用。但是，潜抑作用仍不失为精神分析学的关键，因为在弗洛伊德看来，只有通过意识与潜意识之间的动力学关系，我们才有可能对潜意识的存在及其性质有所推测和了解。而潜意识，乃是弗洛伊德在人的心理空间中所发现的新的一维。

二、

弗洛伊德的潜意识学说引出了一个极为重要的结论，即我们通常所说的自我是人在受到内、外两个方面的压力之下建立起来的东西。它不仅与外界现实有着明确的界限，而且不能等同于我们整个的心理存在。也就是说，人作为心理实体，在自身内部似乎也出现了异己（异于自我）的存在。

弗洛伊德又发现：在人自身内部，除了那种一味要求满足的潜意识冲动之外，还存在另一种异己的力量。它表现为“良心”“罪恶感”“自我惩罚倾向”等，严厉地攻击自我对潜意识冲动的姑息。即是说，如果奉行现实原则的自我意在迂回地和有节制地实现快乐原则的指令，这另一种异己力量则从根本上反对快乐原则的贯彻。换言之，它所代表的是一种价值判断，要求人以善（而非快乐）为生活的目的。这种力量，弗洛伊德称为“超我”（super ego）。超我不仅监视着自我的行为，而且监视着自我的动机，一种内在惩罚由此建立。被潜意识冲动催逼着的自我，面对外在世界的压力，只需采取合理的行为，而面对超我则还必须怀有纯正的动机。自我的地位因此愈加显得可怜，用弗洛伊德的比喻说，同时服侍两个主人已经很不易，现在自我要服侍的却是三个主人。

那么，既反对快乐原则又不遵从现实原则的超我从何产生？弗洛伊德回答说，超我是俄狄浦斯情结的继承人。他认为，在正常情况下，俄狄浦斯情结（仇父恋母的倾向）总是会被克服。克服的过程是这样：以男孩为例，由于他对父亲怀有矛盾情感（既有敌意又有爱），使他害怕因仇父恋母的倾向而失去父亲（也包括母亲）的爱与保护，因此，通过一种叫自居作用（identification）的心理机制，他将这一倾向转化为对父亲的倾慕、崇拜、模仿，乃至于以父亲自居。这样一种心理机制的作用使父亲对他的要求逐渐内在化，变成他自身内部的超我，或者说，儿童在自身内部塑造了一个严厉的父亲。不过，这个父亲只是一个理想的父亲或父亲的理想，换句话说，儿童是以父亲的超我为模式建立了自己的超我。弗洛伊德说，父母（或其他权威）在教育儿童时，总是倾向于忘掉自己童年时建立超我过程的困难，而以自己的超我为楷模要求儿童。这样，超我便一代传至一代。从这个意义上说，超我是一种社会性的理想，“是所有道德限制的代表，是追求完美的鼓吹者，简言之，是一切我们在心理学上已经能够理解的，在人类生活中被人们称为‘更高的’事物”。

因此，“在儿童的成长进程中，超我也接收那些取得了父母地位的人的影响，即那些与儿童的抚养有关和被儿童认作理想楷模的人的影响。正常情况下，超我总是变得离父母的原型越来越远，仿佛越来越非人格化了”。

前面已经提到过，自我的活动不完全是意识的。有必要进一步提出的是，在弗洛伊德看来，自我的活动范围甚至不局限于前意识区域。也就是说，在弗洛伊德严格区分出来的潜意识中，也存在着自我的活动。举例说，潜抑作用这一机制的运转显然与自我的活动有关，但自我往往不可能有所觉察（即使集中了全部注意力）。同样，超我的活动也横跨了前意识与潜意识两个系统。据弗洛伊德说，在神经病人的临床观察中就可以经常发现某些症状与潜意识中存在的罪恶感、自罚倾向等有关。由此看来，“我们显然无权再把心灵中既不同于自我又不同于超我的那个区域叫作潜意识系统了，因为潜意识的特征并不专属于它”。弗洛伊德于是对自己的心理结构理论做出了某种修正。他说：“我们将不再使用潜意识一词来指谓某个系统，而将用一个更好的名称来称呼那迄今为止我们一直叫作‘潜意识系统’的事物，以避免误解的产生。按格罗德克的建议，我们借用尼采所使用过的一个词，自此以后将叫它为 ID。这个非人格的称呼似乎特别适合于表达这一心理区域本质特征——异在于自我的特征。”ID 一词，原是拉丁文的“它”，弗洛伊德用它强调了人的心理世界中存在着一个仿佛在自己之外的国度。中文译者大多将之译为“原我”或“本我”，似不足以表达这层含义，因此，我们在行文中将保持其原文字样。

ID 的活动完全是潜意识的。弗洛伊德说：“它是我们人格中晦暗难及的部分。关于它，我们在研究‘梦的工作’和‘神经质症状的形成’时得到些许知识，而其中大部分都是否定性的，仅仅可描述为自我所不是的一切。我们或可用想象来接近 ID，把它叫作一片混浊，一口沸腾着刺激的大锅。我们揣测它在某个地方与肉体的作用进程有直接关联，而且从中接过本能的需要并让它们得到精神的表现，但是，我们不可能说是在什么样的基础上形成这种关联的。那种本能使它充满了能量，但它却缺乏有序的组织和统一的意志。它唯一的冲动就是根据快乐原则来满足本能的需要。逻辑的法则（首先是矛盾律）于 ID 的活动进程并不适用。各种互相矛盾的冲动并列存在，它们既不两两抵消也不彼此排斥，至多在驱使它们释放自身能量的强大经济压力之下达成妥协而联结在一起。”总而言之，ID 是一种非理性的而又充满原动力的存在。按照弗洛伊德的某种看法，恰恰是这种非理性的存在构成了我们人格（或心理实体）的核心和本体部分，而拥有理性王国的自我则似乎只是 ID 的功能性构体。他说：“持下述看法的人可以说几乎没错，自我原是 ID 的一个部分，由于它与外界最接近，因此受到外界影响而发生了改变。这种改变意在接受刺激而又保护机体不受其害，正像皮层之包裹着生命的质体。”

这样，人的心理存在被弗洛伊德划分为 ID、自我与超我这三个区域或三种力量。其中，ID 被认为是本原的存在物；自我被看作是 ID 对外界现实做出反应的形成物；超我则一方面是出自自我对 ID 中存在的本能冲动之反应，另一方面是出自自我对社会人际关系的反应。这三者的相互关系或相互作用形成了人的人格结构。在弗洛伊德看来，它同样是一种动力学的结构。即是说：人格内部的三重力量并非共处于一个静态平衡的系统之中，它们总是在不断地冲突着。我们可以将这种冲突理解为人与外在世界的冲突反射于人的内在世界，因为我们的人格结构乃是在外在世界的压力之下形成的。

在自我与 ID 的关系问题上，弗洛伊德表现出一种矛盾的态度。一方面，如前所言，他把 ID 视为是本原的存在，而自我则只是一种派生物。因此，从最终的意义上说，盲目的 Id 像命运一样主宰着自我的动机和行为。结论当然就很悲观：所谓人的自由、人的主体性都成了无稽之谈，我们永远是被动的。乔治·格罗德克说得好："我们并不是在生活。我们是被生活着。"（We do not live.We are lived.）另一方面，弗洛伊德又相信自我所拥有的理性力量足以控制和征服 ID 中存在的盲目力量。他说："自我的发展从对本能的认识进展到对它们的统治，从屈从于它们到禁止它们。……精神分析学则是在征服 ID 的进程中应运而生的工具。"理性能够战胜激情，"自由是认识了的必然"——西方近代哲学中（至迟始自斯宾诺莎哲学）的理性主义信念在弗洛伊德这里取得了特殊的表达方式。在弗洛伊德看来，ID 之所以能盲目地支配自我，是因为自我对 ID 的认识不够充分（对它的更深源泉尤其缺乏了解）。精神分析学的使命正在于向 ID

这个内在的必然王国进军，使人能够真正成为自己的主人，即是说，使自我得以发展成为主体。弗洛伊德还用一个比喻来表达了这种信念。他说，自我好比是一个骑者，ID 则好比是一匹马；马提供了奔跑的能量，骑者决定了奔跑的方向。当然，骑者驾驭术的好坏首先取决于对马的性能之认识程度。但是，这里存在着理论上的困难：第一，如果认识归根结底只是愿望的体现，则自我所拥有的理性不过是 ID 所具有的冲动之“合理化”表达，认识失去了客观性和真理性，理性也失去了自身能动性。一个简单的问题是：安知精神分析学不是弗洛伊德潜意识愿望的体现？我们已经说过，弗洛伊德在认识的起源问题上陷入了矛盾之中，这对于他的整个理论来说也许是很致命的一点。第二，如果自我归根结底是 ID 的派生物及功能性构件，则自我并不具有专属于自身的目的和方向。换言之，骑者至多只能控制马跑的速度、平稳度等以避免马跌倒，却不可能决定马奔跑的方向。退一步说，奉行现实原则的自我在方向上的迂回最终还是指向 ID 的目标。在这个意义上，骑者依然是马的奴仆。第三，即使自我真成了具有自身目的的骑者，也还存在一个问题：他用以控制马匹的能量从何而来？照弗洛伊德的观点，ID 是所有心理活动的唯一能源。那么，除非马分出一股能量给骑者来控制自己，不然骑者不可能拥有控制马的力量。事实上，弗洛伊德正是这样回答的。他说：“自我终究仅仅是 ID 的一个部分，一个由于与现实的危险最为接近而特意改变了的部分。从动力学的观点看，它是软弱的，它的能量是从 ID 借来的。”以此观之，骑者与马的比喻当然就有缺陷。从理论上说，自我既是ID的某种功能性构件，ID当然就不仅会向自我提供目的，而且也会供给自我用以操作的能量。两者原为一体，其间的冲突不过是一种自身调节，并不像弗洛伊德所赋予的意义那样重要。进而言之，自我对ID的征服也就无从谈起。

然而，弗洛伊德更像一个二元论者。他不仅坚持认为整个宇宙运行的法则与人的初衷（追求快乐）不相和合（为什么是这样他却未加解释），而且一再强调人的内在世界存在着不可调解的冲突（后者来源于前者）。这两方面的对抗决定着人的生活和命运。有时候，弗洛伊德对人的看法是悲观的：冲突无法调解，苦难不可避免；有时候，弗洛伊德又对人充满了信心。自我终将征服ID并从而征服世界。为更深入地了解弗洛伊德的思想，我们暂且将前面的质疑放在一边，从另一个角度来看弗洛伊德所阐述的ID与自我的关系。前面说过，人的精神生活最终取决于来自肉体而表现于精神的各种本能，而弗洛伊德最初将本能划为两大类：性本能与自保本能。其中，性本能为心理生活提供了一种最基本的能量，弗洛伊德命名为“里比多”（Libido）。所谓“里比多”，乃是对应于性欲的心理冲动（负荷着心理能），相当于饥饿感之于食欲。在弗洛伊德看来，不仅性的活动需要“里比多”的投注，而且人们社会关系的缔结乃至于各种创造文明的活动也都需要“里比多”的投注。这种“里比多”的移作他用（舍弃性目的），弗洛伊德称为“升华作用”（sublimation）。前面所说的自我向ID借来的能量，就属于“里比多”性质。也就是说，ID 作为能源，主要是性本能活动的大本营。在弗洛伊德的早期理论中，性本能的活动不足以造就自我，因为它一味地要求获得满足，只奉行快乐原则，而自我则是自保本能按照现实原则建立起来的。这样，自我之对于 ID，代表了现实世界的压力。它一方面在很大程度上缩减了性本能活动的满足；另一方面则通过类似诡计的手段吸收了大量剩余的“里比多”，用来创造文明以对抗现实。弗洛伊德说：“如果人类在各方面都能满足其欲乐，又有什么能催促他把性的能源转用在其他地方呢？”由此看来，自保本能似乎只为“里比多”的使用提供了新的目的和途径，而它自身却并没有专用的心理能量（非“里比多”性质的）。这种提法显然有欠妥之处。自保的目的大致来源于两种本能的冲动：一是食欲，二是逃避危害。饥饿感与恐惧感都能造成心理的紧张，而所谓心理能量则不过是用以表明这种紧张度的概念而已。既然饥饿感与恐惧感出自有别于性本能的自保本能，它们当然就应具有有别于“里比多”的心理能量，自我的活动不可能一开始就完全地巧借 ID 拥有的“里比多”。弗洛伊德似乎也意识到这个问题，所以在晚年提出了“自恋情结”，把自保本能综合进性本能的范围。这一点我们将在后文讨论。现在我们要进一步指出的是，在弗洛伊德对他的“本能学说”做出修正之前，ID 与自我的对抗最终被归结为性本能与自保本能的对抗。尽管弗洛伊德“很不公正”地剥夺了自保本能拥有专用能量的权利，但他还是强调这种对抗的不可调解性，并以为它是人类内部世界中一种根本性的对抗。

他指出，自保本能的活动压抑了性活动，使“里比多”大量升华，创造了伟大的文明成就。如果没有这种压抑，人就“会只顾着快乐的满足，而永无进步”。不只如此，如果没有这种压抑，我们甚至不能享受爱情。但另一方面，自保本能的这种活动使“性本能在文化压力下畸形发展”，于是，“人类永难逃脱某一程度的苦难、乖离，以及在遥远未来灭种的威胁”。“所以，看来两大本能——性的和自保的本能——永难妥协的互相拮抗，确已鞭策了人类不断地推进，而同样真切的，它们也永远带来威胁，使今日的人类之弱者们颓然倒于心理症里。”

可以得出的结论似乎是这样：自我与 ID 分别出自两种彼此不同而又互相拮抗的本能，因此它们之间的冲突是不可避免和难以妥协的。当然，自我是否能征服 ID 的问题仍旧悬而未决，因为这种征服（照弗洛伊德的说法）依赖的理性力量从何而出的问题仍旧悬而未决。在赋予认识以真理性和客观性方面，自保的冲动并不比性冲动更强。认识的活动具有实践的动机是一回事，认识本身的真理性又是另一回事。不过，前述结论中还是包含了一个重要的看法，即自我既非ID的奴仆亦非ID的主人，它是一个与 ID 永远抗争的对手。可以看出，弗洛伊德对这种抗争的态度也是矛盾的。一方面，他像 19 世纪所有的西方思想家一样，醉心于人类文明的伟大成就，所以认为这种抗争是完全有必要的，否则人类就会永远处于野蛮蒙昧的时代；另一方面，他像 20 世纪的许多西方思想家一样，忧虑于文明（尤其是近代西方的工业文明）对人性所造成的压抑，因而认为这种抗争是人类难以避免的悲剧性命运。

现在我们再来看自我与超我的关系。超我是自我对 ID 和对外界人际关系两方面的反应形成物（reaction formation），因此明显与自保本能的活动有关。一方面，在自我对 ID 进行控制的努力中，“超我……极大地参与了这一成就”；另一方面，超我的建立有助于防止来自父母及社会团体对自我的责罚。与此同时，超我作为俄狄浦斯情结的继承人，显然又来源于性本能的活动。当自我企图变相地或部分地屈从于 ID 之际，超我则代表父亲来加以严厉地禁止，并对自我进行攻击。所以，超我与自我的关系仿佛是父与子对抗关系的内在化。这种对抗，根源是性的对抗（性爱的排他性），但却表现为伦理道德与乱伦冲动的对抗，也即文明与野蛮的对抗。在弗洛伊德看来，伦理道德（文明的一个方面）不过是人际关系的某种调节器，而在以家庭为单位的文明社会中，性的关系乃是一种最基本的人际关系。

因此，从自我的防卫性反应过程中产生的超我却成为一种异于自我的独立力量，并具有极强的指向自我的攻击性（aggression）。这类似于人与文明的关系：人在求取生存及发展的过程中创建了文明，而文明却反过来成为一种异己的和压抑性的力量。事实上，弗洛伊德就把超我看作是文明在“个人内部设置的某种监护力量，一如在一个被征服的城市里驻军”。于是，自我对待超我，就像儿子对待父亲，充满了“矛盾情感”：一方面，将超我作为理想和楷模，虽不能至，然心向往之；另一方面，又将超我视为入侵者和敌占军，随时企图逃避和反抗。但超我明察秋毫而又从不姑息，其可怕更有甚于父亲。如果我们可以把 ID 比作魔鬼，则超我便恰如上帝。自我居两者之间，或许正可看成通常所谓的“人”。人其实也没有什么别的，“一半野兽，一半天使”而已。

确实，自我之为物，行为的标准得于超我，行为的动机出自 ID，依傍着超我它压制 ID（即压制本能），顺从于 ID 它反抗超我（即反抗文明），它自身似乎成为一个身份不明的双面奴才。但是，如前所言，弗洛伊德不仅赋予自我以独立性，并且相信自我必将通过对 ID 的征服取得更大的独立性和自由。也许在他看来，理性是自我专有的王国和力量。撇开我们已经做出的质疑不谈，那么，理性的力量能使自我同样也摆脱超我的监护，最终成为自己主人吗？从逻辑上说，结论很清楚。由于对 ID 缺乏认识，也由于对超我缺乏认识，所以自我一直盲目地处于这两者的冲突之间，惶惶然而不知所从。精神分析学对这两个晦暗的心理区域投下了理性的光，使得自我既有可能驯服 ID，也有可能摆脱超我。从历史的角度看，理性的力量有一个发展过程。在它还很微弱的历史阶段上，自我对 ID 和外界现实的反应仍具有很大的盲目性，因此，建立起来的超我当然也具有很多的不合理性（迄今为止的文明有许多不合理的地方）。自我需要超我，孩子需要父亲，都是理性尚未成熟的标志。因此，正像宗教是不必要的一样（弗洛伊德极力主张这一点），超我也终将成为不必要的。或者说，超我现今所拥有的力量终将被自我统归己有，我们或许有可能建造一个合理的文明。其实我们在这里已经走得太远，弗洛伊德从来没有直接说出如上的结论（它们只是我们根据弗洛伊德思想的一个方面所做出的逻辑推论）。但是，有两点是明确的：第一，弗洛伊德主张人应该正视自己的“见不得人”的本能冲动并承认它们存在的权利，运用理性的力量去认识它们从而达到驾驭它们的目的，而不是依照相沿成习的陈陋观念一味地拒绝和压制它们。在这里，他引用了古希腊的名言——“认识你自己”。第二，弗洛伊德认为，迄今为止的文明都是建立在对人本身缺乏认识的基础上，因此，总是弥漫着压抑和不满的气氛。他希望人们能运用理性的力量对文明进行改造。

弗洛伊德对人的前景所抱有的看法也包含着矛盾，他的结论在更多时候是很悲观的。首先，自我的使命绝不止于征服 ID 从而摆脱超我，更重要的是它必须肩负起与外界现实抗争的任务。这种抗争，是一场真正的战斗，因为抗争的双方既不存在着前定的和谐，也不存在预先许诺的胜败，鹿死谁手，尚不得而知。以快乐为生活目的人与造成苦难的现实世界从根本上对立，没有一个高于两者的存在物来做出仲裁或加以调解。换言之，人在这场战斗中是没有背景的。就弗洛伊德的理论本身而言，理性的力量归根结底只是人的自保力量（理性并没有自身的目的），它与宇宙法则的同一性并没有被假定。因此，凭借理性的力量也不可能获得胜利的保证。在这一点上，弗洛伊德不同于传统的理性主义者而带上现代非理性主义的色彩。其次，人出于自保的目的创建了文明（即“对自然之防卫与人际关系之调整所累积而成的结果及制度等”），而文明却反过来成为一种异己的压抑性的力量。在弗洛伊德看来，文明所造成的压抑不完全由于现今文明的不合理，而在很大程度上是出于某种必要性。也就是说，文明必然压抑人的自由、人的个性和人的本能要求，用一句话来说，文明必然压抑人对快乐或幸福的追求。即使我们建立了完全合理的文明，自由与快乐也未必接踵而至。要之，正如理性不具有自身的目的一样，文明也不是人的最终目的。当然，这并不意味着我们应该毁灭掉一切文明的成就，“返璞归真”而重回野蛮时代，因为那样做无异于把我们自己直接暴露于强大的现实世界面前，变得更为脆弱。因此，人别无选择地依靠创建文明来防卫自己，而在文明的重压之下却丧失了防卫力量。这似乎已成为人的命运，理性也无能为力。

更为致命的是，人的内部世界也被不可调解的冲突所主宰。这些冲突根源于相互对立的本能活动，非外力所强加。弗洛伊德早期强调性本能与自保本能的对立（前有所述），后期则做出了一个修正：将自保归结到自恋，使自保本能的活动也落入性本能活动的范围。他指出，人在进入性对象选择阶段之前，总是先以自己作为爱恋的对象，形成所谓“自恋情结”（narcissus complex）。而且，在人的一生中，自恋与他恋也总是彼此共存和相互转换。用弗洛伊德的话说，这只是一个“里比多”投注的经济问题。于是，自保本能与性本能被综合为一，弗洛伊德称之为“生本能”。由于它们都是“里比多”性质的，弗洛伊德又称之为“爱本能”。原先存在于自保活动与性活动之间的对抗，虽没有完全消解，但已转化为自恋与他恋的“里比多”分配问题，“容许在个人内部有一个最终的调停”。当然，人与外部世界的抗争绝不会因此而有所改变，但内部的冲突是否会因此而化解了呢？不是的。我们说过，弗洛伊德更像一个二元论者，他将自保本能与性本能合二为一，在某种意义上是为了给爱安排下一个更强有力的对手。他说：“我仍确信，……本能不可能是完全同种的。”他从人类的攻击性和自毁倾向中找出了爱的匹敌者，那就是死。他说：“我们习惯于在本能的概念中看到趋向改变和发展的因素，而现在我们发现有必要认识它的另一面，即它也是生命保守本性的表达。”在他看来，生命显然有一种回归到无机自然的趋向，这是一种生命的惯性或弹性，他称之为“死本能”。他解释道：“如果我们可以如某种经验所容许的那样推测，一切活着的东西都会因自身内部的必然性而死去，从而回归到无机界，那么我们只能说‘全部生活的目的就是死亡’,反过来说则是‘无生命的东西存在于有生命的东西之先’。”这就是说，死被理解为一种回归，虽作为“生活的目的”，却似乎与生命的进程逆向。因此，死本能的表现（攻击性、破坏性、自毁倾向等）总好像是要强迫生命倒退，重现早期（一直到生命产生之前）的景象。我们可举一例来帮助理解：战争似乎使人退回到野蛮时代。事实上，弗洛伊德提出死本能概念，显然与第一次世界大战及德国法西斯兴起的过程中所表现出来的人的野蛮和破坏倾向有关。

弗洛伊德认为爱是一种趋向于结合的本能，它不仅维护生命实体，而且使个体加入更大的联合体中。人们结合为社会团体，固然是出于某种必要性，但如果没有爱本能所提供的“里比多纽带”（libidinal tie），单靠必要性不可能获得成功。当然，爱本身所具有的排他性质也往往会引起冲突，妨碍结合。但是，一则因为“禁绝目的的爱”（见前文）扩展了爱本能的活动范围，增强了它的结合性力量；二则因为排他性引起的冲突终可由“里比多”的分配来调解，所以爱的结合功能并没有因此而被抵消或削弱过多。不过，狭义的性爱或性活动会遭受压抑，造成个人的创伤，爱本能活动的这种排他性仍然是原因之一。死本能作用则正好相反，“可以假定：死本能在机体内部沉默地起着肢解机体的作用。不过，那当然是没有证据的”。但是，死本能的表现如攻击性等则很明显是非结合性的力量。有一点需要说明，几乎在任何现象中都不可能只发现爱本能或死本能在单独起作用。一个团体在向另一个团体发动攻击时，它自身内部的“里比多纽带”往往会有所加强，而且攻击行为本身也常常伴有性虐待狂的色彩。还有一点更为重要，死本能本身与其表现必须被区别开来：死本能本身的活动趋向于宁静（回归自然），尽管在其过程中时时表现为趋向疯狂。弗洛伊德从佛教用语里借用了一个名词来表述这种趋向，他说，死本能的活动遵从“涅槃原则”。我们则宁可借用基督教《圣经》里的名言来阐明弗洛伊德对死本能的理解，那就是：“你从尘土中来，必归于尘土中去。”死本能的肢解作用实际上是在反对生命的冲动，即反对爱的冲动。在追求幸福（爱的满足）的人类与无情的大自然之间所进行的永恒战斗中，死本能站在大自然一边。如果说自保本能的活动终归是人自身对自然做出的反应，死本能的活动则是大自然从我们身后发动的攻击。于是，我们发现自己腹背受敌，但同时也发现自己与大自然之间更为深层的联系。只要接受一个结论，所有的矛盾即可消解，“永恒的战斗”便成为幻象。这个结论是：永恒的宁静才是最大的快乐，生命的冲动却是烦恼的根源，因此，死亡才是人的归宿（回归到大地母亲的怀抱）。但是，弗洛伊德没有接受这个结论。虽然他的态度常有矛盾与暧昧之处，但他更多的时候是站在人的一边，站在爱的一边，力主生命与自然及死亡进行抗争。他看出这场斗争的艰巨，对其前景也不免时感悲观，但却从来没有退缩或超脱到无为的境界，用否定生命、否定现世来安慰自己和他的同类。为此，他坚决反对宗教，并得出一个与马克思一致的结论：“宗教是一种精神麻醉的典型代表。”他反对禁欲主义，“因为，当一个人把欲望降至最低限度后，生活的多姿多彩也将随之变得索然无味，而生命本身也将失去其原有的光辉”。

这并不是说，弗洛伊德没有把死亡理解为一种回归。如前所言，死本能概念其实已包含了这层理解。不过，弗洛伊德同时指出，在生命必然冲动着走向死亡的历程中，存在着一种相反的冲动——生之冲动或爱之冲动。因此，生命的历程在逻辑上似具有两个大相径庭的方向或目标。南辕北辙，生命本身就是一种矛盾。在他看来，两种相反的冲动都同样实在，并植根于生命的个体之中。不能因个体的必然死亡就将其整个生命的历程理解为从无（无机自然）到无（无机自然）的过程，从而视全部生活为一片虚空。也许可以这样说，千百年来，人们一直企图解破的人生之谜不是为什么有死，而是为什么有生。换言之，死亡的实在性不是一个谜，而在死亡的背景下涌现出来的生活的实在性何在，这才是一个真正的谜。弗洛伊德没有把这种实在性归因于神（生命将由它所造），而是将之归结为爱——一种在人类个体中与死本能冲动正相反对的内驱力。从形式上说，这种观点与西方文艺复兴以来兴起的人文主义或人道主义思潮一脉相承，因为，它将人类个体肯定为一种原动的存在。从内容上看，弗洛伊德认为原动的内驱力根源于性（这本身似乎是对人具有神性这一观点的嘲笑），进一步杜绝了爱（内驱力）的神圣来源。如果说传统的（或古典的）人道主义肯定的是完美的个人，即像神一样的人，弗洛伊德则更加肯定现实的、世俗的个人，即追求快乐而非追求完美的人。甚至还可以说，弗洛伊德似乎在逻辑上假定了人的本真状态。在那种状态中，人只知追求快乐而别无他顾（“原发的精神活动”），就像伊甸乐园中的亚当和夏娃一样，不知善恶也不计功利。于是，与死亡冲突着的生之冲动也仿佛在寻求一种回归——回到本真状态，而这种冲动本身也来源于本真的爱。有趣的是，爱与死的冲突仿佛成为两种回归意向的冲突：“重返乐园”还是“归于尘土”？在基督教那里，两者都意味着死；在弗洛伊德那里，两者却意味着生与死的区别。

总之，弗洛伊德所肯定的不是抽象的本真的人，而是具体的有爱也有死的人。我们说他似乎做了一个逻辑上的假定，意在说明他所抱有的一种态度，即人的自我在爱与死的冲突中应站在爱的一边。在他看来，爱（即生命）与死的界限不只是一个时间上的概念，而更重要的是一个心理空间上的概念。因此，爱与死的冲突是人的最为内在的冲突，在整个生命的历程里展开。人类个体的死是必然的，爱的败北仿佛也是必然的。但是，生殖似乎是爱对死做出的第一个反应（它不再是上帝对夏娃的惩罚）。就个体而言，生殖也许是爱的一个次要目的，但就人类而言，生殖就成为爱用以与死战斗的必要武器。于是我们看到，弗洛伊德从肯定人类个体发展到肯定人类种族繁衍。不过，他始终以个体的人为本位，而把人类种族看作个体通过“里比多纽带”的集合（在空间和时间两个方面）。人类种族的世系绵延，使爱与死的战斗在个体心理空间中代代相传。在这场战斗中，爱帮助人建立文明以对抗死，死促使人破坏文明以毁灭爱。因此，文明的发展似乎取代了快乐的追求，成为人的第一目标。“重返乐园”是不可能的，除非我们假定有一个上帝。人只能依赖自己，也就是说只能依赖自己所建立的文明。那么，文明的发展与进步能使人新建一个地上的“伊甸乐园”吗？

在弗洛伊德看来，答案并不乐观。死亡之为物，其实在性绝不亚于爱。“道高一尺，魔高一丈”，在人类通过爱的力量建立起来的文明中，处处潜伏着死的力量布下的危机。弗洛伊德说：“在我看来，人类种族的致命性问题是，在控制由于人类攻击性本能和自毁本能对他们的共同生活所造成的干扰方面，他们的文化发展是否以及在什么范围内获得成功。可能恰恰是在这一方面，现代人很值得一种特殊的关注。人已经在那样一种范围内赢得了控制自然的力量，乃至于依靠它们的帮助，他们将毫无困难地毁灭掉最后一个人。他们知道这一点，因而流行一时的不安以及他们的不幸和焦虑情绪大量涌现。我们现在则寄希望两种‘天国力量’（heavenly powers）中的另一种——永恒的爱将做出一种努力，在与它同样不朽的对手进行的斗争中确立自身。然而，又有谁能预见其成败与结果呢？”

从这里，我们可以看到弗洛伊德的希望和忧虑，也可以看到西方文明潜在的危机。

我们对弗洛伊德学说的探讨还只是一个开端，全面系统的评价则须待深入细致研究之后才能做出。因此，我们在这里只想借用弗洛姆的一段评论来结束本文：“的确，弗洛伊德的伟大发现——潜意识——是一个目的在于人类改造的运动之要件。但是，这一发现在一条命定的路上陷入泥淖。它适用于一个很小的范围——人的“里比多”奋斗和它们的潜抑，但却很少或根本不适用于人类存在的广阔现实和社会的政治现象。”在有一点上我们是同意弗洛姆的批评的，那就是弗洛伊德完全忽视了或不懂得社会实践对于人类存在的意义。

（原载《德国哲学》第1辑，北京大学出版社，1986）

注释

［1］马尔库塞：《爱欲与文明》，1955年纽约版，第7页。

［2］弗洛伊德：《少女杜拉的故事》，志文出版社，1979，第100页。

［3］弗洛伊德：《梦的解析》，志文出版社，1980，第472页。

［4］弗洛伊德：《梦的解析》，志文出版社，1980，第501页。

［5］弗洛伊德：《梦的解析》，志文出版社，1980，第472页。

［6］加德纳・墨菲、约瑟夫・柯瓦奇：《近代心理学历史导引》，商务印书馆，1980，第333页。

［7］弗洛伊德：《梦的解析》，志文出版社，1980，第471页。

［8］弗洛伊德：《文明及其不满》，载《弗洛伊德全集》第21卷，1961年伦敦版，第77页。

［9］弗洛伊德：《文明及其不满》，载《弗洛伊德全集》第21卷，1961年伦敦版，第76页。

［10］弗洛伊德：《文明及其不满》，载《弗洛伊德全集》第21卷，1961年伦敦版，第77页。

参考文献

［1］《弗洛伊德传》，志文出版社，1980。

［2］弗洛伊德：《自我与原我》，1927伦敦版。

［3］弗洛伊德：《文明及其不满》，载《弗洛伊德全集》第21卷，1961伦敦版。

［4］弗洛伊德：《性学三论・爱情心理学》，志文出版社，1979。

[5] 弗洛伊德：《精神分析学新论》，1933纽约版。

[6] 加德纳·墨菲，约瑟夫·柯瓦奇：《近代心理学历史导引》，商务印书馆，1980。

[7] 弗洛姆：《弗洛伊德的使命》，1978纽约版。

[8] 弗洛伊德：《图腾与禁忌》，志文出版社，1979。

[9] 弗洛伊德：《快乐原则的彼岸》，纽约版 [出版年代不详]。

[10] 弗洛伊德：《团体心理学与自我之分析》，1922伦敦版。

三

快乐原则：性爱形而上学探讨之一
——弗洛伊德与叔本华的一个比较

一、问题的提出：从弗洛伊德对斯芬克斯之谜的还原说起

全部形而上学的问题可以说都起源于人对自身存在（从而对存在本身）的惊奇。惊奇起处，思如泉涌，只有人才会将自己的存在看作一个谜。这个谜较早的表述形式之一便是古希腊神话中的斯芬克斯之谜。后来人们又给出了一个更为一般的形式：人是什么？回答是多种多样的，从“人是两足直立的动物”（斯芬克斯之谜的最表层含义）一直到“人是理性的存在”。但所有这些回答都只是想以抽象的认知取代我们对存在的真切

而又具体的感受（惊奇），终归是一种徒劳。问题也许在于，令人惊奇的不是我们的类本质，而恰恰是我们作为个体的存在。用一个问题来表达则是：怎么会有我？因此，弗洛伊德对斯芬克斯之谜的“还原”不能不引起我们特殊的兴趣。他说，斯芬克斯之谜所提出的问题实际上是：“婴孩是从哪里来的？”我们知道，这个问题很像佛家常提的一个问题，即“你从何处来”或“我从何处来”。回答只能是“从来处来”，也就是说，不可能给出具体的答案。不过，弗洛伊德并没有一下子就走得这么远。在他那里，“婴孩是从哪里来的”这一问题首先是儿童提出来的问题，意在探索性活动的秘密。他指出，这是儿童第一遭对自己提问并力图不与人探讨地独自加以解决。人的全部惊奇与求知欲就起源于这个疑问，因为它直接指向个体存在的发生（从而指向存在本身）而具有根本性。从表面上看，儿童想了解的只是一种生理活动的事实。但实际上（在弗洛伊德看来）我们并不能满足于这一点，而总是终生受到这个疑问的追逐。直至我们面对死亡而意欲探寻其奥秘时，这个疑问也还会以另一种形式被提出（死本能学说）。

问题的发端当然是生殖现象。一般而论，两性存在与性活动的（形而上）意义问题之所以会被提出，首先是因为它关涉到生殖（也即个体存在的发生）这个谜。没有必要太多地强调什么，这里要求的不是生理学或生物学的解释。哲学家们在谈到个体存在的发生时，远非单纯指肉体的生产过程。他们所惊奇的是那直接与存在本身相关联的个体何以会经由生殖作用而发生？或者说，本体存在何以会显现为生命的形式？我们大致可以认为，叔本华正是从这种角度对性爱的形而上学给予了极大的关注。在他看来，作为本体的意志不是别的，就只是“生命意志”。而生命意志最鲜明的显现则莫过于生殖现象。换言之，我们在性的冲动中最能感受到自己作为意志的存在。所以，他把生殖器官看作是意志的有形体现。我们或者可以这样来理解，引起叔本华的困惑与思考的，正是生命这种包含了巨大矛盾与冲突，从而必然伴随着紧张与痛苦的现象。事实上，当他用“从优命名法”将世界之本体命名为“意志”时，其意就在于指陈存在的这种根本性质。在生命现象中，生殖当然是最突出的特征，能与之对等的只有死亡。所以，叔本华的思想锋芒，自然会指向生殖作用，并从而指向性爱活动。他说：“这种生殖作用，到处是一样的神秘。”[1]

然而，弗洛伊德却把问题推向另一个方面。他指出，儿童的“性探索”并非单纯出自对生殖现象的惊奇，而首先是起因于儿童所感到的一种痛苦和威胁：由于弟妹的出世使他失去了父母的专宠。这就是说，那种惊奇是从痛苦中派生的。这里已涉及认识的起源问题，不过却不在本文所论之列。我们关心的只是从这种论点所引出的一个结论，即弗洛伊德事实上已把儿童的性探索归因于俄狄浦斯情结。根据这种学说，儿童的性探索乃源起于儿童自身的性活动，并且本身就是一种性活动。这个结论的重要之处在于：按此，两性存在及活动的意义问题显然不只与生殖作用有关。用弗洛伊德的话说，性活动的目的主要是快乐，而生殖只是其次要目的。也就是说，对于性活动的意义，我们不能只在其结果（新个体的发生）中，而更多地需在性活动的过程本身以及两性存在的事实中追寻。再者，发问的行为与所问的对象在这里是同一种活动（性活动）的看法也可引出很重要的哲学问题来，不过这一点却超出本文所探讨的范围了。

二、问题的展开：生殖原则与快乐原则

问题于是出现了两个方面，这与我们的日常看法相符。对我们的日常态度而言，性活动的价值固然一方面在于传宗接代，另一方面也确实在于它能给我们带来许多快乐与慰藉。但是，这两方面的冲突却依然是显而易见的。一方面，人们在堂堂正正地生孩子的同时，却又对整个活动过程遮遮掩掩——需要遮掩的恰恰是快乐；另一方面，人们哪怕是在大张旗鼓地寻欢作乐之际，却又不免对其后果提心吊胆——需要回避的恰恰是生殖。这种冲突，一旦进入道德判断的领域，就显得格外尖锐。中国人有两句老话，一曰“万恶淫为首，百善孝为先”，二曰“不孝有三，无后为大”。把这两句话综合一下，其结论就是：以快乐为目的的性活动是至恶，以生殖为目的的性活动则是至善，两者当然不可调解。这种善恶观，非古代中国人独有之。事实上，在任何文明社会中我们都能在不同程度上发现它的存在。或许可以说，人类性活动给我们提出的最大的理论问题就

是：这种最为自然的活动为什么会给人类带来羞耻感与罪恶感？这一点后文还当论及。现在我们则要指出事情的另一个方面。随着近代西方人本主义思潮的兴起与发展，一种快乐主义的道德观被推到了极致。从原则上讲，它已经取消了罪恶感，于是善恶问题往往变成了如何回避痛苦的技术性问题。但是，痛苦虽然不是我们内在的罪恶（或对罪恶的惩罚），造成痛苦的事因却是一种外在强加给我们的恶。以此观之，带来快乐和满足的性活动是好的，引起麻烦和妨碍快乐的生殖则是坏的。因此，在快乐主义的道德观中，我们所指出的冲突也一样难以调解。

这种冲突更进一步地表现为上述两种不同的道德观之间的冲突，这一点可以说是不言而喻的。当我们离开日常生活的态度进入理论思考时，就会发现这两种不同的道德观包含着两种不同的理论见解，虽然反过来并不一定能从那两种不同的理论见解对应地推出这两种不同的道德主张。一种见解是，两性的存在及其活动只是为了生殖这个“客观目的”，而在整个活动过程中所产生的欲望、冲动、激情、满足等都不过是“大自然的狡计”。我们可以把这种见解概括为一句话：性活动服从的是生殖原则。另一种见解是，人在性活动中所获得的满足与快乐便是性活动的至极目的，也即是它最真实的意义之所在，而生殖作用则不过是这种活动的一个难以回避的副产品。这种见解也可以概括为一句话：性活动遵循快乐原则。仅从“理论见解”的意义上说（不包含道德主张），我们大致可以认为，叔本华坚持的是前者，弗洛伊德则强调后者。

在叔本华看来，性爱“不是一个个人悲欢的问题，而是事关未来人类种族的存在和特殊本性的问题。所以个人意志在一个更高的力量点上显现为种族的意志”[2]。只是由于“自我主义那样普遍地深植于个体的本性之中，以至为了唤起个体的能动性，自我主义的目标乃是唯一可以切实指望的”，因此，自然才“依靠在个人中植入某种错觉来达到自己的目的。由于这种错觉，那只对种族有利的东西似乎成了对他个人有利的东西了”[3]。这就是说，性活动中所产生的快乐与满足只是一种“错觉”，其本身没有真实的意义。真实的意义乃在于生殖，因为生殖是种族意志的体现，而种族意志则是生命意志也即意志的体现。这样来谈论个人与种族的关系，看上去是一种很古老的见解。个人的悲欢好似一场梦，在其背后却另有某种巧妙的安排，导演了那个真实的故事。这样一种见解，最容易为我们的理性所接受。因为诚如叔本华所指出，只有人能理解“自然的目的”。这当然是因为人具有动物所没有的理性。也就是说，“生殖原则”原是理性的一项发现。从我们人的观点看，动物也在追求快乐与满足的同时贯彻了生殖原则，但它们对此却无所认识。唯其如此，我们可以推测它们大概不会对“快乐与满足”生出一种幻灭感（它们不知有“错觉”）。换言之，我们可以认为在动物那里尚未出现“主观”与“客观”，“手段”与“目的”的对立，因此，也没有出现“快乐原则”与“生殖原则”的对立。对于有理性的人来说，这种对立却出现了。不过，我们完全可以用生殖原则统摄快乐原则——理性所造成的分立又重新在理性中达到统一。这样，人与动物的区别就仅仅在于人对这种分立与统一能够有一种纯然消极的认识(理性认识只能是消极的)。叔本华确实得到了此种结论。

但是，继康德哲学之后问世的叔本华哲学，当然不可能止于这种结论。首先，在叔本华的“理念等级说”中，人被置于最高等级（其根据显然是人有认识），这已经赋予认识某种积极的含义了。再者，叔本华还明白地宣称，通过认识的某种转换（理性认识“转换”为一种“直观认识”），人便能够“升为‘认识’的‘纯粹主体’”，从而能认识“永恒的理念”——意志本体的“恰如其分”和“完美”的“客体性”。这种认识已经超越了个人的欲求，从而摆脱了对意志的从属性或工具性地位。人一旦达到这种认识，就会“体会到”他“乃是世界及一切客观的实际存在的条件，从而也是这一切的支柱，因为这种客观的实际存在已表明一切是有赖于他的实际存在的了”[4]。这就是说，借助于此种认识，人与动物的区别就远非等级意义上的了，人已超越了现象世界并成为它的根据。不止于此，叔本华还指出，正是通过此种认识，意志得以更进一步地否定自身。他说：“当意志把这一认识应用到它自己身上时，在它最完善的现象（指人——引者）中还可出现意志的取消和自我否定的可能性，于是，原来在现象中绝对看不到的，只是自在之物所专有的自由，现在也出现于现象中了。”[5]事实上，叔本华在这里指陈了一种重要现象，即只有人才能做出自我否定的行为。[6]在他看来，正是这种行为，才是真正自由的行为。

任何自我肯定或自我实现的行为都不过是受意志的盲目推动，囿于必然性之中，使我们与其他万物毫无二致。所以他又说："然而在人，自由却能在某种可能的方式之下也在现象中出现；不过这时的'自由'就要必然自呈为现象的自相矛盾。在这一意义上，就不仅只有意志自在的本身，甚至人也诚然可以称为自由的，从而得以有别于其他一切生物。"[7]他还特别举了性冲动的自我否定为例，来说明所谓自由"自呈为现象的自相矛盾"，对一个在性冲动方面采取自我否定行为的人来说，他不再要求性欲的满足，但性器官却依然存在着。很明显，叔本华所说的"意志的自我否定"，在人便是一种禁欲主义的行为。而且，"自愿的、彻底的不近女色是禁欲或否定生命意志的第一步"[8]。不过，这种禁欲主义行为并不单纯意味着自我克制或苦行。相反，只是由于人能通过认识达到一种无我的境界，自我克制或苦行（也即摆脱或超越生命意志）才成为可能。唯有借助于这认识，意志才能取消它自己。"……大自然正是把意志引向光明，因为意志只有在光明中才能得到解脱。"[9]

由此我们看到，不仅人可以通过认识而成为"自由的"，而且作为本体的意志本身也须通过认识以"得到解脱"。在叔本华眼里，世界仿佛有两个面，并且一般情况下它就好像月球一样，总是用一个面对着我们。这对着我们的一面，即"作为意志和表象的世界"。在这个世界中，"盲目的""饥饿的"意志推动着一切，而指向生殖的性冲动则居于意志显现的中心。因此我们可以说，生殖原则在这个世界上占有统治地位。但是，生殖也只是意志显现自身、稳有现在（保持自身同一）的方式，其中不再藏有什么“更高的目的”或“合乎理性的计划”（比如说种族进化等等）。理性认识在这里确实只具有消极的意义，并且只能处于从属的和工具性的地位。所以，叔本华的结论不是“自觉地服从生殖原则就能使人自由”，相反，在他看来，出自理性认识的“自觉服从”与动物出自本能的盲目服从并没有什么根本的不同，因为事实上两者都还是受同一生命意志的推动。理性认识并不能从前面引导我们，它甚至无力唤起一次性冲动。如前所述，叔本华的结论恰恰是要摆脱和否定生命意志才能使人自由。于是，他借助于认识的“转换”而向我们指示了世界的另一个面。那一面不是别的，就是完全无意志内容的“纯认识”（或者说纯精神？）本身。叔本华的人的概念因而成为形式的或超形式的，所有那些他曾如此苦苦关注过的内容世界（意志及其显现）似乎已尽遭遗弃。[10]与大多数哲学家（他们大都智力超群）一样，叔本华最终还是把“人之所以为人”归因于人具有一种优越于万物的认识能力。生殖与性爱则恰恰被认为是人还没有完全摆脱动物界的最突出的证明。

与这样一种人的概念相比，弗洛伊德关于人的理论就确实有些别开生面。[11]人的本原存在乃是一团混沌纷乱的“原欲”，“原欲”的性质是“里比多”的（即是出自性本能的），这些看法与叔本华的看法似也相距不远，只是表达上有所不同罢了。但是，弗洛伊德坚持认为“原欲”只关心自身的满足（追求快乐），此外则更无他图。“原欲”是最后的决定因，快乐是它唯一的目的。在弗洛伊德看来，“错觉”不是快乐与满足，而恰恰是各种用以遮掩原欲冲动（追求快乐）的“理由”或“目的”。这就是弗洛伊德的快乐原则，叔本华当然不会苟同。依据这种原则，弗洛伊德在论及性的含义时把生殖降为“次要目的”。这在理论上是一种十分含混的说法，因为生殖的事实与快乐原则不能相合（前有所述）。不过，对我们眼下所关心的来说，重要的却不在于这种理论上的困难，而在于弗洛伊德指出的一个现象（他据此引申了性的含义，也可以说引申出快乐原则），即从性变态与幼儿性欲的研究可以看出，非生殖的、单纯以快乐为目的的性活动在人类行为中广泛存在。与性含义的引申相对应，我们也可以做这样的引申：只有人才可能有如此行为，在其中除了求得满足或快乐之外再无其他功能性意义。这一现象的指出，其意义丝毫不亚于叔本华对“只有人能做自我否定”的现象之指出。而且，这里还有一种有趣的相似：“自我否定”也是不具任何功能性意义的。我们或者可以借用叔本华的说法，两种行为都呈现为“现象的自相矛盾”。按叔本华的例子，性器官依然存在，但“自我否定”的人却不再要求性欲的满足，从而回避了生殖（这一功能）；对单纯追求快乐的人来说，性活动依然存在，却也同样回避了生殖。如此看来，两种行为都意在摆脱“自然法则”或“必然性”的束缚，只是取向正好相反：一者是意志的自我否定，一者是原欲的自我肯定。那么，我们是不是可以在同一种意义上也就后一种行为来谈论人的自由呢（像叔本华就前一种行为所做的那样）？

这里，我们首先必须小心地做出一种区分。如前所述，在叔本华那里，意志是自由的，人作为意志的呈现却是不自由的，只在作为“纯认识”超越了意志（意志自身否定）时人才是自由的，因此，我们说叔本华关于人的概念（就人即自由而言）乃是纯形式的或超形式的。在弗洛伊德那里情况似乎正好相反。就其理论而言，人的本源存在只是原欲，认识则是派生的，永远处于从属与工具的地位，此外更无什么超原欲的“纯认识”。原欲本身是无形式的杂多（无数并列杂陈的冲动，甚至不具时间性！），所以人似乎只是一种“纯内容”的存在。由于假定了一个外在于“原欲”（人）并正好与之相冲突的客观世界的存在，又由于用 ID 这个概念把原欲冲动归结为人自身内部的一种他在，弗洛伊德并不谈论人的自由，而把注意力集中于人的内在压抑和内在冲突这一问题上。然而，我们确实有理由不局限于弗洛伊德的理论体系（其自身内部充满矛盾），而将他的某些观点和结论加以逻辑地扩展以推进我们目前进行的讨论。

回到现象上来看，单纯以快乐为目的的人的行为的发生，不仅不限于狭义的性活动范围，而且不限于纯粹感官活动的范围，我们可以举爱情生活与审美活动为例。从这种意义上来说，快乐原则就和禁欲主义一样具有某种神圣性，并且同样古老。柏拉图所说的两性人的分裂与互相寻觅重新结合为一个自足的个体的传说，已经把两性活动的意义理解为对快乐（互相满足）的追求，而且对生殖毫不关心。《圣经》所载的亚当与夏娃在伊甸乐园里的神话，更是明白地指出上帝用亚当的肋骨造夏娃的意图是让亚当有一个可带来快乐与安慰的伴侣，而生殖只是在他们犯罪之后所受到的一种惩罚。这样来理解快乐原则，本质上是在讲述一个失乐园的故事。即先行假定人有一种本真的生存状态，人已然将之失去，而所有追求快乐的行为无非是寻回这种本真状态的努力。在这种本真的生存状态中，知识当然毫无地位。弗洛伊德的看法也大致如此，所以他说："我们所引申了的性的含义，与神圣的柏拉图所说的爱何其相似？"

这种本真的生存状态，乃是人的自在状态，因而人在其中是自足的和自由的。据此我们可以认为，单纯以快乐为目的的行为（人企图返回本真状态的努力）也当视作"自由在现象界中的呈现"，因为人在这种行为中不再是一种手段，而已成为目的本身。这也就是为什么人类世世代代都把"人的幸福"当作一种崇高的目标，而无论有多少反对它的道德说教、宗教训诫和哲学结论，人们都不肯放弃追求的缘故。种种所谓"违反自然"的行为，可以说都源于这种追求，唯因有这种行为，人才自视为人，有别于盲目服从"自然法则"的其他万物。也就是说，人才在自然面前显示了自己的自由。

要从理论上证明这种本真状态的存在是不可能的，但是，这种古老的假说确实不容忽视。只有人有爱情，只有人有游戏，只有人有艺术创造和审美意境……一句话，只有人能进行不具自然功能而且不具社会功利意义的活动。这种现象，除了被视作人自身冲动的满足以外很难再做其他目的论（或功能论）的解释。也就是说，我们不能再假定这种冲动的背后还预设着什么“更高”的目的，而只能假定它自身已是最本原的东西。具体到狭义的性活动领域来看，我们知道，弗洛伊德首先就必须解释性变态的存在。总而言之，只有人有性变态（或广义地说心理变态）现象，而我们显然不能满足于“不正常”三个字的解释。另外，生殖原则确也不能囊括此种现象。弗洛伊德还进一步指出，所谓变态与正常之间的界限，其实只是依风俗而定，并不能形成真正确定的概念。人的性活动与动物有一显著不同：动物在发情期同时实现了快乐与生殖，因此，（对我们人的理性来说）那快乐似乎很容易被扬弃；人则从心理上摆脱了性周期（即无发情期），从而使性冲动（追求满足的冲动）长存于整个生命过程，并升华为持久的激情（爱情），快乐与生殖因此（在时间上）已然分裂。再者，人的性感区不再（像动物）局限于生殖器区，而已几乎弥漫至全身，这更使得非生殖的（只获得快乐的）性活动成为可能。要说明这一切为什么会发生，恐怕已超出了我们的能力，同时也超出了本文的范围。我们这里只是想借此指出，所谓性变态不过是人有可能单纯追求快乐的某种畸形表现（如果一定要这么说的话）。这样一种可能性，已为自然的演化所提供（但却无法用生物进化来加以解释），而后更为人类技术的发展所扩展（比如避孕技术）。努力实现这种可能性，乃成为人类生活（区别于动物生活）的一项主要内容。如果我们从理论上把这种可能性加以纯粹化，也就接近于对“本真状态”的设想了。

回顾叔本华，我们同样可以认为，他所指出的“涅槃境界”

也是一种“人的本真状态”（人只在此状态中才真正称其为人）。而且，叔本华也强调说，要从理论上证明这种境界的存在是不可能的。所不同者，叔本华将这种状态看作是无内容的纯认识（纯意识？纯精神？），弗洛伊德却视之为无形式的纯“爱欲”。在叔本华那里，摆脱了内容即摆脱了痛苦。“涅槃境界”也是极乐境界，不过快乐只具有纯然消极的意义。弗洛伊德早年也曾从消极的意义上来理解快乐（即紧张的消除），所以快乐原则曾被他命名为“痛苦原则”或“恒定原则”。但后来他却将此种消极的快乐原则改名为“涅槃原则”，并归之于“死本能”，同时用“生本能”的概念主张快乐具有积极的内容。因此，叔本华与弗洛伊德的区别看来只在于到底是从消极意义上还是从积极意义上主张快乐原则。然而，叔本华却并不认为“涅槃境界”（或可称为“无”）是纯然消极的。相反，他指出那才是绝对真实的世界，而我们习以为常的“真实世界”反倒是“无”。因此，他说那种境界才是“光明”（而非黑暗）之所在。叔本华似乎绕到了意志本体的背后，将“纯认识”设定为存在之根了。问题于是变成：究竟什么才是本原的、真实的存在？是“纯知”还是“纯爱”？

无论人的存在之根是爱欲还是纯认识，人在事实上并没有直接生存于自己的本真状态之中。这就是说，人具有两重性。在叔本华那里，两重性即意志和认识。作为意志的呈现，人首先是肉体的存在，为生命的冲动所左右，服从生殖原则；作为认识的主体，人有可能获得某种“直观认识”，从而超越自己，达于“涅槃境界”。[12]然而，即使在后一种情况下，人也不能彻底摆脱自己作为意志的存在（肉体），因此他的“超越自己”表现为自我否定，呈现为现象界的自相矛盾。我们或者可以说，人的两重性在叔本华那里也能被表述为生殖原则与涅槃原则（虽然叔本华本人没有使用这两个词）的冲突。在弗洛伊德那里，人的两重性先是被表述为自保本能与性本能的冲突，即现实原则与快乐原则的对立。后来他又把自保本能与性本能综合成生本能或爱本能，以对抗“死本能”，快乐原则的对立面于是成了涅槃原则。总之，弗洛伊德与叔本华都以“涅槃”一词指谓某种宁静的境界，但对于弗洛伊德那意味着死亡或无机自然，对于叔本华则宁可说意味着纯粹精神。一者指向生命的毁灭，一者指向生命的超越。但无论毁灭还是超越，都意味着向本真生存的回归。因此，在弗洛伊德那里，人就似乎有了两种本真状态，从而也就有两种在方向上正好互相冲突的回归倾向。如果说叔本华认为涅槃境界是最高境界并最终超越于生命意志之上的话，弗洛伊德则更像一个二元论者，僵持于人自身内部的对立之中。但是，这种对立在弗洛伊德眼里归根结底乃是人与自然的对立。一方面是拥有爱欲、作为生命的人；另一方面则是非爱欲、非生命的自然。所谓死本能，无非是在说人同时也是无机的自然，或者毋宁说人没有完全摆脱自然。真正属人的乃是生命与爱欲（在生命界中，又只有爱欲才是真正属人的）。事情仿佛是这样：在自然的演化过程中分裂出一种东西，以爱欲为动力，以快乐（爱欲的实现）为目标，其行为不再是自然的功能性环节，这种东西便叫作人。与人并存而且对立的是非爱欲的世界。因此，弗洛伊德改写了失乐园的故事：我们并不是从乐园中被逐出，而是受到非爱欲世界的“压抑”。一方面，非爱欲世界迫使我们奉行“现实原则”，快乐原则不得不遭到某种抵制。例如，生殖每每会作为一个令人头痛的事实妨碍人们对快乐的寻求。另一方面，死亡的威胁给我们带来焦虑，涅槃原则在生命进程中的表现恰恰是不安与疯狂（破坏、攻击、战争等），这当然超出了快乐原则。这里也许应该顺便指出，现实原则还包含着另一个重要方面，即它的贯彻不只依靠克制（造成压抑），而且往往依靠技术。只有人有技术，而在遭受压抑却又仍旧追求着幸福的生途中，人可依赖的似乎也只有技术。技术在关于人的理论中当占有什么样的地位，这无疑是一个重大课题，不过目前我们不可能过多地讨论。我们在此只想提示一下技术在人单纯追求快乐的活动中所起的作用。让我们大胆地设想一下，如果有一天技术终于能够使我们长生不老，那么，既回避了生殖又逃脱了死亡的人是不是自己亲手创造了一个乐园，足以与上帝造的“伊甸乐园”媲美呢？

然而，即使我们既逃避了生殖又摆脱了死亡，造成压抑的原因并没有因此完全消失。这里触及一个我们一直有意回避的问题，那就是道德问题。弗洛伊德曾经指出，这是造成性压抑的最重要的方面。我们已经说过，羞耻感与罪恶感的产生也许源起于人能在性活动中单纯追求快乐这一事实。压抑存在着，并不完全来自生殖引起的烦恼和死亡带来的恐惧，更多的是来自人们对自己所追求的快乐所感到的害怕与焦虑。这是为什么?弗洛伊德把这种压抑归结到“超我”——人格结构中被他称为“俄狄浦斯情结的继承人”的一种存在，实际上就是把它归因于人与人之间的对抗和冲突。俄狄浦斯情结（父与子的对抗）是这一切对抗与冲突的原型。这就是说，压抑的必然性不仅根源于人自身存在的两重性，而且也根源于他人的存在（世上有千千万万男男女女！）。事实上，弗洛伊德还用“超我”的概念把“他人”也设置于人的人格内部（“超我”即父亲）。这样，人的人格就不仅分裂为“我—它”（自我与ID），还分裂为“我—他”（自我与超我）了。前一种分裂我们尚可期待或主张以“我”对“它”的征服来消除或弥补（弗洛伊德有时就这样宣称，虽然这和他的理论体系是矛盾的），[13]或者说，我们可以毫不犹豫地站在人的一边与自然抗争，站在“爱欲”的一边与死亡抗争。但是，后一种分裂却使我们必然陷入“矛盾情感”（爱中潜藏着恨，恨中潜藏着爱）而无所适从。羞耻感与罪恶感因此必然会永远尾随我们，而道德同时也失去了根据。弗洛伊德指出了人的这种困境，并且寄希望于理性和爱欲以寻求解救。他差不多曾掀起过一个“旨在改造人类伦理的运动”(弗洛姆语)，但从理论上说，他的结论却显得犹疑摇摆，并不能令人乐观。“理性”是无本之木，“爱欲”有劲敌对垒，那么，非压抑的、爱欲化的生存如何才能达到呢?

在叔本华眼里，事情似乎正好相反：人的痛苦不是起源于“压抑”，而恰恰是植根于爱欲与生命冲动本身。这一方面是由生命意志的本质（紧张与自身冲突）所决定；另一方面则是由人是个体存在这一事实所决定。叔本华把个体存在的事实归因于“个体化原理”。即是说，个体只是生命意志在时空中显现自身的一种方式，因而只是一种现象。如前所述，个体所追求的快乐当然只是某种“错觉”。一旦得到满足，顿生幻灭之感，快乐对于我们总是若即若离。相反，痛苦与我们却难解难分，因为“饥饿的意志”驻足于我们“狭窄的胸膛”，永无满足地驱迫着我们。此外，个体的生生灭灭也只是一种现象，而且，“它能达到的状态不可能比现在的状态更好”[14]。因此，人的不可毁灭的真正本性永远同一地生存于其后代中（即其种族中），为死亡所赦免。以生殖原则为最高原则的叔本华的“性爱形而上学”得出了这个看似积极的结论。然而，在叔本华看来，生命世代的无尽延续不过意味着痛苦与烦恼的无尽延续，“永生”并不值得庆幸。他说：“在这喧嚣纷扰之中，我们却看见情侣们四目相遇之际那渴望的一瞥。然而为什么竟如此隐秘、如此胆怯、如此偷偷摸摸？因为他们乃是叛徒，企图将那全部的欲求与劳苦永远地传下去。要不然，这些欲求和劳苦原是会匆匆了结的，但他们却起而阻拦、不让收场，一如他们的前辈。”[15]我们说过，羞耻感与罪恶感也许缘起于人对（与生殖分离的）快乐的追求这一事实。按照一种较为传统的看法，我们可以顺理成章地推论说，人们意识到自己的这种追求背叛了种族或自然（违背了生殖原则）。因此，他们遮掩自己的意图（羞耻感），害怕自己所寻求的快乐（罪恶感）。然而叔本华在这里却断言，情侣们之所以遮掩和害怕自己的主观意图（寻求满足与快乐），恰恰是因为他们隐约中已意识到潜藏在这主观意图之后的（意志的）真实目的（生殖）。那么，他们到底“背叛”了什么呢？据前述，他们背叛的只能是那非意志的“涅槃境界”——那才是人的本真生存。所以，对生命意志的背叛正意味着某种皈依，圣徒们自我否定的行为因此被称作“自由在现象中的呈现”。这种行为，就好似个体努力从种族的主干上挣脱。初看上去，叔本华的伦理学似乎在教导我们采取禁欲主义的行为以自救于这个罪恶的世界。但是，他指出要达到圣徒们的境界绝非理性认识所能办到的，那必须依赖于一种“天启”的直观认识，与人的努力无关。我们于是被注定了永世沉沦。另外，圣徒们虽得“天惠之功”，却并没有就此进入极乐世界。恰恰相反，他们由于超越了自身的个体性（个体化原理），便自觉地承担起整个世界，也即承担起人世间的全部痛苦。这是一种“救赎”行为，唯此行为才具有伦理意义。因此，在叔本华眼里，人的形象有二：一是亚当，象征着世界（生命意志），也即象征着罪恶；一是基督，象征着意志的否定，也即象征着世界的救赎。亚当及其子孙的得救之途看来只有信仰，但信仰也即是“改换过的认识方式”。因此，“这个信仰又只能来自天惠，所以好像是外来的。这就是说，得救对于我们本人是一件陌生的事，而暗示着要获得解救恰好就必须否定和取消我们这个人格的人”[16]。那么，我们除了满怀焦虑地期待神恩以“否定和取消”我们自己以外，还能做什么呢？

至此，借助于亚当的形象，我们也许可以将我们在弗洛伊德与叔本华之间所进行的比较勾画出一个较为清晰的轮廓来了。亚当的形象实际上也有两重。一重是在“犯罪”之前，他与夏娃沉浸于爱欲中，无死亡，无生殖，无劳作，无道德……一句话，那是一种无时间性的生存。如果没有压抑，原无所谓罪恶。但是，伊甸乐园中唯一的禁令却造成了压抑而不能被容忍。这就是弗洛伊德心目中的“人”，他只能接受快乐原则，为此，他也许已经谋杀了上帝。[17]亚当的另一重形象是“犯罪”之后的亚当，他有生有死，有需缺与欲求，有筹划与劳作……同样也可一言蔽之，他是一种时间性的存在。对这种存在来说，生殖原则乃是最高的统治原则。这是叔本华所看到的人，他无力自救于罪恶的世界。两个不同的亚当又面对着两种不同的“涅槃境界”。弗洛伊德的亚当在死亡（涅槃）的威胁面前无可凭靠，只得自己奋力抗争；叔本华的亚当则向往着生命的超越（涅槃），但自己对此却不可能有所作为。不过，在世界与“涅槃境界”之间毕竟出现了“居间人”，那就是基督。他为叔本华的亚当及其子孙们承担了全部罪恶，这唯一具有伦理意义的行为使信徒们都蒙恩获救。

然而，我们确实不太明白，我们是在什么意义上得到了解救。我们活着，如果未因天惠之功而获得信仰（或纯认识），就只得顺从生命意志的推动。那么，哪怕整个世界充满了罪恶，我们也只能将它饶赦，哪怕全部快乐都只是一场梦幻，我们也必定要去追求。基督已经被钉在十字架上，但神恩也不能阻挡我们把“人的幸福”写在自己的旗帜上。

三、结束语：有待探讨的几个问题

我们的讨论当然远远没有穷尽性爱的形而上学意义，至多只触及了问题的一个方面。已经进入我们视野而尚未充分探讨的问题有如下四个：

第一，生殖现象仍然是个谜。我们是从这个问题出发的，随后却跟着弗洛伊德推进到另一个方向上去了。我们的问题或可概括为：具有自我意识的人类个体何以会通过生殖出现？或者借用叔本华的说法，一个人几乎就是一个特殊的理念，是意志的一次特殊的客体化行动，那么，这个特殊的理念何以会生生灭灭？

第二，个体性问题的提出。如果人类个体只是现象（叔本华的“个体化原理”），“人的自由”还有什么意义？“纯认识”与“爱欲”又怎能存在于个体之中？如果人类个体是自足的本体性存在，又怎么解释生殖与死亡？这个问题的另一方面是两性差别的意义。是两性互补（各为一半）才能形成自足的个体呢，还是两性各自成为独立的个体？与此相关联的还有同性个体的关系问题。

第三，两性差别的问题引出了对象选择的问题。“爱欲”是一种来自前方的召唤（互补）呢，还是出自后方的推动（各自独立）？快乐原则事实上在这里出现了歧义：柏拉图主张前者，弗洛伊德（从其理论体系看）似主张后者。当然，弗洛伊德自己是矛盾的，至少在后期，他又把“爱”视为一种结合的力量（即相互的召唤）。

第四，性爱与文明的问题。这是一个热门话题，最能引起我们兴趣的有两方面：一是道德感（羞耻感与罪恶感）的产生问题；二是爱欲与技术的关系问题。这两方面在本文中都有所涉及而未充分展开。

有待探讨的问题还很多，我们只能择其要列举如上，或许能引起其他论者的兴趣也未可知。

（原载《德国哲学》第6辑，北京大学出版社，1986）

注释

［1］叔本华：《作为意志和表象的世界》，商务印书馆，1982，第146页。

［2］《叔本华选集》，1928年纽约版，第337页。

［3］《叔本华选集》，1928年纽约版，第342页。

［4］叔本华：《作为意志和表象的世界》，商务印书馆，1982，第253页。

［5］叔本华：《作为意志和表象的世界》，商务印书馆，1982，第395页。

［6］在叔本华那里，这种行为不包含自杀。相反，叔本华认为自杀恰恰是生命意志的某种肯定。请参看《作为意志和表象的世界》第

546—551 页。

[7] 叔本华：《作为意志和表象的世界》，商务印书馆，1982，第 395 页。

[8] 叔本华：《作为意志和表象的世界》，商务印书馆，1982，第 521 页。

[9] 叔本华：《作为意志和表象的世界》，商务印书馆，1982，第 549 页。

[10] 当讨论进入叔本华伦理学范围时，我们就会发觉这现实世界并没有被简单地抛弃，而是作为救赎行为的对象，也即作为人（救赎者）必须承担的全部痛苦而进入人的概念或形象之中。这一点后文将会论及。

[11] 弗洛伊德“人的理论”的许多基本见解，我已在《弗洛伊德关于人的理论初探》一文中有所评价，此处不再赘述。

[12] 按叔本华的说法，这种“直观认识”已非严格意义上的认识了，因为在其中主、客体的对立已然消失。因此，称之为“信仰”也许更为恰当，这一点后文当会论及。

[13] 参看《弗洛伊德关于人的理论初探》一文。

[14]《叔本华选集》，1928 年纽约版，第 370 页。

[15]《叔本华选集》，1928 年纽约版，第 371 页。

[16] 叔本华：《作为意志和表象的世界》，商务印书馆，1982，第 558 页。

[17] 这里涉及弗洛伊德关于“原罪”的解释，我希望有机会撰文论述它。

四

读书札记：关于文化

按：这篇札记，是以布罗代尔、施特劳斯和布卢姆的有关论述为主线，对文化这个观念的来龙去脉所做的一个简要的梳理与记录。主要读物有如下几种：布罗代尔，《论历史》（北京大学出版社，2008）、《文明史纲》（广西师范大学出版社，2003）；施特劳斯，《苏格拉底问题与现代性》（华夏出版社，2008）；布卢姆，《美国精神的封闭》（译林出版社，2007）；布鲁姆（即布卢姆，本札记的行文中统一用布卢姆），《巨人与侏儒》（华夏出版社，2003）。参照的书籍有斯宾格勒的《西方的没落》（商务印书馆，1963）、本尼迪克特的《文化模式》（三联书店，1988）、斯诺的《两种文化》（三联书店，1994）等。

一、

文化（culture）这个词有一个基本的和原初的含义，那就是心智的培养。这一点，哲学家施特劳斯（Leo Strauss）和历史学家布罗代尔（Fernand Braudel）都曾提到。布罗代尔并且指出这种含义最早见于古罗马西塞罗谈到的cultura mentis（拉丁文，《论历史》中译者译作“精神修养”）。在现当代汉语的用法中，说某人“有文化”或“没文化”，就有这层含义在。

所谓“心智的培养”，狭义地说，特指培养某种精致的（雅的）艺术趣味和人文素质。因此，“有文化”就是有教养，意味着有较高的品位与鉴赏力。在这种意义上的文化，在西方语言中有时也被说成是“高级文化”（high culture）。有“高级文化”一说，自然就相应会有“低级文化”（low culture）一说。这两个概念最初在西方出现时，反映的是一种精英意识，有教养的阶层要把自己与草根阶层区分开来，形成等级。但自卢梭开始，浪漫主义者们却对这种区分加以攻击，并判定“高级文化”为腐败衰颓的文化。相反，“低级文化”却是健康而富有生机的，浪漫主义者们在这里主要指的是民间的音乐舞蹈等草根文化，也许类似于我们今天所说的“原生态”文化。

广义地说，“心智的培养”即是心智的启蒙，文化于是与文明（civilization）同义。“有文化”意味着已文明化，脱离了野蛮习气与草昧状态。布罗代尔指出，文化这个“古老的词语”

如今“又焕发了活力，或多或少地具有与文明相同的含义”。把这层含义从个人推及社会，文化就与教化的意思近似。《辞海》中引南齐王融语“设神理以景俗，敷文化以柔远”为例证，解说了中国古代就有的这种用法。这还不是“文化”一词在汉语中出现的最早例证，据查类似的用法至迟在汉代就有过。看来，用它来译西文中的culture可谓其来有自（在基本含义上相通），不是近代汉译者生造的。

广义的文化包容甚广，几乎包容了经过培养（教化）的心智之全部活动及其产物，也就是几乎包容了人类的全部心智活动及其产物。近现代人类学的文化概念于是被引入。有一个人和一本书不能不提，那就是人类学家泰勒（Edward Burnett Tylor）和他的著作《原始文化》（中译本有广西师范大学出版社2004年版）。布罗代尔说：“自1874年E.B.泰勒发表《原始文化》一书以来，英美人类学家已越来越趋向于使用‘文化’这个词描述他们所研究的原始社会，而他们所抵触的‘文明’这个词在英语中通常适用于现代社会。”泰勒在他的这部著作中给文化下了一个包容性很强的定义：“文化或者文明，取其宽泛的人种志意义来说，乃是一个包括了知识、信仰、艺术、法律、风俗，以及作为社会成员的人所习得的任何其他能力和习惯在内的复杂整体。”这个定义为人类学的文化概念开了先河，却也因为其义太广而引起不少纷扰。例如，某些受过人类学训练的动物行为学家因此主张，黑猩猩就有从社会习得的能力和习惯，所以黑猩猩也有文化。人类学家们不得不做出修正与限定，在社会学习能力之外又加上“符号化思想”的能力。

人类学家内部的争议很多，但大体上还是形成了一个人类学意义上的文化概念。这个概念越出人类学家的圈子之外，逐渐进入了公众的日常生活。尽管这个概念时常歧义丛生，而且对公众来说其实一直很模糊，但不妨碍它的使用频率越来越高。把争议放在一边，人类学意义上的文化概念不外有如下两层含义。第一层意思是：“（文化是）依赖于符号化思想能力和社会学习能力的人类知识、信仰和行为之一种整合模式。”第二层意思是：“（文化是）一个机构、一个组织或一个群体自成特色的一整套为其成员所共有的态度、价值、目标和惯例。”第一层意思显然就是泰勒定义经某种修正后的表达，第二层意思在人类学家中则是第一层意思的某种合乎逻辑的推进。人类学家本尼迪克特（Ruth Benedict）1934 年在《文化模式》一书开篇就曾开宗明义地说：“人类学家把人看作社会的产物来研究，它关注的是那些将某一社群与其他具有不同传统的社群区别开来的东西……”也就是说，人类学家从一开始就关心的是种种“整合模式”之间的差异。

人类学家的这种关心，无疑在文化概念发生的重大转变中起到了推波助澜的作用。施特劳斯和布罗代尔都反复说起过的这种重大转变是单数文化变成了复数文化（cultures）。西方语言中原先只有单数文化（汉语中原先当然也没有“文化们”），而新出现的复数文化（汉语有时译作“诸文化”）仿佛成了一个不同的概念。与此同步的是“文明”一词也出现了复数文明（civilizations），而且大致与复数文化同义。布罗代尔称这种转变为“特殊对一般的胜利”，并说它“与19世纪的潮流非常吻合”。他指出：“使用复数形式意味着一种观念的逐渐式微——这个观念是一个典型的18世纪的观念，它主张存在文明这样一种东西，这种东西与进步的信念相关。仅为少数特权民族和特权集团（也就是人类精英）所拥有。”而“复数的文明和文化，意味着放弃了用一种理想，或者更正确地说，用这种理想界定的文明”。也就是说，文化概念和文明概念的这种变化，包含有对欧洲中心主义的某种批判态度，“这已经是倾向于同等地看待欧洲的和非洲的人类经验”。布罗代尔说这种转变发生在“接近1850年时”。不过他也指出文明的复数形式最早出现在1819年前后，“早在1850年以前就出现的旅游者、地理学家和人种志学者对‘文明的庞大帝国分为自治的省’（吕西安·费弗尔语）贡献不小”。随后是坚持“使用‘文化’这个词描述他们所研究的原始社会”的人类学家们，他们的工作与欧洲中心主义或白种人的傲慢几乎是天然就不相容的。如本尼迪克特所言：“只要我们自己与原始人、我们自己与野蛮人，以及我们自己与异教徒之间的差别仍旧支配着人们的头脑，人类学按其定义来说就是不可能的了。”

人类学家的这一立场特别值得稍做辨析，即以本尼迪克特为例。一方面，她强调诸文化的差异性和不可比较性，否认诸文化有高低优劣甚至先进落后之分。这种观点，在反对欧洲中心主义的同时却也引出了哲学上备受争议的“文化相对主义”的结论。她和她的老师弗朗茨·博厄斯 (Franz Boas) 就都宣称自已赞成文化相对主义。当然，人类学家一般不会走得那么远，我想是他们的工作性质和工作方法使然。如本尼迪克特所言：“我们必须做点儿不那么野心勃勃的工作，多方面地去理解少数几种文化。”另一方面，人类学家们坚持人类的同一性，即认同人类这一概念。他们所认同的人类概念，并不“只是一个动物学的概念”（斯宾格勒语），而是一个人类学或文化人类学的概念。也就是说，他们所坚持的人类同一性，不是指动物遗传特性的同一，而是指文化可能性的同一。意思是，人类生活的每一种可能性对每一个个人都是开放的，因而每一个个人都具有同等的文化上的可塑性。用本尼迪克特的话来说：“自有人类历史以来，整个世界上不管哪个民族都能接受别的血统的民族文化。”我们可以这样来理解：把一个原始部族里的婴孩带到当代美国去成长，他（或她）就会在思想方式和行为方式等所有方面成为一个地道的当代美国人，并且完全有可能成为美国总统。因此，诸文化之间的差异，不过是在人类生活的所有可能性中做出的不同选择而已。这样一种认识，在本尼迪克特看来，是人类学对“种族歧视的文化基础”做出的一种“回答”。她指出，种族歧视所依据的观念，其实是一种很“原始”的观念，可“回溯到古已有之的，‘我自己的’封闭性群体与外来人之间具有种的差异这一观点上”。她说：“原始人从未通观世界，从未把‘人类’视为一个群体，也从未感觉他和他的种之间有一种共同的缘由。”她又说：“而如果我们在这个问题上仍坚持原始传统，那比起那些未开化的部落来说，我们反而显得没道理了。我们已经进步了……”这里说到“进步”，虽然略含反讽的意味，但却提示了一种价值取向。毕竟，人类这个概念是从经过启蒙洗礼的西方近代文明中产生的，其中蕴含着启蒙运动所倡导的人类平等的观念——种族与种族之间、民族与民族之间、个人与个人之间的平等，不能不认为是一种“进步”。进步一词虽然歧义多多，但观念层面的进步大体上可理解为沿着启蒙运动开启的方向往前走，而不是“坚持原始传统”或者退回“原始传统”。什么是“启蒙运动开启的方向”固然众说纷纭，但却大体上可以通俗地理解为走向开明。或者如哈耶克所言：“进步就是文明。”于是我们好像又回到单数的文明概念。如果人类的概念能成立，单数的人类文明这个概念当然就能成立。不管怎么说吧，我们确实可以认为，人类这个概念中蕴含着本尼迪克特和人类学家们所认同的一种价值。

二、

施特劳斯也多次论及文化一词从单数变为复数这一历史性转变，并且也指出这一转变发生在19世纪中叶。不过，他对这种“特殊对一般的胜利”并不赞赏，相反还持嘲笑的态度。他说：“在人类学和部分社会学中，‘文化’这个词通常被用作复数形式，如此一来，你就可以有一种郊区文化，有一种少年帮派文化（少年非犯罪文化甚或少年犯罪文化）。诸位可以说，根据当前这种文化观念，没有哪个人没有文化，因为他属于某种文化。……

一个人要不是住在疯人院里，就是有文化的人。甚至在某些前沿的研究领域——我们今天经常听说这些研究——我们还发现了一个有趣的问题：疯人院里的疯子们真的就没有他们自己的一种文化吗？”施特劳斯的弟子布卢姆（Allan Bloom）也说过类似的话，可录作补充：“社会学家及其观点的传播者，即无所不谈的新闻记者，把一切都称为文化——吸毒文化、摇滚文化、街头文化，诸如此类，不一而足，而且不分高下。实际上，文化的失败现在也成了文化。”他们所嘲笑的这种现象，确实有其可笑之处。文化一词复数化到今天这种程度，怕也是这一转变的推动者们始料未及的。

按施特劳斯的看法，这一转变的始作俑者并非人类学家们。他说：“如本尼迪克特之类的人类学家已经开始在某种低层次上重复了斯宾格勒等人曾在较大范围内展开过的工作。”在对这场转变的追溯中，《西方的没落》一书作者斯宾格勒是施特劳斯和布罗代尔都重点论及的人物，其观点显然具有某种代表性。撇开施特劳斯所做的评价（“低层次”一语意味着高低之分）可能引发的争议不谈，可以说，斯宾格勒从另一个角度（或另一个层面）提出了复数文化的概念，而这个概念的内涵与人类学家们的概念不尽相同。斯宾格勒论述了一整套“以比较文化形态学为理论体系”（《西方的没落》中译者语）的历史哲学，其中复数的文化概念自然是这个理论体系的核心概念。按斯宾格勒所谓“世界历史的形态学观（conception of a morphology of world-history）”，大体上就是把“文化”理解为世界历史构成的“有意义的单位”。在世界历史这个舞台上，用他自己的话说：“我看到的是一群伟大文化的戏剧。”这群文化中，“每一种文化都以原始的力量从它的土生土壤中勃兴起来”，且像有机体一样各自有其生命及生命周期（生老病死）。与人类学家们一样，他也认为各种文化互相之间没有高低之分，“它们都是动态存在的个别世界”。他把划分为“上古—中古—近代”三阶段进行论述的“西欧历史体系”说成是“托勒密体系”（即地心说体系），而把自己不承认古典文化和西方文化高于其他文化的体系称为“哥白尼体系”（即日心说体系），似乎也有反欧洲中心主义的意思。但人类学家们所关注的“原始文化”在他眼里只是“第一个时代”的残存物，“原始文化既不是一个有机体，也不是若干有机体的总和”。而他所说的“伟大文化”则是在“第二个时代”勃然兴起的，仅有“西方文化”“古典文化”“中国文化”“阿拉伯文化”“巴比伦文化”“埃及文化”“墨西哥文化”和“印度文化”等八个“高级文化”。他把这些文化的形成归因于一种神秘的存在，一种“灵魂”，因而有“一种文化是在一个伟大的灵魂苏醒时诞生的”，“当这灵魂实现了全部可能性时，文化就死了”之类说法。这与本尼迪克特将之归因于“在人类生活的可能性中做出的不同选择”显然是大异其趣。事实上，斯宾格勒不仅认为“人类只是一个动物学的说法”，而且还认为人类只是文化的“材料”（每一种文化都把自己的影像印在它的材料，即人类身上）。这种观点怕是任何人类学家都无法接受的。我想人类学家们会倾向于同意布罗代尔的说法：“历史学家们不相信奥斯瓦尔德·斯宾格勒或阿诺德·汤因比这种热情过度的探索者，无疑是正确的。任何与普遍性理论密切相关的历史都需要恢复其真实面目——图像、地图、精确的年表与证据。”

汤因比也是布罗代尔重点论及的对象。顺便说一下，汤因比的巨著《历史研究》（节译本）在 20 世纪 70 年代对我们这一代人有很大影响。据我之管见，我们这一代人接触到并在一定程度上接受了复数的文化或文明概念，主要就是通过这部《历史研究》，其次才是《西方的没落》和一套选编而成的《外国资产阶级论中国近代史》丛书。当然可能还有其他我所不知道的读物，但为数肯定不会多。这些书当时都是“内部读物”，却也在青年人中不胫而走，传播甚广。复数的文化或文明概念当时对我们造成的冲击，在于把我们从历史阶段论模式（当时的中学教材《社会发展简史》算得是一种样板）中解放出来，换了一个角度来理解中国近百年的历史。

汤因比用文明取代了文化。不过，我们大体上可以把他使用的“文明”一词与斯宾格勒使用的“文化”一词视为等价物。而且，前者明显脱胎于后者。汤因比列举的文明共有 21 个或 22 个，其中存活至今的只有 5 个，它们是远东文明、印度文明、东正教文明、伊斯兰文明和西方文明。这些文明也如斯宾格勒的文化一样，有诞生、成长和死亡的生命周期，即有其不可抗拒的命运。汤因比论述文明兴起的原因时，没有“灵魂苏醒”之类的神秘概念，而是归结为一种较为偏重经验的“模式”——“挑战与应战”，也就是归结为人类群体与环境的互动。但在论及文明的成长模式时，他将之归因于有创造力的少数人的“生命冲动”（布罗代尔特地为汤因比挑选出来的柏格森用语），就又多少相当于斯宾格勒的“灵魂”一说了。衰落自然缘起于这少数人丧失了“生命冲动”，但汤因比却也为衰落过程精心设计了一个模式，布罗代尔说他的这个模式是“把一切都简化为罗马帝国的终结”。还有一点须注意，那就是汤因比虽然也强调文明的个体性和特殊性，但他为所有不同文明建立统一模式的努力却把他带往另一个方向——对普遍性的寻求。他说：“在各种文化之上存在着同一的人类精神本性。”布罗代尔说他这是想协调单数文明和复数文明，又说自己并不欣赏他的这种协调方式。关于汤因比最后要说的一点是，他那十卷本的洋洋巨著《历史研究》中对“原始文化”几乎只字未提。

三、

施特劳斯的追溯并没有止步于斯宾格勒。在施特劳斯看来，文化一词的现代用法当起源于卢梭（Jean-Jacques Rousseau）：“按卢梭的看法，公民社会本质上是一种特殊的社会，或更确切地说，是一个封闭的社会。他认为，公民社会必须有自己的个性才会健康，这就要求民族的排他性制度来产生或培养公民社会的个性。这些制度必须由一种民族的‘哲学’、一种无法移植于其他社会的思维方式提供活力，即‘每个民族的哲学几乎不适用于其他民族’。另一方面，科学或哲学从本质上具有普遍性（universal），它对所有智者（wiseman）都一样。哲学和科学的传播必然削弱民族‘哲学’的力量，从而削弱公民对其共同体特殊生活方式的依附。”以上提供的“卢梭的看法”中，那个强调特殊性的“复数文化”概念的确已呼之欲出。值得注意的是，卢梭自己当然与“所有智者”一样，相信的是具有普遍性的科学与哲学，而非“民族哲学”。看来“民族哲学”和“无法移植于其他社会的思维方式”等都是卢梭认为“立法者”应该为愚众（“智者”的反面）准备的，目的在于增强“公民对其共同体特殊生活方式的依附”，也即（通俗地说）增强共同体的凝聚力。施特劳斯点明了卢梭的意思：“社会之成败端赖于一种特别的蒙昧（obfuscation）。”

卢梭本是启蒙运动的干将之一，其出发点或理论前提自然是与启蒙运动一致的，即支持“自然状态”学说和个体独立、理性思考优先等原则，但为什么会得出这样一种与启蒙运动背道而驰（情感和传统优先）的结论呢？施特劳斯指出，卢梭的这个结论实际上是一个“实践上的解决方案”，想解决的是自然人如何转变为公民或自然自由如何转变为公民自由的问题。施特劳斯对卢梭在这一点上的思路有很详尽的阐释（见《苏格拉底问题与现代性》一书中《卢梭的意图》一文），按我的理解可简述如下：

卢梭与霍布斯、洛克一样，从每个人自我保存的自然欲望中找到了社会的充分自然基础。即社会是为求自保的个体以同意为基础组成的（社会契约论）。组成社会便产生政治问题，生而自由的自然人与社会必有的束缚之间的紧张和对抗，决定了政治问题最佳解决方案的一般性质：最佳方案是一个使人尽可能保持自由的社会。卢梭认为，如果人只服从非人格的社会意志，不服从其他任何个人的，或由个人组成之团体的人格意志或私人意志，那么就政治意义而言他便是自由的。而社会意志只能用普适性的法律体现自身，公民的自由是法治下的自由。到此为止，卢梭的看法与其他启蒙思想家的看法并无二致。但卢梭似乎又不相信仅凭个人之间出于自保而达成的契约就能缔结一个“健康的公民社会”，所以他在社会契约之外（或之上？）叠加了一个概念——“公意”。其本意可能是用以防止任何私人的专断意志凌驾于他人和社会之上。但施特劳斯说他的公意说遭遇了两重难题：“总是以社会利益为取向从而总是有着良好意图的公意，如何做到总是十分清楚社会利益之所在？完全受私人意志左右的自然人，如何实现向总是把公意置于私人意志之上的公民的转变？”这两重难题（在卢梭看来）不是从理论上可以解决的，于是引出一种“实践上的方案”。卢梭把希望寄托在“一个立法者或‘国父’（即一个智力超群者）的行动：为自己设计出的一部法典注入神圣起源”，或者至少需要这种神化行动的“等值物”。“立法者的行动，以及它后来的等值物（各种传统和情感）”一则可以确立一个有神圣来源因而受到遵从的“公意”，二则可以帮助“自然人”驯化自己的欲望与情感而成为“公民”。说白了，卢梭的这个方案就是要营造“文化”来支持政治。用布卢姆论及此的话说：“这种由立法者建构的复杂神经系统就是我们所称的文化。”施特劳斯说卢梭的这个“最为简便的解决方案是‘浪漫主义的’”，并指出实施这个方案“必须直接或间接地付出的代价是让哲学屈从于社会，或把哲学整合于‘文化’之中”。换言之，就是必须放弃自由独立的理性思考。

关于卢梭，还可以补充的是布卢姆的一些看法。布卢姆说：“公意是卢梭最著名的创造，于此，卢梭尝试建立起一种道德政治，而同时不要贬低人，也不剥夺人的自由。”其路径大致是“拿‘我们要’来代替‘我要’”。卢梭认为具有理性的人是能够普遍化的，“去普遍性的欲求，这构成了一种新型的人类自由，不是满足动物般的欲望，而是真实的选择”。而“如果人只是向往那些所有人都向往的东西，那么一个共同担当、意志和谐的共同体就是可能的”。所以，“公意就是公共的善”。布卢姆也指出，在卢梭眼里，从欲求个别的自然人转变到欲求普遍的公民，不是一个自然生长的过程，而是人为制造的过程，或者说是“一项建构性的活动”。“将教育融入政治实践，这确实是立法者的工作，这个立法者必定是一个艺术家。”布卢姆在这里“将卢梭的立法者描绘成文化的奠基者”。随后他说：“卢梭……似乎是在将文化的关怀和政治的关怀联结起来。对卢梭来说，它们确实是不可分离的。19 世纪的文化观念则彻底和政治分离了。它不再被理解为一种人的建构能力所能及的有意识的奠基活动。人们开始把它理解为一种生长、一种神秘历史过程的结果。”他还说：“卢梭采用共同的根基，把它作为达到人类单纯的理性目标的条件。他的历史主义和浪漫主义继承人则主张，这个目标会损毁那个根基，于是根基变成了目标。”读这些话，我们自然会想起斯宾格勒，想起后世种种把文化的价值奉为至上以抵制“理性目标”的文化相对主义论调，不太敢相信它们竟然滥觞于卢梭的那个“政治问题的解决方案”。不过，布卢姆说得好：“无论这个词（指文化——引者）离开卢梭的根源处有多远，它依然表达着卢梭对人类团体‘有机’性格的关切。”“有机”二字是卢梭用语，道破了卢梭的浪漫情怀中有一种整体主义倾向——有机地结合或统一当然不再是以个体为本位的契约关系。可以认为，文化一词也一直在表达这种倾向。顺便说一下，“有机”（“有机的”或“有机地”）也是我们青年时代非常熟悉的一个理论用语。

四、

还有一个值得留意的问题要回到（单数）文化的原初含义上去说。如前所言，在传统的看法中，实用性、技术性或者毋宁说所有非人文性的知识似乎都被认为无助于“心智的培养”，因而被排除在（狭义的）单数文化概念之外，尽管这些知识的获得和应用都明显是心智的活动，而且必定是经过培养的心智之活动。而近世新兴的科学，就其本身而言，乃是一种并非以实用为目的的纯心智活动，精神性很强且不缺乏美，却也不见容于（狭义的）单数文化概念。这导致“文学知识分子”（斯诺语）与科学家之间出现鸿沟，由相互不理解演变成相互蔑视，因此，才有斯诺（Charles Percy Snow）在1959年提出“两种文化”说。他不无辩护之意地指出：“科学文化（scientific culture）确实是一种文化，不仅是智力意义上的文化，也是人类学意义上的文化。”说科学“是智力上的文化”，意思是它有资格进入以“心智的培养”为内涵的单数文化概念。如前所言，这一点应该不难成立，相反是科学被排斥在文化之外才有点经不起细想。而说科学“也是人类学意义上的文化”，意思却又是它有资格成为复数文化中的一种。要点或许在于，斯诺认为科学文化能满足（前面引述过的）人类学有关文化的定义：一是“依赖于符号化思想能力和社会学习能力的人类知识、信仰和行为之一种整合模式”；二是“一个机构、一个组织或一个群体自成特色的一整套为其成员所共有的态度、价值、目标和惯例”。科学知识和科学活动符合这个定义的第一层意思是无须论证的。至于第二层意思，在斯诺看来，近现代社会确实出现了这样一个群体，确实共享着一整套“态度、价值、目标和惯例”，他们就是科学家与科技工作者们。按斯诺的看法，他们像是某种新生代的人类，不是从传统的人文文化中孕育出来的，而且对传统的人文文化也并不特别关心。总之，斯诺所说的“两种”，当然也是复数，但却是一个社会共同体内部（在当今世界也几乎就是所有社会共同体内部）的复数，它意味着某种“分裂”。不过，斯诺也指出，这种“分裂”在各个国家有着程度上的不同，而在他自己的祖国——英国，尤其严重。

斯诺的说法也许是极而言之以期引起注意，但绝不是无稽之谈。布卢姆也谈到了现代社会中这种现象的另一个方面。他说：“文化虽然自称是综合性的，包括了人的一切高级活动，但他实际上没有包括自然科学，而自然科学也不需要这个概念，它在由它协助建立的民主制度下如鱼得水，并且受到这种制度的鼓励。”科学是普遍的，的确并不需要把自己标榜成另一种（特殊的）文化，但科学的普遍性又的确使它处于以特殊性为本的文化的对立一极。布卢姆说：“文化这个观念的建构是为了在现代科学的背景下发现人的尊严。”也就是说，文化这个观念的建构恰是现代科学给逼出来的。传统观念中“人的尊严”大体上都是源于神，而科学理性消解了这个来源。因此，布卢姆又说：“文化这个观念，实际上就是维持某种类似于宗教的东西而又不谈论宗教的一种方式。文化是理性和宗教的综合物，它试图隐藏这两极之间的紧张。”回到文化这个观念建构之初，回到“卢梭的意图”，布卢姆这样写道：“他似乎是要拿一种对已经无可挽回的、英雄般的过去的渴望情绪来取代科学，而这个过去已经被理性批判败坏和拆毁；由此，我们就开始称卢梭为浪漫主义之父。”

五、

布罗代尔有他自己关于文化或文明的概念，别具一格。他认为文化或文明可用来指谓或“称呼”某种“长时段的历史”，不过，“这种长波的历史，这种远距离的历史，这种环绕时间公海周围的大海、而不是谨慎的从来不会偏离陆地的航行——这种做法，你可以按照你的方式来称呼它，它既有有利的一面，也有不利的一面。它的有利之处在于，它迫使你以一种你不习惯的方式去思考和解释问题，从而就可以把历史解释当作开启你自己时代大门的一把钥匙。它的不利之处或危险在于，它使人沉溺于某种历史哲学的概括中，而不再去探索和证实”。布罗代尔自己选择了文明这个词来“称呼”他倾力关注的这种“长时段的历史”，同时却拒绝了“历史哲学的概括”。可以认为，他是把“文明”视作世界历史研究的一个（但不是唯一的）“有意义的单位”，而不像斯宾格勒把“文化”视为“世界历史构成”的一个（而且是唯一的）“有意义的单位”。布罗代尔说的是认识，斯宾格勒说的是存在。因此，布罗代尔在尝试对文明概念做定义之前，首先做的是减法，他称之为“必要的割爱”或“清扫场地”：“比如，我们不要再说文明是一个存在、一个有机体、一个人物、一个实体，甚至一个历史实体。不要再说它诞生、发展和死亡。”他特别强调说：“我们不应相信，因为一个文明是独特的，所以它是一个封闭的独立世界，似乎各个文明都是汪洋大海上的孤岛。”

再说一遍，就这篇札记所关注的问题而言，（布罗代尔的）“文明”与（斯宾格勒的）“文化”是等价的。布罗代尔在《论历史》一书中对“文明”与“文化”这两个词在欧洲范围内相互替代和相互竞争的历史做了很生动有趣的描述。大体上来说，德国人与俄国人偏爱文化这个词，常认为“文化”高于“文明”；而英国人、美国人及法国人则更愿意使用“文明”这个词。斯宾格勒把文明说成是一个文化的最后阶段，即文化失去了创造力和生命力之后步入其暮年，就成为文明。虽然这是以时间先后来区分文化与文明，但也明显有扬文化抑文明的意思，符合德国传统。布罗代尔喜欢使用文明一词，也符合法国人的习惯。但布罗代尔也说他是遵从了人类学家们的提议，把文化一词留给了“原始文化”。

布罗代尔自己关于文明的定义是一种描述性的定义，他说，这也是从人类学家们那里“借用”的。他认为只有这个定义是恰当的，而“所谓恰当是指易于用来观察，而且足以排除任何价值判断”。最简单地说，“这个定义里有三个起作用的因素：具有边界的文化区域、借鉴和抵制”。稍加铺陈地说则是这样：一个文明首先是一个空间，一个有边界的文化区域，一个场所，“人们应该描述这个场所里各种各样的‘财产’”，即房屋、建筑技术、方言、信仰方式、印刷术等文化特征；所有这些文化财产总是在流动，“各种文明在同时交替地输出和借鉴它们”，也即文明之间的交流从未停止；但交流也并不总是一帆风顺的，不时会出现抵制，有些抵制是故意的，有些则是盲目的。可以把这个定义提供的三个“因素”理解为描述文明的三个坐标。特别值得注意的有两点：第一，布罗代尔用一个区域来取代了一个民族、一个部族或一个群体，并且认为一个区域总是包括若干社会或若干社会集团，也即若干不可忽视的更小的“文化单位”；第二，文明的“扩散”在布罗代尔看来是至关重要的现象。他援引人类学家列维·斯特劳斯（Claude Levi-Strauss）曾经用过的一个比喻说：“各个文明就像是一个巨大牌桌四周的玩家，因而它们都与一般的博弈规则有某种联系。假设他们互相帮助，彼此通报自己的牌和出牌意图，他们串通得越多，其中一位赢的机会越大。”借此比喻他指出，西方文明在近代以来取得优势就因为“它处在无数文化潮流的交汇点。多少世纪以来，在它能够回报和散射之前，它从各方面甚至从已消逝的文明吸取了各种各样的事物”。

布罗代尔其实还倾向于同意另一个关于文明的论断，即玛格丽特·米德（Margaret Mead）所说的：“文明……是今后人们不可能遗忘的全部东西。”他为此补充说：“即语言、字母、计数、三率法、火，甚至函数、蒸汽等。所有这些在今天已成为客观基础，而且为任何特殊类型和层次的一切文化所共有。”事实上，布罗代尔注意到单数形式的人类文明其实一直没有消失，他说：“单数形式的文明在今天确切地说是指某种为所有文明共享却不可均分的东西——人类的共同遗产。火、文字、算术、耕种和饲养已不再拘泥于任一起源，它们已经成为单数形式文明的集体属性。”他更注意到：“全人类共同文化的这种传播，已经成为现代世界的显著现象。”我想他指的是我们今天称为全球化的进程。他引用雷蒙·阿隆（Raymond Aron）的话说：“我们已经达到这样一个阶段：我们一方面正在发现文明概念的有限有效性，另一方面却在发现超越这个概念的必要性……多元文明的阶段正在走向终结，无论如何人类正在开始一个新阶段。”不过他又指出这将是一个漫长的过程，所以，“长时期内，文明一词仍将既用作单数形式又用作复数形式”。

布罗代尔强调多样性乃是世界史的根本特征，不会因为现今的全球化（他没有用这个词）而消失。恰如过去西方从其他文明吸收的种种事物已然融入西方文明一样，现如今西方文明的“扩散”已然“脱离开西方”，各个文明的共同参与和不同反应会使世界历史仍旧多姿多彩。事实上，布罗代尔是期待合力形成一个能包容多样性的全新的人类文明。为此，他同意雷蒙·阿隆超越文明或文化概念的主张，并建议用有些人推荐的“现代人本主义”一词来取代文明或文化的概念。只可惜他对这个词的含义也语焉不详，不知是不是仅仅反映了一种善良的愿望：“人本主义是一种希望的方式，它希望四海之内皆兄弟，希望个人考虑自身的同时，也顾及大家的文明能够得救并且拯救我们。”

五

读书札记：自由的概念

按：这篇札记因在一次闲聊中友人徐新建提出的一个问题而写，主要意图是通过检索整理部分读书笔记，让自己对这个问题有更清晰一点的认识。新建的问题是：为什么自由一直被认为具有正面价值？我把这个问题直白地理解为：为什么说自由是好的？但在与新建的对话语境中，要求的是大略梳理西方思想史中对此问题的某些理论论证。我梳理的主要线索是由伯林《浪漫主义时代的政治观念》一书提供的，同时参照《西方大观念》一书中“自由”“暴政与专制”“奴隶制”等几个词条。当然还有一些其他书籍。整个行文，大部分是在抄书，但由于求晓畅，不时须挪动字句，把作者的话当成或换成自己的话来说，所以好多地方都没有打上引号。好在是写给自己看的，无剽窃之嫌。

一个小引子

新建的问题首先让我想起的是去年在贵阳与秋风的几句对话。秋风在赞美儒学的种种好处时，突然不无得意地脱口说了一句："中国没有奴隶制！不像古希腊，亚里士多德都为奴隶制辩护过。"我当时想，中国历史上是否存在过奴隶制？这恐怕是一个有争议的问题。我当时做出反应提的问题是："一般要说中国有奴隶制的时期当在殷商，但那时候儒学也还没有问世呢！"我的意思是即便中国真的没有过奴隶制，也不当归功于儒学。没想到秋风稍一迟疑便断然回答说："儒学是从那里产生的。"我觉得他这种儒学前后通吃的态度有点强词夺理，忍不住说了一句："那好，你就说说奴隶制为什么不好，请论证。"他笑了笑，没有作答。我想他是不屑于一答：奴隶制不好还用得着论证？我知道我当时有点挑衅的意味，但绝不是无理取闹。"奴隶制为什么不好"这一问题不见得就是一个不证自明、无须讨论的问题。别的且不说，既然亚里士多德有为奴隶制辩护的理论，至少有必要对他的辩词做出反驳吧？

可以认为，"奴隶制为什么不好"与"自由为什么是好的"是一个钱币的两个面。新建的问题因此成立。

就从亚里士多德为奴隶制所做的辩护说起。亚里士多德的辩护被称为“自然奴隶理论”，确非泛泛之谈。其主要论点是这样：奴隶与自由人之间的差别，存在的根本依据不是法律（通常意味着某种强制）而是自然（即人的天性）。具体而言，就是有些人生来就是奴隶，因为他们的天性不适合拥有自由。所以，让他们做奴隶并非不正当，甚至可以说做奴隶对他们来说是好的。这个论点显然包含了如下论断：人与人生来（天性上）是不平等的，自由人和奴隶的天性差别是一种等级差别，而不是（比如说）某种个性差异。

这当然涉及一种事实判断。可能引起的一般质疑是：人与人之间出现的等级差别（如自由人与奴隶）真的是自然存在的？或退一步：这种差别真的有其自然基础？亚里士多德不是没有意识到须面对这一问题，他自己也问道：“存在想成为一个天生的奴隶的人吗？对他而言，这样一种生存状态是合宜、正当的吗？或者，所有奴隶制都是对自然的一种违反吗？”不过，他指出男人与女人之间的差别就是一种自然存在的等级差别（高与低、统治与被统治），并认为以此类推则可延伸至全人类。也许在古希腊，男女之间自然存在着等级差别是一种不容置疑的既定之见。

后世的质疑和反驳也大多是在力证一个事实：人是生而平等的，尤其在共享天性上是基本平等的，没有人天生就是奴隶。试举卢梭的一种反驳为例。在卢梭看来，一些人生来是奴隶这一观念，无论是在亚洲还是在欧洲，似乎都是错误的。此种观念源于这一事实：那些因武力而被贬为奴隶的人已将其本性贬为奴性。他说，亚里士多德“犯了‘倒果为因’的错误。没什么能比每个在奴隶制之下出生的人生来应受奴役更确切。奴隶在他们的锁链中失去了一切，甚至包括逃脱它们的念头……而如果存在天生的奴隶，那是因为已经存在违背自然的奴隶。武力创造了第一个奴隶，而他们的懦弱使这种状态持久化”。卢梭的质疑隐含着一个可说是与自然奴隶相对应的概念，即近代思想家们多有申说的“自然自由”，其内涵就是那个著名论断：“人生而自由。”或者也可表述为：人在自然状态中都是自由的，而奴隶制则如枷锁，是在文明进程中一些人强加给另一些人的。

在亚里士多德那里，“有些人生来就是奴隶”这一判断自然也同时断言了“有些人（自由人）生而自由”。这里的“自由”与近代思想家们反复申说的“人生而自由”一语中的自由并无二致，也可称之为“自然自由”。不难想象，正因为存在奴隶制，有奴隶的（不自由的）生活在那里比照着，对古希腊自由人来说，自由的正面价值当然是不言而喻的，因为失去自由就是沦为奴隶，但凡自由人都不会愿意。亚里士多德在说到暴政是一种政治奴役时就曾说过，自由人都不会接受。但按亚里士多德的论述，自由人沦为奴隶的不好，倒不在于自由人自己的不愿意，而在于那亵渎了自由人的天性。可以认为，亚里士多德的这种论述是基于一个更为普遍的价值判断：违背自然（与天性不符）的就是不好的，反过来则可以说，顺应自然（符合天性）的才是好的。因此，自由对自由人来说是好的，奴役对奴隶来说也是好的，两者都顺应自然，看上去是各得其所。

不过，在亚里士多德为奴隶制所做的辩护中，自由人与奴隶既然是两个等级，就有高低之分。这一高一低，已然包含了一种评价在内：自由人的天性比奴隶的天性要好。好在哪里？好就好在自由人的天性适合拥有自由，而奴隶的天性却不适合。适合比不适合好，也就意味着有自由比没有自由好，或者，不受奴役比受奴役好。这种比较明显使自由多获得了某种价值，其评价标准却不再是“顺应自然”或“符合天性”，因为被做比较的两者本来是各得其所，没有谁比谁更“顺应自然”或更“符合天性”。打个比方说，如果合身就是衣服好坏的唯一标准，那么一件对甲合身的衣服与一件对乙合身的衣服就是一样好的，或者说，两者本没有可比性。如果有人还是得出某一件比另一件更好的判断，那就必定是引入了另外的评价标准，比如色彩的鲜艳程度之类。亚里士多德在此所做的比较也确实是另有标准，而且是一个在西方思想史上具有重大影响的标准，值得多说几句。亚里士多德仔细地考察了奴隶与（奴隶主的）其他财产（包括牲口）之间的区别。他承认奴隶在天性（本性）上也是人，也共享理性原则，因而不能说奴隶完全不具有（人的）德行（奴隶主的其他财产就不可能具有）。只是由于在奴隶那里理性原则很微弱，仅仅存在于执行决定而非做出决定的能力之中，他的德行也只止于例如“使他避免因懦弱或缺乏自制力而未能履行其义务”。在古希腊，在柏拉图和亚里士多德那里，人被定义为一种理性存在。所以，不能共享理性原则的就不是人，而享有的多少也就决定了人的等级高低。这可以说是亚里士多德在判定自由人与奴隶之间的等级差别时所引用的标准。理性原则在这里被认为是一种客观存在，这是一个柏拉图主义的概念。换成一个比较通俗（不那么理论化）的说法，则可以说造成自由人与奴隶之间等级差别的决定性因素，是运用理性的能力，也可称之为过理性生活的能力。有些人之所以天生就是奴隶，就在于他们的这种能力太有限、太微弱，不足以自立或自己做自己的主人。换句大白话说，也就是不配过自由的生活。这里，过理性生活的能力与过自由生活的能力似乎是可互换的。亚里士多德确实认为，由理性主导的生活才是真正自由的生活，这也是与柏拉图一脉相承的看法。这种看法为自由的概念注入了一种新的内涵，不同于自由一词的原初含义。

按自由一词的原初含义（最基本、最少争议的含义），自由本是一种消极（negative）概念。所谓“消极”，在这里可先从形式上来理解，即是从否定方面（不是什么、不要什么、不存在什么）来界说的概念。举个方便理解的例子说，当我们问黑暗是什么时，一般给出的就只是一个消极概念：黑暗就是没有光，光的存在越少就越黑暗。事实上，要想从肯定方面给黑暗下定义也是不可能的，黑暗除了是没有光还能是（有）什么？某种意义上可以说，黑暗本身不是一种存在（而只是光的不存在）。同样，自由本身（按其原初含义）也不是一种存在，而只是指强制的不存在。西方语言中“自由”一词（freedom,liberty）原有免于什么或从什么解放出来的意思，强调的就是摆脱外力强制。胡适先生说：汉语的自由意指“由于自己”，本也有不受外力拘束的意思，但“中国古人太看重‘自由’，‘自然’的‘自’字，所以往往看轻外面的拘束力量，也许是故意看不起外面的压迫，故意向自己内心去求安慰，求自由”。这是中文“自由”一词容易引起的歧义，可以先存而不论。

回到古希腊。以奴隶制的存在为背景，自由的消极概念就比较容易被清晰地认识到。什么是自由人？没有沦为奴隶的人就是自由人。换句话说，什么是自由？不受奴役就是自由，取其广义则是：强制的不存在即为自由。可以想象，古希腊的自由人都知道自己拥有一种东西叫作自由，因为有奴隶的生活在那里反衬着。如胡适所言：“感觉到不自由，自由的概念便凸显出来。”（大意如此）这意思是说，我们通常是通过自由的反面（奴役与强制的存在）才认识到自由是什么意思的。如果世界上根本不存在奴役和强制，恐怕我们也就不会有自由的概念。也如伯林所言：“理想的社会不会意识到需要自由，因为自由只是对抗干预的一种保障，而且只有在意识到存在着那种危险的地方，才会感到需要保障，自由是被准备来避免那种危险的。”或许也可像前面论及黑暗时一样地说，自由本身不具备任何正面的（肯定的、积极的）属性或规定（有了它就是自由），在某种意义上，自由本身不是一种存在（而只是奴役与强制的不存在）。借用一种“量化”的说法，事情也许就能更清楚一些：“自由度”的增加，并不意味着自由本身（或其所具有的某种性质）在增加，实际发生的事只是奴役与强制在减少。这也与黑暗一词的用法很相似，有时候我们会说“浓郁的黑暗”，仿佛黑暗自身（或其所具有的某种性质）积累到了一个很高的程度，但其实这只是一种比喻的用法，实际发生的却不过是光的存在减少到了很低的程度。

这就是自由的消极概念，有时候被人简称为“消极自由”。有必要强调一下的是，这个概念中有一个明确的限定：奴役和强制的来源是他人或由他人组成的团体、机构等。来自自然力（事物与环境）的限制不在其中。比如，我不能飞，一般情况下，我不会认为那是重力限制了我的自由。有时候我们也可能会说，我没有飞的自由，但那已是一种引申的用法，与原初意义的自由不是一个概念。最能有助于我们领会这两者差别的，莫过于那句古老的箴言：“不自由，毋宁死。”这里的“不自由”铁定是指受他人奴役或强制的状态，没有人会认为由于自己“没有飞翔的自由”就“毋宁死”。

柏拉图和亚里士多德当然也认同这种消极的自由概念。柏拉图把僭主定义为：把自由人当成奴隶一样来管制的统治者。如果说把奴隶当成自由人来管制是一种不当（不妥当和不正当），那么，把自由人当作奴隶来管制就不仅是不当了，而且是一种应予谴责的恶行，即暴政，因为它剥夺了自由人的自由。亚里士多德也说过：野蛮人天生就是奴隶，他们并不反抗暴政。在诸如此类的论述中，他们显然是在维护消极自由。

不过，如前所言，柏拉图和亚里士多德认为“理性主导的生活才是自由的生活”，这种看法却为自由的概念注入了另一种内涵。根据这种内涵，当一个人在实施“非理性的”行为时，他就可能被说成是不自由的，比如被说成是“他自己激情和欲望的奴隶”，或“他自己谬见和错觉的牺牲品”。这里，“理性主导”这一项正面的（肯定的、积极的）属性或规定被注入自由概念，“自由”已然成为一个积极概念了。在西方思想史上，柏拉图被认为是这一积极概念的开先河者。其后则经由柏拉图主义者、斯多葛学派和基督教哲学家一直传承至近世（斯宾诺莎、德国唯心主义等）。斯多葛学派的著名论点——“理解自然和使自己适应自然是最真实的自由”，曾被伯林引为这种自由概念的一个样本来加以解说。据伯林的分析，这个论点立论于如下前提条件：自然或宇宙拥有一个模式（一种秩序）和一个目标，而人类是理性存在者，就是说他能够发现那种普遍的模式和目标，且将自身与它们融为一体；如果他追求这种自我认同，他的渴望就是理性的，如果他（受到激情的搅扰）反对这种自我认同，他的渴望就是非理性的。拥有自由就是要实现一个人的渴望，而一个人只有知道如何有效地那样做，就是说，除非他理解他生活于其中的世界之本性（以及他在其中的位置），他才能够实现他的渴望；如果这个世界有着一种模式（秩序）和目标，那么，忽视这一主要事实就会招致灾祸，因为无视、不关注或（最愚蠢的是）反对宇宙规划而进行的任何行动，都一定会以遭受挫败而告终，因为宇宙会打败忽视或违犯它的个人。如果自由是实现渴望，且这种渴望依赖于对世界规划的理解，那么，不屈从于该规划的自由是不可想象的。因此，自由就变得与某一种“理性屈从”完全相同了。

以上是柏拉图主义者、亚里士多德主义者、斯多葛派的学者们、伊壁鸠鲁的信徒及其继承者们这些古希腊、罗马主要哲学学派的教义。到中世纪，基督教的神学家们用神的秩序替代自然秩序，用侍奉上帝以及宇宙体现上帝意志来替代非人格的自然，但自由学说在实质上仍然是一样的。其核心观点依然是：自由是践履宇宙（凭借上帝力量制定的）规律；一个人被诱惑而想施加给这个规律的阻力越小，他就会越快乐和越自由。

按基督教教义，人在伊甸乐园偷吃智慧果之后就如神一般具有了知善恶的能力，同时就被赋予了在善恶之间做选择的自由意志。人是唯一被赋予自由意志的存在，这使人有别于（高于）宇宙万物，其价值自不待言。不过，自由意志的自由却是道德无涉的，它可以被用来行善，也可以被用来作恶（人有犯罪的自由）。中世纪的神学家（奥古斯丁和阿奎纳等）将一个人视为一个道德行动者和一个精神存在，他在自由上的得失将视其意志是遵循理性还是追随激情而衡量。奥古斯丁说，当我们合乎德行的行动时，我们正确地使用了我们的自由；当我们选择邪恶的行动时，我们滥用了自由。他写道：“当意志不是邪恶和罪孽的奴隶时，它是真正自由的。”紧扣我们的话题，完全可以说，在奥古斯丁看来，“真正的自由”是好的，而不好的自由只是被“滥用”了的自由。不只如此，奥古斯丁还有一个概念叫“意志的最终自由”，它凭借上帝的赐予使人“不能犯罪”，因而免除了选择或选择之需要：人所能够获得的最高自由莫过于在上帝的持助下，通过爱成功地使自己服从于上帝的法则。

那是“至福”境界，自由的价值因此达到最高值。顺便说一下，这种获得了最高自由的至福境界，有点“从心所欲而不逾矩”的意思。只不过孔子达到这种境界靠的是长达一生的历练修养，奥古斯丁则认为是上帝的恩典。上帝的超自然恩典可以提升人的精神自由的水平，直至进入“意志的最终自由”。可是，免除了选择或选择之需要的意志在什么意义上还是意志呢？

不过，奥古斯丁并不是教人坐等上帝赐福，他也给人指出了努力的方向。从“遵循理性还是追随激情”的衡量标准，我们又看到了柏拉图的影子。所谓“上帝的命令是最完美的自由”，存在一个从何途径得知上帝命令的问题。除了天启（神秘的直觉），像奥古斯丁这样的神学家似乎更偏重于排除激情的干扰，也就是持守理性。

到了近代，在否定宇宙普遍目的的斯宾诺莎学说中，上述学说做了一些修改，但其基本方面仍未被改变，自由还是我们欲求的满足。宇宙是一个理性的整体，就是说，一个有着足够洞见和推理能力的人，能够从宇宙的任何一个部分推断出其他任何一个部分。当由于逻辑的或形而上的原因（对斯宾诺莎来说它们是相同的），我们认识到一个事物是什么和它是其所是时，就是说，因为所有事物彼此间具有的必然关系使任何事物必然是其所是——是这种样子而不是别的样子，于是，我们不可能希望它会成为其他样子。当我们认识到二加二等于四时，我们认识到事情不仅如此，而且必然如此，因为这种情况是数字的“必然”本性和本质；如果事情不是这样的话，二不总是二，四不总是四，加不总是加。在任何人的意识中，都不可能为二加二从未——从不会——等于五而伤心，在任何人的意识中，都不会因必然性妨碍二加二不等于五感到他的自由减少了。推而广之，适用于数字的事物也适用于所有实在。理解一个事物是什么就是要理解它同其他事物的关系，也就是要理解使它的各要素紧密联系在一起的内在必然性。就是说，认识到它为什么不可能是其他样子：理解这一切就意味着承认它是理性的，成为其他样子则是不可思议或自相矛盾的，而自相矛盾的事物则是不可理解的，不可能成为任何人真正渴望的目标。通常情况下，是激情（首恶）单独产生事物能够成为其他样子的幻觉，使人们渴望不可能之事物。在一种完美的秩序中，上帝的智识之爱是启示之光，凭借它，受到理性关联的决定，万物得以显现出它们的本真实在，因为没有其他任何事物在理性上是可想象的：理解这一切就会变得自由，摆脱伪渴望。因此，科学——清晰理性的运用——是人类的伟大解放者、障碍的清除者和神秘的驱散者，它破除了那些只是促使我们要求不可能之事物，以及当我们被完全挫败时使我们陷入恐惧和绝望之中的误解与混乱。

说到这里，一个我们很熟悉的命题已经呼之欲出，即自由是对必然性的认识。如果我没有记错，这个命题最早的提出者就是斯宾诺莎。后来在黑格尔和马克思那里，除了“自然的完美秩序”之外，更多受到关注的必然性是历史必然性（或历史规律）。那种历史必然性更像是一种逻辑规划，有时候会让人想起经院哲学家们的一个观点，即将宇宙视为始终存在于伟大建筑师——上帝本身的精神之中的一种无时间性的逻辑规划在时间中实现。简言之，历史被认为是一种逻辑规划的展开（黑格尔称为历史与逻辑的一致性），或者如黑格尔所言，是绝对理性（或绝对精神）自身的发展。整个“展开”过程当然都是合乎理性的，那些看似盲目无序的现象其实都只是“理性的狡计”而已。值得一说的是，黑格尔认为，作为精神发展的历史是直到为自由的斗争首次显现时方才开始的。他写道，“世界历史正是自由意识的进步”，直到自由获得普遍的实现之时才能抵达其顶峰。然而，在他看来，虽然自由是历史的产物，但历史并不是自由的成果，而是“包含在一种绝对的必然之中”，它的每一个发展阶段都会不可避免地发生。或许可以这样来理解：“自由意识的进步”本身就是历史的必然，也即被包含在历史的必然性之中，而整个历史必然性只是绝对理性按自己的“逻辑规划”展开自己的一个环节，所以最终（经由否定之否定）又统一于自由。换一种较为通俗的说法，当包含了“自由意识的进步”的历史必然性也被理性认识之后，自由就能在更高的层次上（经由否定之否定）获得普遍的实现。不过，此处似无必要过多纠缠于黑格尔关于自由与历史必然性的“辩证关系”，只需辨明如下两点即可：一是历史开始于“为自由的斗争”，其中的自由概念显然更接近原初的自由概念，因为那种“斗争”必定指向或至少包括了不接受暴政与奴役的斗争；二是自由与历史必然性的“对立统一”所得到的自由概念，则更接近浪漫主义的自由概念（后面会讲到）。对黑格尔来说，自由在于对外在的、异质的，因而是外部力量的吸收，是将障碍吸收进自我的体系之中。我自己是历史进程的内在组成部分，我承认我在历史进程中的作用，我自由地服从它，因为我只是在服从我内心的合理的事物。

至于马克思关于自由与历史必然性的辩证关系的论述，在极大程度上（或者说在实质上）只是黑格尔学说的一个翻版。马克思也认为，整个历史就是为自由而斗争的历史（被压迫阶级反压迫、争自由）。而且，马克思的唯物史观虽然被认为是把黑格尔的唯心史观“颠倒”过来了，却还是与黑格尔一样，把自由与历史必然性的“辩证统一”归结为自由统摄了历史必然性（从必然王国跃入自由王国）。顺便一说，也许是受近代科学惊人成就的鼓舞，在马克思那里，从“自然秩序”这一“必然王国”跃入“自由王国”看上去已不是什么问题，征服自然是指日可待的事。唯一还没被理性之光照亮的晦暗区域是历史规律，而经由马克思科学发现之后，也仅剩下“最后的斗争”。在这场最后的斗争中，自觉地（也即由理性主导地）遵从马克思发现的历史规律（不做反动派）就能获得自由。但从理论上说，斗争是必然且必要的，正反两方其实都只是历史发展的工具而已。

以上粗略勾画了西方思想史上一个不同于原初含义的自由概念，伯林有时称之为理性的自由概念。其内涵也可概括为：完全的合理性等同于完全的自由实现。无论是“自然秩序”“上帝的律令”还是“历史规律”，都意味着某种合乎理性的普遍法则。自觉地（也即由理性主导地）遵从它们，人才可能实现真正的自由。因此，还有一种更简略的概括：理性使人自由。据此看来，不自由的人之所以不自由，只是因为他们受制于无知、迷信或激情等“非理性”因素而产生了虚妄的欲求，也可以说是因为他们在理性上的缺失而迷失了真正的自我，而只有真正的自我之实现才是真正的自由。反过来的一种推论是，服从比你自己更有理性或理性能力更强的人会使你更自由，因为他无疑比你自己更清楚什么对你更好，或者说，他无疑比你自己更清楚你真正的自我想要的是什么。事实上，提出这种“智者统治愚者”的主张者在思想史上代不乏人，柏拉图的理想国中哲人王的统治可算最早的一例，亚里士多德也有近似的主张。按他的论述，如果有“真正高级”或一个神一般的人（或哲学王），就有可能并且应该由他来建立一种绝对统治。亚里士多德说，显然不能让这个人做臣民，因为那像是让人们来统治宙斯。然后他总结说：“唯一可能的方案是，所有人应该遵从自然秩序，欣悦地服从这样一个统治者。而那些像他一样的人应该成为他们国度中终生的王。”那些服从其统治的人是为了他们自己的益处而被统治，这或许会比他们自己来统治更好，仅在这个意义上，他们接受这样的统治是自由的，但他们会失去那份自治的政治自由。

按伯林的看法，这种得出了“自由即是服从”这一吊诡结论的主张，可说是“上帝的命令是完美的自由”（因为上帝知道对我和对这个世界来说什么是最好的）这一宗教观点的世俗版。从这种观点会得出如下论点：开明的专制主义不是专制主义，依据理性的强制不是强制，强迫人民服从理性的命令就是强迫他们理性地行动，就是提供给他们真实或真正的需求之满足（即便他们在神志清醒的时刻可能会强烈地否认这一点），以此使他们自由。反对这种解放只能证明他本人不理性，无能力知道什么会在事实上使他自由。

接下来伯林指出："在整个人类思想史上，这是最强有力和最危险的论点之一。让我们在此追索它的步骤。只有通过理性才能发现客观的善，将理性强加给其他人只是为了激活他们心中潜在的理性；无论人们实际上说他们想要什么，解放他们就是恰恰为他们做如果他们是理性的话他们会为自己做的事情；因此，某种最狂烈的强制等同于最绝对的自由。当然，这就是黑格尔和自马克思以降他们的追随者们所倡导的国家专制主义之常用和主要的借口。确立这个可怕的吊诡需要采取的关键方法是，对我来说是善之事物，独立于我发现的我实际上最热切渴望的事物，尽管我日常的自我可能完全不熟悉任何这种存在（抄书人按，指超然'独立于'我日常实际渴望的事物之外的'客观的善'）。在强迫我追求我的所谓真正自我之目的的过程中，国家或教会或专制者只是在'迫使我自由'，只是在代表，且与我那神秘的但最重要的'真正'自我、那唯一真正重要的自我完全地和谐一致。"

浪漫主义的自由概念也获得上述相同吊诡结论，只是路径有所不同。构成宇宙的必然性不再是"给定的"，不再是作为客观必然的实在而强加给我们。对费希特和谢林来说，人不是一个只能接受或拒绝是其所是的世界的消极的遵守者。因为作为一个“主体”，人是完全积极的。他的行动不在于沉思，而在于将它自己创造的原则或规则强加给自然中明显无生命的部分。在康德的思想中，人开始像上述说法那样来行动，他把范畴置于一些预知的条件之上（为自然立法和为自己立法）；在康德继承者（其中费希特在浪漫主义思潮中具有决定性的影响）的思想中，他在越来越有意识的“层面”上如此行动。有时候，他以全能的意志塑造实在；有时候，他会在实在中发现与指导自己有目标生活的那些规则或原则相同一的规律，因为他和自然二者在不同层面上都是绝对精神——以多少可理解的方式在他和自然中“实现它本身”——的流溢和体现。

浪漫主义的自由概念其实也可界说为“真正自我之实现”。所不同的是，浪漫主义的自我不是像亚里士多德或托马斯有时表述的那样，通过首先思考世界的本质，然后据此矫正自己的目标和欲求，以达成与自然法则或上帝的命令或历史规律的一致。浪漫主义的自我实现是在一种创造性的行动之中。在浪漫主义者眼里，最能说明何为自由（真正自我之实现）的例证，就是艺术家在创作时的那种状态。不难想象，那是一种充满激情因而是很亢奋的状态。在那种状态中，艺术家是作为一个能动的主体在进行创造，包括创造规则（用康德的话说就是自己为自己立法，席勒的说法是自己为自己创建游戏规则）并将规则赋予或强加于无生命的质料。然而，艺术家也不是单凭着独特的个性完全不依任何章法地在进行创造，在他的灵感与行为中也包含着某种“内在逻辑”。甚或可以说，有无那种内在逻辑可作为区分艺术家与疯子的一个标准。而且，艺术家的灵感越深刻，他就越接近于内在力量的核心。换一种说法，创造性的行动乃是根据规则对目的的追求，因而对任何人来说都是理性。只不过理性在这里不再被解释为将系统各要素连接在一起的某种必然关系，而被解释为引领、塑造、指导和使行为适应实现目标的原则。艺术家对这种原则的领会似乎是得自一种神秘的直觉。于是，“自由是对必然性的认识”这一吊诡的说法，现在不再使人想到精明的、适应于自然必然性形象的自我，反而更像是一位音乐家的形象，他洞察到了可能由另外一个人作曲的总谱的本质和目的，在演奏音乐的过程中感到了最充分的自我实现，以至传播了总谱意在表达的一切。他非但没有将自由看作是对来自外部压力的某种释放，反而会宣称他越紧密地遵守总谱的结构，他强加给自己的戒律越是严格，他就越自由。换一种通俗的说法，他的自由（自我之实现）就在于他将自己的小我与冥冥中的那个大我（费希特称之为“绝对自我”）连成了一体。

这样一种自由概念，当然也是一个积极概念。它不只是意味着外力干涉的不存在，而更多的是意味着将意志强加给一些可塑媒质的属性或组成原则，将人格铭刻在人们或物体之上。这使得意志概念被认为是处于决定目的或目标、决定什么是善与恶、什么是正确与错误的核心地位。理性意志（康德强调理性方面要多于强调意志方面，费希特及其后继者则相反）现在变得等同于所有创造的动力原则，甚至同样是我平日正常生活中创造的事物和价值的动力原则。这种观点导致了对“知识即美德”的西方传统观念的颠覆，在政治哲学中的后果是对“哲人王”的服膺让位于对英雄主义强力人格的崇拜。“那个骑在马背上的世界精神”——黑格尔评论他所见到的拿破仑的这句话，也许最好地表达了这样一种政治哲学。服从这样的领袖，当然就是借助领袖将自己与世界精神连成一体，也就是使自己走上了自由之路。伯林的说法是：“在这里，我们不仅找到了对艺术家崇拜的起因，他被认为是唯一彻底解放了的个人，他战胜了使其他人沿着非他们选择的道路前行的局限、恐惧和挫折，也战胜了对民主的恐惧。民主被认为只是类似地球居民之被奴役的意志与对领袖崇拜的结合，而领袖则被认为是能与世界精神合一的存在者，是创造性力量的源泉，是受灵感支配的有预见能力的人。就艺术家卓越的洞察力（利用任何一个有能力的人能够学会的那些通常的科学方法或技能，不能获得这种能力）来说，他能够在他的社会反抗自然或其他社会的进展中独断专行，能够辨识出下一阶段且能使之成为现实（因为就艺术家的情况来说，他能够使辨识和成为现实两者难以分解地融合在一起）。这样说来，自由就在于尽力从才华卓绝的先知或导师那里获得火一般的热情，在一个人能力限度内与他一起行动，这样，仅仅是信念，想象力和一般的推动力——行动的能力无须过多地批判性反思——的结合，就可以实现进入未来的大胆跨越。……以上就是半神式的领袖承诺给他的追随者摆脱沉闷的日常关注之枷锁的著名的解放行动，是超人概念之萌蘖。……”

以上两种“积极自由”，似乎都是把自由理解为一种类似于“天人合一”的境界。无论那种境界是因顺应自然而获得的内心安宁（斯多葛派），还是因听从上帝命令而达致的“至福”（奥古斯丁），还是因积极投身历史潮流而“与永恒向前的运动合而为一”，还是因创造力迸发而与世界精神合而为一，都显然是人生最高的目标所在。也就是说，自由无疑是人生的最高价值。这种价值来源于某种超越我们的存在（宇宙的目标、上帝的命令、历史的必然、世界精神的运动等），因而具有某种神圣性。顺便说一句，当我们追问一种事物因何具有价值时，实际上往往是在追问其神圣来源，因而会不满足于功利的回答。据此而论，以上两种积极自由似乎已圆满地回答了本札记开篇提出的问题。

然而，如上所述，尽管两种积极自由的概念经过某种论辩似乎也把消极自由的内涵包含在自身之中了，但实际上那种论辩得出的结论（某种最狂烈的强制等于最绝对的自由）却是与消极自由的概念水火不容的，反映到实际的政治生活中则成了侵害剥夺公民自由的最大借口。积极自由被赋予某种具有神圣来源的价值，很多时候恰恰成了歌颂暴政的理由。所以，我们开篇提出的问题理应做出一个限定，即限定在追问消极自由的价值来源。

近代消极自由的概念主要是一个自由主义的概念，其缘起则可追溯至英国经验主义哲学（霍布斯、洛克）。根据霍布斯的学说，人的自然自由不是自由意志。由于“每一个人意志的行动，以及每一种欲望和倾向都出自某种缘由，而通过一条连续的锁链（它的第一个环节掌握在上帝手中，是所有缘由的起始），这种缘由又出自其他的缘由，因而它们最终是出自必然性”。自由不是意志的自由，而是人的自由，蕴含于“他不停地做他有意愿、欲望或倾向要去做的事情”。“自由（free）”一词的适当应用是用于动作中的身体，而在这种用法中，它所意指的“自由（liberty）”仅仅是“外在障碍的缺失”。洛克也认为，人的自然自由不是他做选择的意志自由，而是不受限制和障碍去做他所愿之事的自由。当然，他的自然自由观念与霍布斯的又有所不同，因为他们的自然状态观念变成不同。只不过这种不同不是我们关注的焦点所在，因而可以忽略。

自然自由或自然权利仅仅属于处于自然状态中的人，当人们离开了自然状态进入国民共同体，他们就让渡了这种自然自由，以此交换一种市民自由（或公民自由）。据霍布斯所说，这种市民自由（或公民自由）不过是做国家法律不禁止的事情的自由，或是不去顾及法律所不要求的事情的自由。而对洛克而言，自然自由存在于“免受任何世间更高权力的束缚，或者不受制于人的意志或人的立法权威的管辖”。限制行动自由的只是自然法的规则。市民自由或市民法下的自由存在于“仅仅服从于由同意所建立而非任何其他的立法权”，这种自由可以让个人在所有不被国家法律所规定的方面随心所欲。

不难看出，霍布斯与洛克所说的“自然自由”和“市民自由（或公民自由）”都是一种消极自由。

这样一种消极自由的概念，后来在约翰·密尔那里得到了更为详尽的阐释。在《论自由》一书的开篇处，他就开宗明义地写道：“这篇论文的主题不是所谓意志自由，不是这个与那被误称为哲学必然性的教义不幸相反的东西。这里所要讨论的乃是公民自由或称社会自由，也就是要探讨社会所能合法施用于个人的权力的性质和限度。……本文的目的是要力主一条极其简单的原则，使凡属社会以强制和控制方法对付个人之事，不论所用手段是法律惩罚方式下的物质力量或者是公众意见下的道德压力，都要绝对地以它为准绳。这条原则就是，人类之所以有理有权可以个别地或者集体地对其中任何分子的行动自由进行干涉，唯一的目的只是自我防卫。这就是说，对于文明群体中的任一成员，所以能够施用一种权力以反其意志而不失为正当，唯一的目的只是要防止对他人的危害。若说为了那人自己的好处，不论是物质上的或者精神上的好处，那不成为充足的理由。人们不能强迫一个人去做一件事或者不去做一件事，说因为这对他比较好，因为这会使他比较愉快，因为在别人看来这是聪明的甚至是正当的，但实际上这样不能算是正当。所有这些理由，若是为了向他规劝，或者是为了和他辩理，或者是为了对他说服，以至是为了向他恳求，那都是好的；但只是不能借以对他实行强迫，或者说，如果他相反而行的话便要使他遭受什么灾祸。要使强迫成为正当，必须是所要对他加以吓阻的那种行为将会对他人产生祸害。任何人的行为，只有涉及他人的那部分才须对社会负责。在仅涉及本人的那部分，他的独立性在权利上则是绝对的。对于本人，对于他自己的身和心，个人乃是最高主权者。”

这样勾勒出来的自由概念，有两点也许值得强调一下。

其一是，人被视为时空中一个经验性的存在者，而非具有某种形而上学假定本质的“真正的自我”。这个经验性的存在者，追求那种如他所追求的目的，而无论是出于什么缘由。也就是说，无论他的动机是单纯的还是有“私心杂念”，他的欲求是高尚的还是庸俗的，他的趣味是高级的还是低级的……一句话，无论他的追求是否能与某种比他大比他高的东西“合为一体”，只要不涉及他人，他就应不受他人妨碍地去追求。而且，为了成为他想成为的事物，需要一个确定的领域，免于被其他人侵入，无论其他人的观点是否与他自己的相吻合，无论其他人是否赞同他，无论其他人对他和他的目的的总体态度，无论他对其他人和其他人的目的的态度可能是什么。这种观点显然也意味着，人作为“经验性的存在者”在日常生活中所产生的种种欲求，无论有多琐屑，也都有其自身的价值。

其二是，由于“为你好”这个我们如今在电视剧里不断听到的说辞“不成为充足理由”，密尔显然不能接受柏拉图、亚里士多德那种建立了“哲人王”的绝对统治，公民们即可放弃自治自由的主张（他们的理由说到底也是“为你好”）。事实上，自 18 世纪以来，在洛克、孟德斯鸠、卢梭、康德、美国宪政主义者的政治思想中都有与密尔相同的这种倾向。自治被视为良好政府的本质，这无疑是18世纪的作者们所称的“自由政府”的标志。被认为生而自由的人们不能满足于比这更少的公民自由。也就是说，这里再一次强调了自由概念的内涵是不受他人强制，而不是为了求得某种“客观的善”。

现在我们要再次回到我们的出发点：这种消极自由的价值从何而来？密尔是从功利的角度来论证的。密尔在《论自由》中就曾坦承：“应当说明，在这篇论文中，凡是可以从抽象权利的概念（作为脱离功利而独立的一个东西）引申出来而有利于我的论据的各点，我都一概弃置未用。的确，在一切道德问题上，我最后总是诉诸功利的；但是这里所谓功利必须是最广义的，必须是把人当作前进的存在而以其永久利益为根据的。”也就是说，在他看来，自由的价值就在于它能给人带来“最广义的功利”。其他自由主义者也大多持有类似论点，比如奥地利学派的米塞斯就曾指出，自由的价值就在于自由能最有效地增进人的福利并给社会带来繁荣。事实上，亲近英国经验主义哲学的自由主义者们，对形而上学的种种假定几乎是本能地不愿相信，他们一般倾向于提供经验的证据来论证自由的价值，而不去追溯其神圣来源。

这种功利主义的论证常常会让人有意犹未尽之感，因为自由本身好像没有价值，而只是作为某种手段，因有助于实现别的有价值的目标而具有价值。但其实不难观察到，自由主义者们也是有一整套非功利或超功利的信念的，而这套信念的核心就是自由本身。换句话说，他们大多是一些热爱自由的人。什么叫热爱自由？最鲜明的表达也许就是那句古老的箴言（也是人类最古老的诉求）：“不自由，毋宁死。”这意思不是说，倘若不能达到某种“天人合一”的境界就不如去死，而是说，戴着枷锁的生活不是人的生活。托克维尔说过一句后来被自由主义者们经常引用的话：“谁要从自由之中寻求自由以外的东西，谁就只配侍候人。”这话当然是在说：自由本身就是有价值的。只不过有必要再次强调的是，这里的自由本身指的就是“不侍候人”，也就是不受奴役与强制。所以，热爱自由的意思就是不能忍受奴役与强制。在这一点上，近代自由主义者表达的其实是一种最古老的信念，也就是“自由的原初含义”。但是，自由主义者们并不是仅仅表达了热爱自由和反抗奴役的精神气质。如密尔所言，他们“所要讨论的乃是公民自由或称社会自由，也就是要探讨社会所能合法施用于个人的权力的性质和限度”。从这种探讨中，他们不仅提供了一种为权力划定边界的政治哲学，而且展现了一种崭新的、像古罗马的斯巴达克斯那样的热爱自由者所不可能具有的“自由信念”。如布鲁姆在《雷蒙·阿隆：最后一个自由主义者》一文中评论雷蒙·阿隆时所言：“他活出了（而且也许是为其牺牲的）那种奇特的精神禁欲主义（禁欲主义中最为艰辛的一种）——相信别人有按其自由去思考的权利。一个人为了保护别人的那些他不同意的意见而死，和为了自己的神或国家而死是完全不同的两码事。权利的相互尊重，一种古怪的派生性的尊重，是自由信念的本质。”

事实上，自由主义者们的自由信念里总是包含着某种积极方面。有论者指出：“密尔的个人自由观念初看起来是消极的——是免于外部强加的规约或强制。自由随着政府范围的缩小而增加，而为了自由的缘故，政府管制得最少就是管制得最好，或者管制的程度不超出公共安全的必要。他写道，‘但是也有这样一类行动对于社会说来，就其有别于个人之处来看，只有（假如还有的话）一种间接的利害。这类行动的范围包括一个人生活和行为中仅只影响到本人自己的全部，或者若说也影响到他人的话，那也是得有他们自由自愿的、非经蒙骗的同意和参加的。必须说明，我在这里说仅只影响到本人，意思是说这影响是直接的，是最初的；否则，凡属影响到本人的都会通过本人而影响到他人，也未可知，那么凡可根据这个未可知之事而来的反对也必须予以考虑了。这样说来，这就是人类自由的适当领域’。然而，这是密尔希望强调的免于政府干预或社会压力的自由的积极方面。免于政府或社会强制的自由是为了个性最大发展的自由——个人与众不同的自由，任由一个人听凭其个人的偏好、才华和品位所愿意的并能够形成的与众不同。他还写道，‘在不首先关乎他人的事物中，个性应该坚持自身，这是可求的’。当个性的自由发展不被视为人类幸福的首要因素之一，不被视为社会福祉的绝对必要，自由就被贬值了。密尔认为‘唯一名副其实的自由，就是按照我们自己的方式去追求我们自己的利益的自由，只要我们不试图剥夺他人的这种自由，不试图阻碍他们取得这种自由的努力’，因为‘相应于每个人的个性发展，他变得对自己更有价值，因而对他人也能够更有价值。他在自己的存在上有了更大程度的生命的充实，而当单位中有了更多的生命，由单位组成的群体中自然也有了更多的生命’。穆勒将自由推崇为一种终极的善，既是对于个人也是对于国家。”显而易见，“个性最大发展的自由”“在自己存在上有了更大程度的生命的充实”确实是某种积极内涵。而密尔是把这种具有积极内涵的自由作为一种目标，也即“推崇为一种终极的善”。

伯林也指出：“自由主义者反对任何形式的无论是仁慈的还是理性的专制主义，不是因为专制主义会降低人的幸福（功利的论证——朱正琳按），而是因为它内在地有辱人格，是对平等与独立的（和追求理想的）存在者之间应该具有的人的关系内涵的一种歪曲，是对人类存在所要实现理想的一种背叛（非功利的论证——朱正琳按）；人的概念具有某种特点，为了人，可以主张权利、惩罚犯罪和发动革命——这种诸种价值的体系不是由 18 世纪的功利主义的考量或经验性的社会学，而是由康德和他的后继者之人本主义者的唯心论所引发的。”在伯林看来，如果没有康德的这种人本主义的自由之内涵，过去一个半世纪中的任何政治宣言、任何旨在和平或战争的主张、使欧洲和美国焦虑不安的所有道德和政治观念的冲突，都是难以理解的。也就是说，他认为，近一个半世纪的自由主义思想家们都在某种程度上分享了康德此种关于人、关于自由的信念。

康德接受了卢梭的观点，认为自由是一种绝对的价值，不可能被削减，因为不存在没有自由的道德。换一种说法，人应该是自由的——按他自己的意愿行动，出于属于他自己的动机、以他认为最合适的方式和不受干扰地追求他自己的目的，否则，他可能像奴隶一样幸福，但不是一个道德存在者，不是一个不朽的灵魂，不是一个完全的人；人应该按照在上帝的精神和自然胸怀中永久性地制定的正当规则过他的生活。我们可以这样来理解，在卢梭和康德看来，人的定义中包含了人是一个道德存在者，而没有自由（选择）就不存在道德，所以，自由也包含在人的定义之中。这里，我忍不住要重温康德在《实践理性批判》中的那段名言：“有两样东西，人们越是经常持久地对之凝视思索，它们就越是使内心充满常新而日增的惊奇和敬畏——我头上的星空和我心中的道德律。对这两者，我不可当作隐蔽在黑暗中或是夸大其词的东西到我的视野之外去寻求和猜测；我看到它们在我眼前，并把它们直接与我的实存的意识联结起来。前者从我在外部感官世界中所占据的位置开始，并把我身处其中的联结扩展到世界之上的世界、星系组成的星系这样的恢宏无涯，此外还扩展到它们的循环运动和延续的无穷时间。后者从我的不可见的自我、我的人格开始并把我呈现在这样一个世界中，这个世界具有真实的无限性，但只有对于知性才可以察觉到，并且我认识到我与这个世界不是像在前者那里处于只是偶然的联结中。前面那个无数世界堆积的景象仿佛取消了我作为一个动物性被造物的重要性，这种被造物在它（我们不知道怎样）被赋予了一个短时间的生命力之后，又不得不把它曾由以形成的那种物质还回给这个（只是宇宙中的一个点的）星球。反之，后面这一景象则把我作为一个理智者的价值通过我的人格中道德律向我展示了一种不依赖于动物性，甚至不依赖于整个感性世界的生活，这些至少都是可以从我凭借这个法则而存有的合目的性使命中得到核准的，这种使命不受此生的条件和界限的局限，而是进向无限的。”简单解读一下康德的意思：人正是凭借着自己是一种道德存在而成其为人，因为他在这种存在中超越了完全受制于自然必然性的动物世界和感性世界。再多说一点，“我们心中的道德律”是一种“命令”而不是一种“必然性”（比如自然规律或历史规律），服从还是不服从命令，当然是出于自由意志的选择。换言之，如果道德律是一种必然性，人其实无可选择，服从还是不服从它至多只关涉到明智还是不明智的问题，而说不上道德还是不道德了。

康德这里给出的自由概念，简言之，是把自由界定为做决定的自由（朱正琳按：在另一处被表述为“自我主导”）和发展个人能力的自由。这种康德式的观点也是一种积极自由。但伯林却把这种康德式的对个人自由的信奉描述为以后各种版本的自由主义（包括他自己）的核心所在，尽管他更多的时候总是在坚持自由的消极概念。伯林由此想到 19 世纪和 20 世纪的自由主义在本质上都包含着自由之积极和消极两种概念，这两种概念既源自较早的西方自由主义，也源自德国的浪漫主义（朱正琳按：主要指康德）。

不过，康德不仅坚决地主张道德的非功利性，而且坚决地主张：人（每一个体）是目的，让人沦为手段则是对人格的贬损。伯林的说法是：“康德将作为神的光辉闪耀之承载者的人的灵魂的神圣性，以及所有人都是天堂中一位父亲的儿子，所有人在精神上都是兄弟的神秘教义转换成道德或形而上学的术语，并宣称人的不可侵犯，乃是因为他们独自生成了生命的终极目的；人的自我完善是唯一的终极目的，对追求终极目的的这一权利的侵犯是对唯一存在的圣灵亮光的最大违犯。人是独一无二的，是绝对善良、正当和真理的神圣载体，以任何方式利用他、剥削他、欺骗他、侮辱他的人格和贬低他的地位，都是一个人可能犯的最恐怖的错误。”可以说，康德赋予自由的内涵是一种人本主义的内涵，而自由的价值自然是来源于人本身（人的尊严）而非某种高于人的东西。

伯林的政治思想与消极和积极自由之概念区分联系在一起，且常被认为倡导前者而抨击后者。但事实上，正如伯林在他 20 世纪 50 年代初期的作品中所暗示的和在《浪漫主义时代的政治观念》中所揭示的，对他来说，关键的道德或评价性区分是人本主义和非人本主义的自由概念之间相关联却不同的区分；他的政治思想致力于捍卫前者，反对后者。

人本主义的自由概念不同于浪漫主义的自由概念，因其同自由主义的自由概念一样，依赖于经验的而非形而上的个人概念，个人自由在于“他无论出于什么理由而追求的目的之中”，因此需要“一确定领域免遭其他人的侵入”。但是，在人本主义的自由概念导出自由的结论之时——需要一无干涉区域的保护，在其中，个人可随心所欲——它确实至少部分的是以康德所坚持的观点为基础的。康德主张对个体本身来说，在一个完整的人的生活中，自由地做出选择的重要性本身就是其本质要素。换言之，人本主义的自由概念认为自由（freedom）是善，不仅仅是因为它是实现个人选择追求（无论那些追求可能为何）的目的之工具，也因为自由是完全的和内在的善。

另一方面，“非人本主义”概念把自由定义为个人通过与某一更大团体或运动的结盟，或个人献身于某一更高理想，而达到的自我实现。

六

读书札记：改革与革命

——对《旧制度与大革命》中一段文字的解读

有一位政界人士推荐了《旧制度与大革命》（以下简称《旧》）一书，于是，这本世界名著在问世150多年以后突然在中国“火”了一把，一时间成了“人人争读”（凤凰网上用语）的热门书。“书有书的命运”，倒也不足为怪。

坊间对这本书的评介热闹了一阵，至今也还没完全消停。不少文章关心的是这本探讨法国大革命之前因后果的书“与当下中国的关联性”（《人民日报》评论文章用语），似乎有揣摩推荐者深意的意思。这当然也是一种读法。“读史使人明智”，揣摩者终归也是想以史为鉴。引人注目的是，大多数此类文章都聚焦于书中的一段文字：

革命的发生并非总因为人们的处境越来越坏。最经常的情况是，一向毫无怨言仿佛若无其事地忍受着最难以忍受的法律的人民，一旦法律的压力减轻，他们就将它猛力抛弃。被革命摧毁的政权几乎总是比它前面的那个政权更好，而且经验告诉我们，对一个坏政府来说，最危险的时刻通常就是它开始改革的时刻。只有伟大天才才能拯救一位着手救济长期受压迫的臣民的君主。人们耐心忍受着苦难，以为这是不可避免的，但一旦有人出主意想消除苦难时，它就变得无法忍受了。当时被消除的流弊似乎更容易使人觉察到尚有其他流弊存在。于是人们的情绪便更激烈：痛苦的确已经减轻，但是感觉却更加敏锐。封建制度在盛期并不比行将灭亡时更激起法国人心中的仇恨。路易十六最轻微的专横举动似乎都比路易十四的整个专制制度更难以忍受。博马舍的短期监禁比路易十四时期龙骑兵对新教徒的迫害在巴黎引起更大的民情激动。

再无人认为 1780 年法国在衰落；相反，人们会说，此时此刻再无阻碍法国进步的限制了。正是在那时，人能不断地无限完善的理论产生了。20 年以前，人们对未来无所期望；现在，人们对未来无所畏惧。人们的想象力预先就沉浸在即将来临的闻所未闻的幸福中，使人们对既得利益无动于衷，一心朝着新事物奔去。（第 210—211 页）

一、

这段文字论及改革可能有引发革命的风险。对改革正进入“深水区”的当下中国来说，自然容易触动某种焦虑。有评论就指出，“当前中国社会背景复杂和社会矛盾激化的处境，与法国大革命时期有某种相似性”（参看《人民日报》2013 年 1 月 8 日）。不过我以为，历史毕竟不是在实验室里进行的，不可重复的因素总是会有很多，“相似性”很有可能只是一种表面印象。通读《旧》全书，会发觉托克维尔对革命前法国的社会状况做了极为细致深入且富有洞察力的研究，用他的话说就是，“我试图深入到旧制度的心脏”，而且“发现了活生生的旧制度”。原则上说，我们如果没有对当今中国社会状况也做过同样深入细致（洞察力姑且不论）的研究，单凭印象就将之与托克维尔笔下的法国社会做类比，怕是会失之轻率。而且，从这样一种类比也很难得出什么有教益的结论。如果就此得出中国的改革应该缓行甚或止步的结论，显然就很可笑，甚而有些可疑。但如果得出的结论是说，改革不能一蹴而就，需要勇气也需要智慧，还需要审慎云云，却又不过都是些我们早已耳熟能详的老生常谈。

引起我们关切的这段文字其实也堪称名言，早已在世界范围内广为传播。我想之所以广为传播，主要还是由于其中包含着某种洞见，可以启迪读者心智，而非触动了某种焦虑。静心一读，让我有些意外的第一个“发现”竟然是：这段文字有两个自然段，不能笼统论之。两个自然段提示了法国大革命的两种原因或两重动力，而两者可以说是同等重要。在第一个自然段我们看到，苦难“变得无法忍受了”形成了一种内驱力，驱迫着人们去反抗；在第二个自然段我们则看到，还明显存在着一种感召力，召唤着人们“一心朝着新事物奔去”。是两种力量叠加在一起才引发了法国大革命。坊间对第一个自然段说得比较多，我现在则想试着从第二个自然段说起。

一开始我以为，那种感召力就出自“人能不断地无限完善的理论”。仔细阅读后却发现，那种理论的“产生”其实也首先只是人们受到感召的一种表现而已。在《论美国的民主》一书中，托克维尔也谈到，是平等，唤起美国人产生了人能无限完善这个“与世界一样古老”的观念。与美国人不同的是，唤起法国人产生这个古老观念的不是平等的事实，而是有关平等以及“非宗教”的思想（见《旧》书第三篇第一、二章）。阿克顿勋爵认为，是美国的《独立宣言》向法国提供了“将思想变成行动的那个火花”，而托克维尔则强调，尽管不能否认美国革命对法国革命的影响，“但是，当时在美国的作为对于法国革命的影响并不及当时法国思想对法国革命的影响。……美国人仿佛只是贯彻执行我们作家的设想：他们赋予我们头脑中的梦想以现实的内容”。在18世纪中叶的法国，托克维尔发现了一种奇特的历史景象：文人“变为国家的首要政治家”，而他们的思想竟使得整个法国社会处于一种激发态。他所说的“文人”，指的是法国启蒙运动中的著作家们。他从他们有众多分歧的“政治体系”中概括出一个“最普遍的观念”：“他们都认为，应该用简单而基本的、从理性与自然法中汲取的法则来取代统治当代社会的复杂的传统习惯。……所谓18世纪政治哲学，严格说来，就包含在上述的那个唯一观念之中。”（第175页）继而他又指出：“这样的思想并不新鲜，3000年以来，它不断地在人类的想象中闪现，但从未固定下来。那么，这回它是怎么占据所有作家的头脑的呢？为什么不像往常那样只停留在几个哲学家的头脑里，却一直深入到大众中，使他们政治热情经久不衰，以至关于社会性质的普遍而抽象的理论竟成了有闲者日常聊天的话题，连妇女与农民的想象力都被激发起来了呢？”于是，“当国民终于行动起来时，全部文学习惯都被搬到政治中去”（见《旧》第三篇第一章）。

托克维尔用很多笔墨描述和分析了那种奇特景象，并指出，那样一种由许多偶然因素和必然因素复合而成的景象，在法国历史上也属绝无仅有。读者从中也不难看出，尽管“18世纪政治哲学”至今仍具有某种感召力，但无论在什么地方，再出现法国社会当年的激发态已然是概率极小的事了。时过境迁，风光不再，看来那是特殊历史时刻的特殊情况。不过，托克维尔的分析中有一种洞见却也包含了一种“最普遍的东西”，值得稍加留意。他指出，当时法国的文人、民众、贵族乃至国务活动家在政治上都表现出某种幼稚态度，原因却是共同的，即“由于根本没有政治自由”。他的论断可圈可点：“只要见过自由社会，听过其中争论的人，即使不懂国事，也能受到教育。而他们（指文人们）连这种肤浅的教育也没有。”“要使主要公民们（这里指贵族）了解自己面临的危险，正如要使小民百姓保卫自己的权利一样，自由的体制都是必要的。”“事实上，只有自由政治制度才能把治国安邦的要术完完全全教给政治家……”（见《旧》第三篇第一章）

还有一点值得一提。对于启蒙理想激发起来的“以理性为唯一依据，勾画出崭新的蓝图去重建当代社会”的信念，托克维尔虽然认为情有可原（旧制度令人厌倦和绝望），但却持有批判态度。在《旧》一书中他就曾这样写道：“他们以为，借助理性，光靠理性的效力，就可以毫无震撼地对如此复杂、如此陈旧的社会进行一场全民而突然的改革。这些可怜虫！他们竟然忘掉了他们先辈四百年前用当时朴实有力的法语所表达的那句格言——谁要求过大的独立自由，谁就是在寻求过大的奴役。”（第179页）

可以延伸一说的是，200年来，人们从法国大革命和此后多次发生的革命中吸取教训，不断对18世纪法国启蒙思想及其引起的那种激发态进行了反思。就我们的论题而言，尤其值得注意的当然是坚持“致力于追求启蒙运动的理想，但又有所保留”的“自由派”思想家们的反思。就近可举为例的人是力主“重新发现托克维尔”的雷蒙·阿隆。他认为，当启蒙思想批判一切信仰，只承认自身这种基于理性力量的信仰时，就趋于成为一种浅薄的思想了。这种浅薄的思想导致一种浅薄的乐观主义态度，他称之为“政治乐观主义”。基于这种乐观主义，某些“缺乏耐心的理性主义者”，每每将暴力视为“最后的手段”，时常受到暴力的诱惑，并因此容忍甚或支持极权政治。不止于此，雷蒙·阿隆还进一步指出，法国大革命给黑格尔提示了一个主题——“为理性服务的暴力”。经过一种历史哲学的论证，暴力不仅具有了合理性，成为必要手段，而且在“历史必然性”的光照之下，暴力自身几乎具有了价值。我们对那样的论证并不陌生。言及此，顺便再多说一点。雷蒙·阿隆说过：“无论是论述美国或者法国，他（托克维尔）所思考的都是革命后社会，也就是我们今天所说的现代社会。”我们或当记住，我们其实也生活在“革命后社会”之中。从这一点出发去阅读《旧》一书，也许会有另一种收获。

二、

回到那段文字的第一个自然段。与习常之见不一样，作者托克维尔在这里断言，最激烈的反抗（革命）往往是在统治者着手改革，因而压迫减轻、情况变好的时期发生。这一断言得自一种历史社会学的观察，法国大革命就是一个生动的例子。细想一下，我们习常的看法——“哪里有压迫，哪里就有反抗，压迫越深，反抗越烈”其实不是得自观察，而是从某种历史哲学做出的推论。孟德斯鸠就曾反驳过这种推论：“从上面所说，就好像人类的天性将会不断起来反对专制政体似的。但是，虽然人类喜爱自由，憎恶残暴，大多数人却还是屈从于专制政体之下，这是容易了解的。”还有必要强调一点：托克维尔这里所论述的改革（以路易十六为例），大体上是以改善民生为本的。相对而言，一个以增强国力为本的改革（例如商鞅变法），目标就不会在于“救济长期受压迫的臣民”，改革中或改革后的政权也往往不会“比它前面的那个政权更好”，所以不在托克维尔的论列。这里的“更好”，当然是以臣民的感觉为准。

托克维尔的洞见在于：随着改革的进行，臣民们对专制弊政的容忍度会日益降低。为什么会降低？一方面是改革滞后的弊政会显得更加扎眼；另一方面则是臣民们的“感觉却变得更加敏锐”。从统治者的角度看，也许会认为臣民们太不知好歹，只配接受最残暴的统治。但实际上臣民们的容忍度降低完全可视为改革的一大成果，只不过统治者往往不作如是想。托克维尔说得很清楚：原先“人们耐心地忍受苦难，以为这是不可避免的”。那是怎样的一种绝望！可以说，是改革让人们意识到苦难并非不可避免，事情完全有可能得到改变，变成（改革者承诺的）另一种样子。因此，容忍度降低表明，臣民们对统治者从而也对自己的生活开始抱有希望，心智因而才变得活跃起来。有什么改革成就会比臣民在精神上的解放更为根本？所以我总觉得，这应该是改革者希望看到的，至少对以改善民生为本的改革者来说是这样。所谓民生，从来就不是只包含物质生活一个方面，“救济长期受压迫的臣民”也不会仅从物质生活方面着手，除非认定臣民如牲口。

然而问题却在于，改革的进度似乎总是慢于臣民容忍度下降的速度，这或许是由于统治者改革的意愿总是与臣民被唤起的希望有较大距离？当臣民们的容忍度下降到接近零时，革命就不可避免地爆发了。托克维尔于是说道："只有伟大天才才能拯救一位着手救济长期受压迫的臣民的君主。"听上去像是一句感叹，在我看来却是这段文字中最为要紧的一个论断。风险的确巨大，但成功规避风险的可能性总还是存在的。托克维尔不是凭空道来，他心目中显然有实例在。

这个论断的中文译文有可能会引起某种歧义，即似乎需要另一个"伟大天才"去拯救想改革的"君主"。我请法文很好的一位朋友查对过原文，原文中那个"伟大天才"的意思很确凿地是指君主自己的"伟大禀赋"。澄清这点也许并不十分重要，但澄清它却使我得以找到一个佐证——阿克顿勋爵也有一个相似的论断。他说，古希腊的梭伦就是靠着自己伟大的"政治天才"在雅典完成了一次"温和的、不流血与和平的变革"。有理由相信，托克维尔也必会同意把梭伦引为自己论断的一个范例。

梭伦是怎样做的？事虽古远，阿克顿勋爵做出的一个精辟概述却可帮助我们得见其荦荦大端。梭伦的改革启动于雅典城邦做出的一次选择："雅典像其他城市一样深为特权阶级所烦扰，为避免暴力任命梭伦修改法律。"阿克顿勋爵说："这是历史记载中最令人愉快的选择。"接下来轮到梭伦做出一系列选择。"通过使每一个公民都成为其自身利益的看守者，梭伦让民主的因素进入国家。他说，'一个统治者的最大光荣就是创造一个公众的政府’。”于是，“依靠同意的统治取代了依靠强迫的统治，倒立的金字塔被颠倒了过来。……他认为对任何人都不能完全信任，所以他将一切行使权力的人都置于其服务对象的带有警惕性的控制之下。……他将在他看来普通民众有能力运用的影响力都交给了他们，以便让国家免于专横统治。他说，民主的要义是不服从任何主人而只服从法律……”不难看出，梭伦所完成的变革（就其深度、广度和彻底程度而言）其实已然是一场革命，他成功避免的只是流血与骚乱。有必要指出，托克维尔希望避免并认为可以避免的也只是流血与骚乱。雷蒙·阿隆有言：“他（指托克维尔）之所以接受大革命，是因为大革命已经发生，但他并不为大革命歌功颂德。不可避免的是民主运动，而不是革命风暴。这样的风暴不仅把古老的贵族连根拔起，而且给自由造成了尚未愈合的伤害。”

从今天看过去，梭伦似乎也没有什么奇招妙策。他所做的，不就是我们这里自 20 世纪 70 年代末便反复申说的：加强民主与法制，或者说以法治取代人治？或许值得一说的是，在梭伦那里，改革的目标同时也成了推进改革的主要手段，即便在“维稳”一事上也是如此：“人们到那时为止所知道的反对政治骚乱的唯一方法，就是权力的集中。梭伦则开始以分散权力的方式来达到相同的目的。”很可能就是这一点，使他的改革得以进入了良性循环？

梭伦是以伟大立法者的不朽声名载入史册的，他是人类法治传统的奠基人之一。如果说在法国大革命前夕，人类复兴这种古老传统的努力尚起步不久（路易十六就未必完全认同），时至今日则早已成为世界潮流。人类在推进法治方面确已积累了很多成熟的经验可资借鉴。因此，要完成梭伦式的改革，已不必依赖梭伦式的“天才”人物。现如今改革所需的智慧，似更多地体现在以完善法制为主的“顶层设计”上。梭伦改革也许还像是一个传说，但近现代完成的“温和的、不流血与和平的变革”已不算罕见。

按：这篇札记涉及的主要书籍有《旧制度与大革命》（[法]托克维尔著，冯棠译，商务印书馆，1997）；《托克维尔与民主精神》（[法]雷蒙·阿隆、[美]丹尼尔·贝尔等著，社会科学文献出版社，2008）；阿克顿勋爵同一著作的两个不同中译本，《自由史论》（[英]阿克顿著，胡传胜等译，译林出版社，2001）和《自由的历史》（[英]阿克顿著，王天成等译，贵州人民出版社，2001）。其他还涉及《论美国的民主》《知识分子的鸦片》《雷蒙·阿隆回忆录》及《法国大革命讲稿》等。为避免繁杂，只对出自《旧制度与大革命》的引文注明出处。

七

读书札记：解读《论美国的民主》中的一段文字

《论美国的民主》上卷第二部分第六章——《美国社会从民主政府获得的真正好处》结尾处，有一段总结性的文字，我觉得对于我们理解民主政治及民主社会颇有助益，值得细细一读。在指出（当时欧洲）把民主看作一种“敌对的力量”来攻击和把民主作为一个“新神而加以崇拜”的“双方对于他们所仇恨和膜拜的对象都认识得很不全面”之后，托克维尔写道：

你要求社会及其政府做些什么呢？对此，是需要加以说明的。

你想使人的头脑达到一定的高度，让它以宽宏大量的眼光去观察这个世界上的各种事物吗？你想让人们对物质财富产生一种鄙视感吗？

你要养成和保持坚强的信念吗？

你要使风尚高雅、举止文明和艺术大放异彩吗？你向往诗歌、音乐和荣誉吗？

你试图组织一个民族对其他民族采取强力行动吗？你打算创办伟大的事业，而且不管成败，使其名垂青史吗？

假如你认为人生在世的主要目的就是如此，你就别要民主政府，民主政府肯定不会把你带到这个目的地。

但是，假如你认为把人的智力活动和道德活动用于满足物质生活的需要和创造福利是有益的；假如你觉得理性的判断比天才更对人们有利；假如你的目的不是创造英勇的美德，而是建立温良的习惯；假如你喜欢看到弊端少造成一些罪孽，而且只要没有重大犯罪，你宁愿少看到一些高尚行为；假如你以在一个繁荣的社会里生活为满足，而不以在一个富丽堂皇的社会里活动为得意；最后，假如在你看来政府的主要目的不在于使整个国家拥有尽量大的力量或尽量高的荣誉，而在于使国内的每一个人享有更多的福利和免遭涂炭；那么，你就得使人们的身份平等和建立民主政府。（第316—317页）

法文版编辑为这段文字加了个注：“这段话是托克维尔为作为他的民主哲学的基础的社会学原理下的定义。参阅托克维尔 1835 年 2 月 21 日致友人斯托费尔的信。”由此也可见，托克维尔在此绝非泛泛而谈。逐字逐句读来，仍担心未能准确理解文意，索性将手边一个英译本中的此段文字尽可能按字面意思译出，以备参照——

我们首先必须知道，对于社会及其政府，你想要的是什么？你是想使人的心智有所提高，教会它用一种高尚的情怀来看待这个世界？你是想激起人们对短暂的尘世利益的蔑视之心？想塑造和维护强烈的信念，并使崇高的奉献精神永葆活力？你的目标是改善风俗、美化风尚和培养鉴赏力？是促进对诗歌、对美和对光荣的热爱？你想组建这样一个民族，它适于对所有其他民族采取强力行动并且为这种无论成败都将名垂青史的伟大事业做好了准备？如果你相信这样一些目标是社会的主要目标，那就避开民主社会，因为民主社会肯定不会引领你达成这些目标。

但是，如果你认为让人们的道德活动和智力活动转向谋取福利与提高总体的生活质量是有益的，如果你认为某种清明的理解力较之天才对人们更有帮助；如果你的目标不是激起英雄主义的德行，而是养成和平的习惯；如果你宁愿看到陋习，而不愿看到罪行，并且宁愿更少见到高尚的行为，假如罪恶也以相同比例减少的话；如果你满足于生活在繁荣而非辉煌之中；简言之，如果你认为政府的主要目标不是最大可能地赋予国家以力量和光荣，而是最大可能地保障组成国家的每个个体成员享有福利和免遭涂炭，如果这样一些目标是你的愿望，那么你就得使人们处境平等并建立民主政府。

这段文字之所论，已不限于美国社会，套用托克维尔的表达，我们或可将之概括为：民主社会及其政府可能提供哪些真正的好处？揣摩文意，似也可换成这样一种表达：哪些“好处”才是民主政治的目标？

全段又可分上下两个半段，按英译本正好是两个自然段。上半段是否定式，指出了民主社会及其政府不可能提供的种种“好处”，换一种说法就是，那种种“好处”都不是民主政治设定的目标。这里可以简单一说的是，托克维尔用作比照的，是他所熟悉的贵族社会及其政府。他所罗列的民主社会及其政府不可能提供的好处，大体上都是贵族社会及其政府可能提供的好处。有必要指出一点：在贵族社会中，那种种“好处”也只有贵族才可能享有。托克维尔对此做了提示：“一方面，是一些人集财产、权势和悠闲于一身，从而能够生活豪华，寻欢作乐，讲究文雅，欣赏艺术；而另一方面，是一些人终生劳动、粗野和无知。”（上卷，第 11 页）还有，贵族的统治当然是专制政治，“权力是人对付人的唯一手段，而地产则是强权的唯一源泉”（上卷，第 5 页）。

下半段才提示了民主社会及其政府可能提供的种种“好处”，也即正面提示了民主政治的目标。不过，这里的“好处”多是以二选一的方式列出的，获得这一好处则意味着放弃另一好处。两相比较以示区别，更凸显了民主政治的目标取向。特别值得一提的是，有些二选一还是在两种害处之间的选择：两害相较取其轻，也可算得一种“好处”？实际上，这样一种以避免更坏或最坏为目的的消极考量，或许是民主社会及其政府可能提供的最重要的“好处”，也可以说是民主政治的一大长处。领教过专制政治的好大喜功的人，就不难同意这一点。

在托克维尔那里，两组“好处”的划分不是一种表面现象的罗列。他做过深入而系统的考察，并形成一种洞见：民主社会乃是一种新兴的以平等为“轴心原则”的“社会形态”，有别于旧有的固守等级制度的贵族社会。民主社会的轴心原则，自然也即是民主政治的主导性目标。“好处”的不同，源于原则和目标的不同，源于“社会形态”的不同。由此得出的重要结论是，“好处”的选择即是从整体上对社会形态及政治体制的选择，不太可能化整为零地进行。也就是说，你不可能把两组“好处”熔于一炉，也不可能各挑出一部分来合并重组。托克维尔说：“我已看到，大多数当代人正从旧社会的贵族制度产生的章程、主张和思想中进行选择。他们会随意放弃其中一部分，但要想保留另一部分，并把这一部分带到新世界。我认为，他们的后一种想法，只会使他们在一项干得认真但不会有成效的工作中浪费时间和精力。”（下卷，第408页）选择的必要性往往并不能被人们清醒地认识到，因为人们太容易受到“融合”或“第三条道路”的诱惑。历史学家阿克顿勋爵就曾指出，这种诱惑其实古已有之：“古代作家清楚地看到每个统治原则持续时间太久，用之过度都会产生反作用。君主制强化成暴君专制，贵族政治浓缩成寡头政治，民主制则扩张为数量统治。

因此，他们设想通过互相结合来限制每个要素以改变自我毁灭的自然过程，使国家永葆青春。这种君主制、贵族制和民主制混合在一起的和谐为许多作家所向往，他们认为它已在斯巴达、迦太基和罗马得到表现，其实在古代，它却是从未实现的一个哲学家空想。塔西佗比其他人更聪明，他最终承认这种混合的政体尽管在理论上令人赞赏，但却难以实现，并不可能维持。他的令人沮丧的坦率之言并未被以后的经验所否定。”（［英］约翰·阿克顿著，《自由史论》，译林出版社，2001，第 18 页）

托克维尔自己是一位“高等贵族”（雷蒙·阿隆语），但他还是选择了认同民主社会，这不仅仅是因为他看到了“身份平等的逐渐发展，是事所必至，天意使然”（上卷，第 8 页）。在全书结尾“主题的总结”一节里，他承认自己在趣味上总是偏向于贵族一方的，但又立即自省：“我知道这种喜欢心情来自我的弱点”，而“全能和永恒的上帝可不是如此”。接下来他这样写道：“我们自然相信，使这位造物主和人的保护者最感到悦目的，并不是个别人的高度荣华富贵，而是全体人的巨大幸福。因此，我认为是衰退的东西，在上帝看来都是进步的东西；我感到不快的事物，他却喜爱。平等也许并不怎么崇高，但它却是非常正义的，它的正义性使它变得伟大和美丽。我要努力达到上帝的这个观点，并试图用这个观点去考察和判断世间的事物。”（下卷，第 407 页）尽管托克维尔也断言：“世界上没有一个人能够绝对地和全面地断言新的社会情况优于旧的社会情况”（下卷，第 408 页），但当他言及“上帝的这个观点”时，其实已经明确地做了一种价值判断——上帝眼里的好，当然是真正的好。而他所认为的“上帝眼里的好”却一点也不玄乎，就是我们人世间那永远需要匡扶的正义。顺便说一句，这让我又一次想起亚里士多德的名言：“公正不是德行的一部分，而是整个德行。”

在我们的习常的概念中，民主更多的是从与专制的尖锐对立中得到理解的，而托克维尔所强调的却是与等级制度的对立。我原本担心，没有见识过 20 世纪出现的极权社会，他对专制政治的了解是否会不够到位？其实不然。单从本札记所关注的这段文字来看，许多选项都暗含着民主政治与专制政治的对立，仔细读来就能体会到他的精准和犀利。尤其最后一个总括性的“二选一”，更是一语道破了民主政治与专制政治（且明显可包含极权政治）在目标上最为根本的不同：“不是最大可能地赋予国家以力量和光荣，而是最大可能地保障组成国家的每个个体成员享有福利和免遭涂炭。”我认为，这是这段文字中最值得铭记在心的一句话。

事实上，托克维尔的眼光很少停留在贵族社会，他“所思考的都是革命后社会，也就是我们今天所说的现代社会”（雷蒙·阿隆语）。除了张开双臂欢迎这个新社会以外，贯穿《论美国的民主》全书的还有一种前瞻性的不安：“现代的各国将不能在国内使身份不平等了。但是，平等将导致奴役还是导致自由，导致文明还是导致野蛮，导致繁荣还是导致贫困，就全靠各国自己了。”（下卷，第 409 页）某种意义上可以说，他已预见到了极权社会。他说过：“现代的统治者们好像只想率领人民去干伟大的事业。”（下卷，第403页）我们已知道，这不是民主政治的目标所在，而极权社会的统治者们倒多半有此特征，或至少会乐于以此作为包装。而且，他们还多半会以民主自我标榜，以人民的名义来发号施令。对此，托克维尔也曾有言在先：“我要提醒读者注意，我在这里讲的是遵循人民的真正意愿的政府，而不是仅以人民的名义发号施令的政府。没有比以人民的名义发号施令的政府更难抗拒的了，因为它可以假借大多数人的意志所形成的道义力量，坚定地、迅速地和顽固地去实现独夫的意志。”（上卷，第284页）

或可提出的质疑是：民主社会并不是只让人干琐碎小事，而没有成就过大事业。托克维尔当然知道情况正好相反，他回答说：“在民主制度下，蔚为大观的壮举并不是由公家完成的，而是由私人自力完成的。民主并不给予人民以最精明能干的政府，但最精明能干的政府往往不能创造出使整个社会洋溢持久的积极性，具有充沛的活力，充满离开它就不能存在和不论环境如何不利都能创造出奇迹的精力。这就是民主的真正好处。”（上卷，第316页）

按：本札记的引文除特别注明外，均引自《论美国的民主》（托克维尔著，董果良译，商务印书馆，1995）

八

周辅成先生心中的那盏灯

这本简体字版的《燃灯者》（湖南文艺出版社）脱胎于繁体字版的《燃灯者》（牛津大学出版社），但改动不小。从繁体字版的三篇文章中选取《辅成先生》一篇，另选作者发表于《读书》杂志的《聊与梅花分夜永——辅成先生百年祭》一篇，合二为一，再加个副题“忆周辅成”。从篇幅和内容的分量看，书的主体部分显然还是《辅成先生》一篇，但另选的一篇却也绝非充数的文字。《辅成先生》一篇，写的其实只是作者亲密接触的辅成先生，几乎每一笔都得自作者亲眼所见、亲耳所闻；而“百年祭”一篇却综述了辅成先生的一生，是作者有意拉开一定距离对先生的一种解读。不难看出，前后两篇恰好可互作背景、互为参照。编者的巧思与苦心自不必细说，俗话说得好：“人是逼出来的。”

作者赵越胜与我是老朋友，用老话说算得有文字交。他的《辅成先生》一文，电子版的未完成稿、修改稿、定稿及繁体字版的成书我都一一读过，且每一次读都有新的感触。这一回又读简体字版，感受自然就更复杂一些，是后记里的一段话让我拿起了笔。

一、

我就从后记里那段话说起。越胜在那里说，未完成稿曾传给辅成先生，“先生一气读完，只说了一句：写写也好，让别人也看看”。我的感觉是：辅成先生真是君子坦荡荡啊！接下来越胜又说：“此是何意？先生知道我往来素不过两三子，这别人是谁？莫不是先生让我将此文公之于众？”我的感觉则是：越胜看来还差点火候，且得跟先生学哩！

我认为辅成先生是目光如炬，一眼就看出：这不是学生在为他树碑立传。他那轻轻淡淡的一句“让别人也看看”，顿时让我这个“别人”心中豁然：文章另有一位应予彰显的真正主角，也是辅成先生心目中永恒的主角。袭用燃灯者的比喻，我觉得这位真正的主角就是那盏灯或那团光亮。光亮从何而来？文中其实多有提示：用古希腊先哲的说法，是来自善的知识或善的理念；换成中国先哲的说法，则是来自善道或大道。对于这样一位主角，当然没有什么理由藏着掖着或私相授受。

回过头去看，当年那个“半文盲的小青工”（越胜自道）在辅成先生眼里不也曾是“别人”？而辅成先生却未尝踌躇，敞开胸怀与他进行苏格拉底式的平等对话，在那风雨如晦的日子里切磋学问、砥砺道德。今人读来，常觉那种师生情谊感人至深，但却容易忽略至为重要的一个事实，即那种“对话”在当年是一种“禁止的游戏”，极有可能给他俩而主要是给辅成先生带来灾祸。那么，辅成先生何求？他无非是想让“别人”也见到自己所见到的那团光亮而已。因此，“让别人也看看”乃正大之言，可不是随便说说的。

越胜其实是深知这一点的。看他慷慨悲歌，哪里像是只为“两三子”而作？文前题词引托马斯·阿奎纳的那段名言也是一种证明。其词曰：“美德都是庄严宏大的/庄严，就其实质而言与慷慨一致/就其形式而言与勇敢一致。”的确，让越胜受惠最多的，与其说是辅成先生的智慧，不如说是辅成先生的美德。越胜当然明白，没有那种“让别人也看看”的慷慨与勇敢，就不会有“燃灯”一事。言及此，我不得不顺便说一句，简体字版的有所删节，虽然是太情有可原了，但终究是伤害了文章所要表达的“庄严”。具体地讲，删掉的情节都是最能充分体现辅成先生的慷慨与勇敢的情节。

二、

辅成先生对越胜教诲多多，但我以为最重要的教诲是“读哲学第一步就是读懂苏格拉底”。他对苏格拉底的解说要点有三。一是指出“张扬人的精神生活的神圣性始自苏格拉底”，而（在苏格拉底）“人的精神生活要以寻求‘善的知识’为目的”。二是推崇苏格拉底的“精神接生术”，并言简意赅地将之概括为“就是要人不是先思考哲学，而是先哲学地思考”。三是强调苏格拉底“信奉平等对话”，并据此批评柏拉图的“哲人王”是“未学得（苏格拉底学说）真髓”之论。按我的领会，把这三个要点融会贯通，就能得出一个对于当年的我们尤为重要的结论，即凭着向善之心和正当地运用理性，人是能够独立地求得“善的知识”的，并因而能够独立地做出善恶判断。

简单解释一下我的领会。人有向善之心，古往今来的哲人们多有此议。近世哲学家康德就尤其强调这一点，而按亚里士多德的说法：“宇宙万物皆有向善之心”，人当然更无例外。但仅有向善之心显然是不够的，你还必须有“善的知识”，否则你自己无法判断善与恶。从日常经验看，我们好像是向来就具备某些“善的知识”的。这些知识大多来自传统，来自我们习以为常未加审视的种种既成之见，而这些既成之见说到底则总是来自某种“神意”或其他权威。苏格拉底却对我们说：人之为人，就在于他（或她）有精神生活，而精神生活的目的就在于自己独立地寻求“善的知识”。按他的看法，人只要学会“哲学地思考”和“平等对话”，就确实能够独立地寻求“善的知识”。“哲学地思考”一说也许会让人望而生畏，但在苏格拉底那里其实却很简单：知道自己无知，知道自己的各种定见都有可能是错误的，“哲学地思考”就已然开始。换句话说，“哲学地思考”不是要先学了足够的哲学知识之后才能做的事，相反却是要把所有既成之见（无论来自何种权威）先都放下。因此可以说，是个人都能“哲学地思考”。只是因为我们头脑里总是充满各种“哲学上的偏见”（波普语），才妨碍了这种思考的进行。附带一说，苏格拉底的确从来不写书，但他却也从来没有把哲学当成私人圈子里的游戏。孔夫子有个“有教无类”，而“街头哲学家”苏格拉底的“平等对话”门槛则更低。事实上那是他参与公众生活的一种方式，也因此他才被处以死刑。

辅成先生给越胜讲解苏格拉底的年代，我们这一代人正被种种谬见与谎言笼罩着，所受到的教育与苏格拉底的主张恰恰相反。我们被告知：只有“加强理论学习”，把某种既成之见变成自己的见解（时称“改造思想”），才有可能知道善与恶。我们当中有许多人也曾努力去学习，后来却发现，不是我们掌握了理论，而是理论掌握了我们。原因说穿了其实也不值一哂，因为“理论”早已经在拥有解释权的导师或祭司的“掌握”之中，你必须以他们的解释为准，而他们的解释却变幻莫测。因此，事实上我们已被剥夺了知善恶和独立做出善恶判断的权利，留给我们的只有两个字：听话。当然，现实生活的荒谬也在教育我们，让我们这一代人终于喊出一声：我不相信！接下来是有向善之心的人都不得不独自在暗昧中摸索着寻求“善的知识”，因为我们实在不知道，自己不知善恶该怎么活着？首先要做的当然是从理论的掌握之中挣脱出来，我在后来的回忆中称之为“理论突围”。那场突围可谓陷阱多多！能得辅成先生点拨而“第一步读懂苏格拉底”，是何等的幸运？我羡慕越胜。

我们的生活经验一再证实了苏格拉底是对的：我们每一个人其实都有能力独立地寻求善的知识，有能力独立地做出善恶判断，有能力“哲学地思考”。这些能力的确不是哲学家们的专长，更不是祭司们的专利。

三、

回忆文章有时候难免会只是在说个大概，因为细节记不清了，你又不能虚构。越胜这篇文章却有点不一样，几乎全是细节构成的，每一笔都不是在说个大概。当然，有些事情让人刻骨铭心，忘不了，那年头这种事又尤其多一些。但其实越胜是得益于勤记笔记的好习惯。每一次与周先生见面，哪怕是在饭店里吃饭，他都当场把他们的对话一笔一笔记下来，也许回去还会记日记。总之，这本书里很完整、很准确地再现了多场有情景、有层次的思想对话，来龙去脉、起承转合全都一丝不苟，尤为珍贵。那些对话在当时无疑都有振聋发聩的作用。即便在今天读来，也常让我有醍醐灌顶之感。除了前面已说过的讲苏格拉底的章节，可圈可点的章节还有很多。比如，讲爱拉斯谟《愚人颂》三大主旨（立身人道、宣扬宽容、批判专制）一节（第32页）；讲康德三大批判无高下之分一节；讲嵇康的“七不堪”“二不可”一节；讲“幸福是一种具有伦理意义的心理感觉”一节；……其他还有解说朱熹、分析电影《望乡》等，不胜枚举。按我的看法，这些对话不仅使周先生这个人物——一位哲人、一位思想者的形象立住了，而且使这篇文章的另一位主角——那盏灯、那团光亮也得以凸显出来。

越胜作文，朋友圈里有一种说法是“有点转（读作 zhuai，上声，见《现代汉语词典》）”。一是旁征博引，小文章好像都恨不得想写得无一字无出处。二是用词求古雅，文气十足。比如，夜里读书，你说挑灯夜读已经够文气了吧？可越胜会嫌俗，他要说“古卷青灯”。我们为此有过一点争论。他引孔子的话为自己辩护说：“言之无文，行而不远。”我也引孔子的话反唇相讥：可总不能“文胜于质”吧？“文胜于质”语出《论语》，原是在说人，我觉得可以借来说文。原话上下文是这样：“质胜文则野，文胜质则史。文质彬彬，然后君子。”《四书集注》里解释“文胜质则史”一句说：“史，掌文书，多闻习事，而诚或不足也。”平心而论，用“诚或不足”来批评越胜其实是不恰当的，因为越胜对文的追求和思慕之心恰好是诚意十足。因此他“转”起来常常是热情饱满，没有卖弄之嫌。又或许还因为他出国 20 年，没有染上我们这 20 年间滋生蔓延的老气横秋和油腔滑调的习气，竟使得他的“转”甚至给我们带来几分清新？所以，背地里我也常说：“因为他是越胜，我容忍了。”不过，对于这篇《辅成先生》我给出的评价却是：当得起文质彬彬四个字，堪称文中君子。

（原载《南方周末》2011 年 11 月 17 日）

九

历史不是由沉默者写的

——读《一百个人的十年》随想

一、

寻常人的遭遇也是历史，向谁说去？冯骥才先生愿意倾听，且照实录下，于是便有许多素不相识者“急渴渴设法”找他。这些人“生不留名、死不留姓”，不曾想借作家之笔挣一个“不朽”。他们本无可夸耀，也无意于夸耀，只是渴望着诉说。或许他们也与冯骥才先生一样地意识到：“只有人民的经历才是时代的真正经历。”

二、

托尔斯泰那如椽之笔曾写过1812年的俄法战争。按他自己的看法，巨著《战争与和平》的主题就是人民。战争不是人民发动的，人民却经历了战争。史家记下了战争的胜败，作家写下了人民的悲欢。人民不是一个抽象概念，托尔斯泰感觉到并表达了人民的存在。人民辗转于战争与和平之间，比“文化”更为根本，与土地一样真实。人民在土地上历尽沧桑，这就叫作历史。托尔斯泰的巨著因而被恰当地称为史诗。

三、

在我们的土地上，也有着太多的故事。它们不是历史陈迹，而是仍然在涌动着的活的话语——历史毕竟不是由沉默者写的，它缘起于诉说。然而我们还没有史诗，仅仅是因为我们欠缺一支如椽之笔?

四、

那就让我们期待着，可千万别堵塞封闭了诉说的源头。我们有一千条理由“向前看”，可第一千零一条理由却告诉我们，失去了记忆就分不清前与后。多有一些像冯骥才先生这样的倾听者，鲜活的记忆就会源源不断地从诉说中涌出。100 个人的 10 年显然是不足以概括人民的经历。1000 个人，10000 个人……人民的诉说终将呼唤出自己的荷马。

五、

有人说，我们岂能止于诉说，我们应该进行“反思”。我一点也不想反对这种看法，但我想提请注意的是：在“反思”过程中切记不要用抽象概念来“密封（从而‘处理’掉）”种种有待诉说的经历。我在这里引用了美国汉学家舒衡哲的观点。她曾指出，像“创伤后痛苦症候群”这类医学名词就有可能“密封”了某些劫后余生者的经历，为进一步理解他们“可怕的回忆”制造了障碍。

事实上，我们已进行过不少“反思”，也发明了不少抽象概念。我们不太使用医学名词，一方面是因为我们缺乏心理治疗的传统，另一方面则是因为我们的“反思”在个人身上只做了短暂的停留。我们迅速地深入到个人受害经历的“背后”，探求其“社会原因”和“历史原因”。上下五千年，纵横几大洲，我们的反思遨游甚远，引出一个结论却多少有点儿奇特：我们受害的原因要到我们的文化（传统）中去找。文化这个概念要大能大（如西方文化、中国文化），要小能小（如茶文化、酒文化），任何经历似乎都能不多不少地被装进去再加上封条。从这个结论反回来看，则所有的人无一不是“受害者”。然而，

“曾经作恶的人躲到哪里去了？”冯骥才先生有此一问。

六、

这一问不可搪塞过去。如果我们每一个人都只是“文化”的造物，那就无所谓“作恶”，“文化”当承担全部责任（曾经作恶的人都躲到“文化”里去了？！）。如果我们又承认“文化”终究是人的造物，那么我们是不是该让我们的祖先来为我们的行为承担责任？然而问题全然不在这种鸡生蛋还是蛋生鸡的论辩之中。冯骥才先生的这一问，是普通人的一问，打断了所谓“历史的反思”。我们曾眼睁睁地看见过有人作恶，有人受害，有人既作恶又受害，有人既受害又作恶，我们自己当然也不在其外。作恶和受害都是血淋淋的事实，我们有过明确的判断，这判断超过因果推论而独立，不可能被“历史的反思”取消。换言之，我们的“反思”不能“深刻”到模糊了或抹杀了善恶界限的程度！有时候我们或许会被“抽象概念”搅糊涂了，对自己是否真的能知善恶颇感踌躇。可实际上我们却从来不会踌躇于做出善恶判断，因为这种判断不是抽象的理智的知，而是意志的决断。举例说，义愤就是一种善恶判断，悔恨也是一种善恶判断……凡此种种，都是意志在具体的情境中做出的反应。如果不将自身利害纠缠进去，判断就会更为鲜明。因此，请倾听别人的诉说，你会因此发现自己的善良。一个个故事不仅仅是历史，它们会给我们带来（如康德所言）那永恒时空所带来的同一种信息。

七、

《一百个人的十年》中当事人的诉说，最触动我们心灵的正是这种信息。个人的遭遇、人民的经历，并不仅仅反映了某种社会历史问题，而也具有某种伦理道德意义。如果事情不是关涉到善恶的判断与抉择，沧海桑田也不过如造化之儿戏。——蝼蚁众生，焉敢奢言苦难二字？

是的，忍受苦难不只是经历变迁。忍受者必须做出决定，必须承担起什么，必须“挺过来”……这些，也许就是忍受苦难的道德意义之所在？当然，“垮掉了”也同样是在道德意义上的用语。

不止于此。恰恰是那些故事中鲜明地凸显了有人作恶这一点，使我们更加清楚地体会到苦难的道德含义。以历史的名义作恶，丝毫也不能改变作恶的性质。

八、

虽然好些故事奇而又奇，但诉说者找作家却不是为了道其奇遇——他们知道冯骥才先生也不是想写《聊斋志异》。使他们渴望诉说的，是深藏于心因而仍时时使他们感到不安的屈辱、义愤或悔恨等，也就是他们曾经做出而至今仍在坚持的道德判断。由于是照实录下，冯骥才先生的这本书自然就超出了“伤痕文学”的框架。“伤痕文学”明显是以“反思”社会历史问题为其主旨，个人（无论是作恶者还是受害者）的经历倒变成了社会历史问题的符号或象征。如果我们深入到个人的遭遇中去，就会发觉，个人经历所具有的一种意义，不是从社会历史中来，而是直接来自在社会历史中永存的人类良知。倾听诉说，便能明白人类良知不可泯灭的真实含义。

鉴于此，我想顺便发一点题外的议论。反思一词从一个不得已而生造的哲学译名（reflection）变为流行一时的日常用语，也许自有它的道理，我不敢假装学究而妄议其是非。但是，我不明白，为什么反思一词流行开来以后，反省一词就似乎被废弃？我们“反思”社会，我们“反思”历史，偶尔也“反思”自我，视野宏大，态度“客观”，但我们却久不问及道德意义上的自我反省，这是不是与反思一词的导引有关？反思一词究竟具有什么样的性质，竟能迎合和满足了我们回避道德反省的倾向？当然，问题也许很复杂。我只是想说：如果反思一词不能囊括道德反省的含义，那就让我们努力去恢复反省一词的功能！

（原载《读书》1992年第9期）

十

法西斯与人
——《辛德勒的名单》观后二题

一、一个人，何以会成为一个法西斯分子

摩西“十诫”中有一条：不可杀人。事实上，这一戒条通行于所有文明社会，并非都出自摩西的教诲。尽管杀人的事在人类文明史上从无间断地发生，但我们依然可以认为，这一戒条早已铭刻于人的心中，世世代代不可磨灭。一个简单的证明是，杀人是需要（向别人或向自己）申诉理由的，救人性命却无须如此。当然，在这个“英雄辈出”的世界，从来不乏视人命如草芥的“大人物”。但即便是这样的“大人物”，也不会把杀

人归因于自己的“个人意愿”。他们往往振振有词，把杀人的理由说得更加冠冕堂皇。就连董卓（三国时期的那个“乱臣贼子”）也知道说：“吾为天下计，岂惜小民哉！”不过，这一类冠冕堂皇的理由从来就须依靠强权作为支撑。一朝强权易手，理由就会被指斥为借口。“成则为王，败则为寇”因而是此种“大人物”的必然命运。古往今来，被陈说过的杀人理由也许有千条万条，但被普通人（“蝼蚁众生”！）认可的其实只有一条，那就是为维护正义必须进行惩处。也只有这条理由被长期保存下来，成为法律订立死刑的根据。

然而，法西斯分子（他们大多是些普通人！）的所作所为似乎却提出了相反的例证。你看那位名叫戈特的党卫军少尉（《辛德勒的名单》中的人物，历史上实有其人），穿着睡衣站在阳台上，懒洋洋地开枪射击（点射！）集中营院子里过往的犹太囚犯。他所射杀的人，既不比别人胖，也不比别人瘦，既不比别人走得快，也不比别人走得慢。换句话说，他杀人不需要理由，仿佛只是出于消遣。坐在屏幕前的我们不能不感到震骇，情不自禁地会想：这个人是不是一个疯子、一个心理变态者、一个虐待狂或妄想狂？（我们已经学会了多少科学名词！）可是，为数众多的法西斯分子绝不是病人，戈特也不例外。不要忘记，（在影片中）我们还看见了：辛德勒一直不断地与戈特做交易（从开办工厂到救援犹太人），戈特在计算利害时的表现可谓正常得不能再正常。他之所以任意射杀犹太人，简单地讲，不过是由于有恃无恐。法西斯组织替他承担了社会后果，法西斯主义为他取消了心理负担，于是他对（克拉科夫地区的）那帮犹太人拥有了帝王般不受限制的权力。那种“点射”带给他的乐趣，无非是品尝到自己的这种权力（这种权力对任何人来说都是一种危险的诱惑）。当然，这里所说的“不受限制”其实也是单方面的，倘若戈特要想（像辛德勒一样）救援犹太人，恐怕就得寻找各种理由了（权力有限）。

一个杀人不需要理由、救人反倒需要理由的时代居然被造就，这固然不能完全归咎于像戈特那样的法西斯分子（戈特毕竟不过是一个党卫军的少尉而已）。我们确实有必要进行反思：法西斯主义何以会产生？法西斯组织何以会出现？法西斯暴行何以会形成？……事实上，诸如此类的反思已进行了整整50年，并且获得了许许多多深刻的理解。但是，这不妨碍我们在看到（哪怕是在屏幕上！）戈特的行为时依然感到震惊。有一个问题依然不能不问：一个人，何以会成为（像戈特那样的）法西斯分子？我想，这个问题的含义是：即使我们理解了法西斯主义、法西斯组织及法西斯暴行的种种社会、历史、文化根源，却依然难以理解一个人何以会那般残忍。

当然，对这个问题也能有多种解释。撇开“法西斯分子全都是些本性残忍的人”这个显然缺乏说服力的看法不谈，我们首先应注意到的事实是：法西斯暴行是一种有组织的暴行。法西斯组织对其成员具有某种强制力，这种强制力不仅是外在的（纪律上的），而且也是内在的（心理上的）。简单地讲，“对组织的服从与忠诚”也许可以部分地解释法西斯分子的残忍行为。但这种解释至少是不充分的，因为我们不难发现，许多法西斯分子在谋一己之私时会毫不犹豫地违反“组织原则”，唯独在对他人施加暴行时才不折不扣，甚而变本加厉地表现自己对组织的“服从与忠诚”（戈特少尉也算是其中一例）。原因其实也很简单，暴行是针对他人的，没有损害他们自己。不过，这里的“没有损害”也有一个前提，那就是他们不会因此感到不安。而我们要问的正是：他们为什么不会感到不安？

再注意一下法西斯组织对其成员的动员手段。除了常见的胁迫与利诱之外，法西斯组织还鼓吹起一种颇有感召力的“信念”，并辅之以一定的理论论证。也就是说，“法西斯”还是一种“主义”。这就使得法西斯组织与（比如说）惯用“金钱诱于前、白刃胁于后”的袁世凯及其他大小军阀们有所不同，也与黑社会性质组织有所不同。比较起来，法西斯组织倒更像一个恐怖组织。暴行因“主义”而罩上了神圣光环，法西斯组织成员（从虔信者到投机者）就很容易完成一种心理转换，我们于是发现了一种被信念和理论武装到牙齿的残忍。据此观之，法西斯分子的杀人也不是不需要理由，相反，其理由已构成了一个体系。另一方面，法西斯主义还造成一种心理禁忌，使其成员对“非我族类”者与其说是仇恨，倒不如说是害怕：怕自己“心慈手软”，怕与“非我族类”者有任何人际往还。因此，对“非我族类”者的残忍似乎成了法西斯分子唯一可能做出的选择。有时候事情成了这样，仿佛残忍行为是对自己的一种洗刷，可以使自己保持“圣洁”。党卫军少尉戈特无论如何也不敢对其犹太女仆海伦进行侵犯（而改用虐待），便是这种心理禁忌的一个例证。

以上解释虽不无道理，但是过于理论化了。我们还可以有一种更为切近常识的解释。也许我们心中都或多或少地存在某种暴力倾向，只不过平时受到诸如社会的制约、舆论的谴责、他人的反抗等等因素的压抑，这种倾向大多只有通过看看警匪片、西部片之类的排遣了。一旦压抑解除，并且受到纵容之际，这种倾向就很容易抬头，更何况它还被堂而皇之地赋予了神圣之名。依照这种解释，暴行便几近懦怯了。所以我们也常常看到，在无须承担后果又不遇抵抗的时候，平日性情温懦的人在使用暴力时往往更为激烈。这种解释道出了人性丑陋的一面，却不可轻易斥之为肤浅。还有一种经验之谈是，法西斯分子并不需要念念不忘“主义”“信念”才可得心安，单靠着习以为常就能造就一份麻木。事实上，法西斯组织有本事将暴行变成其成员的日常生活，甚至将屠杀变成一种职业化行为。

但是，这一切解释都不足以平息我们的震惊，消解我们的问题。事情的关键在于：那“血淋淋的事实”（加缪语）居然在施暴者眼中隐而不见，一切似乎都变成了某种符号、某种象征、某种仪式，这如何可能？说通俗一点，受害者的惨状赤裸裸地摆在施暴者面前，施暴者怎么可能没有感觉？我们可以检讨我们的思想方式，但不管我们采取什么样的思想方式，事实终归不是一个推论。我们可以检讨我们的心理结构，但不管我们具有什么样的心理结构，感觉终归不是一个抽象符号。赵高指鹿为马，你不敢反驳是一回事，你相信了又是一回事，你把鹿当马骑则更是另一回事了。总不成鹿一贴上马的标签，你骑鹿的感觉就跟骑马一样了？从最根本的意义上说，人其实没法欺骗自己。更重要的是，当所有科学判断陈明了暴行的原因也即出现的必然性之后，道德判断是不是因此就取消了呢？如果说人的行为只是被其思想方式、心理结构或者说人所秉承的文化传统决定的，道德判断确实没有理由存在了。“法西斯分子”一语于是至多只能是一种事实陈述，其暴行也无可谴责。反过来说，辛德勒救人的故事又有什么值得我们感动的地方，我们不是同样可以把它归因于辛德勒的心理需要吗？然而，无论对于戈特还是对于辛德勒，人们都做出了道德判断，50年后人们仍然坚持这一判断。为什么人们对他们会有道德判断？简单说是因为戈特和辛德勒在行动之前都做出过道德判断。道德判断不是抽象的理智的知，而是意志的决断，是意志在具体情境中做出的反应。不忍、麻木、义愤、悔恨……都属于此种反应。因此可以说，尽管人的行为受到种种条件的制约，但终须通过道德判断的介入才能形成动机。从这个意义上说，一个法西斯分子不是一个“病人”，不是一个“可怜虫”，不是一个“历史悲剧”的“受害者”……而是一个罪人，一个对人类犯下罪行的罪人。

二、辛德勒的故事何以会感动我们

说法西斯暴行“灭绝人性”显然不科学，因为法西斯暴行不折不扣地源于人性。但是，“灭绝人性”一语也包含了一种不无启发性的朴素理解，那就是法西斯暴行实在太偏离了人之常情常理。换句话说，在法西斯暴行中我们全然见不到“平常心”的踪迹。如果说人性只有两个面，倒恐怕不是所谓“一半野兽，一半天使”，毋宁说，“平常心”占了一个面，而一切超凡入圣或走火入魔的“求道”与“卫道”之心统归于另一个面。

其实，“平常心”自身就是一个棱角不分明的多面体，其中不存在一以贯之的“原则”。倘若把平常心强调到极端（变成与非平常心对立的一极），反倒失去了平常心的真义。“世上无难事，只要肯登攀”，却唯独平常心不是刻意追求得来的。平常心永远是一种中间状态，因此，“一头将就一点”就成了平常人处世的基本态度。说白了，平常人的生活无非是“过日子”，“过日子”就无法只依从单一的原则（及其推论）行事，或者说就无法采取理论家和道学家惯有的彻底态度（极端态度）。站在任何一个极端都可以批评这种“中间状态”庸俗，“一头将就一点”也可被径直地叫作“苟且度日”。不过，平常心中也包含了某种智慧和品德，有时候也能使平常人大放光彩。这种智慧和品德说来也“俗”，我们姑且这样来表达：苟且也得有个度，“一头将就一点”也得讲个分寸。这分寸若拿捏得好，平常人的智慧与品德就尽在其中了。换言之，这分寸就是没有被信念和理论武装起来的人判断是非善恶的标准，而要掌握好这个标准却不是一件很容易的事。正是从这一点上看，辛德勒其人光彩照人，其事感人至深。

“你不是想说，辛德勒在战争期间也是在苟且度日吧？”我仿佛已听到了愤怒的责问。我的回答仍是：那要看你采用什么样的判断标准。如果不是采用平常人的标准，而是采用被某种信念和理论（尽管这信念和理论与法西斯主义大不相同）武装起来的“战士”的标准，那么，岂止可以指责辛德勒苟且度日，说他“别有居心”也可以说得顺理成章。且先撇开参加纳粹党这个“历史污点”不谈，我们可以对辛德勒提出的质问也无穷无尽，比如说，为什么趁火打劫发战争财？为什么残酷剥削犹太工人？为什么与纳粹军官们（那帮野兽！）打得火热？为什么在犹太人正值水深火热之际自己却在过着花天酒地的日子？为什么不起来反抗法西斯暴政？为什么不参加抵抗组织？如此等等。体尝过“无限上纲”的苦头的人，就知道我这不是在说笑话。不过，我在这里并不是想重温历史，而只是想强调：采用这样一种标准或思想方式（不要以为这种思想方式今日已经衰落！），我们将不可能理解辛德勒的故事何以会感动我们，甚或可以说，我们将不可能对任何真实发生过的事达成“了解之同情”（陈寅恪语）。

事实上，战后就有记者质问过辛德勒：“你要如何解释，你与克拉科夫地区所有资深党卫军官员的密切往来与固定交易呢？”这种质问里包含了一种怀疑（1100 条犹太人性命获救的事实也没有消除这种怀疑！），这种怀疑则来自一种逻辑推论：既然你要救犹太人，你的立场就是反法西斯的；既然你的立场是反法西斯的，你就不可能与法西斯分子打得火热……辛德勒的行为显然不符合这种逻辑。

不难看出，这种逻辑正是法西斯分子奉行的逻辑。由此可见，法西斯主义并非只盛行于法西斯分子当中。而且，这种逻辑自有其威力，辛德勒对那位记者的回答就显得具有防御性。他说：“在那个时代的历史中，要与耶路撒冷的首席犹太教牧师一同讨论犹太人的命运，实在是一件相当困难的事情。”他把自己与党卫军官员们的交道解释为策略，似乎全都服从于救犹太人这个唯一的目标，倒是（被逼得）维护了自己立场的纯洁性，但却与实际发生的事不尽相符。这是因为，实际发生的事不可能如此单纯。当然，我们也可以把辛德勒的话理解为对此种逻辑的嘲笑。

辛德勒不是一个反法西斯的战士。他原先只是一个投机商人，后来由于目睹暴行而心有不忍，这才开始救人。一个一个地救，一次一次地救，舍远求近地救，尽其所能地救……他没有把自己的行为理解为一种“战斗”。他也有一个朴素的信念:“救人一命，如救世界”，但这信念不需要有理论作为支撑。换言之，他不需要用各种理由来说服自己。摆出来的理由（如“只有这样纤细的手指才能干这样的活儿”）是说给党卫军军官们听的，那的确是一种策略。细想起来，他的故事并没有十分精彩的情节，感人至深的只是他那永不麻痹的恻隐之心和永不懈怠的救人之心。恻隐之心和救人之心都是平常心，辛德勒只不过比别人更多地贯彻于行。也可以说，他把分寸掌握在平常人所能做到的上限。这部分也是由于他所具有的身份与能力。因此，获救的犹太人并没有把他看作圣人或救主，而是称他为“义士”（也许这是平常人最高的荣誉？）并且多以朋友待之。辛德勒的妻子爱米丽曾经指出：“辛德勒在战前从未展现出任何惊人之举，在战后也只是一个毫无作为的平凡人物。因此，他相当幸运地在 1939 年至 1945 年这段动荡不安的岁月中，遇到了激发出他潜在才华的一群人。”德之行也，才华乃现，爱米丽显然懂得：平常心也有用金子做成的。

（原载《东方》1995 年第 5 期）

十一

一个黑色童话
——我读《杨氏女》

《杨氏女》是章诒和继《刘氏女》之后发表的第二部小说。但我读的时候，与读《刘氏女》时一样，不知不觉地就把它当成了纪实作品。全部素材（包括故事主体）的真实性是可以直接感觉到的，不需要从作者十年的牢狱经历去求证，也不需要听作者自己的解说。从某种意义上说，或许可以把它们看作包装成小说的散文或回忆录。作者曾坦承，她之所以把多年积累的散文素材改写成小说，是因为此前在写“告密”旧事时引发风波，受到过意外打击。听上去写成小说倒像是一种防御性措施，其间自有苦衷，且不去妄议。

小说也有小说的优势。它可以给作者提供更大的想象空间，去还原故事的情景和探索故事的底蕴。还有，小说可创造出“虚构的美”（昆德拉语）。在这几个方面，作者都明显做出了努力。至于她在运用小说体裁方面的成功程度，却不是我能够评判的。

杨氏女一如刘氏女，也是40年前的女囚徒。她的故事或许没有刘氏女的故事那么惊心动魄，但却明显更耐人寻味。作者似乎有意识地把故事往深里讲，想来是意在做出某些探索。我猜想，她不满足于仅仅揭示故事中社会性悲剧的一面，而更想揭示其中蕴含着的人性悲剧的一面。还有一点，作为一位女性，她对女性生存境遇自有一份特别的关怀。因此，女性的“欲望与不满”（作者语）等，在小说中纠结困扰，掀动着笔底波澜。从附于书末的《杨氏女》笔谈看，作者意欲探索的主题十分重大，可以说是某种与人类生存纠缠已久的主题，在人类文学史和人类思想史上也曾反复出现。我因此联想到的则是弗洛伊德的《文明及其不满》一书。

我非常理解作者的这种意图。牢狱生活（恰好我自己也坐过几年）似乎存在着一种代偿作用，人的思想容易变得旷远高阔，不受眼前景象羁绊。看事看物，自然就会对其深层的意蕴格外敏感。再者说了，那些女囚的故事的确包含了许多罄竹难书的东西，恐怕非“伤痕文学”所能表达。

不过，我读《杨氏女》，不经意间却被一个情节牢牢地困住了，思绪一时仿佛进入了“双规”状态：在规定的时间和规定的地点想规定的问题，因而未能追随作者的探索走得那么远。杨氏女坐牢是因为一个情杀案件,“一场鲜血飞溅的情爱”(作者语)。出于现实压力，杨氏女嫁给了一位军官。出于情爱，杨氏女又难舍旧日恋人——一个地主儿，婚后仍藕断丝连。于是有一天，当丈夫刘庆生用几近虐待的方式对妻子杨芬芳施暴之际，窥伺在外的情人何无极像“一头狂狮”冲进屋内，举刀便砍。“黑暗中，是两个男人的战争，是情敌之间的决斗。在几声‘嗷——’的惨叫之后，是刘庆生尖厉的高叫：‘我是现役军人！你是地主儿吧？’刹那间，一种感觉压倒了另一种感觉，杀红眼的何无极突然醒悟了，咣当一声，菜刀落地。”

这个情节听上去几乎可说是不合逻辑。打个比方说，福尔摩斯对一场疯狂情杀因何突然中止的推理中恐怕就不太可能出现这样的情节。“地主儿”三个字竟能让“一头狂狮”像听到一个咒语一样地“突然醒悟”，于是一场“两个男人的战争”和“情敌之间的决斗”顿时冰消瓦解。多像是一个童话故事，我们或许可称之为“黑色童话”？

但我们知道那不是童话，而是我们曾经生存于其中的现实。我们只能这样推测：何无极对自己身份的认同感已经渗透其整个意识乃至整个潜意识。或者可以说，那样一种政治存在已成为他的“内在本质”？

对一个人来说，政治存在不是轻易可摆脱或可超越的，但可能而且必须做出的选择是：认同或不认同。对一个自由人来说，选择是一种理性行为。何无极的认同显然不是出自这样的选择。用时下流行的一种表达式来说，他的政治存在更像是“被政治存在”。他的那种有如中了魔法一般的认同感令人震惊，但说穿了那魔法也没什么奥妙可言。无非是长期压抑的结果，而压抑的形成及其强度的维持则是依靠不断地制造恐惧。

有位好莱坞的高手说得好：要想讲爱情故事，先找出障碍是什么。如果没有“地主儿”那三个字造成的障碍，杨氏女的爱情故事乃至一生的故事都得改写，或者干脆就没什么可讲的故事发生。据此观之，我也像中咒一般地在“地主儿”三个字上盘桓不去，倒也不是一种不得要领的解读？

十二

让自己站在受害者的一边

“你看，她没有向你开枪，你为什么要拒绝忏悔呢？”受害者的丈夫对（当年的）施暴者的怒斥已近乎哀求。受害者准备着（甚至渴望着）宽恕（昔日的）罪行，但她不能忍受犯罪者至今毫无悔意的沉默。这是近日在北京人艺小剧场公演的话剧《死亡与少女》中的一个情节。面对着舞台背景里那只高高在上但却开始流血的眼睛，观众席里的我在想：是啊，当暴力的肆虐过去之后，受害者不仅得不到报复的机会，而且也得不到宽恕的机会——没有悔罪者，他们宽恕谁去？所以，要求宽恕的呼声实际上只是在要求遗忘啊！

《死亡与少女》是一部世界名剧，编剧是拉美作家阿瑞尔·多夫曼，剧情虽十分扣人心弦却并不复杂。南美某国的一个海滨别墅，少妇包丽娜一意孤行地绑架、囚禁了偶然留宿在她家的米兰达大夫，因为她认定米兰达就是15年前在政治迫害中曾屡屡侵犯她的那位爱听舒伯特所作乐曲《死亡与少女》的陪审医生。她的丈夫——刚升任国家司法调查委员的格拉尔多竭尽所能地想阻止妻子的这种违法举动，而米兰达大夫则喊冤叫屈并一口咬定包丽娜的行为是出于心理病症。冲突于是一层层被展开，真相也一步步被逼近，看似有病的包丽娜终于揭穿了貌似无辜的米兰达。接下来是包丽娜用枪口对准米兰达并要求他在她数到十以前表示忏悔，而在数到八时她自己已在绝望中放弃——因对米兰达的态度感到绝望而放弃了惩罚。然后就是本文开篇所引的那一声呼喊，我听上去觉得是近乎哀求的那一声呼喊。没错，是哀求。一直居中斡旋并吁请双方保持理智的格拉尔多此时已完全站在自己妻子的一边，也就是站在处于弱势地位的受害者的一边，向犯罪者的良知发出了哀求之声。包丽娜是没有私自进行惩罚的权利，但她的确曾一度拥有私自进行惩罚的权力，那和她手中的枪一样真实。而她选择了放弃，这使她再次陷入与当年受害时一样软弱的地位。也许应该再强调一遍的是，这种选择并不是出于软弱，乃是出于绝望。米兰达终于被她的这种选择触动了，他匍匐在观众席前，把我们所有观众当作受害者并表示了忏悔。贯穿全剧的种种冲突最终得到了合乎情理的解决，受到强烈震撼的观众也许又可以与生活重新达成和解。

然而我们的现实生活却很少有这种戏剧性的进展与结局。

现实生活往往是停顿于戏剧的开始：犯罪者沉默地躲藏在不知什么地方，受害者则孤独地按照人们的要求努力忘掉过去，努力不成功者就会被人们看作有病。包丽娜这样努力已有 15 年之久！在绝大多数情况下这种生活会持续下去，20 年、25 年、30 年……直至终老，一场戏未曾展开便封存于坟墓里。设想包丽娜是我们的一位亲友，我们会怎样看待她所诉说的故事？依我看，最初的震撼、愤激和同情会被岁月渐渐冲淡抹平，倘若她反复诉说，也许还会像祥林嫂一样遭人厌弃。更重要的是，随着她的故事在我们的感受中渐渐失去尖锐性，包丽娜记忆的真实性在我们眼里也会在不知不觉中变得可疑。包丽娜的丈夫格拉尔多的表现就是如此。他不敢相信包丽娜对米兰达的判断——他就是那个施暴者，却迅速地默认了米兰达对包丽娜的诋毁——她这是有病。一边是共同生活了 15 年的妻子，另一边只是一位素不相识的陌生人，格拉尔多的偏向表明他对包丽娜早已怀有成见。戏剧的展开证明这种成见是错的，但在我们并不如此富于戏剧性的现实生活中呢？这种成见还有机会被证明是错的吗？

所以在我看来，《死亡与少女》这部话剧所展示的多重冲突中，最为发人深省的不是情与理的冲突，也不是情理与法理的冲突，甚至也不是有关忏悔与宽恕的冲突，而恰恰是围绕着包丽娜记忆的真实性展开的冲突。我的理由很简单：虽然这一重冲突不像其他冲突那样激烈尖锐，但它其实已进行了 15 年。我的意思是说，其他冲突在我们的现实生活中也许难有展开的机会（包丽娜很可能永远碰不上米兰达），而这一重冲突却是无时无刻不存在于我们的生活中（包丽娜躲不开她的丈夫和其他亲友）。就在这重冲突的展开过程中，一个被格拉尔多的成见（也可以说就是我们的成见）弄得模糊不清的事实越来越鲜明地呈现在我们眼前，即受害者遭遇的绝不只是她（或他）自己的心理世界，罪行实实在在地发生过，受害者的记忆便是铁证。我由此获得了一种洞若观火的感觉，于是包丽娜斩钉截铁的道白在我听来真正是掷地有声！试举两例如下。

格拉尔多：你当时怎么可能计算你被强暴的次数呢？

包丽娜：不！我计算过！

格拉尔多：你怎么能判定这位米兰达大夫就是那位强暴你的医生呢？（包丽娜遭强暴时一直被蒙着眼睛）

包丽娜：我听见了他的声音，我闻出了他的气味，这对你来说也许算不得什么证据，但对我来说却是足够了！

早就有论者指出，那些从政治暴力下死里逃生的幸存者（比如从奥斯维辛集中营出来的幸存者）“并不只是病人，他们实际是怀藏了对人人都有关系的可怕秘密的人。所以，我们需要扩展历史视野来容纳他们那些可怕的回忆，而不应该用新的医学名词来密封（从而处理掉）他们的经历”（舒衡哲语）。可以认为，《死亡与少女》一剧也给出了相同的结论。不过，这部剧让我沉吟不已而终至于动念提笔的地方却不在于此种冷静的反思，而是在于充满全剧乃至充满整个剧场的那种热切的关怀。我们当然可以笼统地把那种关怀称作“人文关怀”，但我在想努力表述其特征时却不由得想起加缪笔下的一个人物——《鼠疫》中的塔鲁，我宁愿采用他的表述，那就是：让自己站在受害者的一边。

十三

为穷人开辟一个进入市场的通道

读到《穷人的银行家》这部自传的时间，是在传主也即作者尤努斯已经获得2006年诺贝尔和平奖之后。但我欣喜地发现，这部书的中译本却是在今年年初就已出版了，动笔翻译的时间自然还得往前推。译者和出版人当然不会是算准了以后才决定抢占商机，而必定是真心喜欢这本书。有这样有心的译者和出版人在，就不愁没有好书读。

确实是一本好书。尤努斯没有在自己个人的内心生活或心路历程上多费笔墨，他只说事。而且，除了简约地叙述了自己早年求学成长的经历以外，他几乎只说了一件事，那就是格莱珉银行的创建和推广。这件事是他毕生的事业，也是他获诺贝尔和平奖的原因。他的文笔洗练，思路清晰，叙事平和中肯，字里行间还透着诚实与磊落。一件事说明白了，一个人也跃然纸上，是所谓读其书想见其为人，“虽不能至，然心向往之”。

尤努斯的成就是惊人的。他所创建的格莱珉银行是名副其实的“穷人的银行”——不仅是专为穷人提供金融服务，而且是实实在在地为穷人们所拥有。从 1976 年诞生以来，格莱珉银行累计发放的贷款额为 44.6 亿美元（请记住是全数发放给穷人的！），其中有 40.2 亿美元已得到清偿（尤努斯一再提请人们注意：穷人的还贷率高于富人！）。如今，格莱珉银行的贷款者拥有 94% 的股权，余下的 6% 为政府所拥有。更重要的是，格莱珉银行创立和实施的无抵押小额贷款的运作模式已在全世界（包括美国等富有国家在内）得到推广，当然也连同它的理念。

格莱珉银行的运作模式最引人注目的地方在于，它不是一种慈善事业，而是一个成功的企业。完全按照市场经济的规则进入市场，为穷人提供了极为有效的服务的同时，格莱珉银行自身还是盈利而非亏本的，在市场竞争中它是胜出者。所不同的是，它有着与其他企业不一样的投资动机。盈利是必要的，但却是次要的，它的主要动机不是为积累更多的个人财富，而是为实现“一套社会目标”。具体而言，就是为了帮助穷人获得平等的机会进入市场，从而依靠其自身的力量摆脱贫困，赢得尊严。

格莱珉银行的成功打破了一种成见，即认为为盈利而竞争是市场经济唯一合理或有效的动力机制。在对市场经济表示尊重和表示反感的言论中，我们都不难发现对此种成见的默认。

格莱珉银行却为市场经济成功地引进了一种新的动力机制。这种机制的引进，不是为了取代旧有机制，事实证明，它与旧有的机制完全可以并行不悖。按照尤努斯的理念，两种动力机制（从而会有两套评价系统）并存且互补将会带来一个更健全、更完善的市场经济体系。要从这个世界消除贫困，需要的不是颠覆市场经济，恰恰相反，需要的是一个更为开放、更为自由的市场。这个市场不再会用穷人的名义设置种种实际上只让富人获益的障碍与壁垒，而是会给穷人开辟出平等进入市场的“通道”。用尤努斯的话说：“‘自由贸易’必须对于最弱小者意味着自由。”

建立这样一个更为开放、更为自由的市场不是一个空想，格莱珉银行的成功已经证明了这一点。所以尤努斯又说：“从这个世界上消除贫困是一件事关意愿的事。”贫困至今还未消除是因为我们其实没有认真重视它，是“因为有权势的人仍然不太为它所触动”。现如今，通常采用的提供慈善援助的办法，在尤努斯看来绝不是解决贫困问题的根本办法，而只是“回避这个问题”和“摆脱我们的责任”的一种方法。“慈善使我们得以继续过我们自己的生活，而不为穷人的生活担忧。慈善平息我们的良知。”尤努斯的批评是尖锐的，但却是一种真知灼见。

为此，尤努斯在对未来的展望中，期待追求社会目标的“社会活动家”和“社会良知的组织”大量产生并介入经济活动。格莱珉银行的创建和推广过程提供了一个范例，让我们相信，人类社会并不缺乏这样的道德资源。

十四

这是一种人与人之间的关怀

读《中国农民调查》，只觉不忍卒读，却又一直放不下它。一气读罢，竟然夜不能寐！——这也是阔别经年的一种阅读经验了。自始至终揪着心，当然要比所谓“吸引眼球”更“抓人”。事实上，是两位作者用他们的关怀牵动了我的关怀。

最概括地说，这是一本用报告文学形式探讨“三农”问题的书，内容主要写的是安徽省农村试行税费改革的前前后后。“三农”（农业、农村、农民）问题是一个现实问题，但对我们这些“城里人”来说，却好像只是学者专家们才关心的一个理论问题。这也难怪，事关改革大计，“三农”问题这个概念的提出，确有很强的政策研究性质，普通人不敢问津。但这本书却让我们感觉到，“三农”问题实际上首先关涉的是农民的生计、处境和前途，也就是9亿中国人的生存与发展。这9亿人与我们的关系本有着许许多多大道理可说，而作者反复强调的却只是一个简单的事实：“我们欠他们的已经太多太多。”我想这里的“我们”包括了所有“城里人”。读了这本书，就知道作者说的的确是一个事实，我们无论如何也赖不了账的。半个世纪以来，中国农民为中国工业化和城市建设做出的牺牲与付出的代价不计其数。改革之初，他们也曾是受益者。但当改革重心转向城市之后，他们又一次成为牺牲者和奉献者。所以，在我们感觉城市生活越变越繁华，乃至于我们的媒体总以为“大众”最关心的是“娱乐”的同时，出现了所谓“三农”问题。这也就是作者牵动了我的“关怀”所在。这是一种人与人之间的关怀，而不是研究者对被研究者的关怀。

作者把书名定为“中国农民调查”，而不是（比如说）“中国农业改革调查”，看似有些偏颇，因为全书有很大篇幅是在写农业改革。但由于上述关怀贯穿始终，我以为这个书名就能够成立。至于标以“中国”而不是“安徽”，我想也无可挑剔。一则是因为所写问题的普遍性（作者不时引述了理论研究方面和其他地区的有关资料），二则是因为安徽在中国农业和农村改革进程中一再地走在全国之先，这一次税费改革也不例外。

报告文学在20世纪80年代一度很风行，并且常以强烈的“社会关怀”引起轰动效应。到20世纪90年代知识界倡导潜心学术研究，有“社会关怀”的文字多以理论文章的面貌问世。关于“三农”问题的研究成果应该说是其中的佼佼者。我自己也零零散散地读过一些篇章，常因一些数据和分析而感到震撼。但是，像我这样的普通读者，终究是太缺乏感性认识。在数据与概念间游弋过久，就难免产生一种隔膜，忘了那些数据与概念所反映的其实只是人的活动。或者说，活动的主体变得抽象起来，不像是一些具体的人，倒像是某种我们不能了解、不能控制的力量。天长日久，我们的“社会关怀”会显得越来越苍白无力，自然也就会淡漠下来。我的意思不是说，如果我们不经常去农村，就不可能关心“三农”问题。我只是说，对非研究人员来说，要想了解“三农”问题，我们的媒体提供的感性文字恐怕是太少了！缺的环节很明显：消息报道、新闻特写、报告文学……总靠着理论文章才能“知情”，这也太难为我们了。

这本《中国农民调查》因此格外地引人注目。有人认为它有可能标志着报告文学的复兴，文学又将主动地承担起自己的社会责任。我却不作如是想。我认为这两位作者也许只是一个特例，独特的经历、独特的情怀造就了一本（在眼下这个时期显得）独特的书。但这本书确实提供了一个实例，可以证明，在得到已然潜心多年的学者们的学术成果的支持之后，报告文学有条件比 20 世纪 80 年代的那些作品更结实。如果文学家们意识到这一点，也许我们真能期待一批好作品出现也未可知。

在我看来，报告文学的好处在于，它必须写人。比如这本《中国农民调查》，就让我能够从人的遭遇、人的处境、人的情感等方面去理解“三农”问题，并且能够较为真切地体会到“农村真穷、农民真苦、农业真危险”（李昌平语）的含义。这本书揭示了“三农”问题的复杂性，我没有能力去辨析作者的看法是否全面。我用心去读的只是书中的人，无论是奋力拼争的村夫农妇，还是殚精竭虑的仁人志士，都让我的阅读欲罢不能。不去复述书中那些惊心动魄的故事了吧。掩卷之后，觉得说“读书人一声长叹”真是太矫情。我一直忘不了那最后一章的标题：敢问路在何方？我深信，中国农民当前确实有此一问。

十五

80 年代人的文化关怀

一、

阿城说他不赞成以 10 年断代的划分法来回顾文学艺术活动，“单从 80 年代划分，有点儿难说了”（见查建英《八十年代访谈录》，以下简称《访谈录》）。我原则上同意他的这一看法。不过我觉得，中国 20 世纪的 80 年代也许是个特例。前面有个 1978，后面有个 1989，前后都界限分明。人们不难同意，中间那被人泛称为“80 年代”的 10 来年间，整个社会生活无疑有一种让人念念不忘的特质，即便我们一时说不清楚那到底是怎样的一种特质。

具体说到文学艺术领域，《棋王》等作品当然不会是昼夜之间拔地而起的，它们是经20世纪60年代、70年代多年酝酿的产物。但是，毕竟是80年代给出了一个表达空间，它们这才得以破土而出。对文学艺术乃至整个社会生活来说，表达可不是一件小事情！80年代因此和70年代、60年代、50年代判然有别。

1980年，《中国青年》杂志社发表了署名为潘晓的文章——《人生的路呵，怎么越走越窄……》，在年轻人当中掀起了一场“人生观大讨论”。20年后（2000年）人们纪念这场讨论时认为它的意义在于“讲真话”。但依我之见，最值得纪念的还不是潘晓们讲了“真话”，而是《中国青年》突破了某种言论禁忌，让一种不同于统一口径的声音得到公开表达。这一点当时就被人们意识到了，否则就无法理解，潘晓灰暗低沉的论调竟引起奔走相告的热烈反应，仿佛“人生的路越走越窄”是一件令人振奋的事情。

其实，“讲真话”是一个容易引起歧义的说法。如果“真话”指的就是真心话，那倒没什么问题，真假判断的标准就在讲话者自己心里。但“真话”又常常被用来指“符合事实”的话，那就涉及对事实的判断正确与否的问题，而判断的标准则往往握在拥有解释权和裁判权的人手里。于是出现一个多少有点滑稽的悖论：不准“讲真话”的理由就往往是只准讲“真话”，因为不准讲的话都被判定为不是“真话”（所谓“歪曲事实”云云）。

所以我认为，真正有意义的事是表达获得了某种自由度，而不仅仅是有些真话讲出来了。对文学艺术的创作来讲，这一点更为明显（请想想“虚构”二字！）。20 世纪 80 年代中国社会的朝野上下都有人一直在努力拓展表达的自由度。我想，这应该是 80 年代留在人们回忆中的一个最大亮点。

二、

阿城仿佛是有备而来。他在 20 世纪 80 年代初就发表了《棋王》等一系列作品。与他相似的还有写“朦胧诗”的诗人们和星星画会的画家们等。这些人大致都可归入甘阳所说的“知青一代的文化人”（见《八十年代文化意识》，以下简称《意识》）一类。他们是在 60 年代和 70 年代成长起来的，这让他们对文化情有独钟且如饥似渴。他们的反应与遇上大饥荒的人没有两样，很快就学会了想尽一切办法地去讨生活，从地下流传的书籍和艺术作品那里讨，从落魄在民间的隐士高人那里讨。他们讨生活充饥的过程无形中也是一种自我教育的过程，几乎每个人都可以像高尔基一样写一部《我的大学》。早在 20 世纪 70 年代，他们的地下创作生涯就已经开始了，80 年代只是给了他们一个公开发表的机会。当然，如前所言，这种机会也不可等闲视之。它不仅改变了这些人的人生旅程，也在很大程度上改变了中国文化的走向。

也许还有一点应该得到说明。“知青一代的文化人”对文化的饥渴中往往包含有一种大关怀。比如，他们会关心“中国向何处去”甚或人类的前途。尽管他们的思考依然有些“宏大”，但一个坚实的立足点已然清晰可辨，那就是“人”。当然，他们的思想锋芒往往指向“大写的人”：人的价值、人的尊严、人的自由和人的异化，以及那个古老的斯芬克斯之谜——人是什么？出发点依然远离自己的个人处境，而更接近一种形而上的追问。不过，这种思考出自一种苦闷意识，与个人命运的山重水复自然也脱不了干系。借用一种创伤心理学的比喻说法：生命的溪流严重受阻，便造成急剧的升华——人于是不去想切近的事，而总是倾向于去想那些高远的事。或者换一种表达吧：“倘无古老而缄默的山岩即命运横亘于前，心灵的波涛将不会如此壮丽地飞溅起来而化为思想。”（荷尔德林诗句）

整整一代人在步入成年的关口被抛离“常轨”，漂泊在时光中，与命运直接打了个照面，想不独立思考都难。耐人寻味的是，这一代生活出了“常轨”的青年，闹出的故事可谓五花八门，但关怀却极为一致。80年代由于考学，各地知青得以相聚交往，不管是来自大东北还是来自大西南，常常是一拍即合。有人因此感叹说：“连叹一口气都是相通的！”事实上，知青一代的关怀当时也是全社会几代人的共同关怀。“人”字在20世纪80年代被几代文化人高举起来，成为全社会最引人注目、最敏感、最能激发理性思考，又最能寄托浪漫情怀的字眼。80年代的中国社会确实强烈期盼着“人”能得到彰显和高扬。当西方文化重新被引进时，一下子就“火”起来的，如尼采哲学、存在主义哲学、弗洛伊德心理学等，固然多属于过去的违禁品，但同时也都是被人们囫囵吞枣地看作高扬了“人”的学说与思潮。甘阳在1984年翻译了一本卡西尔（新康德主义哲学家）的《人论》，销量竟达24万册。查建英问他“这本书的主要观点是什么”时，甘阳回答说：“主要观点嘛，不相干的，为什么畅销，就是因为这个书名。”（见《访谈录》）

三、

没有人会忘记中国大学史上那个特殊的群落——1977级、1978级的大学生。他们大多是“知青一代的文化人”。20世纪80年代为他们提供了另一个机会，让他们带着那种罕见的对文化的饥渴和近乎执拗的对独立思考的崇尚走进了学府。他们当中有一部分人后来走上了学术道路，成为新一代的学人。借助于较为系统的学术训练和在敞开了的图书馆里的阅读（尤其是外文阅读），他们很快获得了一个新视野。作为学人来讲，这种视野的获得至关重要。因此，与文学艺术的创作者们相比，80年代显然对这一代学人的成长更为关键。除了走进学府的机遇以外，80年代给这一代学人还带来一种幸运，那就是整个社会正在致力于“思想解放”，学术领域的教条基本上已经被悄悄放在一边。新一代的学人越过70年代、60年代、50年代，直接承继了近代中国兴起的某种学术传统。

现蒸热卖，这一代学人中有一部分人在80年代中期就开始将他们初期的学术成果表达出来了。或者毋宁说，他们是在借助于自己初期的学术成果表达自己的关怀。这种关怀依然是“大关怀”，依然是心系中国和全人类，但他们做了一个理论表述，其中心概念叫作“文化”。

“文化大讨论”中的“文化”，含义自然要比“文化人”一语中的“文化”宽泛得多。从讨论中的用法来看，“文化”这个概念虽然缺少严格的界定，但却似乎是笼罩性的，既规定了我们整个社会生活的本质，又覆盖了我们社会生活的所有领域，而“文化人”传承和生产的观念系统无疑是其核心。文化讨论涉及的问题很多，但其中心问题还是百余年来一直困扰着中国的那个可以叫作“现代与传统”的老问题。也就是说，“文化讨论”中表达出来的关怀，简单地讲就是关心中国如何实现现代化的问题。只不过“文化讨论”的理论预设是“文化形态说”而不是“历史阶段论”，因此，现代化的历史进程（从传统社会发展到现代社会）被表述为“文化形态”的转型过程（从一种文化形态转变为另一种文化形态）。问题于是只在于取法或新创什么样的文化形态。

四、

表述不同是因为立论不同。检讨那场文化讨论的种种立论，不是本文题中应有之义，也非我之力所能及。在这里，我只想顺便指出一点：文化讨论据以立论的“文化形态说”，其基础理论部分在讨论中和讨论前都并未得到充分的批判性考察。拿过来就用，引出的结论歧义多多，却来不及回身审视理论预设本身有没有可讨论处。

那场讨论确实是来去匆匆。80年代成长起来的一代学人意识到那是一次难得的历史机遇，按甘阳豪情满怀的说法就是：“天不负我辈，我辈安负天？”同时也意识到机会有可能转瞬即逝，私下里比较悲观的说法则是：“就怕一笼包子还没蒸熟，就熄了火。”所以，也难怪临阵磨枪就上了阵。

从《意识》一书看，新一代的学人的确展现了他们的新视野。从“反叛”（上篇标题）到“彷徨”（下篇标题），从“传统批判”到“现代性批判”，用甘阳的话说，他们陷入了“两面作战”的处境。“现代性批判”的提出，无疑是在“传统批判”一旁给反思中国现代化道路增加了一个新的坐标。通俗地说，就是我们过去总在思考传统文化对现代化造成的阻力，现在我们还得同时思考怎么样避开现代化的负面后果，有时候甚至还会怀疑现代化到底值不值得追求。当然，这种思考对中国人来说其实也不是第一次。

两个坐标叠加在一起，让人意外的是没有增加问题的清晰度。相反，有时候坐标与坐标冲突，会忘了坐标只是某种参照系。没有直接对现实进行的判断作为基础，理论争论往往会变成从概念到概念的推论。“文化讨论”有时候会让人觉得，中国当代这几十年的历史，反而被有意无意地遗漏在“传统文化”和“现代性”这两个庞大概念的夹缝之间了。当然，这也是题外话，一叹而已。

回过头来说正题。“知青一代文化人”中产生的学人，在

80 年代个人命运已然柳暗花明，从“知识青年”成长为“知识分子”，成为“文化和价值的主要创造者和承担者”（甘阳语）。因此，他们原先在 60 年代、70 年代的那种远离自己处境的“大关怀”开始能兼容对自身价值的关怀。或者说，他们把“中国文化的走向”和“中国知识分子自身的人格理想和价值认同”看成是同一个问题的两个面，本来就是合二而一的（见《意识》）。

问题于是变得更为复杂了，因为“知识分子”的气质和趣味开始介入。通观《意识》一书，让人想起哲学家威廉·詹姆斯（William James）说过的话：“整部哲学史，就是哲学家气质冲突的历史。”书中引介的西方思想家大多可归为浪漫气质一类。他们的胸怀是柔性的、抒情的、唯美的，最不能接受的就是平庸。他们对“现代性”的批判虽然学有渊源、语多艰深，且不离西方学术重论证（几乎是步步为营！）的传统，但仅从个人兴趣的角度看，却可以认为是出自他们对热衷于功利计算（缺乏诗情画意）的商业社会的厌恶。当然，我这种理解也不过是一种小市民的还原法而已，呵呵！虽然他们当中有好几位都不屑于谈论流行于西方世界的“肤浅”的人道主义，但他们所关怀的，说到底还是“人”。或许可举甘阳甚为推崇的海德格尔为例，借用 90 年代张贴在北京风入松书店墙上的那句“人，诗意地栖居”（海德格尔引荷尔德林语）来说，他关心的是人如何从“沉沦状态”（繁忙操心的日常生活）回归到“本真状态”（诗意的人生）。

这种浪漫气质包含着某种悲悯的情怀，当然也包含着某种精英意识。这一点在20世纪80年代的中国引起的回响尤其强烈，从《八十年代文化意识》一书可见一斑。还是用甘阳的话来说吧："一方面，现代社会的正面价值（自由、民主、法制）还远远没有真正落实；而另一方面，现代社会的负面价值（拜金主义、大众文化）却已日益强烈地被人感受到了。一个中国知识分子生存在这夹缝之中，真有无逃于天地之感！"正面价值得不到，负面价值却来了，是惨了点。但受损害的应该是整个中国社会和所有中国人，为什么唯独"中国知识分子"感到"无逃于天地"？孤高自许的精英意识在这里表现得很明显，从这种意识出发来看"现代社会"，所谓"负面价值"其实和芸芸众生已混而为一，想逃离"负面价值"就是想逃离芸芸众生（或曰"大众"，或曰"常人"——海德格尔的概念）。

走笔至此，我想起当初甘阳常挂在嘴边的一句话："像小市民一样活着，像半仙一样思考。"（福楼拜语）他说这话时口气一半是自嘲，一半是自我欣赏。但这种私下里明显感觉妙趣横生的意境，不知道为什么在理论表述中却变成了一种尴尬处境。

五、

我只是描述了80年代表达出来的种种关怀，并无意对它们做出评价，但有两点我需要补充说明一下。第一，我不赞成甘阳所言"八十年代堪称是最后的'文化人时代'"（见《八十年代文化意识》再版前言）。依我之见，应该说，80年代在中国社会生活的各个领域气氛都很活跃，都有人在致力于开拓公共空间，表达对公共事务的关怀，并且也都能引起公众的注意，远非“文化人”独占了舞台的中心。第二，单说“文化人”，80 年代也并非专属于我的同龄人——“知青一代的文化人”。老一辈的文化人自不必多说，想一想《读书》杂志的创刊过程就可以了。更年轻一代的“文化人”我了解不多，但也想举两位在 1989 年相继去世的诗人为例。一位是自杀的海子，一位是病逝的骆一禾。那一年，海子只有 25 岁，骆一禾也只有 28 岁。

骆一禾曾经写道：“我是有所思而燃烧的，因为我的诗以及我个人，是在辽阔的中国醒来，在八十年代初期一个多思的早上醒来。”海子也曾写道：“这就是我的诗歌的理想，应抛弃文人趣味，直接关注生命存在本身。”两位诗人在去世前的那一两年，正在“考虑真正的史诗”（海子语）。

我想，这两位似乎只为 80 年代而生的诗人，已经永远活在 80 年代了。

（原载《中华读书报》2006 年 10 月 26 日）

十六

30年间两件事

一、入学

1980年，我赶了一个末班车，在“恢复高考”的第四个年头，以“同等学力”直接报考了北京大学外国哲学所的硕士研究生。在我的录取问题上，曾出现过一点波折，当时还成了一个见了报的新闻。我先收到的是“不拟录取”的一纸通知，理由虽未说明，但我知道是由于政审出了问题：“文革”期间我曾因“反革命”案坐过几年牢。我斗胆上京去讨个说法，没想到竟赢得多方支持，而校领导也就同意“重新考虑”，并终于推翻了不录取的决定。在这件事的整个过程中，我真切地感觉到，史称“80年代”的那个时代正破土而出。

我不是不想考本科，而是报考无门。当时我属于无业人员，没有单位，而按规定须由各单位统一为本单位考生报名。后来我打听到，考研究生倒可以由考生自己持单位证明到招生办报名，而且无单位者持街道办事处的证明即可。于是才有了那场改写人生的考试。我报考的专业是现代外国哲学，专业方向是黑格尔哲学与新黑格尔主义，导师是张世英。选择这样一个专业方向，只是因为目录中所开参考书有一本《小逻辑》。我曾用力啃过这本书，并且自信像我这样啃过的人不会太多。

当年我是有些偏爱哲学，这大概和我有些好玄思的个人气质有关。但是，我之所以啃《小逻辑》主要是因为列宁的一句话。那句话的大概意思是：不读懂黑格尔的逻辑学，就没法读懂马克思的《资本论》，尤其是其第一章。与我的许多同代人一样，我当时是下决心要读懂《资本论》的。原因在今天听来也许有点不靠谱，我们都想从理论上弄清楚“中国向何处去”这一问题。按我们当年抱定的成见，如果不读《资本论》，则根本不可能取得那个“理论高度”（当年常用语）。“中国向何处去”是杨小凯先生当年所写的一篇著名文章的标题，我常借它来概括我们当年的一种关怀。那显然是一种政治关怀。我有时会自嘲，称那种政治关怀为“大关怀”。在自己的权利被剥夺殆尽之际，却相信自己的使命乃是“解放全世界三分之二还在受苦受难的人民”。

不过我以为，“中国向何处去”这一问虽大却不空，是一个我们从切身感受出发提出的真问题，与响应“关心国家大事”

的“伟大号召”已无太大关系。问题之所以会这样被提出来，说明我们原先被灌输的价值已在我们心目中被颠覆。北岛曾喊出一句引起强烈共鸣的“我不相信”，表达了在一代人心目中发生的这种颠覆。颠覆之后的价值重估，则变成了一场“理论突围”（我姑妄称之）。我们从小就都生活在某种理论的笼罩之下，是非善恶不能由自己直接做出判断，而须根据既定理论进行推论。可以认为，理论已经接管了我们的良知。为了让我们的良知挣脱理论，重新独立地做出善恶判断，我们委实费了不少心力与理论纠缠。按我自己在纠缠中的体会，笼罩着我们的理论之中心概念是“历史”，接管良知就是以历史的名义进行的。我们的“理论突围”或许也可简单概括为力图摆脱“历史的偶像崇拜”（借用雷蒙·阿隆的说法）。

“理论突围”当然主要靠读书。我的视野有限，所看到的突围路径大致有三。一是读马列经典，并上溯“马克思主义的三个来源”，是所谓“正本清源”。读黑格尔可算在其中。二是从马克思的早期作品发掘其人道主义出发点，最常被说起的书是《1844年经济学哲学手稿》。三是借助“文化形态”说或“世界历史的文化形态学观”（斯宾格勒语），突破历史阶段论的模式，从中西文明的冲突与比较去重新认识中国近百年的历史。在这方面，汤因比的《历史研究》（节写本）和斯宾格勒的《西方的没落》影响较大。再有就是一套“资料汇编”——《外国资产阶级论中国近代史》。这三种书当时都是“内部读物”，但流传也甚广。或许还该说到的一点是，在20世纪70年代后期，存在主义的概念开始引起注意。依我看它最能打动我们的地方是高调倡言人的自由。还有它“摒弃了对历史的总体性的信仰”（再次借用雷蒙·阿隆的话），对我们而言这意味着“历史必然性”的消解。

入学之后，发觉来自天南地北的同气相求者还不在少数。一代人经历太相似，诉求也就很容易一致。同样的“大关怀”，同样的理论困扰与同样的“理论突围”，我当时的感叹是：连叹口气都是相通的！有比我视野宽的，更早地接触了存在主义、西方马克思主义、弗洛伊德理论等等，在“理论突围”上兴许比我走得更远。这些学说在20世纪80年代的中国一度成为“显学”，并带动了一种西学译介的热潮。当然，那其实大多只是一种“恶补”。在我的印象中，20世纪80年代的“恶补”多少具有一种囫囵吞枣的性质，关注的焦点还是多在一个“人”字。至少在20世纪80年代初，“人”字一度成为关键词。我后来回顾时也曾写道：“‘人’字在20世纪80年代被几代文化人高举起来，成为全社会最引人注目、最敏感、最能激发理性思考，又最能寄托浪漫情怀的字眼。”“人的理论”“人学”，一时间差不多成了时尚话题。人的价值（至少在文字上）被高扬，显然是对其曾经（在现实生活中）被严重贬抑的一种反动，应该不难理解。

还有一种“突围”的路径却是我入学之前不曾注意到的，用一个学科术语来说就是“分析哲学”。这是一种从认识论入手，在思想方法上寻求突破口的路径，用釜底抽薪的方式来使理论对我们的笼罩瓦解崩塌，其实很值得重视。我注意到，循此路径突围的人在关怀上与我们也并无二致，但他们的思想往往却更为透彻和清晰。1981 年在北大的人民代表竞选活动中，那种透彻和清晰就有所表现。自由的概念一度被清晰提出，值得一提的是，那是阔别已久的自由主义的自由概念，而非（我们很多人囫囵抱持着的）浪漫主义的自由概念。我在这里借用了伯林所做的一种区分(或可参看伯林《浪漫主义时代的政治观念》)。

回头说说我的北大生涯。入学前我学哲学，是“带着问题学的”，没有想过有朝一日它会成为我的职业（搞哲学）。我甚至还有一个更为偏激的想法，认为哲学就不应该成为一种行业。但入学即入行，我意识到从今往后哲学大概就变成了我的饭碗，书就变成了“资料”。对此我一度心存抵触，因为这显然有违我的初衷。不过，三年间虽然有过一些纠结，但我毕竟还是接受了学术的训练，学会了尊重学术。渐渐也觉得，我最初的想法可能有失偏颇，以学术为业未必就会放弃始于初衷的关怀。而必要的系统学习和研究，其实有助于充实思想，使那种关怀不至于枯竭，变成一种僵滞的情感。我后来反省我们早年那种关怀时，曾有过如下结论：“我对我们当年那种思想贫乏的关怀评价并不高。但我也意识到，需要做的是改变那种贫乏，而非放弃那份关怀。”至于哲学是否应该成为一种专业和职业，我在 1984 年读到波普尔的一段话后终获解决。波普尔说：“所有的男人和女人都是哲学家。如果他们并不知道自己有哲学问题，他们至少具有哲学上的偏见。这些偏见大部分都是一些未经考察就接受下来的理论，他们所吸取的这些理论来自周围的思想环境和传统。……需要有人对这些流传很广和有影响的理论做出批判性的考察，这就是专业哲学存在的理由。”可以说，以上所引的每一句话我都同意。由此我还得出一个自己的推论：专业“搞哲学”的应该多做减法，简单说，就是多澄清少堆砌。

二、办刊

1990年秋，我在德国汉堡大学做访问学者一年期满。打点行装准备回国之际，我的那位87岁的德国房东老太太问我：“你回去后会做些什么？”我回答说：“我想办一个杂志。”她又问：“能挣很多钱？”我又答：“不是为了钱。”老太太沉吟片刻，却说了一句让我铭记至今的话：“哦，什么也不为。”这句话的德语是Fuer Nichts，完全可以译作“为了虚无”或“为了无”。

我之所以在德国起意要回国办刊，最简单的解释就是我的那种“大关怀”又在发酵。回国后却发现同道者不乏其人，说明当时同步“发酵”者也不在少数。时值东欧剧变，此前不久“中国向何处去”的问题又一次被明确提出，“发酵”现象自不难理解。不过，我两手空空地回来了，要办刊并无任何“资源”（那时候对这个词我也并无任何概念）。但回国后运气似乎不错，没多久就发现了办刊的机会。其实是当时有很多有“资源”的人都在谋划办刊之事，所以才让我这个没头苍蝇撞了个正着。后来回想起来，我曾引用一句名言（谁说的却记不准了）来形容当时的情景："是时候了，许多不同的人在许多不同的地方，想起了同一件事。"

先是撞上了三联书店想"恢复"当年邹韬奋先生创办的《生活周刊》，时间大约是在 1992 年。不过，如我后来所言，我只是参与了"《三联生活周刊》史前史"中的一小段。三联当初从香港带来了香港资本和市场运作的模式，无疑是具有开创性的尝试。记得当时有从事报业工作的朋友就曾议论说："盯住老朱参与的那摊事。"但我不久就被辞退了。在那种运作模式中，我的遭遇就不过是"还没开工就被炒了鱿鱼"（我自己如是说）。虽然这与我的自我期许落差不小，我却觉得无怨无悔（借用一个时下常用语）。与香港投资方的接触，让我获益匪浅，好比上了一大课。单是"卖点"这么一个词，对我造成的冲击就非同小可。先是语塞，后是思深，这才明白自己原不过是个纸上谈兵的书生。举着双手呼唤市场经济，进入市场却两眼一抹黑，还端着个非卖品的架子。那种身段当然十分可笑。好在我当时还有点反省能力，没有急急忙忙地就想缩回"学成文武艺，货与帝王家"的心理老巢。

在三联的挫败让我心有不甘，索性向当时我供职的湖北大学告了长假，举家到京守株待兔。大有此生不办一回刊死不还乡的架势。运气也可谓好得出奇，没过几个月就还真让我等着那只兔子了！那就是《东方》杂志。《东方》杂志是一份双月刊，于 1993 年 10 月出创刊号，兼有试刊的意思。1994 年元月正式出第一期，到 1996 年 11 月出当年的最后一期后被叫停，历时共三年。我从筹办 1994 年第一期开始介入，到 1996 年 4 月因个人原因退出，在该杂志社供职约两年半时间。虽也有过不少不快经历，但终究是在做着自己愿意做的事。说白了，总算是过了一把办刊瘾。

《东方》杂志的办刊理念比较传统，大概就是一个“言论阵地”的意思，不像《三联生活周刊》决意以市场为主导的理念那样先进。但是，《东方》杂志也自有其领风气之先的地方，那就在于它基本上是民办的性质。主办方是一个松散的民间组织，不太可能对杂志提供很实际的支持。于是，“资金自筹”就基本靠“化缘”，“编辑部自组”后也就基本自主。当然，后来也发觉，钱绝不是一个小问题。

我们把《东方》定位为“文化评论杂志”，在提法上无疑是受到兴起于 20 世纪 80 年代的“文化热”的影响。不过，我们当时都倾向于把文化做最广义的理解，并且在办刊理念上更偏重对社会现实的观察、分析与判断。这里说的“我们”，是指《东方》编辑部的同人。人员不多，不难达成共识。我说过，文化这个概念曾经是我当年做“理论突围”时窥见的一点亮光、一个可能的突破口。想当初我就曾背着一本《西方的没落》流落故乡（“倒流”回城），一心想着要解透中国“文化的宿命”（斯宾格勒的概念）。然而，在北大重读斯宾格勒，对他那种“文化”概念已觉得很难苟同。20 世纪 80 年代“文化讨论”中出现的“文化”概念当然也让我满心狐疑。我对 20 世纪 80 年代文化讨论比较具体的批评意见有两点：一是缺少对“文化形态”说或“世界历史的文化形态学观”（斯宾格勒语）的基础理论部分进行批判性考察，二是有意无意地回避了谈论现代中国。用我的话说就是，上下五千年都谈了，可就是不谈我们身在其中的这40年。我不是不理解这种回避，但我担心回避成习惯会产生一种错觉，有人直接对现实生活下判断时，我们反而会觉得人家太不“深刻”。后来我在回顾80年代的一篇文字中也曾写道：“没有直接对现实进行的判断作为基础，理论争论就往往会变成从概念到概念的推论。‘文化讨论’有时候会让人觉得中国当代这几十年的历史，反而被有意无意地遗漏在‘传统文化’和‘现代性’这两个庞大概念的夹缝之间了。”可以说，我参与办《东方》时曾有一种自觉，想尽可能不要步“文化讨论”的后尘。

从《东方》退出后我还是心有不甘，想再找机会续上前缘，重办一个杂志。为了赖在北京，我开始给央视打工，参与了《读书时间》栏目的工作。我的说法是：且找个栖身之地。没想到这一栖，就是整整10年时间，直至2005年《读书时间》停办。10年间也曾有过一些貌似机会的人事接触，与各种投资者商量办刊事宜，却无一例外地都只有极为短暂的“史前史”。看来我已是好运不再。我也曾想，“不是为了钱”很可能真的已等同于“为了虚无”？但转念间又不禁莞尔：不要如此自恋，现如今网上“不是为了钱”的办刊人还少吗？

（原载《经济观察报》2012年9月3日）

十七

阅读的概念
——30 年读书生活回顾

我总是忍不住要从头说起。回顾这 30 年的读书生活，第一桩让人难忘的事，还得说是 1978 年通宵排长队买书。第二天上午十点新华书店将发售一批被解禁的文学经典，头天晚上八九点钟在新华书店门口就排上了队。后来我了解到，全国大部分城市都出现过相同景象，并非我们那个小山城独此一家。我以为，那景象堪与现如今《哈利·波特》的同步首发媲美。

区别当然也是明显的。排队买《哈利·波特》的孩子不用熬夜，他们只是想先睹为快而已，没那么紧张。而我们当年却心存恐慌，怕数量有限制轮不上，怕“政策又变了”再也买不着。先睹为快的心理其实倒在其次，因为解禁的那些书，如《红与黑》《悲惨世界》等，我们大半都通过各种途径“偷着读”过了。想圆的只是“什么时候自己手中能有一册就好了”的梦。

最初我总是怀着自豪的心情回想或向年轻人夸耀那景象，用以证明我们这一代人在精神上的矍铄强健，当然也满足了我那“九斤老太”式的优越感（“一代不如一代呀！”）。渐渐地，在我记忆中那景象竟常常与“三年困难时期”我和我哥去排队买米的景象混在一起了。有那么几个月粮店在月末提前几天供应下个月的定量粮，不知出于何种考虑，竟从夜里12点开卖。我们兄弟俩半夜买回来后，奶奶总是当即起床煮一锅饭犒劳我们。

我于是明白，1978年我们排队买书，其实也是一种饥荒反应，并不值得夸耀的。不过，这个事实却也让我更加确信，精神生活是有的，而且精神生活也是一种日常生活，每日每时都需要营养因而才有可能闹饥荒。还有，人的精神和人的身体一样，也有个成长发育期，在这个时期闹饥荒很可能造成某种影响终生的精神缺陷。

这样一种认识是我这30年来读书生活的真切体会。

自打1979年《读书》杂志创刊号发表《读书无禁区》以来，读书的禁区确实一直在大幅度递减。书是逐渐多得有点读不过来了。读书确实已成为日常生活，说不上有什么印象特别深刻的事。但对我来说，有一种反复出现的感受却不能不引起我的思索。这种感受可以用一个成语来概括，那就是相见恨晚。我指的当然是与书的“相见”。穆旦的诗歌，相见恨晚；张爱玲的小说，相见恨晚；沈从文的小说，相见恨晚；胡适的文章，相见恨晚；里尔克、波德莱尔的诗歌，相见恨晚；巴别尔的小说，相见恨晚；乔依斯、普鲁斯特的小说，相见恨晚；博尔赫斯的散文诗，相见恨晚；费恩曼的《物理学讲义》，也相见恨晚……至于20世纪80年代“恶补”一般引进的西方各种流派的人文类和社会科学类的理论著作就更是不必细述了。我这里只是信手列举了几种，如果要我一一列举，我想那是可以轻而易举地就占满这篇回顾文章的整个篇幅的。实际上我感觉到的是，在我成长期的阅读视野里，至少缺了整整半个世界。

我说相见恨晚，不是在抒发我对这些书籍的赞赏之情，而是实实在在地表达“可惜有点晚了”的感觉。我是说，可惜我在精神的成长发育期错过了它们！一次又一次的“相见恨晚”累积在一起，就让我有几分心惊。我意识到，我们这一代的精神成长过程中明显存在一种营养不良。原因除了饥荒，还有由于一种精心筛选后的供给而吃了偏食。尽管我们这一代人少有不偷读“禁书”的，但毕竟有限，而且总无可能读到禁止出版的书吧。还是借用比喻来说，假如一个孩子的食谱中凡是富有某种成分（比如钙）的食品就被限制甚或禁止，其后果会是怎样呢？当然，比喻总是有缺陷的，我们不太可能像检查身体一样检查出精神所缺的养分及其后果。不过，假如我们不那么自恋与自负，其实也还是有可能自察的。

我自己也有一点心得。这就要说到迄今为止我的最后一个“相见很晚”了。我指的是雷蒙·阿隆，这位在世界范围内与萨特齐名的思想家、政治评论家，却比萨特整整晚了20年才真正进入我们的视野。这并非纯属偶然。我读雷蒙·阿隆，很快发现他身上有一种我们缺少的东西，但一时却说不清楚是什么。后来是布鲁姆的一句评价让我恍然大悟：“他通情达理，对强烈的浪漫派渴望有免疫力。”布鲁姆并且指明这种免疫力的养成是得益于他那“自由派”的思想修养。我想，我们这些在禁锢单调而又激扬高调的舆论环境里成长起来的人，缺的恐怕就是这种免疫力。无怪乎读书的禁区刚一有所松动，我们首先就倾心于萨特，继而又倾心于海德格尔，尽管他们一个“被斯大林欺骗了”，一个“被希特勒欺骗了”，但“他们正在等待一个新世界喷薄而出”，那种深邃的激情对我们很有魅力。他们鄙薄平淡无奇缺乏诗意的生活（也就是平常人的日子），那种孤高的格调也总是能唤起我们的美感，引起我们的共鸣。顺便说一下，以上引号里的话是出自“德里达的一位爱徒”之口（见布鲁姆《巨人与侏儒》），而德里达也曾让我们倾心。

说远了，我还是回到正题上来最后说两句吧。30年过去了，我们的读书生活似乎又来到了一个新的历史转折点，而且这一回我们将要与世界同步。人们说，“阅读革命”开始了，索尼阅读器和亚马逊Kindle确定无疑地宣告了这一点。但据说这些非常有创意的电子阅读器最成功的地方在于，它们在光线柔和度、页面的色调，以及页面的质地等方面都酷似纸质书，总之，是要让人们读起来的感受与读纸质书没有两样，而其中最被强调的指标就是“舒适度”。如此看来，这场阅读革命改变的只是阅读的方式，而不是阅读的概念。这个概念除了也包含以获取信息为目标的时下所谓“浅阅读”之外，还有一条与书一样古老的内涵，即阅读是精神生活的一个方面，能满足精神的饥渴，正常情况下还应该能提供一种精神享受。

十八

多带一只眼睛看时尚

PP 笔下的生活离我有点远。估算那个距离，大概相当于从我的居住地（北京城五环外）到市中心区（西单或王府井）那么远。这个距离的意义，当然不在于公里数，也许用房地产的差价倒更能说明问题一些。我还应该再补充一个数据：PP 今年才 30 出头，而我已经 60 开外。几个数据叠加在一起，这距离就意味着：PP 在职场上奔走打拼之际，我正在公园里散步健身；PP 在酒吧或各种“趴体（party）”出入之际，我已在黑甜乡里游荡；PP 在自嘲“基本上的路数，是先谋生计，再贪得无厌”，我则在“反思”我们那个“物资极度匮乏”年代的“血色浪漫”。

简单地说，PP 写下的生活是一种我不太熟识的都市生活。作为一个“城里人”，我确实一直享有城镇户口本，年轻时还享有购粮证和粮票、油票（不是汽油是菜油）、布票、棉花票、烟票、酒票、肥皂票、火柴票等各种票证，但那与“都市生活”其实是风马牛不相及的。待到近十年都市生活方兴未艾时，我已然是个老家伙，紧赶慢赶也“融入”不了啰，呵呵！所以，如果不是由于某种机缘，我是连PP的这本杂文集(《过度诠释》，中国友谊出版公司，2008）都不太可能读到的。

写都市生活，时尚自然是一大主题。时尚云者，如潮之来去，在都市生活中总有一种席卷之势，很少有人能完全不为所动。《诗经》上说“我心匪席，不可卷也”，我想那是由于作者没有见识过现代都市生活的缘故。不过，卷入时尚也还有个卷深卷浅的分别。像我这种总是被卷到边缘的人，潮起潮落都只能慢半拍地跟着潮尾，也打湿了衣服打湿了鞋，却始终未一睹潮头之风光。PP就不同了。他是一位“海归”白领，又供职于一家时尚类媒体公司，怎么说也算得翻滚扑腾于潮头之辈。难得他一边翻滚扑腾，一边还观察记录，笔下带出来的信息鲜活生动，对于我就有点现场直播的意思了，很开眼界的。

信手举几例说说。其一，低调现已成为一种时尚的姿态，“你真低调”差不多就成了一句骂人话了。乍看上去，这低调的姿态好像是秉承了“中国式谦虚”的传统，但其实却是高调推销的一种变异，而变异意味着进化。老实说，对于传统的低调我很熟悉，11岁那年我被评为市级优秀少先队员接受记者采访时，就知道说“这一切都应归功于党和人民”（我真低调！）。后来高调推销自己的风气兴起来了，我打心眼里认为是一种进步，但至今也还没能完全适应。眼见又出现了这种用低调姿态达到高调效果的更高境界，我当然只有望洋兴叹的份儿了。不过，据说技艺不纯熟者容易“拧巴”成“高低调综合征”，不学也罢。其二，“头脑风暴”是从美国一些公司传过来的时尚。在拟订一种方案之前，先让公司员工胡说一气，有点集思广益的意思。这事我原先也略知一二。但没想到的是，在有“慎言”传统的中国，“风暴后的头脑，绝对是重灾区”。当然，在美国的效果如何也可存疑。这倒让我想起，其实“头脑风暴”传入后还增添了另一层中国特色，那就是从外单位邀请一些“头脑”（在我们这里不是任何人都有资格做“头脑”的噢！）来“风暴”，本人就曾偶尔做过这种“头脑”。“风暴”完了我拿着红包扬长而去，时至今日方知竟让人家的头脑遭了灾。惭愧！其三，每年中秋节上演的“月饼环游记”（我有感而发胡编了一个名称），当然是最具中国特色的时尚。这事本来也可想而知，但我对其有预谋、有计划、有组织的规模却缺乏真切认识。尤其是环游的一个终点竟是其真正的起点——“月饼厂回收，明年再卖”，这确乎超出了我的想象。当然，我的想象力本来就很贫乏。

这种种事情在 PP 笔下变得非常有趣，竟至于让我忘记了自己和他之间的那段距离。读到兴味盎然之际，忽然悟到：这个“一边翻滚扑腾，一边观察记录”的 PP，其实还一边在审视，仿佛他总多带了一只眼睛。所以，在他那随口就来的幽默和调侃中，总好像藏有一种冷峻——一种让人想起“螳螂捕蝉，黄雀在后”这一格局的冷峻。我猜想，正是这种审视缩短了他和我之间的距离，因为我觉得我懂这种审视。这个人世，你不加审视则罢，一旦加以审视，流行一时的价值自然就成了很表面的东西。想起有一回，我的一位同龄人批评现在的“哈韩族”服饰太傻时，我曾为他们辩护说：“不比我们当年更傻。”我们当中还有一些人至今仍认为那是激情岁月的象征，所以“时尚”二字在他们看来简直就是一种侮辱。但不管怎么说吧，如今审视起来，那“激情”不也是一种很表面的东西？我们这是回过头去审视，而PP则是当下就在审视，这让我有点佩服。很想跟他套近乎，借苏格拉底的话把自己引为他的知音，“未经审视的生活确实不值得一过”，但终因拿不准他会回我一句“您好高调”还是“您真低调”而作罢了。

表面的东西一经审视，就总会显露出可笑的一面。这或许就是幽默的一个来源。PP妙语连珠一般的幽默常让我忍俊不禁，那确实证明我懂得了他的审视，但他的表达方式却又让我时时意识到他和我之间的距离。他的笔调是那样松弛。我感觉那松弛也很时尚，而且觉得这种时尚要比我们当年那种紧绷绷的时尚好。

十九

“描写自己”的一次尝试
——读《贵州读本》

在今日正用各种“热脸”亮相（当然有时候不免会贴上“冷屁股”）的各种“读本”中，贵州教育出版社新近推出的《贵州读本》却是显得有些冷峻。立意高，定位偏，状貌峥嵘，恰如贵州的山。

开卷一阅，果然是开门见山。编者在前言中赫然写着：认识你脚下的土地。在这个鲜明理念的导引下，读者便进入贵州的大山之中，开始神游贵州的旅程。大山中的风物与人情、大山中的传说与故事……这片土地像一幅大写意的长画卷，渐渐地且有层次地在你眼前展开呈现，袒露了它的胸膛与脊梁。与此同时，你自始至终都能强烈地感觉到“导游者”的古道热肠。

这当然不是现如今所谓的“旅游”——导游者揣摩着旅游者的趣味来“描写自己”（前言中用语），旅游者则只能走马观花看个稀奇的“旅游”。虽然这只是在纸面上、文字间游，却是比坐着大巴在“景点”与“商店”间穿行的“旅游”更能亲近那片土地。

主编钱理群先生撰文谈到自己在编这本书的过程中产生的“生命体验”，他说：“我好像第一次进入贵州，而以前只是一个陌生人，行走在这块土地上而已。”——他过去曾在这块土地上生活过 18 年！同样的“生命体验”在我这个读者身上也产生了，而我曾在贵州生活过 31 年，并且是在贵州长大的！

33 岁那年我离开贵州到北京上学，我发现当时（1980 年）的北京人大都对贵州所知甚少。除了革命圣地遵义以外，再能说起的就大抵只有黄果树瀑布了，而说得最多的则是“天无三日晴，地无三里平”那句俗话。说实话，我当年因此曾对北京人颇有些失望。20 多年过去了，现在的北京人应该会知道得更多了吧？至少贵州的花江狗肉、酸汤鱼已经驰名京城。不过，我现在已经认为没有什么理由要求北京人了解贵州，因为我这个贵州人对贵州的了解就少得可怜。读这本书时这种感觉尤其强烈。

问题的关键还不仅仅在于知识，不仅仅在于你知不知道黄果树、梵净山、威宁草海、王阳明、杨龙友、李端棻……问题的关键是在于：你是否了解这块土地以及这块土地上发生的一切与你自己的关系。

这话并不玄乎。我时常在想，农业文明中人的生存方式有些类似庄稼，植根于土地之中；商业文明中人的生存方式则有些类似货币，流动于市场之内。我们的双脚并没有离地，但脚下的土地却渐渐变得抽象起来，这仅仅是因为总隔着一层薄薄的沥青或水泥？现代人好像不再有故乡。纸面上的乡愁倒是增多了，还有一个形而上意义上的“家园”也常被挂在嘴边，但那似乎与任何一片土地都不相干，往往只是文人的作态。《贵州读本》的编者则更进一步借鲁迅先生的话指出，弱势文化常处于“被描写”的地位并因而导致“自我陌生”的结果。有时候，我们不是没有知识，但我们很可能接受的是“被描写”的知识，比如“天无三日晴”就是一例。

《贵州读本》的编者因此呼吁我们“用自己的语言，真实而真诚地描写自己”，并说这个读本就是黔人黔友“描写自己”的一个尝试。“描写”一词准确地表达了这个读本的性质，这是一个文学读本（或者说是一个语文读本）。文学的描写总是不离感性、不离乡土的，它是我们认识和亲近脚下土地的一个通途。科学的认识不能取代文学的描写。或许还可以补充的是，描写自己和阅读自己是同一过程的两个方面。写一写你脚下的土地，读一读你脚下的土地，《贵州读本》的尝试显然有着超出地域的意义。

我对《贵州读本》倡导的理念抱有深刻的同情。而且，反复读编者前言和穿插在书中的每一篇“编者絮语”，那饱含激情的文字总是让我感动并有几分惭愧。不过，我也暗暗有些担忧：这几位编者会不会被人看作堂吉诃德？毕竟地球村的概念已经产生，中国的载人飞船已经上天了呀！他们会不会被人误解，认为他们倡导的不过是一种狭隘的乡土观念？又或者会不会被人有意无意地曲解为一种偏执的抗争姿态呢？要知道，我们这些处于“弱势文化”中的人是很敏感的，很容易借重某种堂皇的说法来把自己的自卑包装成自傲。

然而编者们并没有错。时下流行的某些狭隘的观念和偏执的姿态恰恰都是两脚离地的产物，自卑和自傲都透着对自己脚下的土地缺乏了解。

二十

卷入老钱的精神之旅

钱理群先生是我所熟识并且尊敬的学长，又是我的半个老乡，我们还有着很相似的经历。所以，读他所写的《我的精神自传》（以下简称《自传》），时时处处都有一种熟悉甚而亲切的感觉，仿佛他早已给我讲过多回。有时候又仿佛一不小心触动了哪个键钮，便与我自己的“回顾与反思”链接上了，一时竟有些分不清彼此。我于是在动笔之前就打定主意，不与老钱（以下我将都使用这个称呼）拉开距离，让我自己也卷入他的“精神之旅”。

一、

《我的精神自传》分上、下两篇，实际上是两篇独立形成的文字。上篇题名为《我的回顾与反思》，原是老钱于2002年退休之前，在北大讲“最后一门课”的讲稿；下篇题名为《我的精神自传》，是老钱2005年应一位杂志主编之约写成的长文。两篇文章的内容难免有交叉重叠的地方，但叙事的角度、想揭示的问题和实现的功能都不一样（这一点老钱在“后记”中有明晰的阐释），所以组合成一个整体并不勉强，读起来也觉得相得益彰。

一位教授把自己的一生作为“一门课”来讲，即便不能说是破天荒头一回，也是很少见的。我的第一反应是：只有在北大才会有这等事发生。乍看上去这显得有几分轻率，但老钱其实“有跳蚤起跳的那种严肃”。前些年他编辑《新语文读本》时就让我想起亨利·米肖的这个诗句，那时他说：“要把这套书的编辑当成一项学术工作来做。”而如今他讲自己、写自己，其初衷本身便是要完成一个学术课题。因此，他理所当然地把这本“自传”视为一本学术著作，并且说：“这本书，在我的学术著作中，确实占据了相当独特的地位，它既是我的自传，学术自传与精神自传，又是一部学术史、思想史、知识分子精神史的著作。”也就是说，他把自己当作了一个个案——20世纪80年代以来中国思想史、学术史课题的一个个案，尤其是“20世纪中国知识分子精神史”这个他“最为倾心”的课题的一个个案。

如果我们的“精神很放松”（像时下人们常说常做的那样），“精神”这个字眼的含义其实是很宽泛的。举目望去，所有“非物质文化”大致都应归于精神产品，但“物质文化”又何尝不是出自精神的创造？讲起人的生活，爱情、友谊、事业、娱乐……哪一样可以被看作“非精神的”？即便是购物，有时候不也可以说是一种“精神享受”？也许只有吃喝拉撒睡算得上纯粹的“物质生活”，但那也还须把诸如“美食”“豪饮”“醉卧”之类除外。“物欲横流”可能意味着精神沦丧，但“拜金主义”却是一种精神现象……

然而，老钱对“精神”或“知识分子的精神”显然有一种“狭义”的界定。他的《自传》几乎是语不及私人生活。对于他据以立身于世的学术事业，他的主要着墨点也不是推进学科发展的学术活动和成就，而是学术研究与“自我生命”的纠缠。用他自己的话说：“学术的探讨，同时也是生命的挣扎”，“学术动力”则是“精神自省、自赎和自救”。还有，“精神史”这一课题的发端集中在两个问题上：“历史的追问：自我独立性是怎么丧失的？”和“自我审问：知识分子在体制中扮演了什么角色？”据此来看，老钱所理解的“精神”，似乎偏于清厉。

二、

我能理解这种“清厉”，因为我了解它的来源。老钱说了：“我回顾自己的一生，这是一种充满苦难与屈辱的记忆，最不堪的记忆还不在外在的压力，而在于自己内心的动摇、屈服，以至叛变，自我人性的扭曲、丑恶，以至变态。这样一些惨不忍睹的记录，我的一生太多了，特别是前半生。”这是事情的一个方面。事情还有另一个方面，那就是在“苦难与屈辱”中的坚守。老钱说到“文革”时期在全国各地出现了许多“民间思想村落”（老钱与我当年都是某村“村民”），依我之见，也可命名为“民间精神村落”。聚集在那些“村落”里的“村民”们读书、画画、唱歌、写诗、学外语、通宵达旦地谈论人生、在“困惑中艰难探索中国向何处去”这样的大问题……所有这一切，在我看来都只是在坚守“人是精神性的存在”这一底线。几十年后，老钱在“对自己曾一度自动放弃自我”的“愧疚”中仍在反复重申的也是这一底线，他的表述是：“‘个体精神自由’是绝对不能让步的，这是‘做人’还是‘为奴’的最后一条线。”要言之，精神的本质规定就是自由。因此，不能保有自由的“精神”，其实已失去其“精神性”，也就不再被视为精神。从这种意义上说，我赞成老钱对精神的“狭义”界定。

当一切都被剥夺殆尽时，当年的“村民们”却意外地发现，还有精神。我就曾用这四个字为题写过一篇回忆当年坐大牢的文章。套用时下有钱人自嘲自解的“穷得只剩下钱了”一语，可以说当年我们那些村民“富得全都是精神了”。顺便说一下，我当年所在的“村落”离老钱所在的“村落”很近。不过，地理上的距离其实没有太大意义。当年那些“村落”虽彼此隔绝，但却像用同一个模具铸造出来的一般相似。用我的话说，不同“村落”（哪怕一个在大东北，一个在大西南）的人相遇时，竟发现连叹口气都是相通的！说来也不足为怪，所有“村落”的形成都是人的精神对同一种外力的反应，并且生存于同一种单调闭塞的生态环境中。想象一个 960 万平方公里的大沙漠吧，植被的多样性当然会不复存在，而生存下来的植物，比如仙人掌，是否也可用“清厉”二字来形容？

三、

老钱说他的“精神史”研究首先关注的就是那些“被遗忘的，作为民间思想者存在的青年知识分子”，我想他指的就是当年的那些“村民”——他们没有进入学术界，散失在“民间”并且早已失去了“村落”。他们的思想不可能进入思想史和学术史，但老钱正在用自己的笔让他们进入“精神史”。老钱的书写本身，也可以说是还在坚守那种“坚守”。他的这种偏执尤其令我敬佩。想当初他考上北京大学离开他的“村落”时，他竟然心感不安，写长信给别的“村民”，为自己的选择辩护，仿佛他的考学意味着某种背叛！我不知道他的学生们是否能理解他的这种不安，我想我是懂的。当年我们的“坚守”毕竟是一种被迫退守的姿态，不能否认在现实生活中“没有个人出路”的压力所起的作用。“不自由，毋宁死”有时候可以被讽刺地解读为“无出路，毋宁死”（如果我没有记错，卡夫卡就这样解读过）。一旦有了“出路”，的确就成为一场考验，在压力下十分清晰的那条“底线”反倒有可能变得模糊，放弃的事是经常发生的。考上北大当然算得上是一条大“出路”，老钱是有不安的理由。然而老钱至今没有放弃，而且向我们证明：我们当年的那种“坚守”弥足珍贵，我们坚守的是永远也不能放弃的东西。

不过，作为当年的“村民”之一，我觉得应该承认的一点是，当年“富得全都是精神”的我们，在思想上却并不富有。这也是我倾向于把“民间思想村落”称为“民间精神村落”的原因。思想需要的是开放的言论环境和充足的知识给养，信息闭塞和知识欠缺必然会带来思想的贫乏。那种贫乏似乎已给我们留下了一种后遗症。当我们走出“思想村落”后，竟发觉自己好像已走不出“村落思想”的藩篱。面对一个大得多的世界，时不时会表现出理解力和判断力的“先天不足”。

老钱对此应该是有清醒意识的，所以他时时处处在提醒自己注意各种思想的“陷阱”（这是他在《自传》中出现最频繁的词汇之一）。他总是向学生们坦言自己的知识结构存在严重缺陷。就在给北大学生讲的这“最后一门课”里，他也在公开自嘲：“这是历史造成的一代没有文化的学者，一代无趣无味的文人。”而且，他还向学生们交了底：“我的思考到现在还没有结束，我的思想有些混乱，可以听得出有些前后矛盾，也就是说还没有完全理清楚，说出来只是供同学们的思考做参考。”我要说，单凭这份坦诚，就已经保证了《自传》一书的价值。

二十一

我们当年的村落生活

我是在 1980 年离开贵阳上京读书的。报考本科在手续上遇到麻烦，就直接报考了硕士研究生，学校是北京大学，专业是现代外国哲学。到北大后，导师在一次闲谈中讲起他看到我考卷时所感到的诧异，他是这样说的：“我就想，这贵州也没什么人搞哲学啊！”我当时不知高低，一句话就顶了回去：“怎么没有啊，很多呢！”导师笑而不答，我这才意识到自己可能闹了笑话。导师眼里看着的是他的同行，而我心里想着的却是我的同伴。这件小事后来让我沉吟良久，不是因为懊恼自己的莽撞，而是因为从中体悟到我的人生正在发生一种转变。与我自己的预想有点不一样，这种转变竟让我有几分不安。

紧接着北大校刊向我约稿，我就第一次道出了我的这种不安。约稿的题目是：我是怎样自学的？我暗自纳闷：“我们这一代人有谁不是自学的？”有朋友解释说：“也许是因为你经历坎坷，又获得了成功，所以人家想让你谈谈你的经验。”今天说来也许有人会不信，当时那“成功”二字竟激起我一种近乎悲愤的情绪，我于是提笔写道：“我来自西南边陲一个不大的山城，长期与一些默默无闻而又奋勇上进的人为伍。我看不出我有哪一点比他们成功。”我所说的“奋勇上进”与事业二字不沾边，因而也就不能用成败来论道。我们那是活在一个无事业可言的年代。只是活着，却也在努力——努力活得像个人，努力活出意义来。那种“在毫无希望中坚持”（我曾经有此一叹）的努力，可以说是一种不甘沉沦的努力——不甘于被那蓄意制造的蒙昧淹没。

在我们那个不大的山城里，我确实结识过好几帮这样活着的朋友。读理论书的一帮、画画的一帮、写诗的一帮、听音乐玩乐器的一帮、学英语的一帮……而所有这些“帮”又互相交叉重叠，有来有往，到 20 世纪 70 年代中叶以后已逐渐汇成了一大帮。这帮朋友中后来确有不少人进入了文化界，成了学者、诗人、画家、音乐家等，但我相信在当时不会有人做过这等梦。因此，与其说那是在自学，不如说那是一种活法。道理很简单，“自学”总是暗示着某种奋斗目标，“活法”却只是出于生活需要，而我们当时确实没有目标，只有需要。

到 20 世纪 70 年代末我们已经得知，那样一种活法远非只是在我们贵阳有。到北京去举行飞行画展——“贵阳五青年画展”，就让贵阳的朋友们与北京的星星画会、《今天》编辑部建立了联系。后来我在北大更了解到，事实上那是遍布全国各地的一种景象——一种当年在五七干校消磨岁月的教授们无法想象得到的景象！一代失学的青年人三五成群地在自己学习知识、培养心智并从事文学和艺术的创作活动。我自以为，说那种景象是一种历史奇观也不为过。几十年后，有人用“民间思想村落”一语来描述那种景象，我却觉得改用“民间文化村落”或许更为贴切。理由是那些村民的生活内容全都可归于文化名下，其涵盖面似比思想要宽泛一些。当然，思想探索在那种村落的形成中无疑具有关键作用，那是一种对既成教条的反叛，一种对现实生活的质疑。但事情也有其较为平常的一面。按我的说法，那里也存在着一种饥荒反应：如果所有的食物都被禁止食用，人除了不服从，还能有什么其他选择？

回过头来说，1980年的我，就是那样一个从村落中走出来的饥民，带着一身营养不良的症状和满脑子村落生活的回忆。饥荒当然没有什么好留恋的，但过度饥荒的村落生活中却有着我不能放弃的某种东西。同样从贵州考出来的钱理群先生的回忆中也写了同样的感觉，而且比我更强烈。他考上北大后竟给朋友写了一封为自己辩解的长信，仿佛他的赴京上学有可能是一种背叛。我相信，他不想背叛的东西就是我不愿放弃的东西。顺便说一句，钱理群先生其实是从北京分配到贵州安顺工作的大学生，当年在他那里也有年轻人聚成的一个村落，我想他的信就是写给其中一个或几个村民的。30 年过去，我们那种特殊的村落生活看来已经永远地消失了。但我知道，我不愿放弃的那点东西却不会随之消失，只不过如今它总在灯火阑珊处罢了。我所言者其实也很寻常，就是那样一点不涉功利非关娱乐的追求，有时候我们会称之为精神追求。不寻常的只是它在我们当年的村落生活中是那样显赫！套用时下“穷得只剩下钱了”一语，我曾说，当年我们那些村民“富得全都是精神了”。所以，我也曾建议把我们那些村落命名为“民间精神村落”。

二十二

那个爱画画的少年

我与曹琼德相识是在20世纪70年代的中期。当时在我眼里，他几乎还只是一个少年，之后我便一直叫他小曹。除了少年人常会有的几分腼腆之外，他留给我最为突出的印象就是温和。温和总是与不张扬连在一起的，照说不太会显得突出，但小曹的温和就是显得突出。那是一种从里到外透出来的温和，只要他人在那里，你就不会感觉不到它。有朋友向我介绍说，小曹爱画画，人虽年轻却已画得相当出色。我倒不觉得惊奇。当时，文苑寂寞，艺林萧索，文化那种东西却在民间“死灰复燃”（当年大批判常用语），一代失学青年中奋起自学者不在少数。而且，爱读书的，爱想事的，爱画画的，爱音乐的，爱写诗的……高调一点说就是爱智、爱美（因而必爱自由）的人三五成群地聚成了一个个“朋友圈”（借当今微信用语），自己营造并过上了文化生活，也可以说是精神生活或心智生活。我记得在1977年或1978年，电影《刘三姐》被允许重映，若干人如患饕餮症一般看了一遍又一遍。我有一个熟人，竟看了37遍！据说超过此数的还不乏其人。如今有一个常用词叫“审美疲劳”，看37遍而不觉疲劳者，其“审美饥渴”的严重程度也可想而知。我们确实经历过精神饥荒，并因此知道“精神食粮”这种东西是有的，那差不多是我们的日常必需品。我们还从亲身体会得知，“精神食粮”不怕分享，越是分享越是丰盛，仿佛分享不是一种消费行为而是一种生产行为。因此，那场精神饥荒才聚集起那么多的朋友圈。后来我了解到，那是遍布全国的一种景象，说是一种历史奇观也不为过。

小曹和我就是在那样一个朋友圈中结识的，朋友那一句“爱画画”，已经传递了是圈内人、当引为同道的信息。随后我自然去小曹家看过他的画。那年头，在朋友圈中展示作品，是仅存的发表方式。当年的朋友圈不是如今的社交圈，应酬二字基本不需要，附庸风雅则更是大可不必，因为本来就不是场面上的人和场面上的事。画画我是外行，看画我也不内行，但不妨碍我有感觉时就赞它一个——“朋友圈”的功用今与昔也有相似之处。小曹当时确实已有不少有模有样的作品，一看就知道早已过了新手上路的阶段。让我印象深刻的事有两点：一是他的每一幅作品都明显是一丝不苟地下过大功夫的，用我这个大外行的感叹来表达就是:“哇！这得有多大的耐心才画得出来！”二是他的画竟有些像他的人，透着一种温和。不过，这后一点我后来有所修正。在他的画前多站一会儿，便不难觉察，那温和里也包裹着激情并散发着有几分刁钻的灵气。当然，这只是我的感觉，我记得就没好意思跟小曹说起过。

观其画，读其人，我还得出一个判断：他的爱画画，不是泛泛一说的爱，是真爱，用老话说是发自内心的爱，换成现今流行的说法就是走心的爱。对于画画这件事，他的温和里明显有那么一份“一条道走到黑”的执着。在我们那个年代，也只有那一份爱才能解释那一份执着。我不敢说小曹就从来没想过有朝一日自己会成为被社会认可的画家，但我敢说那样一种愿景在那样一种严酷的现实面前会显得很渺茫，不足以成为一种可持续的动力。

当年的朋友圈和今天微信的朋友圈还有一点相似处，就是各个朋友圈的交叉重叠。20 世纪 70 年代中后期，交叉重叠的朋友圈渐渐扩大，几乎汇合成一个大圈。贵阳市地方小，一时间竟让人有“瓦岗寨好汉尽数在此”的感觉。到 1979 年，小曹参与其中的“贵阳五青年画展”终于冲出我们的朋友圈，直接到天安门广场展出去了。那是一次飞行画展，在冲出朋友圈的同时，其实也冲破了把民间社会隔绝在主流社会（姑妄称之）之外多年的那一道墙。“五青年”中的每一个人都是第一次公开展出自己的作品，亦可称为他们的处女展。飞行画展在当时是一种比较激进的行动，当然存在一定的风险。小曹毫不犹豫地加入，让我又一次感受到他那温和后面的坚定。我不由得暗想:“这个湖南伢子!说不定身上真有一股子湖南人常有的那种倔劲,只不过我没机会领教罢了。”

到北京去正式展出之前,画作在朋友圈中有过一个预展。而且,全部筹备工作几乎是在朋友圈的围观以及直接帮助下完成的。那些天,我们天天都像是在过节。事后回想起来,那可以说是我们那个朋友圈最为辉煌的时日。不过,我们当时都没意识到的是,我们那个朋友圈也到了使命已尽的时候。随着20世纪80年代的到来,朋友们都开始为“迟到的春天”奔忙。本来对事业二字想都不敢想的一帮人,却突然意外获得这样那样的机会。我到北京上学去了,小曹也一步一步地登上了画坛。朋友圈中的朋友们自然也是各忙各的。朋友还在,朋友圈却在时代的变迁中自然而然地消解了,是所谓“相呴以湿,相濡以沫,不如相忘于江湖”。

我在外读书工作,几乎每年都会回贵阳探亲,也总会与当年朋友圈的朋友们见见面,小曹则更是每次必见的。有时候大家还会聚一聚,觥筹交错间总少不了话说当年。但当年的那种氛围其实是回不来了,因为当年那种并不寻常的生活也已经一去不复返。最初几年,我回来还会想着去看看小曹的画,后来也渐渐疏淡。毕竟时代不同了,连在家请客吃饭都已被戏称为“古典主义”的行为,我们的交往方式自然也在变。不过,当顺便说一下,就我所看到的而言,小曹的画让我有感觉的还是不少。其中,《邕沙印象》甚至让我有些震动,私下里的评论是:

大器已成。

年复一年，我每回来去匆匆，却也眼睁睁地看着小曹的胡子渐渐花白了。就这样过去了30多年。这30多年没少听见小曹获了这奖那奖，任了这职那职的消息。我知道，对于这个小曹，我早该刮目相看了，但我却就是拒绝刮目相看。一则是因为，他获得这些成就我并不意外，而且我敢说，当年朋友圈的人也很少有人会感意外。二则是因为，作为朋友，我自然也会为他的成就高兴，但我其实并不是很在意他的成就。理由很简单，当年与我相遇、后来与我交往的小曹，在我心目中一直就是那个爱画画的少年。我能感觉到这几十年他其实没有变，我在意那没变的东西。

当然，我相信他也有过困扰。名利场的困扰倒在其次，他的心思不在那儿。早在20世纪80年代他就说过一句话让我印象深刻："我当然想出名。就像马尔克斯说的，我出了名就能和那些名人交往了。"听上去他只是想进入一个有品位的朋友圈而已。另有一种困扰可能更值得一说，因为它影响了他的创作。我指的是社会生活的急剧变化，那自然会冲击一位艺术家的心灵。他对自己的创作阶段有过这样的概括："80年代的作品，更多是一种对自然的崇敬和一种个体的生命体验，呈现出来的作品更讲究形式，也比较唯美。相比之下，后两个阶段的作品更关注文化变异与消失、城市现代化以及现代化带来的问题和困惑、焦虑等。"在我看来，他在后两个阶段关注的主题是一个席卷裹挟了我们所有人的主题，我们有谁没被它困扰过？

但那也是一个被阐释过度的主题，太多的人就此说过太多的话，因而其中陷阱多多。不过我并不担心。我知道，小曹温和的性情里有一种你煽它不动、带它不走、迷它不倒的东西在，他守在那儿呢！写到这里，想起最近读到他的一段文字，索性抄录在此：“不难想象，一种过于成熟的文化会失去自身的活力与弹性，这时没有比重新回到‘常识’更重要了。重新认识和体验我们生存的世界，回到最初的感觉中去，回到人的生存状态中去。没有一个人能从一种生存状态中逃脱出来，他既不能选择，又不能逃避。而这个我们无法选择的结果，正是艺术的起点。”

“回到最初的感觉中去”，这话是我们那个爱画画的少年说的话。

二十三

戴冰的事业

读戴冰的小说，是因为有友人竭力推荐，说是家乡的作家，写的东西值得一读。读了，是觉得有点读头，于是一气读了 20 篇。这些中短篇，还有“说是中篇短了点，说是短篇又长了点”（作者自道）的篇章，大多写得紧凑流畅，有一气呵成的态势。也见匠心，也见匠手，作者的文学才能是明摆着的，其实不容我这个门外汉说三道四。虽未曾谋面，但我可以想象得到，如果要谈论文学写作，我绝非他的谈话对手。只是仗着是同乡，我又痴长 20 余岁，这才敢放胆说一句：我理解他的事业。

写小说也是一种成功之道，可以让人成名成家，取得某种较为体面的社会地位。还有，写小说是需要技艺和才能的，这种技艺和才能的运用与发挥，可以让人实现自己的某种价值。

但我要说的不是这些。读戴冰作品的第一印象，我或许可借用一个流行词来表达，即纯文学。据我非常有限的了解，在我们这里，“纯文学”的提法之流行，好像是始于 20 世纪 80 年代中后期，一些强调“叙事革命”的“先锋派”小说作家用它来“自我定义”。用这层意思来说戴冰当然也不是完全不靠谱，不过我却是在一个更为宽泛也更为通俗的意义上借用这个词的，毕竟时间已过去了 20 多年。举个例子说吧，20 世纪 90 年代中后期以后人们就常说《收获》杂志是一种纯文学刊物，那“纯”字的意思就明显不是狭义地专指“先锋派”了，而我所借的就是那个“纯”。文学刊物变成了纯文学刊物，文学写作变成了纯文学写作，加一个纯字，在我这个旁观者的眼里，总是意在强调某种“坚守”。我这种看法虽然有些流于俗套，但也不全是“想当然耳”。20 世纪 90 年代中期，我曾在央视《读书时间》栏目打过几年工，对几种“纯文学刊物”的艰难有过一些了解。要想不改初衷，那就真得硬扛着。戴冰并没有用“纯文学”这个词自我标榜，但我想他的作品必是在那些“纯文学刊物”上发表的。因此，我把他也划入了坚守者的行列。

戴冰是从 20 世纪 90 年代初步入文学创作的。我记得那几年坊间热议的话题中就有一个是：“文学为什么失去了轰动效应？”也就是说，他没有赶上文学“火”的时光。当时，“叙事革命”似乎也已意兴阑珊，正在悄悄退潮或转向。有意思的是，他的作品却从一开始就常被评论者认为具有“实验性”。所谓“实验性”，通常指的是着力于“形式上的探索”，而据说这正是那场“叙事革命”的特征。如果我没有弄错，那种形式上的大胆探索包含着甚或是起源于某种思想上的反叛，其锋芒所指，是在颠覆某些旧有教条。米兰·昆德拉说得好：“在艺术中，形式始终是超出形式的。”让我惊奇的是，比那场“叙事革命”的发起者们年轻仅仅十余岁且起步写作仅仅晚六七年的戴冰，仿佛不需要经历任何演变就羽翼已成，倒好像他天然就是个“先锋派”或“现代派”。我猜想他是那场“叙事革命”最早的受益者之一，但我不能确定，因为也有可能是时代的变迁让他在成长过程中建立了不同的接收频道，过去那些教条对于他于是就不再构成信息（成了乱码？）。从他的叙事，不难看出博尔赫斯、马尔克斯、卡夫卡等现代作家的影响，可以估计他的阅读几乎是直接从他们开始的，或至少是读到他们以后顿觉“找到了组织”。有西谚云：“人是什么？人是他所吃的所有东西。”换言之，你吃什么，你就是什么。但戴冰已形成自己的叙事风格并能纯熟运用，却也同样是一个不难看出的事实，尽管多少有些让人讶异。不管怎么说吧，我认为他的年龄似乎使他取得了一种优势，他因此可以不再念念不忘于“形式上的探索”，而是一上来便更自如地“讲故事”。如小说家辛格所言：“离开叙述故事越来越远的结果，不会在文学上创造出什么新的东西。真正的作家始终探索生活而不是风格。”这话如今已有人引用来批评当年那场“叙事革命”。

小说家毛姆也说过“小说要有故事”，“因为听故事的欲望在人类身上就像对财富的欲望一样根深蒂固”。我想，这种根深蒂固的欲望或许正是小说产生的根源和存在的根据。而且，读小说（当然是读某些小说）最容易让我们意识到，我们的这种欲望中其实深藏着一种执拗的追问，一种不是用乌泱泱的煽情、搞笑以及制造并解除悬念就能平息的追问。戴冰的小说就可以作为一个例子。讲故事，戴冰还真是一把好手。他讲的故事，虽常常有些离奇，但细节上却经得起推敲，每每呈现出一种几近冷酷的真实性，且情节的推展还颇能抓人，以至于有时候竟会让我恍然有读侦探小说的感觉。它们当然不是侦探小说，最大的不同就是它们没有真相大白的结局。作者是在引领着我们去探求某种真相，但当我们觉得已逼近那真相时，眼前出现的似乎却是更为辽阔或更为幽深的景象，让人似有所悟又若有所失，难免费尽沉吟。掩卷长思，于是我们又一次明白了，小说作者想探求的不是某个事件的真相，而是整个生活的真相，或者说是存在的真相。那真是一种永恒的追问！我们的阅读，使我们得以与作者一对一地结伴而行，从而也让我们如此贴近地了解到，小说作者从事的究竟是一种什么样的事业。事实上，我们的阅读已经让我们参与其中。作者的探求就是我们的探求，读与写在这里具有相同的动机。

米兰·昆德拉也曾追根溯源，把小说艺术产生的根源一直追溯到秉承希腊哲学的一种精神。他引用胡塞尔的观点说：“这个哲学在历史上第一次把世界（整体的世界）理解为一个有待解决的问题，它对世界提出疑问，不是为了满足这个或那个实际需要，而是‘因为人被认识的激情抓住了’。”诞生于近代欧洲的小说艺术就是这同一种激情的产物。米兰·昆德拉甚至说："没有发现过去始终未知的一部分存在的小说是不道德的，认识是小说的唯一道德。"当然，小说不是去发现科学真理或哲学真理，而是以自己的方式去"发现只有小说能发现的"。按米兰·昆德拉的看法，近现代的科学与哲学在探求其真理时却把"存在"、把"生活的世界"给遗忘了，而小说艺术自其诞生之日起，就"正是对这个被遗忘的存在所进行的勘探"。米兰·昆德拉的有些说法也许只是一家之言，但写小说是在"探索生活"（见前引辛格语）这一点，对于大多数严肃的小说家却是一种共识，甚至于可说是一种老生常谈。据此再回过头去看那"坚守"二字，要坚守的恐怕正是这种老生常谈。不过，"坚守"总是暗示着被围困，旁观者眼里更多看到的就是这一层，而不知有"被认识的激情抓住了"这一内情在。

戴冰很可能也是"被认识的激情抓住了"，于是乐在其中地写了 20 年。那些纵横古今、驰骋中外的篇章，虽然带有几分书卷气，却是心智之遨游；那些流连于"月的暗面"的篇章，则是涉入人心和人性深处（那地方难免晦暗！）的探险；还有那些仿佛游弋于"小城"脏腑间的篇章，一肚子的掌故，倒像是活了好几辈子的阅历；……今日我来读了，也算是跟着作者上天入地地走了一遭。对于我的这位年轻向导，我还想倚老卖老地说一句："小子够勇的！"

2011 年 6 月 6 日（端午节）于北京

二十四

鸡这一辈子

一直想写一篇文字，就只为了发这么一声感叹：“鸡这一辈子！”

起因当然是有感于现而今鸡的活法：一排排站在那长而又长、窄而又窄的笼子里，唯一的动作就是伸出头来一上一下地啄食。那模样活像一架架长肉的机器，哪里还是一只只禽鸟？一个个生物？

小时候，我养过一只鸡。四五岁的孩子，跟着老祖母上街买菜，看见市场上有一只小芦花公鸡（毛色黑白间杂）模样可爱，哭着踹着硬让老祖母咬牙买下了。那时候我们家家境不宽裕，全家老小六口人挤住在一间屋里，实在没条件养鸡。好在家门口就是一条小巷子，可以放养。那小巷的路面是用青、红二色石块铺成，虽已有些坑坑洼洼，但在今天看来恐怕还算得上是一条令人流连的“步行街”。当年穿行于这条“步行街”的人其实也很稀少，所以它差不多就成了所有街坊邻居共有的院子，当然也就成了孩子们游戏的场地。有养鸡的人家，白天也都是把鸡放到街上去活动，让它们在那里觅食找伴。天黑前各家呼唤孩子回家的同时，也会呼唤（发出“咕咯咯”的声音）或驱赶自家的鸡。孩子回家后吃饭上床，鸡回家后一边吃食一边被一个竹篾编的鸡罩罩在屋角里。当然，我们家的喂养工作实际上都是老祖母在做，而我只是那只鸡的一个玩伴而已。鸡不像狗和猫，它不会与人交流情感，但在一个孩子眼里却远不是这样。手里拿根木棒，那木棒就能成为有生命有性格的朋友，更何况一个活物？我总觉得它跟我比跟别人亲近，而且还觉得它那份笨拙特别像我。眼看着它慢慢长成一只大公鸡了，一扑腾更显得我们家的屋子越发小，可我就是不许祖母杀它。也不记得祖母对我让步是让了几个年头，终于有一天趁着我不在家把它杀了，做成了年三十的一道大菜。我得知后大哭了一场，到年三十那天还几乎酿成一个绝食事件。

我当然并没有从此不再吃鸡肉，但鸡的命运（请勿见笑！）从此成了我独自寻思的一个问题。记得当时我是这样问我老祖母的：“奶奶，你说这个世界上真的就没有一只鸡是老死的？”祖母回答说：“有。过去有些人家养的母鸡下蛋多，就说那只鸡肯‘还债’，舍不得杀。等到它老死之后也不吃，就把它埋在地里。”我又追问：“那公鸡呢？公鸡不也是一辈子都在给人打鸣吗？”老祖母的回答就有些含糊其词了。

待到年事渐长，杀鸡吃鸡早已成了天经地义、心安理得的事。但有时候细想起来，“所有的鸡都是死于非命”的这个事实还是会让我有些心惊和困惑。不过，回想过去的鸡，虽然最终也都是死于非命，但总还有过自己的“生活”：它们从蛋壳里蹦出来就能跟在母亲身后或钻进母亲的翅膀底下；长大后也能寻找自己的伴侣，孵化养育自己的子女。比较起来，现在的鸡才叫一个惨，从电孵化箱里一出世就进了那种特制的笼子，活着就没一天过的是鸡过的日子！替鸡想，我的感叹恐怕也算不上多愁善感吧？

我如今是老了，想点事情总是不太能与时俱进。比如近些日子在圆明园里看野鸭子，就常常悄然神往，尽管我知道野鸭子也是传播禽流感的一种候鸟。野鸭子们下可潜入水，上可飞上天，还能越洋过海地长途迁徙！有时候重游故地，有时候另择新居，那是一种什么样的生活？就说这圆明园吧，前一阵子因施工而无水，年年都来的野鸭子们显然就暂时栖息在别处了（也不知是哪儿）。而刚一重新灌水，它们就又接踵而至，且数量越来越多，仿佛消息不胫而走。水面上那种欢腾，连我都暗自羡慕。用它们的眼光看，现在正一排排站在笼子里的鸡是不是太可怜了呢？又或者说，它们是不是应该庆幸自己的祖先选择了一种更为优越的生活方式或“文化”？

不过依我看，这一次的禽流感，倒也让站在笼子里的鸡得一机会来辨明了自己的身份：它们与候鸟本是同类，是禽，而不是长肉的机器。当然，辨明这个事实能让我们人类明白和记住些什么，我一时也不敢妄言。到目前为止，就连充满爱心的环保主义者也好像不太会重视这个事实。

我不是素食主义者，而且，我也不太可能就此“放下屠刀，立地成佛”。那么，我在这里叨咕些什么呢？我说过，发一声感叹而已。联合国秘书长安南最近就禽流感发表的言论中也有那么一点感叹，听上去好像与我的感叹有几分相似：他说他小时候在家乡的生活环境从来就是人与动物“共存”（co-exist）。但我其实没有他那么大的关怀。我只是被一种想象抓住了，有点喘不过气来：我想象自己要是终己一生站在那笼子里不停地啄食长肉，而后死于被杀这种祖祖辈辈唯一的死法，我将会怎样去理解生命的价值和生活的意义？——我所表达的，更像是一种焦虑。

这种焦虑蔓延开来，滋生出的联想竟让我有些恍惚。比如我联想到我们居住的鸽子窝一般层层叠叠的公寓楼和我们每天周而复始的各种动作（上车下车、上楼下楼、上岗下岗等）。我还想到我在“助学长征路”上遇见的一位性情欢快的志愿者，他说：“我过去没什么兴趣，只知道上班下班。我那时过的是一种没有灵魂的生活。”

我还是打住吧。再这样写下去，我的文章标题只怕就得改为“人这一辈子”了。

二十五

最后一章是人类

卡尔·萨根的夫人安德鲁·萨根在论及科学与民主的关系时曾感叹说："我们是灵长目动物，热衷等级制度，在千百万年里已习惯于让一个粗暴、乖戾的男人去做大多数决定。"一句话道破了人类行为乃至社会结构的某种动物性根源。这并不是一种简单粗疏的类比，而是一种深具启发性的思想。我觉得动物行为学家们多半会支持她的说法。

《猴、猩猩的故事——灵长目动物如何谋求和平》一书的作者弗兰斯·德瓦尔就是一位杰出的动物行为学家，这本书展示了他对灵长目动物行为进行一项专题研究的成果。全书共分六章，在分别叙述了黑猩猩、恒河猴、残尾猴、倭黑猩猩等的故事之后，最后一章径直说到人类。他强调说：“作为一个生物学家，文化的无限灵活性是不能接受的。”他对这话的解释是这样的：一个生物学家总是容易在文化和人类行为的多样性中发现其生物共性，而不像文化人类学家那样，满眼都是“惊人的差异”。

“热衷等级制度”是灵长目动物的共性（除极少数例外），这在动物行为学家那里也许只是一个常识。如果按照弗兰斯·德瓦尔的解释，这种制度很可能就是灵长目动物的“侵犯性”和“谋求和平”的天性交互作用的产物。“侵犯性”的研究过去已进行得比较充分，并且常被引申到（有时候是滥用于）人类社会现象的解释。弗兰斯·德瓦尔的这项专题研究却指出，事情还有另外一面。大量的观察表明，猴子、猩猩及人类在相互冲突过后，往往会表现出和解的意愿，并且有着复杂的和解技巧与策略。

不过，他的研究绝不是为了引出某种道德结论，比如我们应该顺从“好”的天性走向和平，而不要顺从“坏”的天性走向战争云云。事实上他在这本书的写作中，专门用了一章（第一章）的篇幅来说明他所进行的是科学研究而非道德判断。科学研究的结果能够加深我们对事实（动物行为和人类行为）的理解，仅此而已。

但作为读者，我们很难就停留在作者止步的地方。在我们对动物行为的兴趣中，一定有什么东西超出了单纯的求知欲，而关涉到形而上层面的追问。哪怕我们整日纸醉金迷，这种追问其实总是潜藏在我们心底，那就是：我们是谁？我们从哪里来的？或者也可以换成一种更为古老的问法（所谓斯芬克斯之谜）：人是什么？对于我们的追问，动物的行为总好像在隐隐约约地给出某种提示。因此，像这样一本出色的动物行为学著作必然会时时发出诱人的光亮，让我们仿佛找到了什么线索。这些线索终于诱使我们越出了作者划定的边界，去追随安德鲁·萨根更进一步的思索：“在公元前约 5 世纪的时候，有一些人忽然感到，这样的安排他们再也无法忍受了。”——古希腊的民主制度于是诞生。

下篇

学习死亡：追思与断想

一

逝者史铁生

史铁生，1951 年 1 月—2010 年 12 月，作家，终年 59 岁。

2010 年的最后一天。从突发脑溢血到完成遗体捐献，短短十几个小时的应对，从容坚定，表明史铁生对自己的死准备得有多么充分。一切都按照他的预嘱和他们夫妇的约定在进行，而那些预嘱与约定显示出一种透彻：想透了，谈透了，洞透了。

史铁生，1951 年 1 月 4 日生于北京。初中二年级时，“文化大革命”开始，对于在那个时期成长起来的半大孩子，赶上一场“革命”也许真的就像赶上一个“盛大的节日”。兴奋和狂热在所难免，亲手“砸烂旧世界”的诱惑毕竟是巨大的。史铁生也曾兴冲冲跟着同学们一起到清华园一个“反动学术权威”家里“破四旧”，却忽然听到了“更为革命的呐喊”：“非‘红五类’不许参加我们的行动！”不能说这一声喊就把他喊醒了，但他确实因此坠入“恐惧、迷茫、沮丧”。而就在其间，有一种东西开始悄然滋生，它的名字叫思想。

1969 年他 18 岁时，上山下乡运动展开，他与许多同学一样，自愿到陕北延安农村插队落户，从中学生变成了“知识青年”。所谓“自愿”，用他的话说，“绝非‘满怀豪情’可以概括”，难免夹杂某种焦虑。下乡前他的脊椎已然有病，其实不适合去务农，但他毅然前往，还把母亲为他开来的医生证明撕碎，以示拒绝回城的决心。他的同学追述他私下里说到的理由是：想有所作为，不想在城里做待业青年。

“知识青年”后来被用来标示一代人共有的命运。但史铁生很快从这种共有的命运中被抛出，形成一个特殊的个案。1971 年他开始发病，1972 年回京住院治疗。一年半之后，坐进了终生不离不弃的轮椅，也许，就是这轮椅把他推上或逼上了写作之路。他后来曾谈到残疾人写作的优势与动力：一方面，残疾与写作天生有缘，写作，多是因为看见了人间的残缺，残疾人可谓“近水楼台”；另一方面，残疾人比别人更渴望得到社会的承认，但可选择的途径更为有限。事后的论道自然会明晰而清淡，实际上在重创之余要做出这种选择和维护持久的工作热情，须得凝聚起一种力量，那却远不是一个简洁明快的故事。

史铁生在知道自己高位截瘫后，曾有三次未遂的自杀行为。

如他所言，他的残疾“并不是一次光荣行为的后果，那是一个极为普通的事件”。21岁的他无法接受这种看不出任何意义的命运安排。但他最终还是接受了，并开始寻求“活出意义来”的突围。他说当初是像一个赌徒一样选择写作，但从其不朽名篇《我与地坛》中却可以体会到，他是在一种沉思（而非冒险一搏的冲动）中才凝聚起一种力量来的。这种沉思始终观照着死亡。坊间因此有评论说，死亡是他写作的“母题”。另一个涉及写作理论的难题是：“像他这样寸步难行的人怎么可能深入生活？”史铁生终于想通的解决办法是“掉头向里”，“里面比较清静（没有什么理论来干扰）”。

最早的短篇小说《兄弟》《没有太阳的角落》发表在《今天》杂志，1983年《我的遥远的清平湾》发表并获奖。这以后，他的作品源源不断地问世，其中，短篇小说《命若琴弦》由陈凯歌导演拍成电影《边走边唱》；中篇小说《关于詹牧师的报告文学》《插队的故事》等获得极大反响；《秋天的怀念》《我与地坛》作为散文精品被选入教材；《病隙碎笔》更是在哲理与思辨上达到了新的高度；长篇小说《务虚笔记》《我的丁一之旅》是他的泣血之作，不仅挑战他的文才，更挑战他的体力……那是一张长长的单子，总字数达到300万之多。然而，他的作品明显越来越“清静”，说明他的沉思没有受到成名或其他因素干扰，凝聚起来的力量因而也没有散掉。

1998年，史铁生因患尿毒症又开始了透析生涯，他因此说：“我的职业是生病，业余时间写作。”这是一种幽默的表达，但也是在陈述一个事实。他的写作却是离玩票最远的一种。在他，写作就是追问，西方的说法是“追问存在的意义”，中国的说法是“究天人之际”。不敢说这才是写作的本义，但可以肯定地说，他因此进入了人类写作活动的一种伟大传统之中。他用自己的一生来“学习死亡”，从这个意义上说，他是一位哲人。

二

学习死亡

——在铁生的烛照下读蒙田

作家史铁生去世时，不少人又想起了那句流传久远的名言：探究哲理就是学习死亡。网上多有引用者，而我自己在一篇纪念文章结尾也取其意写道：“他用自己的一生学习死亡，从这个意义上说，他是一位哲人。”与铁生的交往不算多，但从第一次见面起，他就给我留下这样一种越来越深刻的印象：这个一生与病魔结伴而行的人，早已与死神达成某种谅解。果然，当死神真正降临时，事情便的确像是在履行一份谅解备忘录，那样简单明快、从容不迫，一时竟传为佳话。回过头来再读他的书，发现那些空灵的文字愈显空灵，仿佛都是与死神交谈前后所做的功课。无怪乎有人说，死亡是他的作品共有的母题。

眼看着一年快过去了，过几天（12 月 31 日）就是他的周年忌日。心念动处，再一次打开《蒙田随笔全集》，再一次静下心来读那个名篇——《探究哲理就是学习死亡》。这一回得铁生烛照，我的阅读自然会多了几分领悟。

蒙田的这句名言，是从古罗马西塞罗的一段话化出。西塞罗的说法是："探究哲理就是为死亡做思想准备，因为研究和沉思从某种意义上说可使我们的心灵脱离躯体，心灵忙忙碌碌，但与躯体毫无关系，这有点像是在学习死亡，与死亡很相似；抑或因为人类的一切智慧和思考都归结为一点，教会我们不要惧怕死亡。"

西塞罗说了两层理由。第一层理由大约是出自古老的灵魂说，把死亡解读为灵魂脱离肉体。对我们现代人来说，这种灵魂和肉体截然分立的古老二元论，一般已很难被完全接受了。但用在铁生身上，却仍有若合符节之处——铁生心灵的活跃与肉体的沉寂形成强烈反差，多少年来一直在冲击着每一个走近他的人。第二层理由则是至今依然通行的。据梁文道先生介绍，美国耶鲁大学有一门哲学公开课就取名"死亡"，而"美国社会研究新校（New School for Social Research）的哲学教授克里奇利（Simon Critchley）花了半年时间，集结古往今来 190 位哲学家的死亡故事，遂成一部《哲人其萎》（*The Book of Dead Philosophers*），把一部哲学史活生生变成了死亡学习史"。这 190 位主角各有各的故事，但在面对死亡之际都有着一份淡定与从容。在这一点上，铁生的故事与他们的故事是相通的，都可看作对西塞罗名言的最好诠释。而对我来说，铁生的故事当然来得更为真切。

铁生不是一个传说。我所见到的铁生，已然是一位微笑着坐在轮椅上的智者。但据我所知，他的“学习死亡”并不是一个像耶鲁大学公开课那样满堂生辉的课程，而是一个有过无数次沦陷和挣扎，因而有过许多晦暗时刻的生命历程。当然，其间存在着一种努力，一种显然需要极大勇气的努力。说那种努力艰苦卓绝，怕还是有嫌轻飘。我想，那样一种努力，对“学习死亡”的人来说也许不是可有可无的事——有谁生来就拥有智慧？

老蒙田想来是知道这一点的，所以他一上来就呼唤勇敢。他首先指出，理性的全部工作就是让我们快乐地生活，而勇敢的目标也是如此。接下来他说道：“在勇敢之上闪烁的幸福和无上快乐填满了它的条条通道，从第一个入口直到最后一道栅门。然而，勇敢的丰功伟绩主要是蔑视死亡，这使我们的生活恬然安适，纯洁温馨，否则，其他一切快乐都会暗淡无光。”是啊，如果没有勇气直面死亡，很难设想铁生的生活哪里还有快乐可言。其实我们也一样，没有勇气直面死亡，生活说到底就不过是苟且偷安。不是吗？还有，如果没有勇气直面真相，又哪里有智慧可言？所以叔本华也说：“真理在更多的时候是一个勇气问题。”然而，俗话说得好：想透了，也就没什么好怕的了——勇气似乎也可生于智慧？看起来，智慧与勇敢从来是相生相伴的，也许本就是一个钱币的两个面？

请看老蒙田的精彩结论：“对死亡的熟思也就是对自由的熟思。谁学会了死亡，谁就不再有被奴役的心灵，就能无视一切束缚和强制。谁真正懂得了失去生命不是坏事，谁就能泰然对待生活中的任何事。”从这个角度再去回望铁生的一生，就更能明白“学习死亡”的含义：成为勇者、成为智者、成为自由人。而这，也才是“哲人”二字的正解。

三

不再沉默
——王小波杂文解读

一、

王小波用自己的作品证明，他是一位艺术家，这里说的艺术首先是指小说艺术。一位艺术家往往被自己的才能驱动着去创造，一心想把作品做得尽善尽美并且令人赏心悦目，浑然忘却作品本身还有什么其他功能。这种创造过程会给艺术家带来极大的乐趣，甚至是生理上的快感，所以柏拉图才感叹：“那蕴藏在工匠肌肉里的技能！”从这个意义上我可以说，写小说是王小波的生活，是他的存在方式。用他自己的话说则是，他“对小说有种真正的爱好，而这种爱好就是对小说艺术的爱好”。

相对而言，王小波似乎就不那么看重写杂文，或者说他不把写杂文也看作是一种艺术活动，尽管他的杂文写得很漂亮。按他的看法，“杂文无非是讲理，你看理在哪里，径直一讲就可”。他甚至觉得“把理讲好”不是什么长处，而是一种“劣根性”。他写杂文的动机不是出于一位艺术家的创作冲动，而是一个知识分子的社会责任感。在《我的精神家园》那本杂文自选集的序言中，王小波把这一点讲得更明白：“假设有一个领域，谦虚的人、明理的人以为它太困难、太暧昧，不肯说话，那么开口说话的就必然是浅薄之徒、狂妄之辈。这导致一种负筛选，越是傻子越敢叫唤——马上我就要说到，这些傻子也不见得真的傻，但喊出来的都是傻话。……我认识很多明理的人，但他们都在沉默中，因为他们都珍视自己的清白。但我以为，伦理问题太过重要，已经不容我顾及自身的清白。”我们可以据此认为，如果不有那么一些“浅薄之徒、狂妄之辈”在社会伦理问题上装疯卖傻，如果不是有那么多明理的人洁身自好、保持沉默，王小波原本可以不写杂文，但无论在何种情况下他都不会放弃写小说。指出这点区别，不仅对于理解王小波的生活态度与艺术见解，而且对于理解他的小说作品和杂文作品都是很要紧的。

二、

杂文究竟是不是可以被视为一种艺术作品？这个问题我们

留待后文再说。我们已经明白了王小波写杂文的动机是想在社会伦理问题上表达自己的见解，那就让我们先看一下他所表达的是什么样的见解。我以为，在《〈怀疑三部曲〉总序》一文里有一个提纲挈领的论述。他说，根据推己及人的方法，他得出了三大基本假设。第一个假设是：凡人都热爱智慧。第二个假设是：凡人都热爱异性。第三个假设是：凡人都喜欢有趣。由于是“推己及人”的假设，他自己就是证据，不需要再做其他论证。但是，他的生活经验却使他产生怀疑，觉得别人未必都跟他一样，有好些人似乎更热衷于生活在一个“无智无性无趣”的世界中。对于这一点，他感到不可理解。再进一步，有些人总是企图制造一个“无智无性无趣”的世界，并且企图强迫别人也生活在其中。对于这一点，王小波感觉到的就是不可容忍了。他认为，为了反对这种企图，你就不能保持沉默，得站出来说话，否则别人就会把你当成和他一样是一个“无智无性无趣”的人。

他的“三大基本假设”其实都是些常情常理。所谓“推己及人”，并不是把个人偏好推及别人，原本不会出错。那么，错在哪里？这就是王小波要探究、要讲明的问题。他的杂文要讲的就是这个理。有的人别有居心，有的人不傻装傻，天长日久就会弄假成真，造一个“无智无性无趣”的世界出来让大家都活在其中，活得好没意思。这说的不是预言，而是我们的历史。王小波也真可谓苦口婆心。

不过，“三大基本假设”也包含了王小波独到的见解，不可不稍加体会。关于第一个假设，从理论上持异议的人不会太多。谁不乐于承认自己是“热爱智慧”的？问题的关键也许只在于：有人不希望别人也热爱智慧。当然，“什么是智慧”有可能歧义丛生，但王小波却是有备而来，他给出了一个简单明了的回答：“所谓智慧，我指的是一种进行理性思维时的快乐。当然，人有贤愚之分，但一个人认为思维是快乐的，那他就可说是热爱智慧的。”王小波强调了独立思考是个人生活的一大乐趣，而没有强调智慧对人类社会的重要贡献或价值。据此，即便某个人或某些人的智慧被认为对一个社会的存在与发展已经足够了，也不能成为禁止他人独立思考（或热爱智慧）的理由，因为这意味着剥夺他人的生活乐趣，让他人活得难受。关于第二个假设在事实上很少会有人真心反对。口头不承认的人多半会在行为上承认自己是“热爱异性”的。王小波说得很平实，但值得注意的是他强调了他“喜欢和女孩子交往，仅仅因为她是异性”。这“仅仅”二字就耐人寻味。王小波显然是直截了当地在说性吸引，而不准备为“热爱异性”附加什么听上去比较高尚的理由。我们在恋爱时通常爱（对别人甚或是对自己）说出一些这样的理由，诸如我爱她是因为她善良、纯洁、贤惠、有志气、有理想等，就是不太会说到性吸引，王小波谈论的是性，而不是在当今之世连道学家也常挂在口边的“爱情”。“爱情”竟成为一块最为堂而皇之的遮羞布，被用来遮掩“性”的事实，这当然是一个十分有趣的现象，要探究其原因牵扯的事体太大，非本文力所能及。简单地说，我则认为是这样：我们习常谈论的“爱情”其实是一种观念（符合我们的观念为真，否则为假）。

与其他许多观念一样，“爱情”这个观念也是一个舶来品，最早进入我们生活的时间大约在20世纪初。作为一个观念，其雏形形成于中世纪欧洲的骑士制度盛行时期。有一位法国历史学家指出，这种肇始于骑士精神的爱情观念“自其一开始，就带上了矫揉造作的成分”。想一想堂吉诃德对那个并不存在的达辛妮亚怀有的“爱情”，就不难同意这个结论。堂吉诃德其实不需要达辛妮亚，因为他的“爱情”只存在于他的头脑中（与身体无关），自生自灭，本身就是自足的。或者说，它就只是那个观念本身。这当然是一个极端的例子，但这个例子却可以说明：把所有的性内容（当然与肉体有关）全部掏空，这个观念仍然可以存在，并且指谓的全是高尚的内容，比如忠贞、奉献、自我牺牲和经久不衰的激情（奇怪！）等。这样的观念在我们这里就曾经存在过并且带上了中国特色，当然也曾越来越等同于其他高尚观念（比如爱祖国），因为它的内容实在与其他高尚观念没有什么区别。王小波就举过20世纪80年代初一部电影的例子。那部电影是一个爱情故事，热恋中的男女主角在庐山上不说“我爱你”，而是大喊：“I love my motherland！”王小波在自己的小说中写性，却不写爱情，或者更正确一点说，不写图解爱情观念的爱情故事，就已然嘲弄了只剩下一个空壳的爱情观念。事实上，王小波用写性嘲弄了所有只剩下空壳的观念，也就是嘲弄了一切矫揉造作或“假正经”。我们知道，只要把性这个事实摆在桌面上，任何“假正经”都会显得可笑的，这至少在老百姓当中是一个公开的秘密。

关于第三个假设值得特别一说，因为在我看来，这个“假设”包含了王小波最有特色的见解。乍看上去，“凡人都喜欢有趣”也不会引起什么异议。有谁会喜欢无趣呢？可是，把“有趣”摆在与智慧、性爱并列的地位上却是需要有所解释的，因为我们通常并不把“有趣”看得像智慧、性爱那么重。王小波没有多做解释，但他反复说到人所理解的有趣和无趣，或许能帮助我们了解他的想法。在《〈怀疑三部曲〉总序》中他说：“有趣是一个开放的空间，一直伸往未知的领域，无趣是个封闭的空间，其中的一切我们全部耳熟能详。”在《我的精神家园》自序中他说：“在社会伦理的领域里我还想反对无趣，也就是说，要反对庄严肃穆的假正经。”在《红拂夜奔》的序里他说：“我以为有趣像一个历史阶段，正被超越。照我的理解，马尔库塞（Herbert Marcuse）在他卓越的著作《单向度的人》里，也表达过相同的看法。当然，中国人的遭遇和他们是不同的故事。在我们这里，智慧被超越，变成了‘暧昧不清’；性爱被超越，变成了‘思无邪’；有趣被超越之后，就会变成庄严滞重。我们的灵魂将被净化，被提升，而不是如马尔库塞所说的那样，淹没在物欲里。我正等待着有一天，自己能够打开一本书不再期待它有趣，只期待自己能受到教育。”从以上所引的几段文字我们不难看出，王小波所说的“有趣”意味着新奇、活泼和丰富多彩，也就是生机盎然；其反面则是陈腐、死板和单调划一，也就是死气沉沉。我们还可以说，无趣就是了无生趣，不过这样说虽然能使我们明白“有趣”为什么那么重要，却是把王小波的想法抽象化了，深中肯綮。在王小波眼里，生命本身就是新鲜活泼、多姿多彩的，生活原本就该充满乐趣。可是却有一些靠某种规矩活着的人横站在那里，成为生命和人性的障碍，让生活变得像他们一样无趣。他们似乎只有一种兴趣，那就是让人们都像他们那样活着，或者毋宁说是按某种规矩活着，丝毫也不能顺从自己的生命冲动。问题的关键还在于，他们自己往往并不按规矩活着。因此，王小波的反对无趣，就是反对一切窒息生命的僵硬教条，反对一切虚伪的说教，反对一切“假正经”。换句话说，在王小波看来，那些守着被抽空了人性内容的观念空壳吃饭的人总想用这些空壳构筑一个无趣的世界，并且强迫别人生活于其中，对此他不能不表示反对。

王小波并不认为有趣和无趣的问题有多复杂、多深奥、多宏大，实际上他信口一说你也就能明白他的意思。比如他说：“知识虽然可以带来幸福，但假如把问题理论化，而宁愿用平常心来看人看事。”更准确的表达则是他在《我的精神家园》一文中写下这样一段文字：“我时常回到童年，用一片童心来思考问题，很多繁难的问题就变得易解。人活着当然要做一番事业，而且是人文的事业，就如有一条路要走。假如是有位老学究式的人物，手执教鞭戒尺打着你走，那就不是走一条路，而是背一本家谱。……安徒生写过《光荣的荆棘路》，他说人文的事业就是一片着火的荆棘，智者仁人就在火里走着。当然，他是把尘世的喧嚣都考虑在内了，我觉得用不着想那么多。用宁静的童心来看，这条路是这样的，它在两条竹篱笆之中，篱篱上开满了紫色的牵牛花，在每个花蕊上都落了一只蓝蜻蜓。这样说固然有煽情之嫌，但想说服安徒生，就要用这样的语言。维特根斯坦临终时说，告诉他们，我度过了美好的一生。这句话给人的感觉就是，他从牵牛花丛中走过来了，虽然我对他的事业一窍不通，但我觉得他和我是一头儿的。”这样的路，这样的人生，不是很有趣吗？一个无趣的世界，必定是由那些完全丧失了童心的人构筑起来的。

儿童只愿做自己有兴趣的事；成人总会自觉地做一些自己没兴趣却被认为是必要的事；无趣的人则惯于把“必要性”添油加醋，涂脂抹粉地编织成“大道理”（一个系统），要求别人不仅只做“大道理”许可的事，而且要把“大道理”作为自己做任何事的唯一动机。

三、

那么，“无智无性无趣”的世界真的有可能出现吗？王小波的回答是：他曾经亲眼看见过，当然，这不是说他所看见的那个“无智无性无趣”的世界中已经把智慧、性爱和有趣涤荡得干干净净，它们依然存在，只不过是“在混沌中存在”。此话怎讲？且听王小波道来：“有一本书叫作*word is out*，虽然我对书里的内容不能赞同，但是我赞成这个题目。有些话仿佛永远讲不出口，仅仅是因为别人已经把反对它的话讲了出来。因此这些话就成了心底的暗流，形不成文字，也形不成话语，甚至不能形成有条理的思路——它就变成了郁结的混沌。而已经讲出的话则被人们一再重复，结构分明地架在混沌之上。我看到一个无智的世界，但是智慧在混沌中存在；我看到一个无性的世界，但是性爱在混沌中存在；我看到一个无趣的世界，但是有趣在混沌中存在。我要做的就是把这些讲出来。”这一段文字几乎可以当作某种宣言来读。王小波在这里表达了他对社会伦理生活的一个关键看法，即在社会伦理生活中，个人意愿能否得到表达是一个生死攸关的问题，这无疑触及诸多理论课题，但我宁愿顺着王小波的思路，按照王小波比较喜欢的方式试着解读一回。

在《沉默的大多数》一文中，王小波这样写道：“几年前，我参加了一个社会学研究，因此接触了一些‘弱势群体’，其中最特别的就是同性恋者。做过了这些研究之后，我忽然猛省到所谓弱势群体，就是有些话没有说出来的人。就是因为这些话没有说出来，所以很多人以为他们不存在或者遥远。在中国，人们以为同性恋者不存在。在外国，人们知道同性恋者存在，但不知他们是谁。有两位人类学家给同性恋者写了一本书，题目就叫作 *word is out*。然后我又猛省到自己也属于古往今来最大的一个弱势群体，就是沉默的大多数。”同性恋者本来是一个很极端的例子，但其实都与最普通的大多数人处于同一境遇之中——他们的存在往往被忽略不计，原因都在于“有些话没有说出来”。还是先以同性恋者为例比较容易说明问题。在中国，不是没有人知道这世上还存在着同性恋者，但是在“已经讲出来的话”中同性恋被说成是“变态”，而且是“个别现象”。这些话“被人们一再重复”，“世界”的“结构”中便没有了同性恋者的位置。道理很简单，“变态”是应予以矫正的，“个别”则是可以不予考虑的。于是，进入这个世界的同性恋者就不再是他自己，因为他不能说（比如说）“我天生就是一个同性恋者”，即使说了也等于白说，因为人们不相信这是真话。接下来发生的事就比较容易推测了：一个同性恋者如果还要在这个世界中混下去，他就势必要伪装，说着与别人同样的话。不单不承认自己是同性恋者，甚至会不承认这世上有同性恋者存在。我们可以想象，为了掩盖自己对异性不感兴趣这个同样被人们认为不太正常的事实，他也可以从“已经讲出来的话”里找到现成的伪装，比如说“我认为事业比爱情更重要”云云。可是，他的同性恋倾向依然存在着，该怎么办？让它“在混沌中存在”。这不仅指的是偷偷摸摸，而且是指这样一种状态，他自己有可能也会认为自己的倾向是一种病态，努力矫正，努力挣扎，结果他的生活以及他对生活的理解就变得像一团糨糊那样既不成形，又不流动。我们可以设想一个从来不知道同性恋这个科学名称的同性恋者，他甚至不敢给自己的倾向命名。“名不正则言不顺，言不顺则事不成。”作为一个同性恋者，他岂不是几乎等于不存在？我们还应该特别注意的事实是：“同性恋”这个科学名称的出现表明这种倾向在一定范围内已经得到表达，否则我们现在也无法把它作为例子来讨论。

一个“结构分明”的无同性恋世界就这样“架在混沌之上”，

而同性恋“在混沌中存在”。据此我们就不难想象所谓“无性的世界”。当异性性爱在“已经讲出来的话”中也找不到自己的位置时，一个无性的世界就构成了。这样的事不是没有发生过。曾几何时，人际关系中与爱有关的词汇就只剩下一个“阶级友爱”在“结构”中还有合法席位。且不说“性爱”，连“爱情”二字也不是一度消失过吗？乃至于刘心武在《班主任》那篇小说里描写的一位女学生刚翻了几页《青春之歌》就只觉心跳耳热。当然，性爱依然在混沌中存在着，人口剧增就是一个证明。不过，同样的伪装、同样的自我挣扎、同样的不敢命名也都存在过。

同理，假如“热爱智慧”被命名为“走白专道路”或“不相信群众”之类，假如喜欢有趣被命名为“格调不高”或“态度不严肃”之类，无智、无趣的世界也就架在了混沌之上。我们当然可以说，混沌实际上比“已经讲出来的话”要强大，所以，智慧、性爱与有趣终究要占上风。事实的确如此，而且这也正是王小波的看法。不过这却不意味着没有说出来和说出来了也没什么区别。在混沌中存在和有形有状地存在是两种截然不同的存在方式。有智有性有趣的世界一旦有形有状（无形无状又怎能称为世界）就会是参差多态的，不再像无智无性无趣的世界那样单调划一。这难道还需要论证吗？王小波一再引用罗素的话说：“参差多态乃是幸福的本源。”事情的确关涉我们每个人的个人幸福。

四、

现在我们来说说“沉默的大多数”。在一个“无智无性无趣”的世界中，大多数人就必然是沉默的，因为大多数最为普通的意愿与倾向（一如同性恋者之同性恋倾向）都没有得到表达。按王小波的说法，一味附和“已经讲出来的话”不叫讲话，而只是向“话语”上捐税。这样一个大多数当然也只是一个“弱势群体”，与同性恋者的处于弱势并无根本上的不同。可是，“话没有说出来”该由弱势群体的成员们自己负责吗？不尽然。同性恋者说不出话来就很难责怪他们自己。那么，“沉默的大多数”呢？王小波在此做了一点区分：“这些人保持沉默的原因多种多样，有些人没能力，或者没有机会说话；还有些人有隐情不便说话；还有一些人，因为种种原因，对于话语的世界有某种厌恶之情。我就属于这最后一种。”按这种划分，我们很容易下一个判断：没能力、没机会的人不该负责；有隐情的人情有可原，但要看那是一种什么样的“隐情”；而出于厌恶之情的人恐怕就当自省一下了。王小波说他自己属于最后一种人，到 40 岁头上却打破沉默，开始讲话。他说：“开口说话并不意味着恢复了多纳税金的责任感……我有的是另一种责任感。”王小波意识到的这种责任是不是就是知识分子应有的一种责任呢？王小波自己的理解还要平实一些，他说：“伦理（尤其是社会伦理）问题的重要，在于它是大家的事——大家的意思就是包括我在内。”与此同时，他还产生了一种新的担忧，因此他又说，“如今我也挤进了话语圈子，这只能说明一件事：这个圈子已经分崩离析。基于这种不幸的现实，可以听到各种要求振奋的话语：让我们来重建中国的精神结构等。作为从另一个圈子里来的人，我对新圈子里的朋友有个建议：让我们来检查一下自己，看看傻不傻，疯不疯？有各种各样的镜子可供检查自己之用：中国的传统是一面镜子，外国文化是另一面镜子。还有一面更大的镜子，就在我们身边，那就是沉默的大多数”。打破沉默的王小波想告诉大家的，是他在沉默中学到的东西。

五、

走笔至此，我斗胆要狗尾续貂，说一点我自己的切身体会。大约40年前，我因为评选上市里（不是在北京）的优秀少先队员，在除夕晚会上有幸平生第一次接受记者采访。当记者问我获奖后有什么感想时，我不假思索地回答：“这首先应该归功于党和人民……”那一年我才11岁。我还清楚地记得，由于参加演出，我当时化了装，扮演的是一个白胡子老头儿。现在想起来，我那句话倒应该像是我扮演的那个角色说的。有趣的是，我跟那位记者讲的其他话，我全都忘得干干净净了，唯独那一句话在我的记忆中，让我像牛反刍似的经常会去回味它。我想，如果王小波听说了这件事，就会像他嘲笑《红楼梦》里“两个十几岁的小姑娘”躲在后花园里作诗都忘不了“颂圣”一样来嘲笑我："十来岁的孩子，这叫什么事？"《红楼梦》里的小姑娘的毛病"出在写书人身上"，那么我呢？不能说我那句话是"违心的"，但它实在不像我自己说的。我之所以会说它，是因为我知道它是人们在那种场合"已经讲过"并且"重复多次"的话。我经常苦苦追问自己："那时候我心里有没有另一些想说而没有说出口的话？"回答竟然是：没有。究其原因，我觉得是面对记者我想不起任何其他话来，我敢担保，如果那位记者在我12岁时、13岁时、14岁时……都再来采访我一次，我也都会做出完全一样的回答，就跟条件反射一样。当然，这个时间是有一定限度的，我后来跟王小波一样学会了沉默。到了33岁那年我考上北大，由于我此前经历有些坎坷，又惊动了记者来采访我——那是我平生第二次接受采访。我忽然发觉我又有了说话的机会，但却是一句话也不想说。如果说我11岁时是不自觉地就知道了记者想听到些什么话，这一回我心里就跟明镜似的，对记者想要的东西原是了如指掌，但我的条件反射机制已经在沉默中退化了，无法做出反应。所以，当记者又问我那个老问题（你接到通知书后有什么感想）时，我竟然无言以对。我不知道该对他说什么才好。他想要的（其实也不是他自己想听的）我已经不会说了，我想说的（这一回我心里倒是有了另一些话）他不会想要。旁边坐着一位朋友急了，代我回答说："他首先想到的是回家去看老婆、孩子。"那位朋友当然也明知这句话是记者不想要的，我现在想，我和我的那位朋友大概都属于"对于话语的世界有某种厌恶之情"的人吧？记者当然不会空手而归，他和我们聊了几句家常之后回去写了一篇题为《一心扑在事业上》的采访记，我的熟人看了之后都忍不住哈哈大笑。

我诉说这些往事是想说明，自己的话说不出来有时候真怪不得自己。我更想说明的是，“话语”的力量比我们想象的还要强大，它有时候可以使你完全没有自己的话（像我第一次接受采访），有时候则使你有话却不知该怎么说（像我第二次接受采访）。一开口就只能说套话，也就是“已经讲过”并且被“重复多次”的话。而我最想说明的则是，当我们觉得自己已经学会不说套话时，往往只能用沉默来证明，每当我们重新开口，就又不知不觉地钻进了一个新套子。第二次采访我的那位记者，思想很解放。在他提笔作文时，明显在回避老套子，结果却用了一个新套子。不仅把他自己，而且也把我给套进去了。这当然也不能怪他。套话自有一种强制力，应景应时你离不开它，因为到时候你就想不起别的话。此外，套话总是成套的，说了上句你就想说下句，我们可称之为“体系的力量”。有一年我在北戴河度假，因手指擦伤而发烧不止。去看医生，那医生要我回京去好好检查一下，因为他认为我的病症很像是慢性白血病。我受惊不小，魂不守舍地走出医院门，看见两位中年妇女（看上去不像知识分子）沿坡而下，只听得其中一位对另一位说：“你要允许别人犯错误，还要允许别人改正错误。”这话我当然太熟悉了，但当时却让我震骇不已：什么时候了？是什么人？在说什么话？我感觉到套话的荒诞，但同时也感觉到套话的力量。我敢肯定，那位说话的妇女认为自己说的是心里话，而且说了上句就不能不说下句。可是，什么叫“允许别人犯错误”（犯错误的人是在得到允许后才犯）？什么叫“允许别人改正错误”（不得到允许就不敢改正）？那位妇女恐怕从来就没想过。但她说出来了，听上去还蛮漂亮的，听的人频频点头就是一个证明。

细想起来，套话满世界都是。我们自己也总是不停地在说。你不信可以试着去想一个广告词（随便找一样商品，比如说洗衣粉），看看你能想出什么新鲜的来？近 10 余年来，新名词、新用语的出现频率在加快，相应的更换频率也在加快。这是不是说明：各种“话语”的衰朽速度在加快？令人奇怪的是：刚问世不久的“新观念”很快就成了空壳。更令人奇怪的是：久已成为空壳的观念却依然欺行霸市。有时候我会觉得，市面上通行的语言很像武二郎还没有打死的那个西门庆——被酒色掏空了身子。当然，这些话又说得过于偏激了（我老犯这个毛病）。其实我想说的只是，要想不说套话而说出自己的话不是件很容易的事（我又套了一句流行歌词）。这也和作诗一样，需要有创造性的才能。试想我们平日有情待抒时的光景，通常不就是念两句别人的诗或哼两句流行歌曲了事？真正有创意的表达是不会衰朽的，只须举李白那首短小平白的“床前明月光……”一诗便足以证明这个结论。这反过来也说明我们目前各种话语衰朽很快是因为缺乏真正的创意，而蜕化成空壳的观念依然在欺行霸市则说明从整体上的缺乏创造力。要突破套话，不让已成为空壳的观念通行盘踞，最需要的不是“反思”，而是创造。再说一遍，这需要才能，一种艺术家最富有的才能。尼采说：“最让哲学家感到荣幸的误解就是把他误解为艺术家。”我的理解是，尼采知道，反思的才能远逊于创造的才能。

王小波具备艺术家的才能。这不仅表现在他的小说中，同时也表现在他的杂文中。他的杂文的确没有任何套话，与他的小说一样，随处可见独特的表达。文学评论家们当然可以分析他的杂文都有哪些特点，而我却宁愿只用两个字去形容它们，那就是精彩！他用现代汉语写作，从来不写半文半白的句子，也很少使用成语和古色古香的辞藻。写得很平白，却凭空有一种韵律和华彩脱颖而出。因此，我认为他的杂文也是一种艺术品，当然，这样的才能不单和训练有关，也不单和天赋有关，而是和精神的历练也有关。王小波的幸运之处在于：他在偏离“话语”（不去听它）的过程中学会了在沉默中学习，这种学习使他养成了“独立之精神，自由之思想”。再加上钟情于文学所受到的陶冶，于是才有了几乎可以无挂无碍地表达自己的才能。我们每个人都有自己的独特处，但大多数人都没有具备王小波的才能，也就是不及他幸运。因此，我们的表达很难不落套，常常只能借他人酒杯，浇自己块垒。日常经验告诉我们，要讲理只有少数时候是“径直一讲即可”的，在多数时候都需要讲得“艺术”才行。王小波真有点“饱汉不知饿汉饥”了。

然而，王小波的想法却没有错。我们是能在沉默中学习，但我们终须学会开口讲话。没有才能无妨事，先学会径直一讲。要知道，我们的不会讲话，兴许是沉默得太久的缘故；我们的容易落套，兴许是听别人讲得太多了的缘故。更重要的是，径直一讲的人多了，理也就直了，理曲气才壮的现象也就会少些，讲理也就会容易得多（王小波还是对的，杂文未必要写成艺术品）。赵高指鹿为马，你当时没吭气；后来他说这马生了一匹小马，你还是不吭气；再后来他又说这小马是匹千里驹，因为它能日行千里。你终于忍不住了，开始反驳说：这小马不是千里驹，因为它一天只跑了500里。这样的论辩当然就过于复杂，理要讲好就太难了，再说也太没意思。早知如此，当初径直一讲不就结了？哪会有后来这许多麻烦事？

王小波说得好："实际上，人只要争得了论是非的权利，他就已经不战而胜了。"

本文收入《不再沉默——人文学者论王小波》（王毅主编，光明日报出版社，1998）

四

《南都周刊》访谈：王小波说过的常识有必要一说再说

一、王小波的自由姿态

南都周刊：王小波去世时，他的身份是一个自由撰稿人，世间十年风雨，王小波已不再是王小波了，在媒介与公众间，他已成为“自由知识分子”的代名词。从一个独立于既有制度之外的自由职业者，到一个具有独立、自由品格的“知识分子”，这中间经历了大众与媒介怎样的解读及“文化想象”？所谓的“自由”究竟是在一个怎样的逻辑下被论述出来的？

朱正琳：王小波是一位“自由知识分子”。这是一个判断，而不是一种“文化想象”。判断的根据是他的言与行。王小波是不是一位“自由知识分子”？就是一个简单的问题。按照一种约定俗成的见解，凡以自己的言与行争取和维护思想自由、言论自由等个人权利的知识分子，就可以被视为“自由知识分子”。依此标准看，20 世纪 90 年代以来，在我们的社会生活中，“自由知识分子”已经开始陆续出现，王小波只是其中的一位。公众就是这样判断的，因为他们已经用“自由知识分子”来称呼这样一些人。我认为公众的这个判断能够成立。也就是说，在我看来这是个事实，而并不是被“论述出来”的。如果有谁想“追寻 90 年代的文化图景”，这个事实当然不容忽视。

南都周刊：学者朱学勤说：王小波作为一个自由主义作家被人们怀念，最值得言说的还不是他的写作，也不是他的风格，而是他的生存方式。辞职而写作，不仅意味着拒绝那一份薪俸，而且意味着切断与权力体制的一切联系。请问，独立于既有体制之外，拒绝成为某类专家、学院知识分子，对王小波作为自由知识分子的意义是什么？

朱正琳：王小波选择辞职，完全是一种个人行为。他并不是“拒绝成为某类专家、学院知识分子”，而是认为自己更适合写小说。他当初这样做时还远未成名，不可能有什么炒作的动机，所以绝非摆了个 pose（姿势，姿态）。不过，后来人们把他的这一行为解读为一种“自由主义”的姿态，而并非单纯的职业选择也有一定根据。王小波辞职的最直接动因，不是因为觉得学校工作占据了过多时间从而妨碍了他的写作事业，而是因为再也没法忍受一周 1~2 次的“政治学习”。对于政治学习这种设置，我们一般都应付应付了事，相当于应付一些繁文缛节而已，大体上也可以说是安之若素。但在王小波的感觉中，显然侵害了他所珍视的思想自由和言论自由。从这一点上说，他的选择的确出自很鲜明的自由主义价值取向。其意义则在于，这使得他在很大程度上摆脱了普遍存在的人格分裂。

南都周刊：自由在王小波的身上，当然不仅仅是指他游离于社会文化体制之外的身份，更应指称他作为一个自由的思想者。他思考自由，并以他独有的方式书写自由，去直面暴力与禁令、伪善的面孔之壁。可不可以这样认为，只有在这个层面上，王小波那个具有独立、自由品格的知识分子形象才得以体现出来？

朱正琳：这是当然的。要了解王小波“独立、自由的品格”，最重要的还是要读他的作品和言论。辞职做自由撰稿人固然可以说明他对自由的向往，但撰什么样的稿却不是无关紧要的。写一些人云亦云的东西赚钱吃饭，那就不过是“下海”而已。这些年这样跳出体制“下海”谋生的自由职业者多了！王小波写小说，就坚持了一种“独立、自由的品格”，他的作品在他生前迟迟难以出版也许可算得一个证明。他自己说："我写的东西一点不热门，不但挣不了钱，有时还要倒贴一点。严肃作家的'严肃'二字，就该做如此理解。"因此，他把自己的立志写作说成是一个反熵过程（不肯"顺着一个自然的方向往下溜"）。从中可以看出他对自己写小说要坚持独立、自由的品格是十分自觉的。至于说到他的杂文，不仅充分表现了独立、自由的品格，更表现了他作为一个知识分子的关怀。他说得很清楚，他打破沉默写杂文是出于一种社会责任。

二、王小波与中国语境

南都周刊：20 世纪 90 年代的中国，先后出现顾准、陈寅恪、王小波热。人们把这三个人放置在同一论述语境中，请问这是不是一种偶然的现象？有人说，人们在他们身上寄予了一种"自由思想"和"独立精神"的渴望与想象，他们的集体出演是为了完成一幕自由、独立的精神剧。请问如何理解这些现象？

朱正琳：从追求"独立之精神，自由之思想"这一点来说，这三个人确实可以被"放置在同一论述语境中"。所谓语境，也就是相互关联的上下文。这一相互关联的上下文是一篇长文。陈寅恪先生 1929 年为王国维纪念碑写的铭文中提出了"独立之精神，自由之思想"，实际上是概括了中国近代知识分子的人格理想。20 世纪 50 年代、60 年代顾准先生是在践行这一理想，

20 世纪 80 年代、90 年代的王小波也是在践行这一理想。而可以被放置在这篇长文中来论述的其实又何止他们三个人？虽说为数并不多，但也称得上是前赴后继。至于说到他们三个人在 20 世纪 90 年代先后“热”起来的原因，有偶然也有必然。比如说，王小波的早逝就是一个偶然，而《陈寅恪的最后 20 年》《顾准文集》的出版也都有偶然的一面。但“独立之精神，自由之思想”这一人格理想对中国知识分子经久不衰的感召力，则是事情必然的一面。我们可以这样来想象一下，事情就更清楚了：如果《陈寅恪的最后 20 年》《顾准文集》和王小波的《黄金时代》在 20 世纪 80 年代、70 年代、60 年代就得以出版，反响会如何？恐怕也会“热”。当然，90 年代有 90 年代的特定背景，某些因素显然强化了对这一人格理想的共鸣。

南都周刊：王小波曾说：“在一个喧嚣的话语圈下面，始终有个沉默的大多数……但我辈现在开始说话……中国要有自由派，就从我辈开始。”王小波以自由主义作家的身份出现，第一次以文学作品呈现了自由主义的韧性风格，对于 20 世纪 90 年代自由主义在中国的发展，有着怎样的作用？

朱正琳：问题大了点。我不认为我有能力、有资格评估王小波的文学作品对于“20 世纪 90 年代自由主义在中国的发展有着怎样的作用”。在我的记忆中，自由主义这个被冷藏了几十年的概念是在北京大学诞生 100 周年的 1998 年前后，重新比较鲜明地出现在公共空间的。纪念北大诞辰是一个标志性的事件，标明重新出现的自由主义直接继承了20世纪初就在中国萌生的一种思想传统。这种传统似乎已中断了好几十年，但实际上却在民间一直以薪尽火传的方式在沉默中延续。王小波也在这个传统中。也可以说，他就是其中的一点星火。只不过他有机会打破了沉默，与其他一些打破沉默的人一起，开始公开传播自由主义的理念。给王小波的小说贴上“自由主义作品”的标签，我认为不太合适，因为小说首先是艺术作品，而不是某种主义的载体，尽管作家本人具有鲜明的价值取向。但王小波的杂文在传播自由主义理念方面却是功不可没的。虽然他从没有系统地谈论过自由主义的政治哲学，而只是在谈论一些自由主义的常识，但由于他犀利准确的观点和幽默风趣的谈论方式，使得他的杂文可读性很强，这无疑加大了传播的力度。

三、王小波还不会过时

南都周刊：关于王小波的奇迹或神话，流传已久。坊间对此也有不同看法，比如“王小波的杂文在常识层面上谈得很好，在更深的问题层面上就没有讨论”，“他表达的很多思想内容其实是已成套路的，并无创意”。有人说，10年之后，王小波身上所负载的常识，在今天已经过时了，需要对王小波这个流行符号进行除弊、除魅，您认为如何?

朱正琳：王小波的杂文是在谈常识，不过我们当然也不能指望杂文能做出学术上的建树。而且，当一些至关重要的常识被淹没在种种谬见之中时，让这些常识得到澄清就是很必要的工作了。我要说，王小波的澄清工作做得很漂亮！

“在更深的问题层面上进行讨论”当然也是必要的，但那好像是学者们的事，至少不是王小波一个人的事，你们就讨论起来呀！王小波是个作家，他的主业是写小说。写杂文发表对公共事务的看法只是在履行一个公民、一个知识分子的责任。学者们往往有一种偏见，认为不经过深入研究形成有创意的思想就不值得一说，其实那至多只适用于纯学术领域。在公共事务领域则不然，大部分判断都得依靠清明的常识。有人指鹿为马，我未必要研究完偶蹄目动物的种种习性并且有了新发现之后才能发言。还有，王小波的杂文经常在把他“从沉默中学到的东西”告诉他人。这样学到的东西当然不是学术研究成果，但那种领会很深、叙说很生动的生命体验完全可以起到与学术真理相互印证的作用。

“王小波身上负载的常识，今天已经过时了”的说法，我当然不会同意。举例说，哪些常识过时了？“参差多态乃是幸福的本源？”“最大的弱势群体是沉默的大多数？”“弱势群体就是有些话说不出来的群体？”“思想应该带来乐趣而非恐慌？”“人只要争得了论是非的权利，他就已经不战而胜了？”……我看不出有哪条已经过时！其实，只要前面提到的那篇长文没有最终完成，王小波说到的诸多常识就有必要一说再说。至于有人要对“王小波这个流行符号进行除弊、除魅”，那也请自便。既然你发现王小波被弄成了个流行符号，附加了许多的弊与魅，那么，除弊、除魅就是正当的，不过说他所申说的那些常识已经过时却不是个正当理由。

南都周刊：与王小波被神化和崇高化相比，是他被书商和粉丝大张旗鼓地推向了大众流行的前台，成为一个消费符号。而王小波本人是一位游离于大众文化之外，反对权威反对造神的流浪者，这不能不说是一个反讽。有人说，如果王小波被大众文化接受，那么王小波的“特立独行”的魅力也就尽失了，市场化将王小波诠释得支离破碎。请问您怎么理解这个现象？

朱正琳：所谓符号，我想总是要标志着什么或象征着什么。而所谓“流行符号”“消费符号”，意思是标志着某种流行倾向、消费倾向？我不是太明白。不过，我们先不纠缠这些概念，我还是笼统地说一说我的一些看法吧。第一，王小波被符号化了，不是王小波本人及其作品的错。第二，公众人物在一定程度上被符号化在所难免，这不是王小波一个人的命运。第三，完全被符号化乃至于只剩下一个符号也是不可能的，因为他的作品还在那儿，难道只有“书商和粉丝”才认识字？公众不可能只按照“书商与粉丝”制造的“消费符号”去读解他的作品。不要低估了公众的判断力！所以你至多只能说“书商和粉丝”制造了“另一个王小波”，而不能说原本那个王小波在公众心目中因此就蒸发掉了。沸沸扬扬的炒作也许会将王小波“诠释得支离破碎”，但这并不意味着认真的读者就再也读不到一个完整的王小波。王小波毕竟不是靠所谓“事迹”或“逸闻趣事”行销于市的。

我不太明白为什么一被大众文化接受，他的“特立独行的魅力就尽失了”，难道大众就不喜欢特立独行的人？或者是说，只要大众文化接受的，就不再是特立独行的？好像没这个道理嘛！

南都周刊：评点王小波也不必为逝者讳。有人说，作为一个自由知识分子应该说的承担风险的话，他几乎从来没说过，也从未触及现实中沉默的大多数最关心的事情。但他的价值在于，他像《皇帝的新衣》里面那个天真烂漫多嘴的孩子，在那个无比庄重却又无比滑稽的场合喊了那么一嗓子：皇帝什么衣服也没有穿。不过是说了一句大实话，却树起了今天绝大多数中国知识分子所难能企及的话语范本。从这个意义上讲，我们今天应该怎样纪念王小波？

朱正琳：这个问题前后好像有些矛盾。如果王小波真是像《皇帝的新衣》里的那个孩子那样喊了一嗓子，那他承担的风险就够大的了！我倒不觉得他像那个孩子那么莽撞。相反，他的杂文虽然也如他所言是“径直一说”，但其实表现出很高超的表达艺术。因为这种表达艺术，他吸引了众多的读者，使得一些淹没已久的常识得到令人印象深刻的澄清和较为广泛的传播。

要说“难以企及”，恐怕是在这一点上。从 1994 年到 1997 年，他写杂文就公众事务发言的时间一共就只有三年。他的杂文都是很有针对性的，不能说没有承担风险。但他主要是从社会伦理层面做了一些“漫谈”，而不是写时评。评论一个新闻事件的不多。不过，说他“从未触及现实中沉默的大多数最关心的事情”，我却不敢苟同。依我看，“沉默的大多数最关心的事情”莫过于“争得论是非的权利”，让自己能够把“说不出来”的那些话说出来。一旦能做到这一点，意味着他们自己已经拥有了“社会谈判权”，衣食住行方面遇到的问题也就无须依赖他人来帮着呼喊了。

我想，我们今天应该怎样来纪念王小波，我已经说清楚了。最后还想补充一点。王小波说过：“我认为中国知识分子只在一个方面有欠缺，他们的工作缺少成绩，尤其是缺少一流的成果。”作为作家，他留下了几部一流的小说，这些小说恐怕更不容易“过时”。从这一点上说，他也会赢得长久的纪念。

五

心疼子尤

子尤走了，他走的时候星光灿烂。

凌晨3点，接到柳红的电话，我们夫妇俩急匆匆起身往医院赶。一出门，只见夜空高朗澄澈，近些年在北京已很少见到这样的天。心念一动，却听见妻抢先说了：“看这星空！子尤上天堂去了！”忽然想起子尤对我说过，他感觉到人是有灵魂的。再抬头，便觉着子尤正从星空向下张望，于是又想起他写的诗句：“我就在这儿，朋友！在这儿默默地看着你。我是你心头优雅的秋风……”

到了医院，见柳红像往常一样蹲在子尤床头，在子尤耳边不停地说着话。仿佛是想趁着子尤尚未走远，把该说的赶紧说了。但听听那些话，却又不像是临别的叮嘱，而更像是平日里在拉家常，只是语气更急切一些，声调略微偏高偏紧。再看子尤，一脸的安详，躺在那里跟睡着了完全没有两样。我于是有些恍惚，觉得生与死的界限也许并不像我们平时认为的那样严酷分明、那样不可跨越。柳红就这样不停地说下去，子尤没准会忽然莞尔一笑就醒了过来。那一刻在场的人，确实没有人真正相信子尤已经死了，也没有人真正相信死了就什么都感觉不到了。此情此景让我产生一种冲动，很想附在子尤耳边也说上一句："子尤，今夜星光灿烂！"

但我终究没那么做，因为那不是我与子尤之间的方式。我与他习惯于笔谈，见面时往往会沉默相对。我想，那是男人与男人交往中时常会有的沉默。彼此会心就可以了，好多事都不必挂在嘴上。尽管我比子尤痴长43岁，尽管子尤还没有成年，我却从来没敢爱护过他。他与我在其中相遇的那个世界，岁月并不重要。

接下来是商量后事。在我们活着的这个世界上，哪怕是生活在别处的"翩翩美少年"子尤，也都有个后事要办。摆满花圈，放上哀乐，让长辈们和同学们一一来向遗体告别？子尤会怎么想？子尤的家人和朋友们都意识到，后事也得让子尤自己说了算。子尤是不能开口了，但他的性情是何等鲜明！只要稍微想一想他自己会怎样设计他的后事，答案几乎是明摆在那儿的了。于是有了烛光、鲜花、诗篇和歌声组成的送行聚会。那一天，玫瑰花瓣铺满了他的全身，少男少女们围在他的四周念诵着他的诗篇，最里面一圈是他在《悠哉悠哉》一文中激情赞美的那些“女生”，真正是花团锦簇啊！我当时想，他这一走，只怕是留下了一个永恒的青春。

子尤的人生就像花，不能用辉煌来形容，但的确可以说开得十分灿烂。一个充满苦痛的青春硬让子尤“给上帝借支笔”（子尤诗句）来描绘成了一个灿烂的青春。得益于他的表达，这个青春已然永驻。这当然不是普通意义上的“笔下生花”，因为笔是上帝的笔。事实上子尤是发现并展现了生命在苦痛中的价值。毕竟，上帝是不会借支笔助人呻吟的。

然而，留下一个永恒青春的子尤却被病痛夺去了他的生命。看着灵床上他那张依然充满稚气的脸，我意识到，那个曾经像男子汉一样与我相交的子尤已经走了，此刻占满我记忆的只有一个孩子，一个我一直没有好好爱护过的孩子。我的心于是开始很迟钝地疼，并且缓慢地、一点一点地在加剧。

心疼子尤。最心疼的还不是他的早逝，而是他小小年纪竟然吃了那么多的苦。病痛曾经百般折磨过他的身体。有时候看着他躺在病床上，那么安静，那么柔弱，一双单纯善良的眼睛会让人想起一头温驯的小鹿。他忍受过多少身体上的痛苦？“一次大手术，两次胸穿，三次骨穿，四次化疗，五次转院，六次病危，七次吐血，八个月头顶空空，九死一生，十分快乐”，一年多以前，他自己做的这个总结，除了“十分快乐”一项以外，其他数字都早已被突破了。而且，还有更多让人难堪的疼痛、不适、不便与尴尬，就像我们的一日三餐一样，每日每时都在烦扰着他，琐琐碎碎，不足与外人道。尤其这最后一个月，血色素、血小板、白细胞三项指标同时大幅降低，身体的每个部位都缺血缺氧缺蛋白，要什么没什么，他到底会有多难受？

一年多以前我采访他时，曾问过他疼痛的时候怎么办，他的回答是："那就挨着呗。没有什么别的办法，都是磨炼。"后来在说到女生们并非抱着同情来看待他和他的作品时，他又说了："要是我躺在床上哼哼，她们只能抱着我说，忍住啊忍住啊。幸亏我给她们的印象不是这样的。"是啊，只要有一点喘息之机，他就喜欢把病痛变为趣谈，他有这种精神，也能从搜寻准确和机智的表达中找到乐趣。用他自己的话说："大概见识了痛，才知道笑的珍贵。"还有，他也明白用这种方式可以安慰他的家人，他心疼他的家人，尤其是他的妈妈。两年多卧病在床，他长大了，变得懂事了，有时候是太懂事了！

心疼子尤，还心疼他在我们活着的这个世界中是处于弱势。他自己说他在三个方面是弱势的。一是他被划归"患了绝症的病人"，二是他被划归"低龄写作者"，三是他被划归"单亲家庭的孩子"。因此，他不得不忍受来自成人世界武断而且时常是缺乏善意的"心理分析"。

回想子尤生病的两年零七个月，九百多个昼夜中究竟有多少个灿烂的日子？但就在这样一种黯淡岁月中，子尤却发出光来，他消耗的是怎样的一种能源？到他的博客上去看一看，就会发现他发出的光温暖和照亮了许多人。他的博客干净美好，也像一个"童话房间"（子尤诗句）。他在那里讲着他的故事，那是一个尽情展示青春、展示生命的童话故事。只有他吃过的苦被他一笔带过了。我们不能忘记的是，吃苦的时候原是一口一口地咽下去的。

“这个故事会怎么收场呢？”子尤留下的这最后一句话回荡在星空中，让许多人都产生了把故事接着讲下去的冲动。在我的想象中，这个童话故事的收场应该像安徒生的《海的女儿》那样：“现在太阳从海里升起来了。阳光柔和地、温暖地照在冰冷的泡沫上。因为小人鱼并没有感到灭亡。她看到光明的太阳，同时在她上面飞着无数透明的、美丽的生物。透过它们，她可以看到船上的白帆和天空的彩云。它们的声音是和谐的音乐。可是那么虚无缥缈，人类的耳朵简直没有办法听见，正如地上的眼睛不能看见它们一样。它们没有翅膀，只是凭它们轻飘的形体在空中浮动。小人鱼觉得自己也获得了它们这样的形体，渐渐地从泡沫中升起来。”海的女儿后来飞到天空的女儿那里去了。

到子尤博客上去看，几乎所有留言者都和我想到一块儿了。他们虽然没有说到安徒生，但都不约而同地说到天堂。因为子尤，我已经相信灵魂和天堂的存在，而且还相信子尤一位博友用英文诗句代子尤说的：“天堂就在附近一个地方，所以我不会去得太远。”因此我觉得，子尤另一位博友的说法才是这个故事更为真切的收场：“也许这会儿子尤正悠闲地坐在天堂的电脑桌前在看我们给他的留言呢！”

写于 2006 年 10 月 27 日子尤去世后第 5 天

六

特别的子尤

按：与子尤结识相交，在我的北漂生涯一曲中，仿佛只是天外飘来的几个音符，与主题毫不相干。子尤凌空蹈虚而来，脚不沾地就已离去，但却让我沉吟至今。这一回又想写写他，却发觉，当初写下的文字还是更真切一些。

一、

子尤成新闻人物了！我不免有一点好奇，想知道他对此都有什么样的感觉和反应。一个 15 岁的孩子，突然引起这么多的关注，他会受宠若惊呢，还是得意忘形？

去看他，他说他“忙得很”，又说“有好多事要说”。我以为他是忙于应付媒体（我去时正赶上有记者在给他拍照），但很快我就明白不是那么回事。应付媒体那档子事他已交给他妈妈——那位忠心不二的大秘书柳红去处理了。叫他出场他就出场，叫他摆姿势他就摆姿势，记者占用了他的时间，却没能占用他的心思。他总是在想着别的事，明显是与眼前活动无关的事。我于是问他“有好多事要说”（我揣测他的意思是要对我说）是哪些事？他也没怎么细说，但是把电脑打开，向我出示了一大堆他新写的文字。这大概也算得我们之间的一种“传统”了，我们的交往从来就是笔谈多于口谈的。那些文字都是在他的新闻发布会之后写的，从中我得知了他目前的大致情况。

大体说来是这样。出书的事已告完成，他不再放在心上。思如泉涌，他照例动笔记下。先是写了一篇《记新闻发布会》，妙趣横生地回顾了自己在准备发布会时的生理感觉和心理活动。空口无凭，我试着摘抄一段如下——

第二天早上我七点多就惊醒了，这显然不是我一贯作风。醒来的那一瞬间，我想到：今天要开发布会了。后人有诗为证：

发布当天，不安坐立，面色苍白，直喘粗气。

手脚冰凉，四肢无力，电视解闷，唱歌打气。

心脏乱跳，血流凄厉，生无来由，死无意义。

仰天长叹，叹我叹你，忽而向天，忽而向地。

躺下睡觉，噩梦来袭，辗转反侧，不会呼吸。

饭菜不思，只会拉稀，茶水不想，尿频尿急。

他写的完全是事实，没有半点夸张。准备这场新闻发布会他非常认真，邀集了他的一班同龄人（都是他书中的人物），密谋于斗室之中，把讨论的话题和穿插的节目都设计得十分周详，后来的事实证明他们的策划的确很棒。他从小就不是一个怯场的人，常常主动闪亮登场。最近的一次是在初中毕业典礼上（他获得荣誉证书），他的演说就赢得了满堂的彩声。但眼下他的身体显然变得十分敏感脆弱，出场前正常的兴奋与紧张会引起身体的强烈反应，新陈代谢明显加快，所以有他写的那种种现象发生。事实上他那天晚上是带着一个尿壶到会场来的，结果一开讲，就什么反应都消失了。所以他事后说他的身体经受住了考验。

发布会开得非常成功，他的表现也非常出色，其实够他陶醉一阵子的。可是他好像没把那当回事。紧张的时刻刚一过，他的那种好逗乐好戏谑的性情立马活跃起来了，情不自禁地就拿自己开涮，而且越涮越开心。好像有另一个他，一直在一旁观看自己的表现，并且看什么都觉得很好玩。

他向我出示的另一篇文字是写给一位“朋友”的一封信。信的抬头写的就是“朋友”二字，动笔前他心中可能实有所指，但写着写着就变成一个虚拟的对象了。在那封信里，他虽然也提到发布会上的话题，但通篇已没有发布会留下的丝毫兴奋了。他对“朋友”表达了他渴望倾吐思想的情怀，并说到他由于思想猛进而感到的孤单。他写道：“总的来说，这十五年三个月零二十六天我过得极为丰富而充实，所有的苦都见识了，肉体之苦，精神之苦，人情之苦与非人情之苦，所有的乐也都经历了，我是全世界最幸福的人。……但在这特殊之时，特殊之处，我需要思想的碰撞、思想的提升、思想的问答。”

有一点我是知道的，他思考形而上的问题已非一天两天，有时候还想得很玄远，让他的妈妈都有几分害怕。这种思考的开始早于新闻发布会，现在看来也丝毫没受到会后强烈的新闻效应干扰。我听说，近些天他妈妈推着他到未名湖边散步时，走着走着他突然会说：“妈妈，我们现在开始想事，不说话。”轮椅上的他随即堕入沉思。

这个子尤，可真够特别的！

二、

我所认识的子尤，确实是有那么一点特别。从第一次见到他时我就有这种感觉，以后这感觉更是与日俱增。这么说吧，现在要是有人要我用一个词来概括我对子尤的总体印象，我就会毫不犹豫地选用“特别”二字，而不会去选用诸如“优秀”“出类拔萃”之类。

有一件听来的事也许最能佐证我的看法。子尤小学毕业上初中时，小学的语文老师专程跑到录取子尤的初中去，要求学校安排一个语文老师做子尤他们班的班主任，而学校竟然同意照办了。我们不知道那位语文老师到底说了些什么理由，但可以肯定的是，他的理由不会是子尤的语文成绩优异，因为子尤的语文成绩事实上一点也不优异。

关于子尤的特别，其他听说到的事还有许多。比如，上课时间走神，想着想着忽然引吭高歌，问他为什么，说是因为使劲回忆一句歌词终于想起来了，一高兴便唱出声来。又比如，走到街头他突然停下来，像遇见老熟人一样地对天上一片白云挥手，让同学们在感到奇怪的同时又有几分羡慕，羡慕他竟然能那样旁若无人地表达情感。还有，坐在教室里他猛然对前座的女同学大喊一声："某某，我喜欢你！"那位被喊的女同学一点不生气，其他同学和老师也都觉得很自然，都没朝歪处想，因为他是子尤。更有甚者，当他得知自己患的是癌症时，兴冲冲地就想告诉自己的同学（他自己的话是"显摆"）。母亲告诉他自己已跟他的同学们说过，他就问起某女同学是如何反应的，母亲说到那位女同学伤心的表情时，他竟然兴高采烈地手捶着床大声喊道："呵呵！这个我爱听！这个我爱听！"

说到我自己的感觉，子尤的特别是整个人的特别。虽点点滴滴都可见，却很难一一道来。我自认为还算是善于理解人的，且已活了五十好几，阅人不少了，却一直不太吃得透我这位小友子尤。不是因为他太复杂（他的简单是一眼就能看明白的！），而是因为我总是找不到他的感觉，那种虽然简单却永远和别人有那么一点不一样的感觉。所以，与他交往的这一年多来，我常常费劲去理解他哩（这小子！）。

第一次见面很偶然。央视《读书时间》为做吴敬琏先生的访谈节目，到柳红家去做前期策划，我去了。赶上子尤放学回家，很自然地坐在地板上就和我侃开了。记得那天说到他正在阅读的《浮士德》，也说到他的学校生活。他的聪明我是先有耳闻的，但看到的他却一点不显机灵劲，相反却好像有几分拙。他言语不多，说话不紧不慢，应该说那场谈话并不热烈。没想到当天就收到他的电子邮件："朱伯伯，我是子尤。今天下午，您来我们家。我很喜欢您，很想与您交往。给您发一篇我的小说……"我回信后他紧跟着又来了一信："您太有意思了，我真喜欢您！咱们这样的通信带给我的享受实在太大了……"他这种直接的表达最初让我有一点点诧异，但想到这也许就是现在孩子们的风格，就没特别在意。但这第二封信的附件是他的一篇作文（老师布置的是四篇随笔，他说他写这"一篇顶四篇"），写的是班上的一个女同学，那种坦率倒真让我吃惊了：这是要交给老师看的作文吗？！我后来才慢慢了解到，坦率地表达自己乃是他的一大特色。而且，这在他是再自然不过的事，从小如此，不是学来的。

如此通信没多少天，他就生病住院了。《柳红急告》《柳红二告》《柳红三告》……电子邮箱里传来的文字变得惊心动魄！我由于忙，又想着他在化疗期间不宜多见外人，所以一时没去看他。忽一日想象他那病房犹如一个明亮的船舱，他躺卧其中正在海上航行，于是抄写一首瓦雷里的诗传给他，说是"自北大参加诗歌节回来，诗兴大发，写不出好诗还读不出好诗？”——

《沐着阳光》

沐着阳光，躺在床上，在水上信马由缰，
沐着阳光，赏着阳光，在大海漾起粼粼波浪，
在舷窗下，
凝望阳光粼粼、粼粼阳光，
太阳的海洋，海洋的太阳，
像浴后，饮后，思索后，
悠悠对镜自赏，
赤着身，沐着阳光，躺在床上，容光焕发，心明眼亮，
独自地、痴狂地、赤着身，
我！

那时候他住在医院，病房里无法上网。信是柳红回家取东西时收到的，当即打电话念给子尤听。子尤那边的反应是：“嗯，译得挺好的。……最后那几句意思不太清楚。”我听了有点意外：这小子老是剑走偏锋，怎么会一上来就想起翻译的事来了？但我只是对柳红说：“这诗不能念，得看，它有个排列上的讲究。”心里总是有几分遗憾——我指望着他的强烈共鸣呢！

接下来收到他在病房写的诗——《童话房间》，觉得他还真像瓦雷里笔下那个船舱中的“我”，格外喜欢其最后一句：“我留下我轻狂的头发 / 在漫长的微笑里与彩鹤同眠。”差一点受刺

激又想捉笔写诗了，后终因江郎才尽而作罢。再后来听说那个“童话房间”里发生的种种“风流”故事，心想：这一回那病房只怕也变成了一个“特别”病房了。呵呵！

三、

特别的人大约总是会有特别的命运。子尤生病这件事，给他松了最后一道绑，他于是成了真正的自由人。按我的看法，从此他就可以彻底地“特别”下去，不用再做任何努力去适应那个“一般”的世界了。（子尤名言：“妈妈，你不要那样对我，我不是一般人。”）

果然！他在身体困在一张床上的同时，心智生活却有如脱缰野马，奔腾得好欢！又或者可以说，他的花季降临了，这边厢你把他当作一个“苦孩子”来同情，他那里却是春色满园，一派灿烂景象哩！还是用他自己的话来说吧：“妈妈那边正在设法抢救我，十万火急，难以尽述；我的病房却是‘别样幽芬满园春’。”这不是我在替他编故事，有这一年间他写成的14万字为证。读那些文字，你不会不感到他正走进一个生机勃勃的春天。

为了出他的书，少年儿童出版社委托我对他进行一次采访。结果我俩把采访变成了一次长达5小时（分两天）的交谈，虽然还不是完全对称，终归是他说得多，我说得少。但这的确给了我一次机会来理解他的“特别”，我也许可以把我这次的收获在此归纳一下。

子尤的“旁若无人”，不是因为目中无人，而是因为他更多的时候是生活在自己的内心世界之中。他的那个内心世界，真实生动得一点也不亚于我们“眼见为实”的这个外部世界。小时候这个世界主要是由他的想象构成的，而今更加入了他的沉思。在这个世界生活久了，自然有些不通世事。因此，坦率地表达自己其实是因为他不知道还有其他表达自己的方式。这种坦率不是一种姿态，而是一种诚实，一种骨子里的诚实。

我在采访中特别问到他那句惊世骇俗的话：“20 世纪出生的天才作家里，女的只有一个，张爱玲，男的就是我，子尤。”我没有追问这句话的意思，它的意思很清楚，追问的人只是不敢相信子尤真是这样想的。而我却相信子尤就是这么想才这么说的，他不是在故作惊人之语，而只是又一次坦率地表达自己。我是这样问他的：“你在《论天才和其他》一文中说完这句话后讲了识别天才的三个特征，那三个特征全都与才能无关。你真的觉得具备了那三个特征就会是天才了吗？”他回答：“其实我也没想好，只是想到了这么三点就先写下来了。”

这就是他的诚实所在。那篇文章写得信马由缰，想到哪儿就写到哪儿，确实是“没想好”。但是，他也确实没想论证什么，而只是在表达自己的一种感觉。那感觉却是有个来龙去脉的。在开场白中他说：“大概没有孩子真是天天说自己是天才的，是大人总在说。而你们反过来又要指责孩子们浮躁骄傲。赞扬的是你们，呵斥的也是你们？那么现在，也不用大人们把我‘捧上天’或‘骂下地’了，且让我先‘指点江山’一番，自己吹自己的牛吧。”接下来才是他自比张爱玲的那段宏论。

依我看，他认为天才具有的那三个特征，多半是他从自己和张爱玲的共同点中归纳出来的。不过，他的归纳确有见地，不是信口开河。尤其是第一点：“对外部世界大多不太关注，更多的是关心自己的内心。”我后来问他为什么说李敖只是个才子而不是个天才时，他就是用这条标准回答我的：“他太善于与外部世界周旋了。”我信然。

其实他说识别天才的第二点也非常有意思：“会有很多人爱他们，但他们更需要所有人的宽容。”他显然是在说张爱玲，但也是在说自己，而且说得很坦白很诚实。一个更多关心自己内心的人确实最需要的是宽容（所有人的宽容！）。也许在子尤看来，张爱玲没有得到足够的宽容，而他自己到现在为止却是幸运的。因为他一直在一个能宽容他的家庭里长大，而且，在学校他也一直享有老师和同学们的宽容，尤其是在小学阶段（他特别给我讲到他在小学遇到一位好老师）。我用了“享有”一词，是因为我觉得他得到的宽容至少有一部分是“特别待遇”。到初中后，应试教育的压力开始影响到他，他已经感觉到某种程度的窒息。我和他的交往差不多就是从谈论这种窒息开始的。可是就在这种时候，他生病了，得解放了，他真是一个幸运儿！

然而，现实是严酷的，他的幸运正与厄运纠缠在一起。就算把病放在一边且不说，他今后的路要走下去也不能只依靠宽容。拥有内心世界的人还必须直面外部世界，子尤有准备吗？

他在给“朋友”的信中这样写道：“别人大概走出学校后，才会开始想以后怎么生活，工作有无着落，但我现在就开始想了，我现在就已走出学校——生活中、心灵中的学校。我脱离了死板的控制，可以自由思考，不是简单思考干什么工作，更是思考今生之意义。不管它有无来生，先把今生过好。”

那么，特别的子尤能走出一条特别的路来吗？

七

子尤的笔

《谁的青春有我狂》这本书有两个现成的卖点：一是这本书是一个 15 岁的少年写的；二是这个 15 岁的少年身患癌症，如今仍在病床上。有了这两点，的确是特别有利于炒作。不过，我觉得媒体的炒作不应忘记的一个事实是：这个 15 岁的孩子不仅酷爱写作，而且写得很出色。在我看来，前两个事实加上这第三个事实，这本书的价值就有了保证。

少年患绝症的人也不是很少，但能用笔很好地记录其经历和表达其感受的人却是少之又少！请注意，我特别强调了“很好地”三个字，这关涉文学才能（包含了天赋和训练两个方面）。子尤就是这么一位有文学才能的少年，作为读者我们也许该暗自庆幸。通过他，我们领略了极少有人表达过的一种青春生活，并又一次体验到有深度的人生。我这个说法出于读者的自私，听上去似乎有些冷酷。不过我可以为自己辩护的是，对子尤来说，我的共鸣肯定不会比那些廉价猎取的感动更冷酷。

也许我该解释一下我的观点。我以为，我们都知道人生有一个维度是深度，但我们绝大多数时光都到不了那个维度（有时候也许是我们自己在逃避），而是停留在一个平面上，所以我们通常总是在过着一种肤浅的生活。所幸好的文学作品能让我们有可能间接地领会和体验到那个维度，从而让我们得以暂时摆脱肤浅生活的表面张力。这也许就是阅读的一大功能。好的文学作品当然是具有文学才能的人写出来的。我所认为的文学才能，简单地说，便是对有深度的人生具有独特体验并能将之表达出来的才能。

单纯就写作而言，具有文学才能的子尤还是一个幸运儿。此话怎讲？借辛弃疾那首脍炙人口的词来说话："少年不识愁滋味"却"为赋新词强说愁"，而到了"识尽愁滋味"的老大之年，又已是"欲说还休，却道天凉好个秋"了。这就是好作品为什么很少的缘故？子尤不同，正要"强说愁"的当口，磨难就来了；生生死死地折腾了好几个来回之后，却又出落成"翩翩美少年"（子尤自谓），哪里会有"欲说还休"的心态？因此，子尤取得了一种罕见的写作优势，这使得他的笔下总是十分饱满实在，既无夸饰又不缺激情。这样写出来的东西当然就会有点读头。

还是具体地说说他的这本书吧。这是一本个人作品集，收选了作者从 8 岁到 15 岁写的部分诗歌、小说、剧本和散文。其中 14 岁到 15 岁也就是他生病期间的作品很自然地就成了主体。我们不妨把它看作是一种生命的记录。但我想强调指出的一点是，整本书记录的中心事件不是癌症，不是与病魔拼搏，不是与死神抗争，而是成长，是癌症也没能挡住的成长。既有身体的成长（生病期间他的个子还在长高），更有心智的成长。这种成长蓬蓬勃勃，青春时期该来的都来了，应有尽有。他明显迎来了一个相比同龄人毫不逊色，甚至可以说是更为灿烂的花季。

我们可以从他的书中读到这个花季，一点病相都没有！他的两只眼睛很少关注病痛。他评论电影《十面埋伏》；他悼念好莱坞巨星马龙·白兰度；他为他的同学们写情景喜剧《我爱我班》；他仿写电视节目表达他对所谓“80 后作家”的看法；他还浓墨重彩地记述他和女生们的来来往往以及情感的涟漪与波澜……所有这些，他都写得兴致勃勃！当然，他也写病中对生死爱痛的观照与沉思，那是他这个年龄的思绪容易触及的主题，但很少有人像他这样真切地深入其中并纠缠不已，乃至于此种观照与沉思仿佛是他的某种神秘使命。他的观照与沉思有一种力度，因而笔下没有呻吟。从写作上讲，无病呻吟是青年人容易出现的毛病，而有病不呻吟却恐怕是年长者也难做到的。子尤不仅不呻吟，而且习惯于用一种调侃和逗乐的笔调来叙说。这也许表明，他已然拥有一个可以从容回旋的空间。

套用人们常有的说法：小小年纪的他是怎么做到的？坦白

说，我也不知道。我只能推测说，那个看上去有些柔弱的孩子，也许葆有一种丰厚强韧的天性。或者这么说吧，正在成长的他拥有一种强大的生命力，遏制不住地向外喷发。所以他不需要夸耀痛苦，也不需要贩卖感动，事实上他根本来不及做那些！他的写作是生命的自然涌动，他自己也无法控制。生病后的一年多时间，他写了 14 万字。所见所闻所感所受，几乎都能化作他的文思，很有点“咳唾成珠玉，挥袂出风云”的意思。我想，这也许就是“我跟上帝借支笔”（子尤语）的含义吧？

我当然知道，子尤虽然已经写了 8 年，但他的写作其实才刚刚起步。我没想也不敢自己编织一个桂冠就给他戴上。我想表达的只是就书论书的这么一点看法：抛开包装宣传造成的新闻效应，细细读书中的内容，就不难发现，这本书有着比“吸引眼球”和“满足猎奇心理”更为恒久的魅力与价值。再说得直白一点，这本书不是一本看过了就可以扔掉的书。

八

大路上走来了我年轻的弟兄

小宇走得决绝。很想一把把他拽住，问他一句："这个人世真的就这么不值得活下去了吗？"

他的毅然辞世，让我很难接受。我总觉得这好像是我的错，可是，我又何至于错到这步田地？

18年前（1989年）在一禾的遗体告别室里，我想起的却是一禾当初从仕仁的遗体告别室中走出来的情景。他一屁股坐在门前台阶上，止不住地放声大哭。那是一场尽兴尽情的哭，充满了对仕仁的友爱。而在我的感觉中，却也包含着对我的一种无言的责怪。22年前（1985年）仕仁溺水身亡，那是由于我邀他一起去游泳所致。古语"我不杀伯仁，伯仁却因我而死"，一禾是有理由责怪我。但他始终一言未发，只是帮着我料理了全部后事。

这一回在小宇的遗体告别室，我想起的则是小宇、一禾和我一起到仕仁出事地点去祭奠的情景。我们只带了一瓶酒，在岸边向水里洒。小宇忽然脱了衣服，拿着酒瓶下了水，游了一长段距离后，他把酒瓶沉入了水的深处。最让我忘不了的是他涉水向前走的那几步，步态和背影透着一种执拗。整个过程他一声不吭，连身体都是沉默的。

小宇和仕仁、一禾在北大是同班同学，三个人非常要好，有“三剑客”的美称。一个偶然的机会，他们仨与我相识，并在一起为筹办一个展览共同工作过一段时日。那是在20世纪80年代初的一个冬季。很快我们就都意识到，筹办展览的工作并不重要，重要的是我们彼此的相遇。从初冬到严冬，从严冬到开春，他们仨和我，还有张玞和小霖两个女孩（这也就是筹办展览的全班人马），几乎天天晚上聚在一起。公干完毕是私下聊天，经常是聊至深夜，更经常是聊至黎明。那是一种“海聊”，也许只在当年的北大才有的“海聊”（这个词就是当年的北大用语），字、词、句都似乎是凌空蹈虚而来。有时候也唱歌，一唱就唱它个通宵达旦！记不清有多少个不眠之夜了，我只记得深夜里他们闪亮的眼睛。我想，当时我的眼睛也一定在放着光。那一年他们全都是20上下的年纪，而我是一个30好几的“老家伙”（仕仁语）。在史称“80年代”的那个年代，在北大那个地方，那样一种相遇，怕是只能用“灵魂碰撞”来形容。在我，那些日子确实发生了一个属灵的事件，时至今日，我依然能感觉到它的冲击。

仕仁和一禾是永远地活在那个 80 年代了。

这十多年小宇是怎么过来的，我所知甚少。但不难推测，要适应这个变化快的世界，他恐怕是费了把力气。20 世纪 90 年代初听说他“下了海”，后来又听说到香港去了，一时也就断了联系。大约是在 1994 年，他在北京找到了我。见面时，关于仕仁和一禾，他只笑着说了一句：“在北大时我们仨曾经发过狂论，说仕仁是中国的头脑，一禾是中国的心，而我呢，我自己说了，我是中国的胃。现在你看，硕果仅存，只剩下我这个胃了。”这是他说话的风格，机智、跳脱，有一种放浪形骸的姿态。我说“姿态”，是因为我发现，那个喜欢做洒脱状旷达语的小宇，其实是既敏感又内向的，心里不定搁着多少事呢！这以后他和我也还见过几次。每次面对面坐着，我俩都很少提到仕仁和一禾，但彼此心里都清楚，仕仁和一禾就在那儿呢，其实我们每说一句话都在想着他们。

小宇这些年行踪不定。我们每见一面，之后便又总是阔别经年。最后一次见面是在一年多以前。又是他辗转来找我，还带来了一大堆他的公司资料。从那些资料，我了解到他这些年干了不少有创意或者说有奇思的事情。他当然不是来向我炫耀的，更不是来找我“洽谈业务”的，依旧是心照不宣地把盏对酌，依旧是漫无边际地谈笑风生。谈笑间我揣摩他要向我传递的信息是，他现在所做的事情，暗藏着他们“三剑客”当年的约定。那是一个在“剑客”中传递了几千年的古老盟约，三剑一碰他们又再次缔结。是了，他要告诉我的是，他没有忘记那个盟约，滚滚红尘也没能让他忘记。

席间我送给他一本我刚写不久的书——《里面的故事》。书中写的是我在“文革”期间坐大牢的一些故事，其中有一些我当年也给他们讲过。拿到这本书，他的眼睛又像在那些个冬夜里一样地闪亮起来，他说：“你一定写了墙头上的那朵小花，一定写了！”他说得那样不容置疑，我一时竟没好意思告诉他，我其实没写。那朵形似牵牛的紫色小花是在某一个春天从墙外爬上装有电网的高墙头的，隔着铁窗望去，那么近，那么鲜艳，那么招摇！我之所以没写，是因为感觉笔力不足，写不出那种奇异的美感，只怕一下笔却成了时下多见的煽情之笔。但小宇记住了那朵小花，看来倒是我的多虑显出我的老气横秋。我想，他会对我失望了。

酒酣耳热之际，他忽然有些动情，说起他在一次给大学生的演讲中引用了在我们那个冬季我曾引用过的诗句：“不言不语，不声不响，一个在前，一个在后，大路上走来了两位年轻的弟兄。”只是他把最后一句中的“两位”省去了，改念成“大路上走来了我年轻的弟兄”。也不知是记错了还是有意为之，我没想提醒他纠正，因为刹那间我明白了这一改动的全部心理含义。

临别我说了一句：“这一去可不要又是几年后才来！”他连声笑着：“不会，不会！”没想到他所说的“不会”原来是永远不会再来！我只能想，他这是践“三剑客”之约去了。而我，却不得不继续留在大路上踟躇张望。

2007 年岁末

九

“老家伙”的纪念：与三剑客相遇在北大

这样的相遇在 20 世纪 80 年代初的北大想来是寻常事，但对我个人来说，却是一次不寻常的经历。相遇的双方，一方是仕仁、一禾、小宇——被称为中文系 1979 级三剑客；另一方是我——一个“背着空口袋”（一禾语）蹒跚而行的“老家伙”（仕仁语）。他们三位，当年都是二十上下的年纪，而我其时已三十有四。相遇的原因很偶然，热衷公共活动的仕仁领命操办一次展览，他很自然地拽上了另外两位剑客，而我，则是有人引荐给他们做顾问。

最初一次见面只有仕仁和我两个人。说事务只用了干净利索的几句话，就算是意向已然达成。正欲抽身告辞，仕仁却劈头盖脸就和我谈论起“中国历史今后的走向”（题目是我事后给加的）。在当年的北大，有人张口就和你谈大问题，本也不足为怪。你要在校园里散散步，耳里飘过来的字眼就很少有形而下的。不过，我当时还是有几分惊奇。这样的话题，我的同龄人倒是关切已久，一度被表述为：中国向何处去？我估算仕仁的年龄，在“文革”开始时才不过六七岁，整个“文革”期间他都只是个半大的孩子，这问题是从哪里来的呢？他充满激情地在说着，没有注意到我的惊奇。看得出他有才华，但其实却有些讷于言辞。我望着他那张憧憬多于探索的脸，心里忽然有点明白了，他的问题包裹着一个核心，那就是：“我们的历史使命何在？”我早就有感觉，北大有一种似乎用手都能摸得着的传统，你可以称之为“以天下为己任”，我则更喜欢将之表述为：“天下兴亡，匹夫有责，北大的匹夫尤其有责。”眼前的仕仁自然也在此传统之中。我自以为理解了仕仁的激情，于是开始附和着，满心以为他说的“我们”也捎带着我。殊不知他话锋一转，突然来了一句：“在我们看来，你们这代人已属过去了的一代，只能起到铺路石的作用了。”我心里一惊，再看他却是满脸的诚恳。他说的显然是自己思考过的看法，并且认为他这个论断也可讨论，如果我愿意的话。我敢说，他半点也没想过这话有可能会伤到我。

时代毕竟不同了。“我们这代人”在 20 世纪 70 年代初期提出“中国向何处去”的问题时，调门虽高，很有点“指点江山”的气概，但骨子里表达的其实是怀疑与困惑。时隔10年，仕仁他们接过这一问则更多的是在表达某种振奋之情。破土而出的“80年代”，确实在中国的土地上燃起了某种希望。不过我也看得出，仕仁对“我们这代人”的探索还是有相当了解的，否则也就不会有“铺路石”一说。也许我当年还不够老，“铺路石”一语竟刺激了我，让我终于忍不住也开始发宏论了。我从三种不同的理论视角提出“中国历史今后的走向”的三种可能，其实也是在梳理我10余年来借力打力地想回答“中国向何处去”一问的某种历程，我后来把这种历程命名为“理论突围”。为什么说是“借力打力”？因为“三种不同的理论视角”全是借来的，用今天的话说就是没有任何“理论创新”。而且，就当年而言，我借来的东西也都是大路货，至少我们这代人中爱想点事的人都不会太陌生。不过有一点，我并没有学究一般地照本宣科，而是抖擞精神，扣紧了我们正在谈论的问题，尝试着把我10余年左冲右突的思考展现出来。

如果我没有记错，那三种理论视角大致是这样。第一种当然是当时正时兴的所谓“正本清源”，摆脱苏联式历史观，回到马克思的历史叙事中去探讨中国当前到底处于什么样的“历史阶段”，从而展望其走向。我记得我特别提到马克思所说的“亚细亚形态”，认为那不在苏联式“社会发展史”的模式中。不过这第一种视角我当时说得比较少一些，因为那不是我的重点所在，我想他大概也已经听过不少。第二种视角是我从斯宾格勒那里借来的。斯宾格勒有一个“世界历史透视”的概念，在他眼中，“世界历史”舞台上的主角是“文化”。从思想史上说，他所说的“文化”与后来我们这里在20世纪80年代中后期兴起的“文化热”颇有渊源关系，尽管我们的“文化讨论”中似很少有人提及他。他的“文化”是一个个有生命的个体，各有各的生命周期（诞生、成长、衰老与死亡），各有各的“文化宿命”。就其“生命”与“宿命”而言，各个文化之间不存在传承关系（否认历史阶段论），也不存在实质性的相互影响。如果相信他，结论就很悲观：唯一还活着的西方文化也已在没落，中国文化则早已死亡。而且，根据他的看法，已死的文化并不存在重生的机会。不过，如果我们把他的这种结论先来一个“持保留意见”，就会发现，沿着他的思路去探究“中国文化的宿命”，却是很诱人的一个题目。如果真有这种“宿命”而且能探究清楚，什么问题不能迎刃而解？这当然要求对中国历史的深入研究与洞察。20世纪70年代中期我坐在牢里时，曾就此苦思冥想过好长时间。当然没有什么建设性的成果，牢里没书读，“思而不学则殆”嘛！对我和我的同龄人来说，斯宾格勒的“文化”概念与脱胎于它的汤因比的文明概念，确曾提供了一种启发，使我们得以换了一种历史视野，从（苏式）历史阶段论里解放了出来。第三种视角其实是第二种视角的某种演变。“文革”时期有一套内部读物叫《外国资产阶级谈中国近代史》，其中有些文章是把中西文明的冲突作为解释中国近代史的主线，其文明的概念与斯宾格勒的文化及汤因比的文明明显有亲缘关系。不过，历史学家不像历史哲学家们走得那么远，他们的概念总是要离实际经验更近一些。他们说的文明，没那么封闭，相互之间总是既存在冲突又存在着交融。从这一视角看，不排除可以得出一种比较乐观的结论，即冲突与交融的结果，有可能产生一种新的文明。这种结论的诱惑力自不必言。许多年后，我给那种诱惑定名为“第三条道路的诱惑”，并对之心生警惕，因为我发现实际有无“第三条道路”本当存疑，但振振有词的论道却可画饼充饥，成为逃避选择的一种借口。不过，当初我还没这份警醒，在仕仁面前也画了一个大大的饼。但我也没忘做了一个保留，指出冲突与交融的结果未必就是良性的，也完全有可能生出某种畸形的怪胎来。

仕仁可能没料到他一石激起千层浪，竟惹得我这个老家伙把十几年的存货翻出来搞倾销。他毕竟还年轻，一时当然拿不出什么反制的措施，只能默默地听着。但我看得出来，他听我讲话时和自己讲话时一样兴奋。正是他的那份兴奋鼓励了我，让我那多少有些空疏的宏大叙事得以滔滔不绝，我知道我遇到了最好的倾听者。而且我知道，好的倾听者往往也是好的谈话对手。我后来说过：“在北大，你永远不会找不到谈话对手。”这真是一件可大呼“不亦快哉！”的事情。那天晚上我确实是说得痛快淋漓，收尾处我说了一句：“以上就是‘我们这代人’的一点思考，仅供参考。”之所以说是“我们这代人”，一则是回应仕仁说的“你们这代人”，二则是因为我的这些想法是在和不少同龄人的讨论中形成的。但我没忘了补充一个声明：“不过，我所说的三种可能，其基础理论部分都是借来的，没有经过批判性的考察。”

第二天一早，仕仁就到 29 楼我的宿舍造访。开门迎客，进来的竟是三个人，一禾和小宇也来了。还是没太多寒暄，就又接上了头天的话题。仕仁很清晰地发问，问题都在点子上，表明头天晚上他回去后曾认真想过。一禾、小宇凝神旁听，我当即发现，这又是两个好的倾听者。看上去他们三位像是登门求教，但我的感觉却有几分像是在接受审查。仕仁诚然有引荐两位密友与我认识的意思，但想来也有让他们帮着看看这个老家伙究竟是真有那么两下子，抑或只不过是花拳绣腿而已。一禾很沉静，但内在激情的充沛是很容易被觉察到的。小宇很洒脱，却又透着一种大男孩的腼腆。再加上个思想敏锐、态度诚恳的仕仁，三剑客这么一齐现身，着实让我那陋室充满了活力和灵气。谈话的气氛渐渐活跃起来，我知道，我大概已通过了考察。告辞前小宇用调侃的语气告诉我说:“我们常说仕仁是中国的头脑，一禾是中国的良心，剩下一个我不知道是什么，我就说我是中国的胃。”

这以后，我和他们之间的来往可谓过从甚密。筹办展览的那两三个月，几乎天天晚上都聚在一起。商量“公事”通常只需要三言两语，具体事务大都安排到第二天白天分头去执行，晚上剩下的时间就是侃大山（也称海聊）的时间，很富裕，常常会通宵达旦，至少要到凌晨一两点。思想交锋的深层也有情感交流，私人间的友谊在悄悄积累。谈话变得更随意了，话题当然变得宽泛起来。有比“中国历史的走向”更为“形而上”一些的，直接关联着存在的意义。也有比较轻松的，琴棋书画、饮食男女均有涉猎。随后由于张玞、小霖两位女生的加入，气氛自然更加轻松活跃。有一个周末的晚上，大伙儿即兴开了一个“音乐会”，唱歌唱到天光大亮。你一首我一首，一首接一首，居然一直没有冷场。那一晚他们彻底地打动了我。我总觉得，从那以后我们就真正成了朋友。

30 年后，刘索拉在和我进行的一次笔谈中提出了一个命题：“审美立场比阶级立场更重要”，我一下子就又想起了那一晚。于是提笔回应道：“我很赞成‘审美立场比阶级立场更重要’的看法。……说说我自己的体会吧。我到北大上学时已经 33 岁，结识了一帮 20 岁上下的男孩女孩，他们背地里都叫我‘老家伙’。最初的交往是北大特有的那种谈话，充满了形而上的字眼，并且摆出一副高手过招的姿态，试探性很强，那模样真仿佛隔着条沟（人称‘代沟’）。直到有一个晚上大家聚在一起唱歌，我忽然觉得我能懂他们了，并且觉得他们好像也懂得我了，那沟也就消失了。从此就真成了‘忘年交’。我清楚地记得，不是他们唱的那些歌（当然与我唱的歌不一样），而是他们唱歌的那种态度打动了我。从此也就喜欢上他们唱的那些歌了。用我们此刻所用概念来说，那一晚我与他们显然是懂得了彼此的 attitude，彼此的‘审美立场’，而且发现它们其实是相通的。从那以后我得出一个结论，人与人之间的隔膜，主要不是产生于思想观点的不同，而是产生于审美趣味的歧异。反过来说也一样，人与人之间的融洽主要不在于思想观点的相同，而在于审美趣味的相通。这个结论一再得到经验的证实。一般说，两个思想观点不同的人可能成为敌人，但不妨碍他们作为个人能彼此欣赏，在一起相处时甚至会觉得愉快，但两个审美趣味不同的人就很难凑在一起而不互相讨厌的。”

回过头还是再话说当年。我那几位“忘年交”正值青春年少，又都热爱文学，“人生”当然也是常受他们关注的一大话题。我比他们长10余岁，又坐过几年牢，在学生中称得上是饱经沧桑，谈论人生我自然有点优势。记得我给他们讲过一些狱中故事，贯穿其中的则是我的“生命体验”。故事零零碎碎，体验点点滴滴，都是谈话中即兴说起，讲过也就不再记得具体讲了哪些。我只记得他们的眼睛像星星一般照亮了我，让我的故事因此变得更加纯净。我是说，我在讲述时无形中减少了“痛说革命家史”的夸耀，而偏重传达出“走在人生中途”（但丁语）的摸索。我的摸索漫无边际，但也可简括为一个问题：“无彩人生”有没有意义？“无彩人生”是我后来根据“多彩人生”的说法杜撰的，当时并没有这样说。我当时说的，大致是我见过一些几乎一辈子都在坐牢的人，他们引起我的追问：这样的生活还有意义吗？我这一问，当然也是为自己在问，因为他们的命运就预示了我的命运。值得一说的是，在我看来，答案是肯定的。我的故事里就总是显现着或暗含着这样的答案。多年以后，我写了一本《里面的故事》，我自己对那些故事就有如下解释：“我写下的，只是一种个体经验，我自己和一些其他人的人生境遇。

我们这些个体连同我们所有的遭遇都不会进入历史，或者用我家乡的话来说，放在历史的长河中‘连一个泡泡也不会起’，但却不意味着我们的存在、经历和感情就不是真的。我想表达的，就是那些被历史忽略不计的个体生命的价值与意义。至于历史那个庞然大物，我只好暂且把它搁在一边。”想当年在北大听我讲这些故事的，都堪称天之骄子，难得他们竟无障碍地领会了我的所感所思，我不能不把他们引为知音。

关于“中国历史的走向”这一话题，倒是被搁置起来了，因为三剑客已经就此对我宣告过：“我们讨论过了，决定用5年的时间批判老朱。”我则赶紧缴械投降：“不用5年，我给你们交个底。”我说了几套对我影响比较大的书，也简单说了一下我自己做“理论突围”的思路，以及我在“突围”路上小心提防的种种“陷阱”。尤其重点谈到“历史”和“文化”这两个观念都有待检讨，而我自己的学力不够，只能说是正在努力之中。我知道，“5年批判计划”在他们不是一句戏言。不久我就从一禾的言谈中察觉，他在读《西方的没落》。听说他读的是台湾版的译本，我还特地从他手里把那本书借来，并乘兴重读了一遍。记得我还跟他谈起过重读以后的感受，大意是这样：我原先读的时候，觉得斯宾格勒富有洞察力而少学究气，读起来灵动而有音乐感，这一回读却发现那种灵动的叙事中包裹着一个有如钢筋捆绑成的概念框架，其实也很僵硬，因过于严实和精致，反而让我几乎出自本能地觉着可疑。后来我读一禾的长诗《世界的血》，发现他所尝试写的“真正史诗”里有一种“大文化”的辽阔视野，显然取自斯宾格勒，而他笔下来到城市的“农家女”，也让我想起斯宾格勒的论断：“所有的文明都诞生于城市，所有的文明都会衰落，而农村却永在。”（大意如此）不过，斯宾格勒的概念框架显然早已被一禾束之高阁。他那“辽阔的歌唱”（诗人陈东东评语）让我意识到，三剑客对我的批判早已完成。可惜天妒英才，5 年刚满，仕仁便早早去世，三剑客折翼。之后不到 5 年，一禾又走了。小宇孤身一人流落天涯，2006 年回京与我相遇时，笑称自己是三剑客中硕果仅存者，不想一年后他也决绝离去。我如今倒是又有了一些心得可供他们继续批判，只是找谁说去？

十

人皆有死

一、人皆有死

人皆有死，是个人就都知道这一点。仔细想来，怕真是没有什么别的人类知识比这一点更为普及。而且，我们的这点知识，似乎不是从学习中得来的，至少不像是从正儿八经的学习中得来的，但我们却像对待一加一等于二那样确信无疑。也许就是因此之故，逻辑学的教本里讲三段论时，大多喜欢把这个全称命题作为大前提来举例：人皆有死，苏格拉底是人，所以苏格拉底有死。明白得不能再明白了，没有人会需要进一步解释。

问题其实还是会有的，比如我们怎么会知道“人皆有死”

的呢？或者，我们因何会对此确信无疑呢？通常给出的论证是：迄今为止，我们还没见到和没听说过一个不会死的人。但这种论证在逻辑上被称为“不完全归纳”，却是不足以得出一个确然的全称命题的。理由很简单，你怎么知道如今活着或以后出生的人里面就没有人会不死呢？

实际上，“人皆有死”的命题并非完全通过数人头似的“归纳法”得出的，我们对生命本质的探究也在支持这一结论。简单说是这样：我们认识到，有死其实是生命的一种本质属性。通俗一点说则是，生老病死都是生命本身必然具有的组成部分。所谓“人固有一死”，就有这个意思在。有生无死的生命不仅是从未被观察到，而且是不可思议的。如果真有，我们也许就会不再把它看作生命，而是看作另外一种什么东西，比如神仙，比如妖精。所以，就我们的知识系统而言，也可以说生命按其定义就是有死的。人当然不能例外。

还有一点我个人的经验似也值得一说。我儿子5岁那年，有一天下午坐在屋里忽然放声大哭，怎么哄都止不住，怎么问都问不出一个来由。正纳闷着呢，他却突然迸出一句话：“有一天你们都会死的！”然后是更厉害的哭。我们当时觉得有点好笑，但事后想，孩子显然是自己领悟了“人皆有死”这点知识。我说领悟，是想区别于“归纳”和“推论”，5岁的孩子似乎还不具备那样的逻辑能力。不过，这话其实也不尽然。儿子在2岁多一点时就曾指着自己的瞳孔对抱着他的我反复说：“爸爸，爸爸。”我当即明白了：他在我的瞳孔里看到了他自己的影像，于是反过来推测出自己的瞳孔里必有我的影像。我首肯了他的推测，这之后他才罢休。这种方法，在逻辑学上叫作类推。我不能不对人类的学习过程暗暗称奇。话说回来，5 岁的儿子这一回是不是也在应用类推的方法呢？不过，那时候他还从无机会近距离见过死人这件事，他这类推从何而来？

说奇也不奇。按我的体会，我们对死亡想得最为真切的时候恰恰是在童年。我自己是什么时候开始领悟到“人皆有死”的？具体的日子确实记不准了，但我敢肯定不会超过 7 岁。我清楚记得有一晚我因想到自己有一天会死而不敢入睡，那时我还没上小学。那种经历，在我的童年还有过好几次，大概是在读初中以后才渐渐绝迹。成年以后，血气方刚，我们常会把死亡当成一件事来对待，或者当作一个概念来谈论，其实都已巧妙地避开了直面死亡。童年时候则不然，想着自己有一天会死去，这个世界还存在着，而且是永远地存在下去，但这个世上将不再有我，不是暂时没有，而是永远不会再有……那种空灵一片的怕，长大后真是再也没有复制出来过。尽管我有时候刻意追溯童年时的那种思路，却总是以失败告终。不能说我不再怕死，但我已然失去了那份空灵。后来我学了哲学，知道那空灵一片的怕，实则包含了对存在（或存在的意义）的一种追问。

从我儿子和我自己的例子看，似乎还存在一条向内的途径，可以让我们确知“人皆有死”。至少可以说，我们并不需要亲眼看见或亲耳听说了许许多多死者，也不需要深入观察或探究生命现象，便能自己（在很小的时候！）得出“人皆有死”的结论，并且不加求证就迅速地予以确信。夸张一点说，这点知识仿佛是我们先天就具有的，只是一时没有想起，而后天的一丁点经验（比如见到一位死者）就会如敲击链接键一般地唤醒记忆（柏拉图说过：知识就是回忆）。当然，这点知识的不可颠覆，还须依赖我们的后天经验中确实不会出现一个长生不老的人。

我怕是说得过于神秘了。我其实是在猜想：在我们对“人皆有死”的领悟里，好像藏有我们这个物种（被命名为现代智人）与我们这个世界的某种特殊联系。“猫皆有死”“狗皆有死”“猴子皆有死”……不敢说其他物种都不知道自己有死。电视里就曾看见，一只受伤的老雄狮悄然离开狮群，在郊野中静静等候死亡降临。我确信它知道自己即将死去。然而我却敢说，其他物种不会像人一样，因领悟“有死”而追问存在的意义。我这样说，并不是想重复人类比其他物种高级的陈词滥调，而只是想说：“人皆有死”这点知识虽然得来全不费功夫，但在我们人类的生活中却是要多重要就有多重要。至少我是这么看的。不妨设想一下，如果我们不知道人皆有死，我们的人生是不是会大不一样？

二、彼岸

我们都知道人皆有死，但我们都不知道死究竟是怎么回事。当然，医学上有定义，心脏停止跳动，脑死亡，诸如此类。但那显然都只是旁观者隔岸观火的判断，而从古至今人们在追问死是怎么回事时，想知道的却是死者本人的亲身经验。然而，“从来不曾有一个旅人回来过的神秘之国”（莎士比亚的哈姆雷特如是说），宛如时间中的一个黑洞，没有任何信息可从那里逃逸。因此，关于死，我们所知道的全部事情，都是在我们这一边发生的。至于死者那一边发生的事，在我们的知识谱系中则注定成为永久的空白。

明显感觉到一种不可逾越的阻隔，彼岸的想法于是很自然地就产生了。我们不相信一个人的音容笑貌、仪态举止、性格气质、思想情操……一句话，一个人的“我”就此全部消失，因而我们总是倾向于认为，那个“我”到另一个世界去了。虽然我们都明白，对于那“另一个世界”（包括它是否存在），我们其实也是一无所知，但却不妨碍我们煞有介事地为死者的“新生活”安排筹划，仿佛我们对那边的情况早已熟悉。从我们这一边（此岸）来看，这些安排筹划也应受到尊重，因为它们其实（常言道）是寄托了生者的哀思。

由于一无所知，难免会把另一个世界的事照着我们这个世界的样子来打点，这也不难理解。比如烧钱纸。钱在我们这个世界委实是太重要了，以至于让我们无法想象一个没有钱的世界和一种没有钱的生活。不过，前几年我在八宝山殡仪馆门前看见有小贩在卖仿印美钞的钱纸时，尽管我当时心情肃穆，却还是忍俊不禁：敢情阴间也在“全球化”了？老实说，对于这样一种“与时俱进”，我实在不敢恭维。不为别的，只因又一次想起福尔摩斯的那句名言：“伦敦真无聊啊，连犯罪都缺乏想象力！”

祭奠时照说应该是面向彼岸，可我们有时候却好像被困在某个远离此岸岸边的洞穴里，两眼盯着的就只有洞穴里的那点事，想象力的贫乏也是自然的。古往今来的哲人们总是在说，让我们试着走出洞穴，一直走到此岸的岸边去张望一下。是啊是啊，到了此岸岸边也是依然看不见彼岸的，但我们至少能看见一派空阔！回到原点，我们在临终者床前看到的，难道仅仅是他的心脏停止跳动或脑电波消失？我们没有突然感觉到眼前一片苍茫浩瀚？是啊是啊，那时候我们正在此岸岸边。英国诗人济慈有诗云：“在辽阔世界的岸边，我站着并且思想，直到爱情和荣誉都沉入虚无之乡。”

我们是不知道死究竟是怎么回事，也不知道彼岸世界究竟是什么样子，甚至还不知道彼岸世界究竟存在不存在。但是，死，这件在此岸发生的事，总是能把我们带离洞穴，带到一片开阔地。所谓彼岸，也许不过是死亡给出的一道地平线？这地平线当然不是只给临终者的，因为我们已经知道，并不是只有临终者才能到达岸边。换言之，给出地平线的死亡并不只是等候在我们生存的终点，却是始终伴随着或引领着我们的生存。直面这地平线的生存，当然会不同于窝在洞穴里不肯出来的生存。而我们应该不难同意，对人来说，前一种生存是一种更为真实的生存。所以有哲人又指出，人不仅仅是有死的存在者，而且是向死的存在者。

三、视死如归

对我们这一代人来说，说起“视死如归”，就容易想起革命烈士的故事。我们也多半是从那些故事开始接触到这个成语的。查成语词典，其出处（《管子·小匡》）说的是“三军之士”，形容其英勇的意思，用到革命烈士身上确实也恰如其分。不过，我却一直有一点小小的“腹议”，也即悄悄地认为：如果仅从字面上说，有一种一点也说不上英勇的寻常态度，却好像也说得上是“视死如归”。当然，成语总是有由来的，不能“仅从字面上说”。

我所说的“寻常态度”，最早是从祖母那里体会到的，时间是在 50 多年前。祖母胆小怕事，但却不怕死，这是我童年里印象最为深刻的一件事。由于我是祖母带大的，所以跟她也最亲。她的病床前，我算得一个谈伴。记得是在一个悠长的下午，我们那间有些昏暗的小屋里只有我和她在。她跟我谈起了死。她说，死就是“烈马归栏”“黄金归库”。那意思大约是说，死是一件一定会来而且应该要来的平常事。她也说起自己将不久于人世，但她的语气与神态都平和极了，与平日里聊家常事时毫无区别。我现在回想起来，觉得她甚至不是因怕我过分伤心而预先做一点铺垫，只是话赶话就说到了那里，所以我当时也一点没感到害怕和悲伤。仿佛我也觉着，死不过是一件平常事。对一个十来岁的孩子谈死（如今称为“生死教育”？），能达到这种效果，我祖母还真有点了不起！后来的事实证明，她的言行是一致的。她可能会有许多的“放心不下”，但她的病床前却从未出现过如今电视剧里常有的那种隆重诀别的场景。没有郑重其事的交代，没有令人动情的回忆，在我的记忆中，她甚至没有伤心过一回。直到临终之夜，在停止呼吸的那一刹那，我才见到一行长泪静静地流过她已然安详的面颊。

祖母大字不识一个，是个连名字都没有的旧式妇女。户口簿上登记的姓名是“朱王氏”，意思是嫁到朱家的王氏女。我因此总在想，祖母对待死亡的那种态度，必是中国民间代代相传的一种态度。对于这种态度，我实在找不到比“视死如归”更为恰当的词来表达。

我相信这种素朴的态度包含着某种源远流长的生死观，因而 50 余年来也时常会暗自玩味。“烈马归栏”“黄金归库”都是指回到其本应在的地方，所以，一般来说，视死如归的“归”字当指回家。这意思反过来推，就推出“人生忽如寄”这种中国文人常有的感慨来。活着倒是漂泊在外啊！可见民间流传的这种态度，实际上也早已植根于文人的某种传统之中。一方兄在《直白优雅谈论死》一文中引用了出自《淮南子》（大禹的故事）的成语“生寄死归”，便是在说这种传统。争论民间的和文人的传统何者在先怕是没有意义，比较明智的猜测应该是两者同源。当然，要说那源头归根结底是在民间，想来也不会有大错。

这里的归字显然不含“超越”或“超度”的意思，因此，尽管漂泊在外，“归”却不像是指向“彼岸”。也可以说，这种生死观是没有预设彼岸世界的。那么，“归”于何处？或者说，“家”在哪里？我这样提问，当然并不是想要一个具体的（事关地点或空间的）答案，而是想从这种生死观的展开中寻求一种解说。苦于读书有限，我能想起来的一个“解说”又是一个成语——“鼓盆而歌”，当然连带着那个出自《庄子·至乐》的故事。

庄子妻死，惠子吊之，庄子则方箕踞鼓盆而歌。惠子曰：“与人居，长子、老、身死，不哭亦足矣，又鼓盆而歌，不亦甚乎！”庄子曰：“不然。是其始死也，我独何能无概！然察其始而本无生，非徒无生也，而本无形；非徒无形也，而本无气。杂乎芒芴之间，变而有气，气变而有形，形变而有生。今又变而之死。是相与为春秋冬夏四时行也。人且偃然寝于巨室，而我嗷嗷然随而哭之，自以为不通乎命，故止也。”

按庄子的说法，人之有死，确实是一种回归——回归其出生前的某种状态（“芒芴之间”？）。“寝于巨室”是一个令人神往的比喻，但其实这个“巨室”却差不多可以理解为整个天地之间（或称“大造”），并不在另一个什么具体的地方。用现在的眼光看，庄子的观点近似于某种“循环论”——不是“灵魂轮回”，而是有与无（存在与非存在）的巨大循环。因此，“鼓盆而歌”不是在摆一种故作旷达的 pose（姿势，姿态），而是在表达某种眼界辽阔的哲学。

再多说一点。王夫之（船山）在其《庄子解》中批评说，《至乐》一篇有“以死为大乐”的倾向，有违庄子学说，必是“假托”之作。按他的说法，庄子有言在先：“奚暇至于悦生而恶死？”意思是哪有工夫去悦生恶死？当然同样也没工夫去悦死恶生。听上去庄子之于生死，确实像是有一种比“鼓盆而歌”更为超脱的态度。不过，庄子的生死观也并不玄乎，生生死死，不过是“天钧之运，自然推移”（王夫之语）而已。换成今天的说法：生是一件自然的事，死也是一件自然的事。我想，我们要是想透了这句话，大约也可做到“哀乐不入其中”（王夫之语）的。

四、梭伦说善终

中国人求“善终”，善终几乎等同于善报，“不得好死”因而成了一句骂人话。死这件事看来被赋予了一种伦理意义。不过，求善终的并非只有中国人，古希腊七贤之一的梭伦就也曾把善终看作幸福人生的一个必要条件。梭伦是为雅典立法的国王，据希罗多德的《历史》一书的记载，他曾经周游各国并与人探讨“什么是幸福”这一问题。当吕底亚国王克洛伊索斯问“谁是幸福的人”时，梭伦没有提及克洛伊索斯本人，而是列举了其他几位。这让克洛伊索斯很不高兴，梭伦于是说出了以下一段话——

说到你本人，我认为你极为富有并且是统治着许多人的国王；然而就你所提的问题来说，只有在我听到你幸福地结束了你的一生的时候，才能够给你回答。毫无疑问，纵然是豪富的人物，除非他很幸福地把他的全部巨大财富一直享受到他临终的时候，他是不能说比仅能维持当日生活的普通人更幸福的。因为许多最有钱的人并不幸福，而许多只有中等财产的人却是幸福的。拥有巨大财富的不幸的人只在两个方面优于幸福的人，但幸福的人却在许多方面都超过了前者。有钱的人更有能力来满足他的欲望，也更有能力承受大灾难的打击。后者当然不能像前者那样地满足自己的欲望并且也经不住这样的灾难，然而他的幸运却使这些灾难不会临到自己身上，此外，他还会享受到这样一些幸福：他的身体不会残废，他不会生病，他不会遇祸，有好孩子，又总是心情愉快的。如果在这一切之外，他又得到善终的话，这便是你所要寻找的人，也就是够得上称为幸福的人了。然而这样的人，在他死之前，毋宁应当称他为幸运的人，而不是幸福的人。

从梭伦的这段话来看，他虽然没有把善终视作德行的报偿，但同样赋予了伦理意义，因为幸福在他的论述中显然不是一种纯粹主观的心理感觉，而是一种具有伦理意义的客观判断。我们可以说，善终在他眼里是一种价值。值得一说的是，他并没有把长寿看作善终必有的内涵。这里涉及他所说的一个故事。这个故事的主角是两兄弟——两个阿尔戈斯人。

当阿尔戈斯人为希拉女神举行一个盛大的祭奠时，他们的母亲一定要乘牛车到神殿那里去。但那时他们的牛并没有及时地从田地里给赶回家里来，于是害怕时间赶不上的青年人就把轭架到自己的肩头，亲自把母亲乘坐的车拉来了。他们拉了 45 斯塔迪昂（约 8.1 公里）的路程，直到神殿的跟前。全体到神殿来朝拜的人亲眼看到他们所做的事情之后，他们就极其光彩地结束了他们的一生。……原来阿尔戈斯的男子围住了这辆车并称赞两个青年人的体力；阿尔戈斯的妇女则称赞有幸生了这样一对好儿子的母亲；母亲对于这件事，以及对于因这件事而赢得的赞赏也感到十分欢喜，她于是站立在女神的神像面前，请求女神把世人所能享受到的最高幸福赐给她那曾使得她得到巨大光荣的儿子克列欧毕斯和比顿。她的祈祷终了之后，他们就奉献牲畜和参加圣餐，随后，他们便睡在神殿里面。他们再也没有起来，而是就此离开了人世。……

梭伦讲这个故事时有这样一句评论："从他们两个人的身上，神也就清楚地表示出，对一个人来说，死是怎样一件比活着要好的事情。"我们今天未必能完全接受这个结论，但其中却明显包含着一种我们不难赞同的观点，即死得是时候就是善终，确实不见得活得越长越好。

五、永生——从伊甸园的故事说起

人皆有死的真理在基督教的《圣经》里被表述为上帝对亚当的一条训诫："你来自尘土，必归于尘土。"时间是在亚当与夏娃偷吃知识之树的果子之后，听上去"人皆有死"是上帝因亚当之罪（"原罪"）对人进行的一种惩罚。反过来推想，如果没有犯罪，当初亚当与夏娃在伊甸园里应该是不会死的，否则惩罚二字从何说起？或许，上帝已经想好，要把生命之树上的果子赏赐给他们，他们因此也就会获得永生。按《圣经》里的说法，已经偷吃了知识之树的果子的亚当与夏娃，如果再吃了生命之树的果子，就会变得完全与神一样了。看起来神的属性也就是两条：智能加永生。我猜想，上帝既然"按神的形象"创造了人，总应该让人分享一点神的属性。从《圣经》里已经发生的故事看，上帝好像宁愿让人获得永生，而不愿让人获得智能或"知善恶"的能力，理由不详。

但人类无意中却做了别样的选择，人因而得到的是智能，并且永久性地失去了获得永生的机遇。这一失去非同小可，因为人失去的其实是整个"伊甸园"。可以想象，伊甸园里的日子是傻乎乎的，因为不需要动脑子；但却是充满爱欲的，因为上帝造女人原是为了慰藉男人的寂寞。值得指出的是，"生育之苦"也是"原罪"出现后上帝对女人的一种惩罚。这说明，伊甸园里没有生孩子这件事。或许这也可从侧面证明，亚当与夏娃不会死这一点，原本应该在上帝的设计之中，否则上帝的创造不就成了一种“短期行为”？

我曾经在一本古希腊神话故事的书里看见过这样几幅插图。标明“黄金时代”的图上只有一男一女，很悠闲的姿态；标明“白银时代”的图也有一男一女，但两人间多了个小孩，样子虽也很悠闲，但多了一份对孩子的关注；接下来的“青铜时代”和“黑铁时代”就不去多说了，那图上描绘的是战争。我最初老想不通的是，一家三口不是更完美的一种存在吗？何以会是白银时代而非黄金时代？其实这表明古希腊人和古犹太人的想法是很相似的。在希腊人古老的梦想中，充满爱欲而又无生育之累的生活，才是真正快乐的生活。如果再获得永生，那就可以说是天堂（伊甸乐园）一般了。

以上只是我个人对《圣经·创世纪》的一点解读。作为一个未曾受洗信教的读者，我所关心的只是故事的某种寓意，也就是人类对自身存在的某种理解。伊甸园反衬着的是人类的现实生活。人类的现实生活在总体上被理解为一种放逐状态——失去乐园的生活。在这种被放逐的生涯中有两件不好的事：一是有死，二是有痛苦。有史以来，逃避痛苦的努力一直在进行着，并且应该说还是颇有成效的。当然这一点有可能还存在争议。逃避死亡的努力也不是没有，比如炼丹修仙之类，但成功的范例都止于传说。于是，获得永生成为一种梦想，或许还是人类最为顽固的一种梦想。从这种梦想中产生的种种神话故事（伊甸园只是其中之一）且不去说它，单说象征意义上的永生，岂不是充斥于我们的文学表达和日常语汇之中？就近举一例，我们这一代人青年时期向往着“投身革命”，不也是向往着“在烈火和热血中获得永生”？

不过，仅仅获得永生却未见得就回到了伊甸乐园。被锁在高加索山上并被兀鹰不停啄食肝脏的普罗米修斯，就有一种求死都不可得的痛苦。这个故事说明，一种永恒的痛苦人生并非不可想象的，毕竟死亡和痛苦是两件不相同的坏事。巧的是，盗火者普罗米修斯所受的惩罚其实也源自把智能传给了人。看起来获得智能原是一个祸端，被逐出伊甸园的人类如果又获得了永生，会不会像普罗米修斯一样永远痛苦着？换句话说，傻乎乎是不是活在伊甸园（快乐生活）的一个必要条件？从人类思想史上说，的确向来存在一种反智的倾向，认定人类不幸（以及罪恶）的总根源就在于人类获得了智能，所以应该返璞归真。当然也存在另一种倾向，那就是把智能视为对人类的特别恩赐，宁愿过一种有死、有痛苦但有独立思想能力的生活。但这已是题外话了。我在这里想说的只是，有死的生是我们唯一拥有也唯一可能拥有的人生。设想我们意外获得了永生，我们的人生将要发生什么样的改变呢？我们可以试着出“假如我不会死”这样一个题目来展开合理想象，其结果必定会相当有趣并且超出我们的想象。我可以以我过去读到的另一个想象作为提示，那个想象的题目是：假如地球停止了转动。让我意外的一个想象是：我们与我们身边的各种物件都飞到天上去了，因为惯性……

六、永生者的幸福生活

很早的时候就听过一个很老的故事。那个故事说，某人做了一件善事，神因而许诺，可实现他的一个愿望。那人倒也不傻，他没有像《渔夫和金鱼的故事》里的那个老太婆，一开口只想要一个新的洗脚盆，而后又因后悔而不断将愿望升级。他是直截了当地把心底里最高最大的愿望给端出来了：他想要的是不死。神答应了。后来发生的事情是，那人确实一直没有死，但却越来越老、越来越老……见过他的人都说他是个“老不死”。终至于他自己也开始憎恶自己，然而他已然求死不能，只能继续活下去并且不断地老下去。

其实还有一个更聪明的（也是帝王家最容易有的）愿望叫“长生不老”，故事里的那人若是向神提出来，情况也许就不一样了。不过，认真说起来，长生不老实际上是两个愿望，神恐怕只能答应让他二选一吧？我在这里不是想替神仙较真，而只是想据此说明一个我能想象得到的问题：一个获得永生的人虽然像是获得了神的最高赏赐（反正比中彩票要高多了！），但他或她若想过上幸福生活，需要满足的愿望依然还会有很多很多，很有可能比我们这些要死的人还要多。不老只是其中之一。其他还可以想象得到的是许多与我们要死的人相同或相似的愿望，但迫切度都应该会更大一些。比如衣食不愁，不受饥寒之苦，这是“最低纲领”吧？设想一个永生者一辈子受穷，那会是一种什么光景？他或她那一辈子可是没个尽头哪！再比如，在社会中至少能受到最起码的尊重，这也当算得一个“最低纲领”。倘若被人“打翻在地，踏上一只脚，叫他永世不得翻身”，那就不是“惨了点”的问题了，他是真的拥有一个“永世”的啊！所以说，帝王们往往才是最想长生不老的人，因为他们总觉得自己想要的东西已应有尽有，缺的只是一个不死了。这当然也是不尽然的。且不说“大有大的难处”，帝王有帝王的烦恼焦虑，能想象他们有时候比常人还要缺乏安全感。就从普通人的角度看，尽管帝王们可以拥有最多最好的医疗资源，但却未必拥有健康。有些病有可能会困扰终生，如果摆脱了死亡却摆脱不了那份痛苦与尴尬，情何以堪？随意设想一下，倘若一位长生不老的帝王患了麻风病，他将如何打理他那无限漫长的一生？还有，对荣华富贵等样样不缺的人来说，往往可能会有一件稀缺物，那就是精力。“长生”可以保证一个人有挥霍不尽的时间，“不老”也许能保证一个人有足够充沛的精力，但却不可能挥霍不尽。说白了，长生不老的人不会死，但却会累。就算精力可以通过休息不断再生，但要想把挥霍不尽的时间尽数挥霍掉，怕还是会有力不从心的时候，于是有些时光便有可能变得难以打发。反观我们有死的人生，时间当然是个稀缺物，但难以打发的无聊时光不也是一大把一大把的？

马三立有一个相声讲到中了彩票以后的挥霍，他说：“我吃包子，我天天吃狗不理的包子。”呵呵！真到了挥霍不尽时，确实还存在一个很严重的问题：怎么样挥霍？有钱不会花是常可见到的事，有时间不会花也一样。中彩票暴富，钱毕竟还是有限的。获得永生则不一样，说时间的富裕是挥霍不尽，已不再是一种修辞。“我打麻将，我天天打麻将？”“我看电视，我天天看电视？”“我睡大觉，我天天睡大觉？”……反正有一点是明白的：“少壮不努力，老大徒伤悲”对一个永生者已然失去意义，他不再需要努力。或者说，他要想努力，任何时候开始都不嫌晚。有一个孩子与我聊天时曾经这样说过：“读大学？不急不急，70 岁再读也来得及。”这话倘用到一个永生者身上，就一点也不是笑话了，700 岁、7000 岁、70000 岁……再晚读都来得及！“读万卷书，行万里路”，在他（或她）是小菜一碟。不过，有时间不等于有能力，有时间也不等于有兴趣。倘没有能力、没有兴趣，莫说读万卷书、行万里路，就是读一本书、行一里路，也还是会嫌时间太长的，哪怕他是一个永生者！时间太长的感觉不就是无聊的感觉？可以想象，一个能力必然有限、兴趣也必然有限的永生者，必然会有比我们应死者多得太多的无聊时光。

当然，帝王家有雄图大业，想着怎么合纵连横把江山一统，想着怎么把匈奴给灭了不留后患，又或者想着怎么把黄河水给弄清了……做不完的事等着他们去折腾，兴许不会有那么无聊？所以电视剧里的康熙大帝会“真的好想再活五百年”。不过，想象一下，假如康熙大帝如愿以偿活到今日，我们还会跟着他征战四方吗？或者，假如康熙大帝看见台湾综艺节目《康熙来了》，他会像我们一样地傻笑不止吗？……“世事如棋局局新”，有什么雄图大业始终在“推动历史前进”？一个活得够久的人就不难明白：“地球离了谁都会照样转动”，何况一个能见证千秋万代子子孙孙之盛衰兴亡的永生者？其实，古代帝王之求长生不老者，通常想着的是得道成仙绝尘而去。我想他们大概是明白，在尘世中永无止境地活下去是无法想象的。换句话说，那不会是人过的日子。

七、乔布斯的生活品质

电影《乔布斯》公映前夕，在北京举行了一次“跨界对话”。虽说意在配合宣传，但对话的主题——“解读乔布斯的精神密码”，听上去还是很吸引人的。这场对话归纳了乔布斯的三大精神特质：创新、坚持与追求品质，乔布斯的饰演者阿什顿·库彻则认为：“对每一个创业者而言，这三大特质都是需要深刻研究与领悟的。”

乔布斯的创业史，业绩辉煌，堪称创业者的典范。不过，对我这样一个不再有创业奢望的老叟来说，乔布斯也自有另一种魅力，简单地说，就是他这一生活得太精彩。他有一句名言：成为品质的标杆。这话固然主要是指活儿要干得出色，产品要出得超群，但我觉得完全也可延伸解读为人要活，就得活出一个样儿来。乔布斯的活法，确实提示了一种让我心向往之的生活品质。在我看来，那种生活品质的主要特征，不是辉煌，而是充实。也就是说，我心向往的，主要还不是他的业绩，而是他全身心投入创业生活（创业在他就是生活）时的那种内心状态。用他自己借佛家语说的就是“初学者心态”（Beginner's mind）。所谓“初学者心态”，或许是从“初发心”衍生而来，乔布斯的理解则有可能是追随日本禅师铃木俊隆的说法：“初学者心中存在多种多样的可能性，而专家心中已所剩无几。”不过，我总觉得乔布斯的心态也很接近诗人惠特曼的心态：“我说最初的一步已使我这么惊愕，这么欢喜，我没有往前走，也不愿意往前走，只一直停留着，徘徊着，用欢乐的歌曲来歌唱这些东西。”乔布斯说了：“拥有初学者心态是了不起的事。”而他与惠特曼一样，愿意一直停留在那种心态之中。他爱引用的另一句名言也表达了这层意思：Stay hungry,Stay foolish.（有译为“求知若饥，虚心若愚”的，我则宁愿保留原文，或者生硬地直译为：停留在饥饿状态，停留在傻瓜状态。）乔布斯了不起的地方在于，他做到了，终其一生他都拥有“初学者心态”。

所以我以为，如果把乔布斯的故事仅仅当作一个励志故事来讲或听，只怕是有点可惜了的。我是说，励志故事时下满大街都是，而“乔布斯的精神密码”或许值得再多做一点点推敲？像乔布斯这么一位成就卓著的人物，要想破解他的精神密码，“听其言而观其行”的箴言或许应该倒过来应用，改作“观其行而听其言”。理由很简单，见其成就即已见其行了，而闻其言方能闻其心声。乔布斯去世以后，他在斯坦福大学 2005 年毕业典礼上的演讲开始广为流传，就说明人们已经意识到这一点。那个演讲，是在他与死神刚打了个照面之后发表的。2004 年，他被诊断罹患胰腺癌，并且一度被宣判只剩下半年的生命。因此，从那个演讲去倾听其心声，很可能是最佳途径。

乔布斯在演讲中叙说了三个故事。其中最引人注目的是第三个故事，他自己称为“关于死亡的故事”。特别值得一说的是，他的这个故事并非从罹患癌症开始的。故事开始的时间要早得多：“当我 17 岁的时候，我读到了一句话，‘如果你把每一天都当作生命中最后一天去生活的话，那么有一天你会发现你是正确的’。”我们可以把这句话看作“向死而生”这一哲思的简明通俗的诠释。据他说，此后他每天都会用这句话来检视自己的生活。那就是说，截至发表该演讲的 2005 年，乔布斯“向死而生”已然有 33 个年头，也就是近 12000 天的时间了。癌症当然远不是这个故事的全部。因此，对于他演讲中被引用最多的一段话，也当作如是观：

“记住你将死亡”是我一生中遇到的最重要箴言。它帮我指明了生命中重要的选择。因为几乎所有的事情，包括所有的荣誉、所有的骄傲、所有对难堪和失败的恐惧，这些在死亡面前都会消失。我看到的是留下的真正重要的东西。“记住你将死亡”，这是我所知道的能避免患得患失之陷阱的最好办法。你已经赤条条一无牵挂了，再没有理由不去听从自己内心的声音。

我们每个人都知道自己将会死亡，但总好像是不太能记住，或者说总是在故意遗忘。我们也不是没有道理：每日每时地提醒自己将会死亡，人还怎么个活法呀？乔布斯提供了一个反例，他每天“向死而生”，却活出了格外充实的一生。说得文艺一点，是死亡张满了他生命的风帆。不过这里最要避免的一种误解又是一种“励志”的解释，即“记住你将死亡”变成了一种时不我待的鞭策。乔布斯说得很清楚，他从中获得的是一份听从自己内心的从容不迫，“从容”是因为内心充盈饱满，“不迫”是因为逃离了身陷陷阱的种种焦虑。每天早上对着镜子，他做的是减法：“如果今天是你生命中的最后一天，你会不会完成你今天想做的事情呢？”重要的是“听从自己内心”，而在任何一种患得患失催促下的“奋起努力”，都不过是在陷阱中的挣扎。看起来，向死而生给乔布斯带来的是一片开阔地，而不是偏狭逼仄的紧迫感，他说过：“我愿意用我所有的科技去换取和苏格拉底相处的一个下午。”

十一

渴望交谈

引言

我和妻子起意回到家乡贵阳长居时，都过了65岁，在北京已办了老年证。不过，我们的初衷却不是想还乡养老，而是想回去陪老岳母过几年日子。毕竟在外飘了30余年，未得在老人跟前尽过心。我自己的父母去世较早，老岳父去世就更早一些，唯剩老岳母活到90开外，是所谓“家有一老，如有一宝”。别的且不说，有老岳母在，我们就不敢自称老人，而且从心理上也确会自觉年轻——这个“轻”字原本就是个比较级！老舍说了：“人，即使活到八九十岁，有母亲便可以多少还有点孩子气。”

这一点，在妻子身上也是看得出来的。

还乡居住 4 年有余，有两年多时间与老岳母朝夕相处，于我而言，也是感触多多。从一开始我就意识到，老岳母正引领着我认识“老”的含义。于是，在友人罗点点的鼓励与敦促下，我提笔写下了一组记录性的文字。从老岳母 4 年前住进我们家的第一天，直到去年 5 月她辞世而去，前前后后、断断续续我共写了 11 篇。本以为我写下的是我的观察，回过头看却发现我写的其实也是我自己的生活。如今读这些文字，眼里总浮现出老岳母那像一棵老树桩一样坐着的身影，同时又想起她努力想要记住的一句歌词：活着像树下一条根，死了像树下一捧土。

一、恍兮惚兮

老岳母每天早晨起床后，都要问一句：“我该怎么叫（称呼）你？”不只问我，同样也问我妻，也就是她的二女儿。有时候她还会问：“是你大还是我大？”她指的是年龄，我想她是为了确定称呼时不至于弄错长幼。有一次（也只有一次）她甚至问道：“我结过婚没有？”她那种一觉醒来恍若隔世的感觉一度真让我有些着迷，难道说当我们开始新的一天时，她竟然开始了新的一辈子？

老岳母 93 岁了，近一两年她是有些恍惚，记忆力明显衰退。不过，渐渐我就发觉，情况也许不像我想的那样夸张。她的记忆障碍更多时候不像是认知障碍，倒像是一种语词使用上的障碍：眼前的人她不是完全不记得，而只是记忆中搜索不出这个人的姓名。或者说，记忆中的形象与记忆中的符号之间原有的链接经常短路，不再能一一对号入座。这种情况在我们这些已经老了又还不算太老的人当中其实也时有发生。我这样判断的根据是，第一，她从来没问过“你是谁”？第二，她从来没对我们表现出恐惧或警惕。设想她一觉醒来真觉得眼前是一个完全陌生的环境和两个陌生的人，以上两种反应怕是必然会有的。在日常谈话中我们还找到了旁证。她想说某个人时，经常苦于说不出其人的名字。比如想说自己的儿子，却不得不转一个弯，说成“某某（儿媳妇的名字）的爱人”。这样“转弯”的时候还挺多，“某某的儿子”“某某的妈妈”在她是一种常有的表达。值得一说的是，她的这种“转弯”表达却很少有张冠李戴的时候。需要“转弯”，表明有障碍在，转弯是为了绕行。而绕行成功则表明，她知道自己的目标是谁，障碍确实只是在语词方面。

绕行成功还表明了一种能力，一种让我多少有些惊奇的能力。不过，更让我印象深刻的是，她在这种绕行中还表现出一种不肯放弃表达的努力。看得出她很吃力，使劲地搜索，使劲地要把搜索到的词说出来。当然，前提是要有人愿意听，耐心地在一旁等着她搜索。有一天我试着与她聊天，没话找话地问：“有时候你独自一人在家，会感觉害怕吗？”她回答说：“怕倒是不怕，就是没人说话。”我听了心里一震。平日里看惯了她面无表情地坐在闹哄哄的满堂儿孙中间，极少说话，也好像没在听我们说话，却忽视了她其实还有与人交谈的愿望。这些年她的视力因白内障而衰退，不能看报也不能看电视。可以想象，儿孙们的谈话就成了她唯一的信息来源。可是，儿孙们风风火火，从外面世界带来的各色话题、各种词汇，如果不从头加以解释，她恐怕很难听得明白，更不要说开口参与。其实单是语速一项，就已决定了她只能保持沉默。因此，与人交谈是变得越来越少。她后来告诉我："我一天说不了三句话。"还说："口都是臭的。"按我仅有的一点心理学知识来推测，记忆力的急剧衰退极有可能与说话太少有直接关系。于是我们商量决定，得有意识地多陪她聊天。就像扶着她走路时一样，你得按她的节奏和步伐走。当然，你首先得伸手去扶她起来。也就是说，你得主动找她聊。你不启动她不会动，因为她知道主动权不在她手中。

试着挑起话头，每次都能得到她的回应。一旦谈起来，才知道她真的很愿意交谈。她并非只是问一答一，常常也会主动地把话头引向别处。你讲的时候，她会很认真地听，明白的地方她会点头表示，不明白的地方她会要求重复或解释。重三叠四当然是难免的。昨天聊过的，今天她已忘了，咱再从头聊，不厌其烦。实际上也是一点也不烦。她的理解力并没有丧失，交谈中从没有出现过语无伦次的情况。偶尔露出机锋，会让你肃然意识到，眼前这位老人已经活了将近一个世纪。至于记忆力的衰退，我前面说过，她那种恍兮惚兮的状态让我有些着迷。有时候我甚至有一种想象，觉得那种状态就像是在意识的荒原中迷了路。交谈中她有时候像是在探路，重三叠四则像是在那里徘徊。从她的重三叠四瞭望她的徘徊，对那荒原的景象或许有可能窥见一斑？我用这种文学语言来说事，可能会让人觉得有些不着边际，但我实在无法更准确地描述我每天与她交谈的某种奇特感受。

还是说点实际的，重三叠四的谈话也不是没有进展。就说这每天早上重新核对称呼的事吧，看似简单地重复，其实几个月下来却有着微妙的变化。一开始她很严肃，每次问时都似乎有些忐忑。后来脸上开始出现笑容，那笑容很容易解读：一半是歉疚，一半却是觉着这事好玩（我想说顽皮却怕有点过）。有时候她会补充说："我刚才在床上还想起来的，一起床又给忘了。"有一次她叫我朱大哥，然后带着那种笑容解释说："我实在想不起你的名字来了，干脆就叫你朱大哥。"我把这些笑容视为嘉奖，因为它们最重要的含义是我们之间有了一种交流。这无疑是几个月来每天交谈的成果。

还有，现在她经常会呼叫我们，当我们跑到她跟前问有什么事时，她却说没事，然后指着她身旁的沙发说："在这里坐一会儿。"我们知道，她就是想跟我们说会儿话。在我们眼里，这当然也是一种嘉奖。

二、风一吹就没了

除了睡眠以外，93 岁的老岳母大部分时间都是在一个固定的地方枯坐着。面无表情，似睡似醒，偶尔抬起眼皮问一句："几点了？"或者："今天几号了？"又或者："现在是上午还是下午？"

你不知道她在想些什么。说得文艺一点，你不知道她的“意识流”描绘出来会是什么模样。我总觉得，有一天她打了个盹醒来后兴许会问：“现在是秦朝还是汉朝？”

我曾试着问过她在想什么，她回答说：“东想西想。”具体是什么她却说不上来，因为“刚想过的马上就忘了”。我猜测，她的“意识流”不会是有清晰逻辑（用语言进行）的思维活动，而更可能是一些边界不清的意象和意念在交替反复。可以想象其中充塞着种种回忆，不过在时间和地点上的错乱总是难免的。有些片段呈现为某种画面，其意义却不是很确切。比如说，她不止一次跟我说起老屋院子里的那棵树下——“我记得老二（即我妻）在那棵树下等人，也不知是不是在等你们？”“有些人在那棵树下看书和讨论问题，有没有你？”……我不知道那些画面有无实据，但每次听了都会心里一动，感觉有点像电影里的一个定格镜头，总是凝聚了点什么。

她对当下生活当然也有关切。“谁不在家她就惦记谁”，这在家人中可谓众所周知，我也深有领教。我妻子如果外出办事，几乎每隔一刻钟她就会问一句：“老二去哪儿了？什么时候回来？”这种时候给人的感觉是，她心里似乎只放着这一件事了。她的意识流因而也似乎是被现实给拽住了，流不了太远就得返回。不过，也有这样的时候，她的关切来得有些突兀，你不知道她是从多远的地方回过神来的。最近发生的一段对话可以算得一个例子。她突然发问：“我弟弟好久没来了，他是不是已经死了？”“你是说大舅？”“不是，大舅早已死了。”“那是说小舅？”“对，就是小舅。”“小舅好好的，一个多月前你不是还见过他吗？”她显然不相信我们说的最后一句话。我想，这或许是由于时间在她已然不是通过屈指计算去把握的东西，而更多地成为一种内在的主观感觉了吧？在她的感觉中这一个多月得有多长呢？总之，她交代我妻子想办法找她弟弟，但又无端地加了一句：“慢慢找。”第二天电话打通了，她还转过身来特地告诉我：“我找到我弟弟了。”听上去真像是一个长故事的结语！

值得一说的是，她对亲朋好友的生死情况（活着还是死了）从没有弄错过，至少在与我的交谈中是一次也没有，是死者她都能准确清楚地记得。她在这件事上的清晰度多少让我有些惊讶。要知道，她恍惚的时候曾问过我妻子：“我死了没有？”甚至还问过：“是你死了还是我死了？”不止于此。她每一次跟我谈论某某已经死了时，都是淡淡一说。而且，她问自己的弟弟“是不是已经死了”时，口气里也不存在担忧，与问“他是不是出差了”几乎毫无差别。我在想，死这件事在她眼里明显见得是很平常的，可她为什么对死者的记忆又如此深刻？对此我真不敢妄下结论，只是觉得可记上一笔。

我原先想象过，她时常在意识的荒原中漫游。如今我的感觉是：那荒原真够辽阔的！有一天妻子不在家，我索性与她长聊了三个小时，意在缓解她对出门人的惦记。有意识把话题往远处说，也有窥探那片荒原之意。想弄清楚她是怎么从安徽芜湖来到贵阳的，她却怎么也想不起来了。于是转了个弯问：“听说您做过童养媳？”答：“是有这回事。就在江对面，老二、老三就是在那里生的。”“老二、老三？那不是在贵阳生的吗？”“那又是十几年以后的事了。”我听懂了，她没有糊涂，我说的老二、老三（我妻子和妻妹）与她说的老二、老三（有可能是她的两个妹妹）所指不同。接下来她开始在“江这边”“江那边”及贵阳几个旧居老屋之间“穿越”（借用一个时下用语），说得很吃力，谈兴却一直很高。中途她去上了一趟厕所，回来后觉得想起了什么可说之事，脸上竟然流露出一丝丝兴奋，但话到口边却又忘记了。于是叹了口气说：“好多事情都想不起来了，风一吹就没了。”这以后她的谈兴依旧不减，只是有那么一刹那，她好像忽然失去了现实感，掉头问我一句：“这里只有我们两个人？我们这是在哪里？”然而还没等我解释清楚，她却又在继续她的“穿越”了。我一时竟也有些恍惚，仿佛已跟着她步入了那片辽阔的荒原。

三、娱乐时间

老岳母终日枯坐，在她当然也是不得已。腿脚不健，再加上眼睛患白内障，她的日常生活很难有什么别的安排。她自己总结说：“在哪儿都是坐，坐哪儿都是无聊。”儿女们为她准备了一个轮椅，有时也推她出去散散步。但原先住在城里，一下楼就是街，车多人多，散步并不方便。现在住我们这儿，是郊区，很安静，散步倒是成了每天（只要天气好）日程安排中的一个重要节目。只可惜她的眼睛不好，看不见小区里的花丛树影山光水色。但她大多数时候还是很乐意的，每次出来都自己要求下地走走。坐在轮椅上也常边走边问：“这是哪里？……往哪边走？……前面有人来了？……汽车？……现在我们去哪里？”还有评论：“这地方好！”“这里四通八达的！”……一路上话竟也不停。

不过，散步的时间毕竟是有限的。在外面待的时间稍长一点，她自己就会不安，催着我们回去。不安是她经常会有的一种情绪，往往来去无方。有时候可能是因为她想起了某件事（比如突然担心天快黑了），但她却不会明说；更多时候怕都是没来由地觉得缺乏安全感。给我们的印象是，还是只有待在家里，她才觉得心里踏实。这种心理不难理解，我们自己又何尝不是这样？回到家里又多半只能是呆坐着，似睡似醒，面无表情。尽管我对她坐在那儿神游何方很是好奇，有时候看着她却也不免心生感慨：人老了真没意思！于是更觉陪她聊天是每天必须做的功课。说到聊天，当然是随意比刻意好，刻意就有点像采访了。但要想做到随意，“茶余饭后的谈资”就显得有点稀缺。

有一天我忽然灵机一动，觉得或许可以让她看电视。记忆中有一个印象：四五年前她还喜欢看一些歌舞节目，知道的歌星似乎比我还多。后来是眼睛不行了才作罢的。我的想法是，看不清画面不妨碍听音乐，她的听力好像还可以。试着与她商量：“咱们打开电视听听唱歌？”她却说了不，理由是“不要浪费电”。我觉得这个理由似不够坚决（不是不想看），就假装自己想看把电视打开了。找到唱歌的节目，她还真跟着看：“是个男的还是个女的？”“一个人？”然后一再表示：“我听不清他们在唱些什么。”却又没放弃的意思。后来我悟过来了，她想要我帮她讲解歌词，却不好启齿。我于是开始给她读字幕，当然也适当做一点解释。一档节目看下来，她竟然毫无倦意。第二天我又试着问她要不要开电视，她的回答已变成：“随便。”自此以后，每天到点必开。一档或两档节目，相当于一堂或两堂课。

她看不清是肯定的，但也常有目不转睛的表情，明显是在盯着荧屏上晃动着的光和影。对歌声以及我念的歌词则不时会有反应：有时是径自地呵呵笑出声来，有时是简短的评论。我在一旁觉得她的这些反应很有趣，终于忍不住用个小本开始记录。以下是我从记录中摘取的部分例子。电影《芦笙恋歌》插曲《婚誓》，唱到“阿哥好比芭蕉叶，阿妹就是芭蕉心”一句，她呵呵笑了。这是几个月来我第一次听到她笑出声来。后来引她发笑的句子有：“漂亮的姑娘就要嫁人啦，我的心里痛得像刀在刮”“你要嫁人不要嫁给别人，一定要嫁给我”“直唱得老大娘，放下针线听一段”（笑后还补一句：“你要不说我还听不明白”），“不漂亮的不甘心，太漂亮的不放心”“以后不再拼了，只想做个爱情的傻瓜”……评论的例子则有：歌手降央卓玛——“声音好！”歌曲《青春舞曲》——“好听！”歌词“她那粉红的小脸，好像红太阳”——“会讲。”歌曲《可爱的一朵玫瑰花》——“歌好听！”凤凰传奇组合——“唱得好！”歌曲《相思河畔》——“这首歌清清爽爽的。”还有，听韩红唱《天路》时反复说："好听好听，我喜欢，我喜欢。"应该说，最强烈的反应是跟着唱，这种时候不多，但也有三次。第一次是跟着唱"北京的金山上"，第二次是跟着唱"一条大河波浪宽"，第三次是跟着唱"万泉河水清又清"。当然不是全跟。有一次她发现我们在听她唱，赶紧说："我随便唱的。其实我不会唱，就几句。"说时，一脸的笑容罕见地绽放开来，一时竟显得有几分灿烂。

我给她讲歌词，她常会问："这歌是谁唱的？"因此免不了总要说到歌星。"蒋大为？我晓得。""关牧村？我晓得。""刘欢？我晓得。"……她"晓得"的还真不少！有时我也会讲一点歌曲的背景情况，例如"这是一首很老的陕北民歌。""这是云南民歌，彝族的。""这首歌是个女作曲家写的，她叫谷建芬。"如此等等。她也好像很有兴趣听，没听清楚时还会追问。还有一些时候，她会对某句歌词质疑。比如听到歌词"从此后你有了自己的一双手"一句，她就立即做出反应："谁不是自己有一双手？"我跟她解释说，作者的意思是说那个人离开父母从此靠自己的双手活着，她听后评论道："会讲！"让我印象更为深刻的是她的另一次反应。"活着像树下一条根，死了像树下一捧土。"她听到这句歌词时像是没听明白，要求我重复了好几遍。后来我的感觉是，她不是没听明白，也不是觉得有什么疑义，而更像是想记住它。

现在看电视这件事已经成了她每天的娱乐时间。国庆长假期间，节目比较多，她也比较雀跃。有一天午睡后，她竟破天荒地主动到我卧室门口叫我："朱正琳，起床！"妻子问她叫我干什么，她回答说："我想让他来给我讲故事。"我说"破天荒"，是因为她从来对我有几分客气，这种事确实是首次发生。打那以后，她主动来叫我的事就不断出现了："下去走走。""过来跟我聊聊。"看来这看电视还悄悄地改变了她和我之间的关系。

与所有看电视的人一样，我们也总是会不时地说一点闲话。这时候的交谈就真是十分随意。渐渐地，她也不仅仅看我给她搜罗的唱歌节目，我们看别的节目时她也会在一旁跟着"混"那么一节两节的，当然也要我给她讲着。我在想，电视有时候其实有点像一个火炉，把一家人围聚在一起，平添了几分热络，她也许更在意的是那点热络。还有一点最要紧的，就是那点热络她自己也参与其中。因此，她常常一边听我讲，一边会问："老二在哪儿？叫她也来看。"而当我们自顾自地看时，她就会说："你们看的我不欢喜看，我睡觉去了。"在她不能参与的热络中，她也许更觉孤单。

四、寄居与家居

老岳母入住我们家的第一天，就让我的妻子带着她巡视了她的新居所。重点考察的项目是：她的洗手间在哪儿？我的洗手间在哪儿？弄清楚她与我不是共用一个洗手间后，她表示满意。之后不久，有一次我顺手帮着把她的洗手间清扫了一下，她得知后竟很气恼，郑重地要求我妻转告我："以后请他不要做这事。"那个"请"字用得让人印象深刻。而后又补上一条："我在卧室时，不要让他进来照看。"问为什么，她的回答是："他是男生。"呵呵！

我知道，除了男女有别以外，还有个亲疏之分。在她眼里，女婿终究是个外人。因此，她平日对我，总有点以礼相待的意味。我帮她做了点什么事，比如端茶倒水之类，她常会说声谢谢，对她的女儿就不会。实际上她有点什么事需要人帮忙时，也总是先呼叫她的女儿，实在不行时才会找我。还有，因为有我这个外人在，她也就不能"不拿自己当外人"。这一点分寸她拿得很准，尤其是在最初入住的一段时间里。饮食起居她从不挑剔，一概听从女儿安排，很少提要求也很少评论。我总觉得，她内心深处有一种意识，意识到自己是"寄居"在女儿家，处于被照看的弱势地位。一辈子奉行"打铁要靠本身硬"（她的口头禅）的她，难免因此会有一种防御心理。刚入住的那几天，她就不止一次问过我们："他们把我送到这儿来是什么意思？"后来又冷不丁地说了一句："总有一天你们会不要我。"这句话解释了一件最初让我费解的事，即她身上总揣着几千块钱，出门的时候尤其记得带着，尽管她自己数不清楚也记不清楚到底有几千。正写到这里，有朋友转发来供老年人（我们自己也已经是老年人！）"共勉"的警句箴言，其中有一条就赫然写着："父母的家永远是儿女的家，儿女的家永远不是父母的家。"看上去倒像是老岳母托人转发给我们的。不由得一笑，也不由得一叹。

如果注意观察，就会发觉，老岳母其实时时处处都表现出某种小心。比如说，吃饭的时候，她总是凑近碗沿，就着碗一口一口慢慢地吃，生怕饭粒掉到桌上或地上；夹菜的时候，她也总是要让筷子在菜碗上方停一停，生怕带着汤水洒了一路……你可以认为，那是一种长年养成的好习惯。但在视力不好、手又不利索的情况下，她的表现就明显透着一种努力了。我体会到，那种努力是出自一个老人的自爱自重，她不想在我们晚辈面前有失体面，她不想招人烦。

相处时间长了，慢慢积累起一种信任，她的防御心理似乎渐渐松弛下来。随身带的钱开始收进床头柜，下楼散步时也不再揣着，而只是在外出时才带上。对我的态度也在悄悄变化，这一点我在前几篇文字中已说了不少。这里可以补充的还有两件事。一是有一次妻子帮她洗完澡穿好衣服后，她在卧室里忽然高喊我的名字，妻子隔着浴室门问她叫我何事，她回答说："我让他来牵我出去。"按妻子的说法，我的待遇因此升了一级。二是她最近一次和我聊天时对我说："我也就是跟你聊得多一点，跟其他人我都不怎么说，真的！"妻子在一旁起哄："呵呵！跟我们都不说？就跟他说？你跟他成朋友了？"她对此居然没有否认。我自己认为，我的待遇因此又升了一级。

与此同时，她对我妻子的依赖感也在明显增强。这从她呼唤"老二"的频率就可看得出来。原先是有事才呼，现在是无事也呼。尤其是在她精神有些恍惚的早上，差不多是几分钟就呼一次："老二！你过来，到这儿来坐！"给我的印象是，她恨不得她的这个二女儿从早到晚都守在她身边。我一旁在想，这很可能是由于她觉着孤单？越是恍惚，就越觉孤单？还有，视力不好或许也加重了她的孤单感，因为她经常感觉不到我们的存在。要问她过去的呼唤为什么没这样频繁，回答看来也很简单：她过去很多时候是忍着的。

饮食起居她依旧不挑剔，但时不时会有评论了。有时候那评论还是一种提醒："今天这个鱼做得没盐味，明天他们（指来看望她的家人）来可别……"母女俩还有一种"冲突"也值得一说：女儿老给母亲夹菜，母亲却坚持要自己夹，为这事饭桌上每天都有"花絮"。女儿是嬉闹哄骗找借口，万变不离其宗；母亲则是一概正色相拒，以不变应万变。最初一段时间，母亲的拒绝主要靠端起碗来躲，后来则开始有了脾气，放下筷子以绝食相要挟："你夹你夹，你夹了我不吃，你还不是没有办法。"有一次甚至还威胁说："你再夹我就把碗砸过去，你信不信？"在局外人眼里，这点家常或许不值得我这样津津乐道。不过我却是旁观者清，从中看到了母女俩的情感往来，并且发现母亲那头一度关闭着的一些门窗正在悄然打开。可佐证我这一判断的事例也逐日增多，最突出的一例是最近刚发生的。党的十八大闭幕会那天，电视里在播放新选出来的中央委员名单，母亲突然对女儿说："明天你也带我去投票。"女儿问："你投票选谁呀？""选你。""选我干吗？""选你当主席。"转过身却笑容可掬地对我说："我跟她开个玩笑。"然后又补上一句，

"我们其实都是没名没姓的人。"

我们还注意到，老岳母脸上木讷僵滞的表情也渐渐有所减少，整个人因而显得生动了许多。除了不时跟女儿开个玩笑、斗个机锋以外，她还变得好"管事"。"灯不要开这么多""电烤炉关了没有""你们也早点睡"……俨然有点主人翁意识了。有一天妻子外出有饭局，她还忙不迭地提前从（午睡）床上爬起来，说是要给我做饭。此外，她关心的"闲事"似乎也多了起来。党的十八大选中央委员的事，就是她主动问的我们："电视里在念什么呢？这么多人？"还有一次我随口跟她说了两句网购这档子事，没想到她后来竟追问细节，仿佛她也想自己上网买点什么似的。于是就着网购这个话题，一家三口热热闹闹地聊了一阵子。当妻子说到"哪天我网购点毛线来打毛衣"时，老岳母的反应几乎堪称热烈："对！我也打。"见我在笑，她便很认真地对我说道："过去我的毛衣都是我自己打的，真的！"随后她那一脸闪亮着的笑容，竟又一次让我想起了"灿烂"二字。

老岳母的这种种"变化"，把我们也带出了一个误区。我们总以为，我们是来照看老人的，功夫也就自然偏重在这"照看"二字上。殊不知老人是希望与儿女在一起共同生活，她想参与到家庭生活中。没有人照看，她诚然无法生活，但她的生活却不能因此就等同于被照看。如果你有足够的诚意与耐心，她就有可能敞开心扉让你看到，没有要求并不意味着没有意愿，没有评论并不意味着没有看法。还有，你想当然认为她听不明白的事，她其实听得明白；你想当然认为她不可能感兴趣的事，她其实也感兴趣……

相反的情况则是，她那厢关门闭户，独自在意识的荒原中漫游，而你这头却有可能轻率地给她贴上了“老年痴呆”的标签。

五、我在哪里

几个月没见，老岳母好像又老了一截，岁月不饶人哪！春节后从海南回来，她住在她的小女儿（我的妻妹）处。头天住下，第二天就摔了一跤，肩胛骨粉碎性骨折。好在没错位，但恢复得艰难。我们从北京回来时，离她跌跤的日子已有一个多月，去看她，问：“痛吗？”她说：“现在不怎么痛。”又问：“前段时间痛吗？”回答是：“噢，痛得老火（贵州话，痛得厉害的意思）！”她对自己跌了一跤的事都不太记得了，但她记得哪儿痛。

那一跤是怎么跌的？据妻妹说，她把老岳母安顿在客厅的沙发上坐着，自己抽身去饭厅取某件东西，回过头来老岳母已摔在地上了，前后不到一分钟。从地点看，她明显已起身走了好几步。她的眼睛因白内障已几乎看不见了，急忙忙地起身是要干吗呢？答案没有什么争议：她急着找人。她知道自己换了一个新地方，身边没人让她感到恐慌。

这以后她的困顿与尴尬自然会有很多，疼痛只是其中之一而已。目盲，右臂又不能动，吃饭、睡觉、上厕所就都成了麻烦事。妻妹一人照料不过来，从四川农村请了一位 50 多岁的远房亲戚来帮忙。老岳母渐渐接受了她自己呼为“小妹”的这位亲戚。有小妹在，她生活上多了一层依靠。后来子女们带她去做了白内障手术，两只眼睛先后恢复到 0.5 左右的视力，情况当然就好得更多了。不过，有一种困顿似乎来自她意识的深处，那简化为一个很经典的问题：“我在哪里？我在哪里？我在哪里？……”每天都能听到她这样连声呼喊。

我们是上周日接她来我们家住的。头一两天相安无事，我们也很自信，因为她去年在我们这儿居住时与我们相处甚好，何况这一回我们还让小妹一起过来了。尽管她也不断在问“我在哪里”，解释解释就总能过去。不承想到第四天，午觉睡醒后她坐了片刻，突然跟我说：“今天有人来接我们。”我问：“接我们到哪儿去？”她纠正我：“是我和小妹走，你们不走。”“你们要去哪儿？”“回家。”说完拽住小妹起身便走，自己打开房门，两手（受伤的手也用上了）扶着栏杆径直下楼。小妹与妻子想劝阻，使尽浑身解数也无效，她一边走一边说：“你们不要拦着我！”那一瞬间她身上似乎焕发出一种精力，力气变大了，动作也变利索了，往常的暮气也一扫而空。真拦不住她，就只好改变策略，扶她下楼。我赶紧提着轮椅跟上。她坐上轮椅后就对前面的行人喊：“你们等等我嘛！”而后见着路旁停有汽车，又命令我：“你去把门打开！”轮椅行至一片空地时，她说：“这里不都是汽车？”想来当时她眼里，那片空地上停满了车。我急中生智，开始推着轮椅奔跑，意思是汽车已经开了。她有些害怕，连声叫我开慢点。兜了一大圈后，回到了我们家门口，我告诉她我们已经到了。她相信了，跟着我们上了楼。进门坐稳后她又吩咐道:“你和老二(指我妻)走吧。”“我们去哪儿？”“回你们家。”我们只好说，今天我们就住这儿了。她将信将疑，但折腾累了，一时顾不上就上床去睡了一觉，睡意蒙眬之际口中还念念有词：“我回来了，我回来了……”醒来后她变得比较平静，但还是问了我一句:“老二什么时候搬到这儿来住了？”看来她没忘记她已回到了她自己的家。我告诉她，我们是从北京搬来的，有一阵子了。她不再作声，也不知她是明白了还是彻底糊涂了。

第二天一早，她起床后显得心平气和，似乎已弄清楚了自己的处境。问她是在哪里。她说是在老二家。和我也开始聊天，接她过来后这还是第一次。我问她要不要看电视，她说不用了。过了一会儿又说:“你把电视打开吧，看看我还记不记得起来。”我一下又找到了去年的感觉，那时候她在我们家天天下午和我一道看电视听歌，其间总伴随着一种很随意的交谈。我没想到的是，她这一回却像是使了一计。有一搭无一搭地看了几分钟后，她忽然用一种商量的口吻跟我说：“明天你送我回去行不行？”我问回哪儿，她说回家。我又问家在哪儿，她说她也不知道，“但人总得有个家吧？”我赶紧振振有词地给她论证说，这里就是你的家。她也不反驳，只是淡淡地说了一句：“我总得去拿点钱吧？”我心里一惊:原来头天那一连串梦游般的行径，其实是发端于这么一个现实的动机？她认为自己寄居在别人家却没交钱付费，这让她寝食难安。她知道自己有一笔积蓄存放在小女儿那里，想去取却一直没说出口，独自翻来覆去地盘算，几近焦虑。这一份不安与焦虑在她那常有些恍惚的意识里发酵，终于酿成一个白日梦——愿望达成，有人开车接她来了。以上是我当时的一种领悟，尽管没现在说得这么清楚。我赶紧给她解释说：“你的积蓄完全没必要去取。你每月还有退休工资，工资存折已经交到老二手里。（她插问：“已经交了？”）你的钱完全够你自己用，你不是靠儿女在养活的。至于儿女们帮补一点或者给你多买点什么，那是他们在尽孝，也是应该的。”她听后沉吟片刻，说：“是这样啊，我还以为搞错了。”接着又补问一句：“保姆（这是她头一回称小妹为保姆）的钱呢？”我说：“也是用你的工资付的。而且，你还有医保卡，买药刷卡就行。”她不讲话了。我于是继续说道：“你就安安心心地住下来，好吗？”她点了点头。以后几天她真的变得很安静，而且奇特的是，她的意识似乎也清醒了许多。“我在哪里？”的问题虽偶尔也在问，但已满足于“在老二家”这个很具体的答案。

情况明显在变好，但我们却不敢掉以轻心，私下里反复检讨自己有什么不妥言行，竟让她觉得“搞错了”。想来想去，很可能是妻子有一天因她拒绝吃饭而发了火，她当时面无表情，心里其实却很错愕。回过头她想不通，便断定是因为钱。这当然是我们的一种猜测，恐怕永远无法完全证实，不过我们也有一个小小的旁证。据小妹说，老岳母曾悄悄问她：“我来这里，他们到底是喜欢还是不喜欢？”看来她认定了儿女家终归不是自己的家。这家接来那家送去，在她的感受中也许不过就是辗转迁移而已，只怕是会加重老人的漂泊感也未可知。

又一天，我有意和她聊起她的家人、她的子女，想着或许能帮助她加强记忆。她的话："我心里知道，但我说不出来。"我觉得多说说或许会使意识更明晰。历数她的儿女及儿女的儿女，介绍他们的工作和生活。她听后却评论说："他们几家都好，就我们不好。"我以为她是觉得我们这里不好，她又纠正说："你们也好，就我们不好。"说到我们一词时，她还特地用手摸了摸自己的胸口。我明白了，她说的是她自己。我于是问："为什么不好？"她说："什么都没有嘛！"我表示不同意："我怎么觉得你挺有福气的？你想呀，儿孙满堂，每个子女家里都给你留了一个房间，你住在哪里，哪里就是你的家。老话说，老有所养，你有子女照顾，自己还有退休工资……"她轻声打断了我："比较起来，是算好的。"她的这个"比较起来"用得极有分寸，既肯定了我又否定了我，让我一时有些哑然。我想，她说起"我们"，是不是暗暗指向她自己50出头就已去世的老伴，我那未曾谋面的老丈人？

六、家在哪里

老岳母时不时总在问："我在哪里？"我们原先总是回答说："你在老二家里。"后来则改口说："你在家里。这里就是你的家。"她听后也总是默然点头，似乎相信了，但往往片刻之后，问题又重新被提出。我们的回答显然没有真正解决她的问题。我们反复耐心地想说服她相信，这里就是她的家，她却把问题变了一下，连声问道："我家在哪里？我家在哪里？……"有一天还长声感叹："不晓得哪里是家啊！"还有那么几次，她独自躺在床上，忽然间却引吭高歌："我家就在黄土高坡！"反反复复迸出的就这么一句。事后跟她说起唱歌事，她却矢口否认自己会唱黄土高坡一曲，敢情那歌是在她意识恍惚时迸出来的？

与几位"家有一老"的朋友交流心得，竟发觉老人们原来都有这么一个心结：想有自己的窝。具体说就是，住的房子得是在自己名下的（无论是买还是租借），否则就总会表现出某种不安宁。但我跟老岳母说我们住的房子是她的，我们只是陪她住，她却始终不予采信。我知道，现在即使给她重新购置一套房，也是来不及了。这些年她伴着儿女东住西住，"不在自己家里"的印象早已固置在意识深处。想当初她也是一家之主，儿女们伴着她住，是依傍在以她为主干的家。每年年三十，女儿们都到男方家里过年，初一那天则照例是老岳母设宴，款待女儿女婿、孙儿孙女、重孙儿重孙女。四世同堂，我印象中人最多时达 22 人，11 男 11 女，我曾戏称为"生态平衡"。后来房子拆迁，她也垂垂老矣，儿女们不放心她单独住，就没有专门给她安置一个窝。都想着该儿女尽孝了，不承想倒在老人心里落下了一种漂泊感。漂泊感一词也许言重了，但有一个事实她肯定是曾经清醒地意识到，而后又在恍惚中仍然铭记着的，那就是：以她为主干的家庭已经被置换为以儿女为主干的家庭了。大年初一的聚会也还是会举行，照例也还是在她居住的地方，但真正的主人则是她所依傍的儿女了。据我观察，她是从一开始就明白这种置换已然发生的，从来没有糊涂过。她是个分寸感极强的人，一直是，一直到今天都是。

这倒不是说，她任何时候都把自己当作客人。有外人来的时候，她会行待客之礼：微笑着打招呼，欠身送客，等等，还会要求女儿尽主人之谊，即使是自己其他的儿女来了也是如此。那种时候你会觉得，她认为自己就是这个地方的主人。还有一点，自己的儿女来与其他外人来，在她是有区别的。自己家人来，是一种团聚，她总是会有几分兴奋。也许是那种兴奋使得脑供血充足了些，连带着那一天她都会显得比较清醒，不易恍惚，而且瞌睡也会比平日少许多。问她来的人是谁谁谁，她一般都能准确地认出来。我于是想，她平日里的恍惚，很可能与太缺乏兴奋点有关？老人的生活单调乏味啊！不过，也不是任何一种兴奋都能带来“正能量”的。当她不认识的外人来了，她会产生排斥感或恐惧感，有时候意识会更为恍惚。而时至今日，除了自己家人以外，其他人在她都已经是陌生人了，即便过去曾经很熟识。

前一阵儿子从美国回国来开会，借道回家住了几天，在她那里引起的反应就让我们始料未及。说起来儿子小时候曾在“婆婆”（儿子总这么叫她）家住过几年，跟她一直比较亲。最初听到她的这个外孙要回来，她也高兴了好一阵，还自言自语地说自己“病都好了”。可临到儿子要到家的那一天，妻子无意间说儿子现在长胖了，体重怕是有二百斤了，老岳母听后忽然要求回自己卧室躲起来。妻子问为什么，她说：“我怕，他太大了。”我们哄笑了一阵，也没太在意，但等我们出门将儿子迎回来时，却发觉她果然硬拽着保姆把她带回卧室了。儿子于是进卧室去跟她打招呼，可她不理，两眼紧闭假装睡着了。她其实是不敢看。隔了一会儿，她眯着一只眼瞅了儿子一眼，然后才慢慢睁开了双眼。待到我们把儿子领回客厅，那边厢却听她在喊：“我要看！我要看！”再把她扶到客厅，问她还怕不怕，她说不怕了。

第二天她端详着儿子又是满脸困惑。这倒也正常，对于我们，她现在也几乎每天都是重新认识一遍的。你要给她讲，这是谁谁谁，跟谁谁谁是什么关系，她就会回答你：“我晓得的。”她意识中有一张网并没有完全破碎，只是要跟眼前的人物一一对上号会比较吃力。儿子倒也还乖觉，每次与她照面都大声喊：“婆婆好！”她听了显然有些开心，问她认不认识她的这个大个子外孙，她竟笑着回答：“我晓得的，他叫我婆婆。”然而，她每次从儿子卧室门口经过时，总还是忍不住要用有一丝疑惧的目光，打量一眼那个躺在床上的庞然大物。到她真正完全适应儿子住在家里，却是在一周已经过去，儿子第二天就要动身返美的时候了。那天晚上，她独自躺在床上喊着：“我家没有外人！我家没有外人！……”

她对“外人”的排斥感有时候会让我暗暗吃惊。回想起来，她在去年似比今年“强悍”，因为今年她对客人的办法只剩下躲，而去年她还会想着法儿“轰赶”客人。当然，她的“轰赶”从来不失礼数。举例说，她会当着客人面起身说：“我下楼去买点菜来，让他们在这儿吃饭。”一开始我们和客人都以为，她这是对客人表示格外欢迎，忍不住一阵哄笑。后来我们才悟过来，她这是在用老礼数送客。旧时不是有主人一喊斟茶，客人就赶紧自己起身告辞的规矩吗？老岳母过去一向是十分好客的，她住的地方从来就是子女的朋友们聚会的好去处。如今她显然开始出现一种退缩闭锁的倾向。客人使她不安，仿佛她所剩有的不大空间内多了什么异物。

也有例外。这个月初有一对夫妇自北京来，一进门，那位女士就很自然地搬了把小凳子坐在她身旁，轻言细语地就开始和她聊上了。到告别时，老岳母竟像一个小女生一样微微抬起手来招着。隔天这对夫妇又与一帮北京来的朋友一起来了，那位女士依然是搬把小凳子坐在她身旁，问：“还认得我们吗？”回答居然是：“我认识你，不认识他们。”又问：“人太多了吧？”回答居然是：“人多了热闹。”这以后她似乎在认真听我们讲话，一边不断小声询问在身旁的女士，我们都在讲什么。那位女士也一直在耐心地给她解释。后来我听那位女士说起，她曾一度想起身去做点什么，老岳母却一把拽住了她：“你别走，就坐这儿。”我在想，是什么让老岳母和那位女士竟一见如故呢？就因为搬把小凳子坐在她身旁的那个很自然的动作？就因为耳语一般轻柔的声调？又或者，老岳母自有一种神秘的辨识力，一眼就看出了来者不是“外人”？

七、回家的梦

老岳母右肩胛骨骨折的创伤日渐好转，最明显的迹象是，右手和右臂的肿胀在消减。将近半年时间了，老岳母虽不时犯迷糊，但每天都不会忘记要检视一下自己的右手和右臂。我跟她说：“好多了。”她总是不以为然地说：“还肿着。”最近这些日子她却终于附和着我：“是好多了。”还有一个更可喜的迹象是，她的意识似乎比前一阵要清朗了许多。仍然会犯迷糊，仍然会长声发问“我在哪里？”“家在哪里？”“我是哪个？”……那光景就有些像古人在吟唱诗文。妻子曾因此感叹说：“老妈的问题全是哲学问题。”不过，近些日子她从那个形而上世界回到现实世界的时间似乎逐渐多了起来。比如说，有时候她会跟着我们看电视，很注意地盯着电视画面，脸上还经常有表情。如果你跟她讲解剧情，她能坚持看完一集电视剧。再比如说，妻子想出一招，陪她打麻将，她开始还拒绝，后来却真上了桌子。打起麻将来她一点不含糊，吃牌、碰牌、和牌样样都清清楚楚。我站在她背后观察，就没发现她出过什么错。用贵阳话说，“老麻师”了，牌桌上她还真是轻车熟路，平日里的那种恍惚竟消失殆尽。我没法不感到惊异。

还可以一说的是读报。有一天，妻子看报时发现一则新闻，说失散 40 年的一对双胞胎因一个偶然机缘重新相聚。老岳母在一旁听我们聊起这事，竟一直不停地感叹：“有这么巧的事！有这么巧的事！”还伸手把报纸要过去，仔仔细细地端详那对双胞胎的照片，并将报上的大字标题读出声来。我当时心里一亮，接过报纸就开始给她读，一边则暗暗在想：“志愿者到养老院都会做的事，我过去怎么就没想到？”接下来我又选了几则社会新闻读，她也一直专心在听。我于是对她说：“以后我天天给你读报怎么样？”她点了点头，那表情完全可以用“欣然”二字来形容。这以后我坚持每天给她读，两个多月的时间，她还从来没拒绝过。每次她都显得很有兴趣，时不时地还评论：“哎哟！”“这是个坏人。”“还是有好人。”值得一提的是，报上大标题的字她大多都认得，发声读出来时还常常是连读。我是说，她不是一个字一个字地读，而是一个词一个词地读，有时甚至整句话一气读出。当然，有些新词我得给她稍做讲解，诸如传销、网恋、“的哥”之类。那倒并不困难，她虽缺乏新知识，但却有足够多的老经验。渐渐地，每天下午读报倒成了我的“必修课”，到点我如果迟迟未现身，她就会点名：“那个大哥呢？”或者：“那个男娃娃呢？”有一次妻子帮我抵挡，提出让她二选一：打麻将还是读报？她竟毫不犹豫地选择了读报。还有一个“花絮”不能不说。一天，报上有个小评论的标题叫《家，在哪里？》我读后忍俊不禁，说：“倒像是您喊出来的一样，家在哪里、家在哪里……”我学着她平时的吟唱。不想她也笑开了，脸上的表情竟像一个被人发现做了恶作剧的孩子。那一刹那我竟有些迷惑：难道她发问时并不迷糊？

我注意到，每次读报时她的神智都很清醒，且少有倦意。我手中的报纸读完后，她会指着桌子上的报纸提醒我：“那里还有。”待到我告诉她可读的内容已经读完，她就会客客气气地说：“你忙去吧。”但我刚离开片刻工夫，如果她身边恰巧也没其他人在，就会听见她又在那边“吟唱”了：“我在哪里？我在哪里？……”仿佛她又进入了恍兮惚兮的形而上世界。我因此更加确信我原有的猜测：除了生理上的困顿以外，她的恍惚有可能也源于一种独自在“意识的荒原”中徘徊的孤独感。有时候她的那种长声吟唱会变得比较直白：“你快来！你快来！……”甚或是：“来一个人！来一个人！……”我也许可引此作为一个旁证？

然而，事情却有超出我想象的地方。正当我们为她的创伤在康复、意识变清朗感到欣慰之际，她又一次让我们领教并卷入了她的“白日梦”（第一次白日梦见《渴望交谈（五）》），梦境中想达成的愿望依然是——回家。也是在午睡时间，她突然让保姆小妹搀着满屋子找人。她的两眼比平日明亮，精力也显得比平日旺盛了许多。来来回回走了几圈后，她最终锁定了我。把我从床上叫起来，她径直地下了命令：“你送我走。”我问：“走哪儿？”“回家。”“家在哪儿？”这一回她不像往常那样回答“不晓得”，而是说：“你跟我去就知道了。”情急之下我又问：“咱们怎么个去法？”我的意思是我又不会开车，她却回答说：“坐船呀！”我一下悟过来了：“您说的是去芜湖？”“对。”她回答得很干脆，芜湖是她的家乡。“可是您离开那儿已经有

70 多年了，还有人在吗？”“没有那么久。有人在的，有姐妹，还有老祖。”接下来，我说的话就越来越像是负隅顽抗了：“可是芜湖那么大，我们怎么找得到她们呀？”“芜湖不大。找得着，跟她们说好了的。”“可是芜湖那么远，不准备一下怎么能拔脚就走？”“没多远。顶多三五天就能到。东西那边都有，房子、床、蚊帐。”保姆小妹来给我解围了：“去一趟得花多少钱呀？”“钱不是问题。”妻子也出来给我解围了：“叫小妹跟你去不行吗？”“不行，要朱正琳去。”此时此刻她把我的名字倒是全须全尾地记得很牢。“为什么呀？”“小妹不认识字。”我被困住了，心里却充满了惊奇：她竟好似精心筹划过一般！绝望中我捞了根稻草：“我给您读报吧？”“不用，把报纸带到路上去读。”说完站起来就走，我赶紧扶住她问：“船在哪儿？”她信手一指，似乎是她卧室的方向。我心里一乐，就想跟着她往卧室走，没想到她迅速转了个身，径直向大门走去。妻子这回急了，赶紧生拉硬拽地拖住她，一面暗示我先避一避。之后，妻子耍了个小花招，给妹妹打了个电话，说是要落实老妈回芜湖的车票、船票问题。那边厢反应也快，叫把话筒给老妈，然后说：“这两天到处下大雨，闹水灾，路都断了，暂时买不着票，得过几天。”老岳母于是开始坐在沙发上发呆。后来终于觉着累了，回卧室睡了一觉，这件事才算平息下来。

读过弗洛伊德，知道有白日梦这回事，但进入别人的梦境并且扮演了一个角色，在我却是平生之奇遇一桩。照弗洛伊德的说法，梦境总是（潜意识里）一个遥远的动机和（意识里）

一个当下的动机纠结在一起后合力造成。我这回算是信服了。老岳母在现实生活中一直想找自己的家，在梦境中竟指向了她童年的故居（她在闹着要回家时也曾说过要回“我妈妈的家”）。以此观之，我在《渴望交谈（五）》中把她第一次白日梦的动机归结为想去“取钱”，至少是有些片面了。当然，弗洛伊德理论也解答不了我的全部惊奇与疑惑。其中最惊人的一点是，老岳母是怎样把现实的情境（包括我、妻子和小妹）入丝入扣地统合或对接到她的梦境中去的？或者反过来问也一样：她是怎样把她的梦境入丝入扣地统合或对接到现实的情境中来的？

老岳母一觉睡醒，梦境不再，心情和面容的安详真像雨过天晴一般。平心静气地和我交谈着，神志比任何时候都要清醒。但我知道，在老岳母的意识深处，有一个蛰伏着的愿望仍然未获得满足。抑或也可以说，有一个悬置着的哲学问题一直未获得解答。而我们对此却无能为力。

八、隔洋通话

老岳母从海南三亚一回来，就又直接住进了我们家。晚上10点半，我们在院门口接车，隔着车窗我就问她：“老妈，还认识我吗？我是朱正琳。”天黑，她看不清，但听我报了名便立即说:“朱正琳哦，我晓得我晓得。”随即很信任地把手伸给我，让我扶她下车。我于是知道，她是真的没忘了朱正琳是谁。而且，由此也可判断，她的状况不错，也许比两个多月前她出发去海南时还要好一些。

跟着我们上楼，扶着她徒步登梯，三层楼依然不算难题。进屋后她开始审视我们的住宅："你们怎么搬到这儿来了？"我们赶紧说我们并没有搬家。她不以为然。我问："您还记得您来我们家住过？"她说："我晓得嘛。"我说："就是这里呀。"她不讲话，隔一会儿却又说："你们怎么搬到这儿来了？"再三解释她还是半信半疑，后来总算退了一步："你们改过了？"意思大概是重新装修过了。我们说没有，她则说："现在干净多了，宽敞多了。不像以前，又脏又乱的。"我有过经验，知道我们储藏在心底的记忆，有时候会悄悄地变形，以至于再见到记忆中事物的真身时，反倒觉得有点"不像"。但这一回老岳母的话却让我觉得，她多半是"串线"了，有一个别的什么房间的景象"串"到了眼前。极有可能的是，她想起了我们在北京的住所。十多年前她去过那儿，而当时那住所尚未装修完毕，水泥地都还裸露在外，可不是又脏又乱吗？当然，这也只是一种猜测。也许她想起的只是一个与我们其实毫无关联的景象也未可知。

与每次外出归来一样，她的头脑显然有些兴奋。时间已是晚上 11 时许了，她仍然毫无睡意。审视完我们的住宅，又开始审视她的二女儿即我的妻子："你的头发全白了啊！"像是分别多年后第一次见面似的。我们早就注意到，她在兴奋时不仅总是愿意讲话，而且表达总是比平日更清楚，也可以说是意识比平日更清楚。

第二天早上起来，她远远看见我，却又开始问保姆小妹："那个人是谁？"我赶紧上前："我是朱正琳，你不认识我了？"她反问："我怎么在这里？莫名其妙！"我跟她解释说她是昨晚从三亚坐飞机来的，她却说："我没坐飞机。我没去三亚。"看来一觉醒来便又恍若隔世了。到早餐时，我们问她要不要开电烤炉烤火，她说要，并说她天天都在烤着的。我说："在海南没烤吧？"她说："海南热嘛！"显然又记起她的海南之行了。接下来也不再那么恍惚，又继续昨晚的审视，这回是审视窗外的景象："那几排房子是后来才修的？"当然不是。再接下来，因为小妹的提示，她知道了我们阳台上的防潮木棚顶是新装的，审视才算告一段落。她的总结性发言很像是自言自语："房子不要弄得太好，一般就可以了。东西不要弄得太多，够用就行了。"

我们乘兴打开Skype（即时通信软件），邀她一起与远在美国的小蓬（我们的儿子，她的外孙）通话，她很高兴地跟着我们来到电脑跟前。跟小蓬打过招呼后，还主动问了一句："你在做什么？"之后便嗫嚅着不知说什么好。妻子在一旁教她："你说，小蓬，乖乖吃饭，乖乖屙屎。"这话小蓬小时候自己对着录音机说过，全家都曾引为笑谈。她显然忘了这个"典故"，说了声："丑！"坚持不肯说。妻于是又教她："你说，朱小蓬，马年好！马到成功！"这一回她照说了，而且是很严肃很认真地喊出来的，那副表情与小蓬小时候对着录音机说话倒是很像。不过，说完又是无话，妻子再接着教，她却不愿再一句一句地学，通话不得不就此结束。

又过了几天，我们再次与小蓬通话，妻子劝她来参加就劝不动了。她拒绝的理由可谓头头是道："我不晓得讲哪样。第一，我讲不了那么快。第二，我没有那个水平。"这以后每次通话她都照例拒绝。我也曾尝试着去动员过她，她的态度总是很坚决："我不去，我讲不好。再说他也听不懂我讲的什么。"一般情况下，今天发生的事，至多第二天她就忘了，而这次她与小蓬通话，她却似乎牢牢地记住了。这当然有些不同寻常。我只能推测，或许是某种挫折感强化了她对这件事的记忆？

时间过了两个月，这一天到了小蓬的生日。我们又一次打开了 Skype。妻子和儿子在聊着，我抽了个空当去到老岳母身旁，说："今天是朱小蓬的生日，朱小蓬是谁您还记得吧？""我晓得的。"看她神志清醒，我试探着说："老二在和小蓬说话，您也去说几句？"她没有一口回绝，而是面露犹豫，我赶紧补了一句："您去给小蓬问个生日好，让他沾沾您的福气？"这句话明显起作用了，她果断地吩咐说："你让老二拿过来吧。"呵！敢情她还知道 iPad 是可以拿过来的？说奇也不算奇，平日里妻子确实常坐在她身边发微信来着。而且，不是赶上她今天比较清醒吗？

iPad 拿过来了。视频里她看见小蓬，第一句是感叹："长胖了！"其实是镜头的广角效应。也许是由于离路由器远信号不好，视频卡住了，声音也听不到，她于是问我们："他怎么不理我？"倒也不生气，只是有些惶惑。我们却有些个手忙脚乱，担心她就此放弃。一个人拿着 iPad，一个人扶着她哄着她往路由器所在的方向走。还好，她这回看来是已拿定主意，她从来就是个主意笃定的人。跟随我们进了里屋，稳稳坐下，重新呼通了在美国那头的小蓬。她开始说了：“朱小蓬，你好！”那光景倒像是“现在开播”。妻子在一旁提词：“朱小蓬，生日好！”她照说了，说完却又语塞，求援似的看着妻子。妻子灵机一动，说：“你自己想说什么就说什么，反正是不用花钱的。”附带的这一点声明很要紧，否则，省俭一生的老岳母会感觉有压力。我们闪到一边，老岳母不能不打起精神，自己想词：“你吃饭没有？”“你在哪里？”“你在搞哪样（做什么）？”之类的家常话反复问了几遍之后，她好像找到了一个突破口：“你认得我不？”这是我们还有来看她的家人们常常问她的一个问题，此刻她借过来用了，也算得急中生智。妻子觉得好玩，在一旁忍不住又出点子：“你让他猜猜你有多少岁了。”她这回却没有照单全收，而是把点子拿过来改造了一下：“你今年多少岁了？”小蓬过生日，问题当然很切题，不能不说这个改造有点水平。接下来她的思路似乎打开了：“你回不回来？”“好久回来？”“回来人多，热闹点。”“快点回来！”“快点来！”“快点来！”……连声呼喊“快点来”就有点像平日呼喊我们到她身边的模样了，她显然已经克服了电脑通话造成的心理障碍。

与小蓬道过“拜拜”（妻子教她说的）之后，她回到自己常坐的沙发上，那股子兴奋劲却没有过去。她还在努力，一边想着自己该跟小蓬说些什么话，一边跟妻子念叨：“我要跟他说，要他快回来，我想他。”“他现在不能回来？没关系的，我会经常打电话给他。”“我要问他，他结婚没有？”“结了？为什么没有告诉过我？”“生孩子没有？”“有工资没有？”……妻子两头跑着帮她传话，好一阵不得消停。后来我过去与她聊天，她已经平静下来，但还在想着小蓬的事：“在美国读几年书就回来？”“还好吧？”我知道她这一问涵盖很宽，就简要地讲了讲小蓬在美国的情况，意思是说小蓬过得不错，让她放心。她听完后点点头，总结了一句：“走到哪里就要适应哪里。”我怕自己听错了，又让她再说了一遍，没有错，她用的是“适应”一词。

九、我总是在回家的路上

老岳母怕冷，整个春季都裹在棉衣里，有时候还需烤火。这两天才终于脱下了冬装。换一身贴身夹衣，人陡然显得精神了许多。我忍不住赞了一句：“老妈这模样真清爽！”她面无表情地看着我，一如往常，似乎并没有听见我说了什么。但我注意到，她下意识地抬起手来，捋了捋自己的头发。而且，短短几十秒之后，这个动作又重复了一次。我不能不猜想，她这是在对我的赞词做出反应。谁知道呢？老人也许真的跟我们一样，会在乎别人对她的评价。妻子对此就颇有领会，总是“以表扬为主”：老妈最懂道理啦！老妈从来就说话算数！……据我观察，“表扬”还是有效的，虽然不是百分之百。只是从我的角度，有点不好意思这样做，老岳母毕竟是长辈嘛。妻子却做得很自然，到底是母女情深。

由此想起去年秋天的一件事。有那么几天她老不肯吃饭，妻子与保姆小妹想了许多方法哄着她吃。我在一旁也难免跟着打帮腔，说了一些大大小小的道理。她听我说话时也是面无表情，似听非听。不想过一阵后她突然叫我：“你过来！”我上前问什么事，她说：“你不许讲我。”我当即很确定地知道，她把我劝她吃饭的那些言论视为一种责备（“讲”）了，于是赶紧解释道：“我那不是‘讲’，是劝，看你不吃饭，我们都很着急不是？”她不再吭声，大概是接受了我的解释。事后我自问，这是她明白表达出来了，要是她藏在心里不讲，我会不会误以为她根本就没听明白我说了什么？还有，要是她嘴里不说却突然从行为上做出反应（比如闹着要走），我会不会不假思索地就认定那不过是老年人意识恍惚的一种举动而已？

今年她住进我们家以后，我还是照旧每天下午给她读读报或陪她看看电视。也许由于她的视力在动过白内障手术之后恢复了许多，她现在对看电视的兴趣比过去也大了许多。看的时候也常常表情木讷，但我只要停止解说，她就会侧过脸来看着我，有时还会说：“我看不懂。”偶尔我见她像是在打盹，想关机她却会抗议：“你干吗要关？”当然也有对节目有反应的时候。有些反应与我过去听到过的类似，但听到时却仍然还是会心里一动。比如前几天，当我念到老男孩组合所唱的一句歌词“不知道什么是真情”时，她在一旁竟冷不丁地来了一句：“在一起就是真情。”有一种新的反应是最近才出现的，竟让人忍俊不禁。在看《星光大道》或《开门大吉》之类的节目时，她经常会要求说："你送我到他们那里去。"听上去是要到电视里面去的意思。但细琢磨也并不那么荒唐，她或许是觉得电视里那个场景很漂亮，想到那里去看看也未可知。

前些日子妻子病了两天，老岳母知道了，竟愁得茶饭不思。"茶饭不思"不是夸张的表达，她真是早餐、午餐都拒绝进食，口中还念念有词："老二病了，遭殃的是我。""老二病了，倒霉的是我。""她要不好，我们就走。我们不拖累她。"我已经熟悉了她的表达，知道这里的"我们"，主要是指她自己，也许还捎带着保姆小妹。直到下午妻子感觉稍好一些，坚持着起来喂她吃饭，她这才张口吃了。顺便说一下，她的眼睛和肩部骨折好了以后，其实就一直坚持自己吃饭了。那一天我看她接受妻子一勺一勺地喂，脸上还真显出了几分娇气。我对妻子说："老妈这叫'拎得清'。她知道你才是照看她的责任人。你病了，小妹和我就都不顶用，她因此发愁。而且，她不单单是为自己发愁，还想着不拖累你，这就又多了一个层次！"

又过了几天，她突然又闹着要回家。要回家在她本是一个无解的老问题，我们也已见惯不惊。大多数时候若问她家在哪里，她总说"不晓得"，只有去年春天那一回明确而坚定地指向故乡芜湖。这一回她却又有了一个清楚的目标——湘雅村（地点在贵阳）。妻子解释说："她的确与外婆一起在湘雅村住过一段时间。"因为早有经验，我们就不慌不忙地扶她下了楼，用轮椅推着她在小区转悠。她有些半信半疑，不断地在问："是回我们家，不是你们家吧？你们没骗我吧？”我们当然顺着她支应着。她后来终于相信了，松了一口气地说：“我走了，你们俩也就简单了。”看来她还记着“不要拖累老二”！刹那间，我心里竟生出一丝丝愧意，说不骗她终究还是骗了她，是不是辜负了她的信任和一片苦心？让人叫绝的还在后头。我们带着她绕了一大圈后回到家里，她发现天已黑了，竟要我们“不要走了，今晚就住在我这里”。

这以后问题并没有获得解决。她依然故我，时不时会重提回家的要求。近来则更甚，每天晚饭后她都要我们送她回一次家，只是目标已不再是湘雅村，而是“很近”的一个地方。于是，用轮椅推着她在小区里走一圈，在她，在我们，都几乎成了某种仪式。不知为什么，好多次这样推着轮椅，我竟然会想起浪漫主义诗人诺瓦利斯的名句：“我总是在回家的路上，寻找我父亲的老宅。”老岳母的恍惚中，也许真的包含有诗人追寻的主题？不过，事情也有不那么文艺的一面。妻子的大姐新近也搬到了我们小区，每逢周日全家都会到那儿聚会，老岳母也总要到场。晚饭后她就会闹着要回家，我们照例会用轮椅推着她回去。确实“很近”，就5分钟路程。所以我猜测，她的意识里固置了晚饭后回家和家“很近”的印象，而诗人追寻的主题至少要叠加上这种印象，才是我们那个仪式的全部由来。

十、我的老年我做主

老岳母虽时时犯糊涂，却事事都有主见。保姆小妹的说法：“她要吃才得吃，她要睡才得睡，她要洗（指洗澡）才得洗，她要走（指下楼散步）才得走……”什么事你都勉强不了她。我跟妻子开玩笑说：“老妈这叫‘我的老年我做主’。”妻子转告给她，不想她竟然嗯了一声就笑开了。这一笑不仅仅是首肯了我的说法，还分明显露出几分得意。

先讲吃饭吧。每餐她对自己碗里的饭菜都有很具体的指示，通常是嫌妻子弄得太多：“你拨一半走”“再夹一片这个菜出去”……妻子不遵从她就自己动手，要不然就放下碗筷做绝食状。我们经常有些惊奇：“她对自己的胃口竟有那么精确的感觉？”后来发现，有时候她的确是感觉到自己吃不了那么多，但有时候她却是出于某种习惯、某种观念甚或某种考虑。比如说，她抱有老一辈人“看菜吃饭”的老想法，总觉得菜是用来“下饭”的，碗里哪能弄得菜比饭还多？所以，每次我们想给她夹菜，她都会向你显示她的碗，让你看见饭上还有菜。又比如说，自打进入老年以来，也就是说这30年来，她一直很自觉地在节制饮食，不吃糖、肥肉等，到今天早已成为良好习惯。所以，只要发现自己碗里有这类增加“三高”之物，她就会毅然剔除。更有意思的一个例子是，有一天她突然大幅减少进食量，我们还以为她是身体不舒服食欲不振。盘问再三，她后来才悄悄地告诉妻子：“我昨天拉肚子了。”妻子赶紧纠正她：“你记错了，拉肚子是前天的事，而且只拉了一点点。”反复劝说之后她相信了，这才开始大口补餐。敢情此前一直是自己在克制！

再说睡觉。她想不想睡当然主要是一种生理上的反应，困不困她自己也做不了主。不过，是上床睡还是坐着打盹，却还是要由她说了算。她要坐在沙发上打盹，你就很难动员她移步到床上去。至于她为什么宁可采用这种显然很不舒服的睡姿，我却从来没弄清楚过。反过来的情况则比较容易理解：她迫不及待地想上床去睡，自然是因为那里更舒服。有时候我们也会劝她多坐一会儿，比如说些“刚吃完就去睡，对身体不好”之类的道理，但一般也起不到任何作用。她会反复不停地提出要求（“送我去睡，送我去睡……”），一副不达目的誓不罢休的态势。如果你不搭理她，她还会用计，说她想上厕所。上厕所自然是耽搁不得，但厕所就在卧室里，她上完厕所就赖着不走了，甚或是进了卧室根本不上厕所，顺势她就倒在床上了。由于我们无从判断她要上厕所是真还是假，一而再，再而三地“中计”就在所难免。我猜想，她有时候睡在床上怕也是会因此而暗自得意的。

洗澡这种事照说不应该有什么问题，因为老岳母是一个很爱干净的人，从来都喜欢把自己收拾得干干净净。时至今日，她已然忘了多少事？可她头发上别着的两颗夹针她却从没忘过。只要不在头上（她感觉头发乱了），她就会问：“我的夹针呢？”所以，她时不时拒绝洗澡会让我们有些费解。仔细琢磨，拒绝的理由多半是因为她感觉累了，打不起精神来。但有时候却也会是出自某种顽固的“主见”：“我洗过了。”我们问：“什么时候？”她回答：“昨天。”然后，无论你怎样解释，也没法让她相信她昨天没洗过，更没办法让她相信昨天洗过，今天照样也可以洗。只有一回妻子说服了她。那天是要外出做客，妻子于是借势说道：“你不洗，下午到人家去，人家会觉得你身上有味。”她听后二话没说，跟着妻子进了浴室。

关于（出门）走路，她要是不肯，我们当然就更没办法。只不过眼下倒每每是她主动要求下楼去走，且总是一边说一边就起身行动，我们还拦不住她。当然，她不是想着要去散步，而是想着要回家。我已经说过，最近这些日子，每天晚饭后我们用轮椅推着她“回一次家”几乎已成为某种仪式。由于是“回家”，所以她一路上心无旁骛，总是在催着我们“快点走”。每隔几分钟，她就会问一句：“快到了吧？”不过，还是有一个例外值得一说。那天小区内有一家新超市开张，我们对她说要顺路买点东西带回家，就推着轮椅进了那家超市。在我们的记忆中，老岳母从来没在超市中购过物——超市兴起时，她已经失去了购物的能力。当我们在那家并不很大的超市里来回逛悠时，我忽然心里一动，因为我发现坐在轮椅里的老岳母已经好半天没出声了，可谓安静异常。看她的表情，似乎也并没在看各种货架上琳琅满目的商品，但那种要赶路的急切显然是暂时消失了。我于是试着给她“讲解”，就像看电视时所做的那样。我“讲解”的主旨是让她明白超市的购物方法——自己从货架上取货最后再到柜台付款，但逐一地向她展示各种各样的商品及价格（从货架上拿下来给她看）显然最能抓住她的眼球。我注意到，她对我的“展示”不断做出反应，一时竟似流连忘返。直到出了超市，她好像才重新踏上“回家”的路，驱赶着我们马不停蹄。第二天我们如法炮制，路上又把她推进了超市。初时她也像头天一样安静，但过不多久却开始不耐烦了，“回家”的主题显然又占据了她的意识。

还有一个由我专司其职因而保姆小妹未曾触及的领域，姑妄称之为老岳母的娱乐生活。我指的是看电视和读报。在这个领域，老岳母当然也是一言九鼎的，她不同意我更无可能强制推行。好在在这个领域她却十分随和，我每次征求她的意见（“读读报？”“看看电视？”），她要么是表示同意，要么就说一声“随便”，意思其实还是同意。只有一次，她恍恍惚惚地吵着要出远门回芜湖老家，我想用读报分散她的注意力时，她巧妙地拒绝了我：“把报纸带在路上读。”与读报、看电视常相伴随的是聊天，有一搭无一搭的，那倒是说不上由谁做主的事情。不过，老岳母要是闭口不言，我自然也是孤掌难鸣。但在聊天一事上她就更为随和了，一般情况下，只要你愿意听，她就总是愿意聊的。

与老岳母聊天，我通常是靠着沙发与她并排坐着。眼下她说话声音很小，这样坐我才能听得清她在讲什么。毕竟我也是半衰的老头了，耳朵不那么灵敏。说是聊天，其实也就是时断时续地搭搭话，很少有连续几个来回的。有时候说了两句就沉吟半晌，正以为已无话时，下一句却又来了。就近举一例。前些天我给她读报，读到贵阳某小区居民楼失火，她当时哎哟了一声也就过去了。待到放下报纸好一阵后，她却忽然问我：“失火了？”我知道她问的是报纸上的事，就又简要地把那条消息的内容讲了一遍。她点点头，说了声“哦”。可是，又隔了好一阵，她又问了：“死了几个人？”我赶紧再重复一遍，但这一回突出强调了“伤了两个，没有死人”的内容。不胜其烦？我早说过，其实我一点也不烦。我已习惯她的节奏，所以总是不急不忙地候着。有时候还不忍心抢话头，以免扰乱了她那缓缓流动着的意识。让我多少有些惊讶的是，我这样坐在她身旁，每每自己心里竟也出奇地安静与平稳，仿佛我的意识流动也变得缓慢起来，渐渐地与她的意识融入了同一节奏。

十一、最后的时日

老岳母走了。医院记录的死亡时间是 2015 年 5 月 20 日 9 点 25 分。那一天离她 95 岁的生日仅不足一个月的时间。笼统一点可以说，她是死于偶感风寒引起的并发症，据说是她这种寿星级老人很常见的一种死法。

老岳母这些年很少有病痛。去年年中，曾因牙疼，不敢进食，住过几天医院。医院考虑她的年龄，建议保守疗法，不愿采取打麻药拔掉病牙的方案。但病牙不除，胃口难开，一时竟似成了困局。后来是求助于一家私人诊所把牙拔了，这才柳暗花明，渐渐恢复了正常饮食。此后病象便日见消退。今年春从海南回来，状态也一直不错。就在5月7日，她还率（或当说跟随）众儿孙去上坟。那陵园里有她母亲的墓和丈夫的墓，丈夫的墓里且预留有她的合葬地。早先她在我们家与妻子聊天时，有一回曾对自己死后不知葬于何处表示过担忧。当妻子告诉她“就与老爸葬在一起”时，她当即表示满意，说：“那个地方好！对面是山……”显然是记忆深刻。

那天上坟之后，全家老小又一起郊游到阿哈湖水库边的一个小木屋。老岳母还坐在那里看子女们打麻将，看了整整一个下午。精神头似乎也很不赖。不过，听保姆小妹讲，头天夜里她突发哮喘，闹腾了大半夜。那些天她是住在妻妹家里。上坟归去当晚，妻妹打电话来了：老岳母哮喘再度发作，住进了医院，并说病情已得到控制。第二天一早我们赶往医院，见病床上的老岳母打着吊针，输着氧气，状况已基本平复。初步的诊断是：两肺积水、胸积水，肺部有炎症以及肾功能不全。大家商量了一个值班看护的计划，我与妻子先领了9日与10日两个白天的任务。

我们的任务主要有两点。一是照顾其饮食，老岳母那两天自然是食欲不振，得想办法让她开口吃。妻子未雨绸缪，清早6点就起床，依老岳母的口味在家里做了好几样吃食，用保温饭盒带上。病床前难免是连劝带哄。或许也是因为治疗有了一定效果，眼见她的饮食慢慢有所恢复。二是照看她打吊针。老岳母的血管细而脆，很不好找且很不好扎。护士们本来就比较为难，却又加上老岳母因觉难受老动来动去。一不小心就鼓针，手立刻肿了起来，又须重扎。两只手都无处可扎时，便在脚上扎。扎上了怕她动，必须有人给按住。老岳母却不依，不断在叫喊：“不要绑我的脚！不要绑我的脚！”这也还罢了。更严重的问题是，医生给她推了利尿剂，所以她时不时会要求起身解小便。医院给了一个卧式便盆，但她拒绝用。我们给她买了尿不湿，她同样拒绝。事实是用这些东西她就是解不出来。也难怪，老岳母是极为爱好干净的人，确实不那么好改。更何况由于意识有些恍惚，她没有形成积极配合的清晰意愿。这时候我就有点用处了。每一次解手都是一次大腾挪：一个人护住她打着吊针的腿，另外两个人架住她的身子，我们硬把她从病床抬到坐便器上，然后又从坐便器抬回病床。整个过程自然是“险情不断”。

两天下来，炎症似乎已控制住了，积水情况也明显有所改善。后来几天的状况更是见好。周四我们去看她时，院方已在与家人相商，让她出院回家了。家人有意缓了一天，到周六才把她接回妻妹家里。不想下午 5 点到家，晚上 8 点多就又哮喘发作，不得不立马返回医院。医院是轻车熟路，几项措施一上，一切似乎又复归平静。第二天是周日，妻子照例做了吃食带上，我们又在医院值了个白班。也许是头天夜里折腾累了，老岳母那天几乎昏睡了一整天，一直不思饮食。到下午 4 点多钟，她要求坐起来。由于当天吊针已打完，我们就把她扶下床坐在轮椅上。问她想吃点啥，还是一一摇头。妻子灵机一动，问：“我去给你买几个香蕉？”这一回老岳母居然嗯了一声，没表示反对。

香蕉买回来了，她果然接了一个，同时还要求给我们每个人（妻子、保姆和我）各发一个。四个人并排坐着吃香蕉，妻子高兴了，儿时游戏的童谣冲口而出："排排坐，吃果果。"不想老岳母冷不丁对着妻子和我说了一句："你们两个好。"我立马插科打诨："你是说我们两个感情好？我们是两口子，当然是好。"妻子在一旁又唱起儿时起哄的歌："我们两个好，我们两个好，我们两个存钱买手表。"只顾着逗她开心，未及细想她为什么突兀地丢给我们那么一句话。到下午5时许，她突然饿了，等不及地要求吃东西。妻子把带来的几样东西搅拌成糊状，一勺一勺地喂她吃，她竟吃了个精光。回家路上我还跟妻子讲："老妈看来还能挺过这一关，医生们怕是又低估了她的恢复能力。"顺便说一句，医院早就下过病危通知书。

接下来两天她还真好像是恢复过来了，院方又在建议考虑出院。家人商量议定，备一个家用制氧机，周二下午做几项复查，周三即可出院。周二晚上接妻妹电话说"老妈不好"，听上去觉得情况显然比以往紧急。我们连夜赶到医院，进病房只见一大群白大褂围在病床前，正在实施抢救。听到一耳朵诊断意见：肺衰竭、心衰竭、肾衰竭。老岳母两眼发直，喘得惊天动地。左右手同时扎上了针，一边是输氨茶碱，一边是推硝酸甘油。渐渐地，喘气声似乎平缓了一些，但那仿佛是从撕裂了的胸腔里发出的呻吟声却依旧让人揪心。再看监视器上的数据，心跳数是每分钟150、160，想起多年前一个医生对时患甲亢的妻子说过的话："你每分钟心跳110下，相当于一天24小时都在小跑，能不累吗？”很难想象老岳母在这种心跳频率下还能扛多久。所有在场的家人都被一个念头紧紧抓住了：怎么样才能平息病人眼下所受的痛苦。做医生的外孙女婿被招来了，他也看不下去，力主要给婆婆“积极治疗”。他的意思是，上呼吸机的指征已经有了，就应该上呼吸机。他与医院交涉的说法是，病人这么不安、这么烦躁，你们总得有点措施。他劝告家人的说法则是，上呼吸机就必须先用药让病人镇定，病人当下的痛苦因此马上可得到控制。即便病情未获根本转机，到时候还可以再决定撤下呼吸机，让病人在昏迷中离去。应该说，这个说法很有说服力，本来对呼吸机就没有什么概念的姐妹们（她们只是事先拒绝了切开喉管之类措施）当然接受了，但也有些许不忍，因为有医生说了：“你们得想好，我那一针下去，老人就可能再也醒不过来了。”我猜想说话人是麻醉师。我虽然有些疑惑，觉得戴呼吸机未必会终止病人的痛苦，且有可能是延长了痛苦，但“必须先用药让病人镇定”和“以后还随时可决定撤下”这两个论点也说服了我。一句话，解决老岳母的痛苦成了燃眉之急。我当时也觉“顾不了那么多”，且痛感自己缺乏专业知识。对于家人的不忍，我倒是有一句劝解之词：“真要是一针镇定药她就去了，倒成了安乐死，求都求不来的。”在场的所有人都同意我的这个看法，也足可见当时老岳母的痛苦造成了多大的压力！

值班医生们最终也同意上呼吸机，但照例是要求家属在一纸协议上签字。大姐代表家人去签字前，全家达成共识：一切以减缓病人痛苦为原则，上了呼吸机后就不再接受任何追加的治疗措施（如切开喉管之类）。签字之后，就见各级医生纷纷赶来，想来都是从睡梦中被叫醒。主任医生赶到时，老岳母的心跳已下降到每分钟 120 下左右。那位主任医生认为，情况已平缓了一些，没有必要立即上呼吸机。她说："再观察一下，到凌晨 5 点若又有发作，我们可以给她打点吗啡。"做医生的外孙女婿立即同意了这个方案，并说："既然有这个方案，早说呀！"我也觉这个方案很好，胜过上呼吸机，但此前自己就是没有想到。再回头看老岳母，确实平静了不少，看上去像是各项抢救措施已经在起作用。我们于是又觉得有必要从长计议，决定让三个人留守，其他人回家休息。说好了第二天一早由妻子与我来接班。所谓第二天，其实就是当天，因为当时已是凌晨 3 点多了。

回家路上，我想起点点和咱们的"选择与尊严"网站。记得点点曾告诉我，现代医学完全有能力让病人无痛而终。可是在今天这个夜里，我目睹了老岳母的痛苦与无助，只觉得自己和家人根本就没有任何可选择的选项。医生们似乎也无能为力，只是在机械地履行各种程序。从晚 10 点到凌晨 3 点，说来只有 5 个小时，却已漫长到足以让人濒临崩溃。或许，吗啡早就该用，不必等到"凌晨 5 点再度发作时"？来不及细想，回到家赶紧睡觉，却是睡不安稳。老岳母那头事实上还遭着罪呢！只不过主任医生一句吗啡的承诺，倒像是先让我们镇定了几分。

清晨 6 点，电话又响了。妻妹这回是在哭："老妈不行了……"

我们赶到医院时，老岳母已上了呼吸机。听妻妹说，我们走后不久，老岳母就好像睡着了，其实有可能已经是陷入了昏迷。到5点多钟，妻妹发觉老岳母不再发出呻吟声，赶紧叫了医生。于是有了新一轮的抢救，重点在上呼吸机。上呼吸机的过程倒是比较顺利，没有出现险情。不过，妻妹却看见，呼吸机刚一上脸，老岳母的眼泪就顺着脸颊流了下来。我猜想，其实当时上呼吸机可能已经没有必要了，医生们或许只是在履行夜里刚签下的协议，以免留下被追究的后患。回过头来想，凌晨3点老岳母的心跳频率下降，怕也只是老人濒临死亡的迹象——她的心脏已然跳不动了！而那以后妻妹所见的昏迷，或许就是人们常说的“弥留之际”了。我甚至还有一个猜想：上呼吸机的那一刻，老岳母可能就已经离去。我的根据是50多年前我亲眼所见的老祖母临终一幕：一声长叹后，脸颊上也流淌过一行长泪。只不过老祖母当时是死在家中的，没有这许多抢救措施。我的猜想也得到某种程度的印证。主任医生特地来告诉我们：“情况很不好。现在你们在监视器上读到的全部数据，都是靠设备和药物支撑出来的。我们只能说，我们已经尽力了。”

有一位男性医生却给出了另外一种信息，他说：“呼吸机是上上去了啊！有没有转机就看病人的造化了。我不管你们在座的都是什么样的身份，我要说一句久病床前无孝子！我们这里有一位85岁的老头，上呼吸机以后维持了201天，家属差不多都崩溃了，他却活过来了。现在欢天喜地的……”我不太明白这位医生的用意何在，也许只是好心提醒我们要做好打持久战的准备？但听上去怎么有点像是对我们家那位医生夜里向他们施压的一种反弹？不管他到底是怎么想的吧，他的话传递的心理压力则是明显可以感觉到的。当然，也有别的医生在一旁悄声表示了异议："95 岁和 85 岁不是一回事。"老岳母却似乎不想让我们为难。靠机器和药物维持的几项指数中，血压就一直没上去过，总徘徊在 80/40 上下。没过多久，心跳频率忽又急剧下降，病房里又出现了抢救的态势。医生问要不要追加新药，家人说了不。医生、护士们明显松了口气。提供一条龙殡葬服务的"土公子"早已到场，此刻在病房里接管了指挥权。留在我记忆中的最后一幕景象是：妻子和大姐夫扶老岳母坐起身来，妻子泪如雨下，可就是不肯哭出声来……

身边的亲人死了，有些看似平常的记忆片段突然就好像有了新的意义。其中当然会有一些是回忆者自己凭主观意愿附加上去的，但也确有一些是回忆者平时忽略了而此刻才领会到的。还有一些，则是因斯人已逝而生出。老岳母走后几天，我们的记忆中就不断有这样的片段出现。比如说，妻子今年过生日那天特地去看老岳母，并与她合影，然后用微信传给在美国的儿子，题词是：老妈在 68 岁的生日与老妈的老妈（95 岁）幸福的合影。又比如说，5 月 10 日我们从医院回到家里才从微信上得知，那天恰好是母亲节。在朋友们的一片祝福声中我们回应了一句：这个母亲节我们是在医院里陪老母亲度过的。这样一些情节，平时也不过就是给微信添点彩头而已，但眼下想起来却明显有些不同了。妻子的话是："从此成了没妈的人！"

但我们最多想起的却是我们最后当班照看老岳母的那一天。虽然老岳母那一天昏睡的时间比较多，但其实却是比往常都要清醒。早上我们到时，我到病床前跟她打招呼，她温言细语地问了一句："你们来了？两个人一起来的？"我说："是。我和老二一起来的，你知道我是谁吧？""嗯。""但说不出名字来？""嗯。""我和老二是两口子。""这个我晓得的。""我姓朱。""朱正琳。"日间她睡觉时，妻子与我轮流在床边抓着她的手，因为她总是伸出手来寻找我们的手，找着了她才能放心平稳地睡去。我感觉到她的无助。但就在那种情况下，她间或醒来时还问过我："你没有睡一下？"我赶紧说："我睡过一会儿了，现在轮到老二在睡。"她点点头就又睡过去了。有一回她醒来时竟忽然对我说了一句："早点死，早点了。"我当即不假思索地回了一句："你不要死！你要活到一百岁！"事后想起来，在近三年她和我有过的交谈中，这还是她第一次表达了死的意愿。她当时只怕是去意已决？如果我不是那么俗套地把她堵了回去，兴许她还会跟我说点别的？她与我之间的交谈向来有些"不成句读"，她每每是一句半句甚或一个词两个词地往外"迸"，但只要我确实是耐心在听，她就自会给出她的上下文。这一回我恐怕是错过了什么！

当她又一次醒过来时，神情异常清醒，手指着我轻声说："你是朱正琳。"接下来就是前面已说过的"排排坐，吃果果"的故事了。她那一句"你们两个好"，不管是对我们夫妻感情表示赞许，还是对我们的某些行为表达谢意，都像是她有意留给我们的最后一句话。我是在她临终那天的清晨悟到这一点的。当时我独自走在小区里我们曾每天推着她“回家”的那条小道上，眼泪几欲夺眶而出。但我忍住了，只是暗自在想：其实我是有理由泪奔一回的，不为别的，就为了这三年间她与我那一次次不成句读的交谈。

（选自《外面的世界》，东方出版社，2018）

十二

慢镜头下的春天

与老妻每天早上到圆明园散步健身，已经有三年多了。圆明园的好处，除了离我们家很近以外，还有两点。第一点是地广人稀，本来就很少的游客还都往“遗址”一地挤，其他几个宽广得多的景区倒成了“老圆明园”的专用区了。例如福海景区，那可是当年那个圆明园的“本土”（现在扩展兼并了绮春园和长春园）。常常地，开阔的“海”（湖）面平静如镜，岸边却只坐着老妻和我。于是顾盼自雄，觉得我俩就是退休了的“老皇帝与老皇后”，既不再承担治国平天下的责任，又还享受着最高规格的待遇。第二点是圆明园尽管是一个标准的皇家园林，但也许是由于废置的时间过长，那些当年人工堆成的小土山上却形成了近似野生的生态。树林子显然不完全是人工培植出来的，土坡上还杂草丛生（没有草坪）。所以，在这样的园子里散步，便有到了野地里的感觉。对长年穿行在“水泥森林”和人造“绿地”之间的城里人来说，能天天在野地里行走一回，也算得现代贵族了吧？

一年四季在这样的园子里走，四季的分明就不完全是从气候来感觉了。有比我们敏感的植物和动物在提示着哩！又由于是天天都在与这些植物、动物打照面，季节的变换就不再像是那种快切的镜头变换——哈！桃花开了，春天又来了！不，春天不是这样来临的。她的来临，更像是慢镜头下的脚步，连续地、缓缓地、一步分成好几个动作地。

就说眼下吧。杏花还未上枝头，春意其实早已“闹”开了。她已经悄悄地走了好几步。先是湖水还没有完全解冻，柳条就开始慢慢慢慢地绿，一天绿似一天。终于有一天，湖岸边有了如烟的感觉，可柳叶还只是米粒般大小裹着的芽呢。与此同时，常青的松树树干也在慢慢慢慢地泛青，冬日的瑟索渐渐褪去，明显是一天比一天更滋润。到柳如烟时，松树也好似换完了装，一棵棵都精神了许多。活到这把年纪才知道，所谓“常青”，指的仅仅是树叶啊。

高高的白杨树树枝上很早就打了苞。我们还以为那是裹着的叶芽，暗自惊奇这白杨树叶竟然早于柳叶。待到那些苞舒展开来，却见是千条万条“穗带”挂满枝头，光秃了一冬的树枝于是又初现遮天的茂密。接着就是往地上落，拾到手上看时，发觉那茸茸的“穗”里还含有“子”。这该是白杨树的花吧？这时候，迎春花才刚刚开始零零星星地开放哩！

迎春花确实不是一下子全都开了的。有点像傍晚星星的出现，先是这里一颗那里一颗地闪亮着，而后才变成繁星密布灿烂一片。最先灿烂一片的是坡顶向阳的那一蓬，想来是阳光比别处更充足的缘故。

梅花此刻含苞欲放了。花骨朵陆陆续续都绽出了红色，那一树的清纯俏丽自成一景，丝毫不亚于繁花似锦的时候。至于争春的桃花，正紧随其后追赶着。

不知名的小草三三两两从土里冒了出来，逐渐成丛。有人开始在地里采摘一种叫“地米菜”的野菜，而那种你不仔细寻觅就几乎看不见的小草有些已经开花了。芝麻粒大小的小白花层层叠叠，捧在手上方见出它的妖娆。采摘者会把已经开花的丢弃在一边，说是“太老了，不能吃了”。

只有绿藻来得突然，一夜之间便把靠岸的水给染绿了。

离蛙鸣还有一段时日，离布谷鸟啼叫就更远一些。倒是喜鹊占了先，开会一般几十只集中到一棵树上，叽叽喳喳的，格外欢腾。

燕子还没有来。野鸭是一个冬天就没走，因有引来的活水流动，有一小块湖面始终没结冰。到这会儿湖冻全开了，野鸭的身影反倒少了许多。也不知是不是有些又飞往北方去了。

这时候却有几位贵宾——三只黑天鹅从天而降，惊得满园春光四射。

…………

来踏青的一位少年郎却好像有些不满足，只听他对同伴们喊道："呵！只有那边有一点绿色！"

老妻和我都笑了，很想走过去附在他耳边悄声说："小伙子，告诉你一个秘密，春天是一点、一点、一点地来的。"

（原载《文汇报》复刊《笔会》2008 年 3 月 31 日）

十三

客居故乡

13 层高楼上，6 岁的姨外孙占领了阳台，把那里当作了他的指挥舱，“左满舵，右满舵”地叫个不停。客居的我向来是他的玩伴，此刻站立一旁，俨然成了他的大副。于是，整幢大楼就真好似一艘大船，正缓缓前行——我甚至仿佛感觉到它轻微的晃动。举目望去，只见前方“大船”林立，拥堵逼仄，倒像是已接近港口。趁着“船长”在忙乎，我透过“大船”之间的空隙想搜索“往日踪影”，结果竟毫无所获。忽然有一种感觉：我所熟悉的那个城市已经沉入水底多年了。那连成片的青瓦屋顶，眼下人们涌向黔东南苗寨去看的青瓦屋顶；那青石板红石板铺成的街巷，眼下人们涌到古堡青岩去看的街巷；那街面上雨后积成的小水凼，放学回家路上赤着脚在那儿戏水的小水凼；还有那木板房，老祖母正倚门而望的木板房……

以上是几年前记下的一点感触。那点感触，似乎可以说成是“身在故乡还思乡”。不过我其实没那么“文艺范儿”。我想表达的，虽然确有几分怀旧之情，但更多的倒是一种惊奇：那个在我记忆中那么清晰、那么完整地保留着的小城，这些年怎么就从我眼皮子底下消失了呢？

1980 年我到北京上学时已 33 岁，算不得“少小离家”；此后几乎每年都回贵阳探亲，也说不上是“老大回”。只是每次来去匆匆，且都是寄居在兄弟姊妹的家里。那光景，一多半倒像是在做客，连父母家人的态度都透着几分客气。回来之前，常接到家人朋友的电话（最初是电报）：几时回来？回来之后，寒暄中又总是有一个必被问到的问题：几时回去？来来去去都是“回”，就这样“回来回去”地跑了有 30 多趟。30 多趟不算多，但 30 多年却已过去了。人道是，弹指一挥间。老了，退休了，索性逃离雾都，回家乡来住。这不，已经老老实实地连续住了一年多时间。30 多年来第一回从头到尾经历了故乡的春夏秋冬。花开花落，寒来暑往，季节变换的点点滴滴，唤醒了许多沉睡已久的记忆。这才知道 1980 年那一别，其实也是一个“阔别”。

长住当然是住在自己的居所了，但做客的感觉却仍旧没有离开过我。我总觉得自己好像某个笑话里的那位醉汉，当另一位醉汉问他“请问这天上是太阳还是月亮”时，他的回答竟然是：“对不起，我不是本地人。”我真的不像是本地人。最直接的证据就是，我已经不太认识这个城市。大十字还叫大十字，喷水池还叫喷水池，中华路还叫中华路，中山路还叫中山路……但街面和街两旁的建筑物都已面目全非，即便那些僻静的小街巷也莫不如此。就说我童年居住多年的河南街及蜿蜒相连的红石街，如今也还在，只是一幢平地而起的大楼已经基本取代了两条街上所有的原住房——不管是简陋临街的木板房还是砖墙围成的“深宅大院”。那些当年可助我们“躲猫猫”“打游击”的曲折幽深自然也都荡然无存了。这些变化当然远非始自今日，早些年我回来就已发觉，眼前的景象几乎是一年一变。有一回我在出租车上被转昏了头，不得不虚张声势地警告司机师傅：“我可是老贵阳哦！你不要想蒙我。”那位师傅不急不恼，笑嘻嘻地说了一句：“你是老贵阳不假，不过，怕是也有几年没住在这里了吧？”

我自认为“乡音未改”，但贵阳乡亲们的“乡音”却在改。年轻人和孩子们自不必说，他们的有些词汇不是从口语而是直接从课本或电视中学来，发音难免会向普通话靠拢，最常见的是声调上的靠拢。随便举一例，打游击的“击”字，我们小时候都读作阳平声（第二声），现在的孩子们却读作阴平声（第一声），所以在我听来就成了“打油鸡”。与孩子们对话时，此类事例并不少见，有时候对话会因此被卡住，须得有脑筋急转弯的本事才可继续。后来我发觉，我的同代人中也时常会有这种发音上的改变，只是他们不自知而已。有一次一位熟人打电话约我们同去看电影《非诚勿扰》，但他把那个“勿”字按普通话发作去声（第四声），而老贵阳话原先的发声却是阳平声（第二声）。我因此半天反应不过来，脑子里出现的竟是“飞城雾绕”四个字。还有一个例子或许更值得一说。现在的贵阳话里，做字（无论老少）都已统一发作 zu（第四声）了，而我们过去的发音却是 zu（第二声）。我寻思，这个字在近 30 年或许是“谈业务”时使用频率最高的一个字，变为更通用的发音也是势在必行？这些年的贵阳城，不说来“谈业务”的，即便是长住于此的居民，都可谓来自五湖四海。单说我们现居的小区，南腔北调，什么样的乡音没听见过？于是，带着各种口音的普通话也就随处可闻。耐人寻味的是，小区里的儿童全都说普通话，且都比紧跟他们身后的阿姨、爷爷、奶奶、姥姥、姥爷要说得好。不由得想起我的童年时光，学校提倡说普通话花过多大力气？一度几乎成为一个政治任务呢！记得我们学校有一个同学坚持说了几个月，得到的表彰就有如“劳动模范”或“学习标兵”。不过，那样的推广竟每次都以失败告终。而今呢？只怕快有人会以“文化”的名义呼吁保护贵阳话了吧？

其实，近代以来的贵阳差不多是一个移民城市。我就是 2 岁时才随父母迁移过来的。我记得，直到上小学，我才真正学会说地道的贵阳话。可是后来又发觉，老一辈人中有一些“老贵阳”，说着乡土气更重的“老贵阳话”。语言的变迁远非始自今日！只不过眼下的变化确实比较急剧，原先历经几代人才能出现的变化，如今却好像在 10 年、20 年间即可完成。夸张一点说，我现在保持的“乡音”，就已经可以被认为是一种“老贵阳话”了。不是每一代人都有幸亲历这种急剧变化的。我因此竟有些着迷于追踪这种变化，没事就偷偷琢磨一些方言词汇发音的来龙去脉。

去年，旅居美国的儿子回来探亲，我对他说起我的这种晚年新爱好，有意想跟他分享一下我的一些小成果。没想到儿子只淡淡地说了一句：“你是有乡土的人，我是没有乡土的人。”我听后心里一惊。这才意识到，我一向自以为“四海为家”，但实际上怕还是装着一腔乡土情怀。而儿子呢？6岁跟随我到了北京，此后又从北京到武汉、从武汉到北京来回折腾，最后竟自己折腾到美国去了。他在家中倒是一直说贵阳话，但在贵阳却没有任何同学和朋友，所以回来后连做客的地方都很有限。我不禁自问：此生我是不是欠着他一个“家乡”呢？儿子自己显然不这样想。从美国给我来信时，他用两句打油诗表达了他的不在意：“天涯何处是我家，麻省秋天顶呱呱。”随后又说，“这是一个选择：是认同你的酋长，还是认同你的理性。”我想他说得也没错。如果这个世界上的人都只认同自己的酋长，我这个做父亲的又怎敢让自己的儿子漂洋过海？于是我提笔回信道：“理解你的浪子情怀了。告诉你一句话，马克思早就说过：我是世界的公民。”

（选自《外面的世界》，东方出版社，2018）

十四

叟媪住院记

年前与妻子一道被检查出糖尿病，双双住进了医院。入院前跟妻开玩笑说：“我们正在做‘世界上最浪漫的事情——和你一起慢慢变老’。”对我们来说，变老当然远非自今日始。但我想说的是，“在一起慢慢变老”这件事，其实是要老到我们这个年龄才能真真切切感觉到的，从自己，也从对方。同步生病住院，不过是一个小 case（事情）。

两个人的病房。对床而卧，看窗外雪花静静地落。心想，就这么傻待着，直待到天荒地老也无不可啊！不过，两人病房却不是一个两人世界，它其实更像是医生护士们的一个工作间。他们并不理会我的这种“老资”情调（年龄不小，不便自称小资），毫不犹豫地就把我们当作某种标准件，纳入了他们的工作流程。我们于是也就中规中矩地运转或者说被运转起来，一时间变老的节奏似乎也加快了。

早晨5点半，病房门很清脆地响了一声，两位护士一前一后，迈着轻盈而果断的步履走了进来：采静脉血，一天的工作就此开始。此后病房门关了又开，开了又关，医护人员走马灯似的进来出去，出去进来，其密度和频率竟让我无端想起“轰炸东京”一词。6:00，（用血糖仪）测空腹血糖；6:15—6:30，测体温、测血压、发餐前餐后药，前后进出门共三次，有时四次（专程取温度计一次）；6:30，清洁工打扫清洁；7:00，早餐送到；8:30，医生查房；8:45，输液；9:00，（用血糖仪）测餐后血糖；10:30，（用血糖仪）测餐前血糖；10:45，发餐前餐后药；11:00，午餐送到（通常输液还没完，须用一只手吃饭，因为必须保证能准点测餐后血糖）；13:00，（用血糖仪）测餐后血糖；14:00，测血压；15:30，护士来扫床和整理房间；16:00，清洁工来打扫清洁；16:30，（用血糖仪）测餐前血糖；16:45，发餐前餐后药；17:00，晚餐送到；19:00，（用血糖仪）测餐后血糖；20:00，测血压、测体温；21:00，发睡前药；21:30，熄灯睡觉。

本以为熄灯睡觉即宣告一天的轰炸已经结束，却不料夜里又被房门响声惊醒。睁眼看时，床前站着一白衣人，戴着黑框眼镜，手里拿着个小小的手电筒，乍看上去还以为是星外来客。但她说话了，是北京话，声音很柔和：“没事，查房。”再看表，是午夜12点。第二天问夜里查房是怎么回事，回答是，护士夜里交接班，接班护士照例总是要巡视一遍。看来这也是流程应有，后来我果然夜夜都被惊醒。

应该说，所有这些安排都是必要的，而且都是为了对病人负责，无可挑剔。可我们的一点主观感受却是，怎么就没留给病人睡一个囫囵觉的时间啊？人老了，睡眠比较小气，惊醒了就且得折腾一阵。也有护士意识到了这一点，进门来一边干活一边道歉：“吵着您睡觉了吧？对不起，对不起！没办法，我们也累得贼死。”是啊，她们跑进跑出的病房可还有好些个呢！我们能说的，自然就只剩下“没关系没关系”了。

以上所说，还只是那个工作流程的一半，另一半是走出病房去接受各种仪器的检查。胸透、眼底镜、心电图、核磁共振、B超……这些检查无一不需花时间排队等候，所以得见缝插针地从前一半排得满满的流程中挤出时间来。但有些项目须事前预约，预约定了，其他安排就都得让路。比如说，预约在11点，吃饭时间就得让路，吃饭晚了，测餐后血糖的时间就得往后推。又或者说，该打吊针的时间我们不在病房，就得延至下午或晚上补。凭良心说，护士们都很耐心，但这种事情还是常常会让她们有些不快。嘴上不说，脸上挂不住的时候总是会有的。说来也好理解，一个高效有序的流程被打乱了，就像一个疾步行走的人被前方突然停步的人闪了一下，谁都会恼火。那种时候我们就多少有些歉疚，仿佛是我们的错，是我们不按规则出牌。

时间上的紧张其实倒还在其次，更大的压力是来自那些高分辨率的现代仪器。在我们的感觉中，它们一台台都像照妖镜。

在它们的照射之下，我们已然老化的身体就现了原形。脂肪肝、肝囊肿、动脉硬化、腔隙性脑梗死、血管壁瘢痕……毛病一大堆，何况还有一时不知是良性还是恶性的结节！说实话，每次等候检查就有如等候审判，免不了总有十五个吊桶打水的感觉。由于是两个人一同候检而又先后进去，吊桶的数量也就像是翻了倍。回到病房，真像是干了老半天打水的活儿，会觉着累。终于有一天忍不住对医生说："这住院检查，工作量太大！"医生笑了，她显然不理解我为什么把他们的工作量算到了我们自己头上。我很想向她解释，被运转也是一种工作，也会消耗不少正能量，但终究没好意思说出口。

就这样被运转了8天，带药出院了。回到家里，长吁一口气，立马恢复慢慢变老的旧有节奏。我想，尽管岁月催人，这慢慢二字却也是岁月造就，省不得的。由此还想到，把人生比作一条长河也不无道理。经历了源头的清澈、上游的湍急、中游的汹涌，我们显然已来到平稳舒缓的下游。不敢说前方再没有激流险滩，但眼前的景象终归是越来越开阔。于是意识到，我们离大海已经不远了。

（选自《外面的世界》，东方出版社，2018）

十五

死的理想

关于死，我的确有一个理想，那就是：死在海拔很高终年积雪的大山上，比如喜马拉雅，比如阿尔卑斯。

记得这个理想的产生，是因为读到一篇文字，文中记叙了几个登山者在雪山上找到昔日失踪伙伴的尸体并就地掩埋的故事。葬礼很简单，简单到几乎就是把从雪中刨出来的尸体重新送回到雪中去。没有仪式，没有言辞，但却山一般庄严。

我原先以为，登山者死在雪山上，就好比战士死在战场上，是死得其所。但那篇文字却让我体会到：雪山对于登山者不是战场，他们不是去战斗。他们对山怀有一种我永远不可能完全懂得的爱，我为之倾心。更让我倾心的是他们对山的信赖，一种从来不说出口的信赖。据说他们许多人确实都认为死在山上是死得其所，不过好像却与“重于泰山或轻于鸿毛”之类的想法没什么关系。他们不像是想追求在战场或岗位上捐躯的壮烈，而更像是想追求一种魂归故里的安宁。以上是我读文章时的一些体会与猜测，也许已失之千里。

我不是登山者，我的理想也并不是想死于登山。那让我神往的大雪山在我心里也不可能像一个爱人，我哪里配？我只是在想：那雪山好大，好高，好空阔，好干净，而且离天好近！那天也太蓝了！……为什么不死在那儿？

我到过阿尔卑斯山的一个峰顶，不是靠攀登，是乘着一种小火车和滑雪者们一起上去的。在德奥边境上，海拔不算高，但峰顶上一眼望去，却也是白雪茫茫。大风呼啸，鸟在风中只能飞之字形。忍不住迎着大风高声喊叫，平生第一次想从山崖上往下跳。后来这冲动化成了文字，写在一柱子上：“大风却谓我来迟，误了前情后事！”落款是“朱正琳到此”。这种行径，在我也是平生第一次。细想起来，我当时想跳下去的冲动倒并不是想死在那里的冲动，但我或许是想永远地留在那里？变成一座山，变成一道岩，永远沉默地与群山相对？呵呵！这想法好像比古希腊那位在河边顾影自怜变成水仙花的美少年还要自恋哩！

我这还只是到了一个旅游景点，连抒发情怀的那根柱子也是人家给立上去的。倘若我是到了人迹罕至的什么峰顶呢？

我还听说过，在西藏无人区有一个海拔 5000 多米的地方，那里有一条长 57 公里的环形盘山路，每年都有一些来自世界各地的佛教徒到那里去死。死的方式不是跳崖，而是在那条环形路上一圈又一圈不停地走，直走到精疲力竭、油尽灯枯。据说有人走了很多年。我不太懂得他们的信仰，但我能理解他们的意志，尤其能理解他们为什么选择那样的地方。有时候我会情不自禁地去想象那没有目的地只有终点的行走，想象那也许是这个世界上最坚定的步履。

我以为，死是一件孤独的事。在这件事上，我们很少能结伴而行。即使结伴而行，其实每个人依然只能是独自面对。所以，如果能够选择死的方式，我会选择离开人群，如果能够选择死的地方，我会选择终年积雪的大山。

当然，这只是理想。与我生活中的许多理想一样，我不认为我今生有实现它的可能。我不是佛教徒，不会在我身体还很健康的时候就跑到山顶上去死。若等到我弥留之际，我无法想象我怎样才能到达那个海拔高度。更要紧的是，死虽然是孤独的事，但我们却很难孤独地去死。把死看作生命中的一件事，我们完成这件事的时候就和做其他任何事一样，不能完全不考虑别人。我想，我的亲友中不会有人支持我的理想。所以，我只好把它藏在心底，偶尔说出来也只是作为笑谈而已。

起意作文表达，是因为近日有几位友人办了一个题名为“选择与尊严”的“生命尽头公益网站”，并相约在网站上开一个谈论死亡的“群体博客”。我于是想，人生难得几回“博”，既然诸君以死相“博”，我也不能做出一副怕死的样子。索性把我的理想公之于众。不想文章才写到一半，有位年轻人看了我的标题后说："嘻嘻！这问题现在网上正在讨论。有人说了，最窝囊的死法就是死在床上！"我听了心里先是一惊，连这档子事都让少男少女们抢到了前头！继而又觉还好，一向比别人慢半拍的我这一回好像还赶了个正点。当然，我也只是个"口头革命派"，到头来多半还是会乖乖地"死在床上"。

不过，海水不可斗量，有理想毕竟不同于没理想。没准窝囊了一辈子的我终于也起而为理想奋力一搏（不是博！），在生命的最后这件事情上决意不再随波逐流。谁知道呢?

（选自《外面的世界》，东方出版社，2018）

学术年表

1980 年

考入北京大学外国哲学研究所，攻读硕士，专业为现代外国哲学，专业方向为黑格尔哲学和新黑格尔主义，导师张世英。

1983 年

写成《布拉德雷评传》，被收入《西方著名哲学家评传》（山东人民出版社，1984）一书。

7 月，研究生毕业，获北京大学哲学硕士学位。被分配到《中国法制报》（今《法治日报》）工作，任编辑。

1984 年

写成《弗洛伊德评传》，被收入《现代西方著名哲学家评传》（四川人民出版社，1988）。

1986 年

调往湖北大学，在导师张世英先生兼职创办的哲学所工作。任所办刊物《德国哲学》副主编（主编张世英）。

1988 年

参与由湖北大学主办的国际哲学讨论会。

1989 年

7 月，随感录《“砍大山”余响》由上海人民出版社出版。10 月，赴联邦德国，在汉堡大学做访问学者。

1990 年

10 月，回国。

1992 年

赴京参与《三联生活周刊》筹办工作。

1993 年

4 月，退出《三联生活周刊》筹办工作。10 月，参与《东方》杂志的创办工作，任常务副总编。

1996 年

1 月，《爱智慧》（画说哲学丛书之一种）由广东教育出版社出版。4 月，退出《东方》杂志编辑部，同期介入央视《读书时间》栏目的创办工作，任栏目策划。

1997 年

散文集《文事·世事·心事》由文汇出版社出版。

2000 年

散文集《还有精神》由安徽文艺出版社出版。

2003 年

4—6 月，非典。7 月，应约编成《不沉默是金——SARS 危机引发的言论》，因出版方遇阻而未获出版。9 月，文集《读书是私事》由北岳文艺出版社出版。

2005 年

《读书时间》停办。写成监狱回忆录《里面的故事》，同年由生活·读书·新知三联书店出版。

2006—2010 年

在家读读写写。

2007 年

年底，在湖北大学退休。

2009 年

8 月，文集《读点》由生活·读书·新知三联书店出版。

2011 年

1 月，“三十年集”系列丛书《痕迹》由复旦大学出版社出版。

2011 年至今

回乡长居，在家读读写写。

编后记

2009年我在黔东南，收到一则手机信息，署名竟是曾任中宣部要职的一黔籍老领导，其内容是建议组织文史馆的专家学者们研读《新华文摘》刊登的两篇文章。当我得知他身患绝症，这是在病床上发的短信时，清水江的轻盈旖旎顿时变得凝重异常。

两篇文章，前者是乐黛云先生的《时空巨变与文化转型》，主旨略同于费孝通先生的思路：对“战国时代的地球村”的忧患及“各美其美，美人之美，美美与共，天下大同”的期望。但乐先生基于跨文化比较研究的学术素养，更凸显了当代技术条件下世界冲突的严酷性，进而提出用文化（尤其是文学）的对话来消弭尖锐矛盾的具体路径。后一篇是李喜所先生的《改革开放以来的中国近代史发展主线研究》，陈述了改革开放以前的政治标准，所以太平天国运动、义和团运动等成为“革命史观”的重大事件；而改革开放以后，转向经济标准，于是洋务运动、戊戌变法等成为“近代化史观”的标志性事件。两相对立，互相辩难。当此之际，李双璧等学者提出了多维立体研究近代史的新主张，于是研究“由革命转向了社会，由线性提升到立体”。

前一文的作者乐黛云先生从这片大山走出去，对整个世界的未来提出一个贵州人独到的见解；后一文中提到的李双璧先生也是贵州学人，对宏大的中国近代史研究产生了积极影响。我推测，病榻上的老人，应该是希望贵州学者们当以乐、李二先生为榜样，立足贵州，放眼中国，观照世界，积极有为。这是老人给贵州学者遗嘱式的期待。我深深感动，私下想：如果能将贵州学者的重要成果汇集成册，永传后世，该有多好啊！随着老领导于次年的辞世，这个想法更加郁结于心，难以释怀。

不想数年后，这个愿望由在西南大学工作的贵州松桃学者刘扬烈先生破题。他致函时任中共贵州省委常委、宣传部部长的张广智，希望省委、省政府能主持编辑出版一套“贵州学者文丛”。张部长虽非黔人，但敏锐果决，很快主持召开了由省委宣传部分管领导、省内有关部门负责人、有关专家、贵州出版集团相关编辑人员等组成的联席会，专议此事。会议气氛热烈：大家一致肯定了这个选题的意义——传承开启，树立地域文化的自信；初议了入选的标准——有学术影响力的贵州籍学者或非贵州籍但对贵州有研究的学者的论著；框定了大致的人选——乐黛云、刘扬烈、张朋园、涂纪亮、陈祖武、刘纲纪、曹顺庆、吴雁南、刘扬忠、钱理群等先生成为第一批瞩目者。现任中共贵州省委常委、宣传部部长慕德贵对“贵州学者文丛”进一步给予了关心和支持，确保编辑出版工作顺利推进。如今，在贵州出版集团的执着勉力和各位先生（或遗属）的积极配合下，昔日梦想终成现实。

回想给我系上和解开心结的，是两个不同时段的宣传部部长。前者处身的时代，是紧抓经济、倾心发展的时期，倡导学术研究仍力所不逮；后者处于经济社会全面迅速发展，中华民族伟大复兴的目标从来没有像今天这般可触，文化自觉与文化自信得到领导人大力倡导的新时代。从此，我们当能体会到国家前进的步履。

记得在讨论体例时，大家还希望，这套文丛最好按论文发表时间排列，最好有一篇作者学术进程的自序，旨在不仅保存以往，更在启迪当下、开拓未来。保存完好了，启迪真切了，开拓有力了，贵州的学术或如革命导师恩格斯所言："经济上落后的国家在哲学上仍然能演奏第一提琴。"

顾久

2018 年 4 月

“贵州学者文丛”出版图书书目

2018 年第一辑

⊙朝向“人类命运共同体”

——乐黛云文选

⊙上下求索集

——钱理群文选

⊙忧患集

——刘扬烈文选

⊙现代西方哲学评述

——涂纪亮文选

⊙清代学林举隅

——陈祖武文选

⊙美学与文化

——刘纲纪文选

⊙比较文学与学术创新

——曹顺庆文选

⊙史海深潜

——吴雁南文选

⊙且喜青山依旧住

——刘扬忠文选

2020 年第二辑

⊙儒学的返本与开新

——张新民文选

⊙贵州史志地理及人文考辨

——王燕玉文选

⊙纸年轮

——何光渝文选

⊙听涛斋文集

——史继忠文选

⊙归去来

——彭兆荣文选

⊙黔中论道

——徐新建文选

⊙走近历史真实

——熊宗仁文选

⊙初学者言

——朱正琳文选

⊙汉藏文史拾隅

——王启龙文选